KB124781

『まほろ駅前』シリーズを 手に取って
いただき、どうも ありがとう ござい
ます。
多田と行天と一緒に、郊外の町、
まほろ市での冒険と、そこに住む
人々との出会いを、お楽しみいた
だければ 幸いです。

チワワごろ→ 🐻 三浦しをん

《마호로 역》시리즈를 손에 들어주셔서 정말
감사드립니다.
다다와 교텐과 함께, 변두리 동네 마호로 시에
서 벌어지는 모험과 그곳에 사는 사람들과의
만남을 부디 즐겨주셨으면 좋겠습니다.

치와와입니다→ 🐻 미우라 시온

마호로 역 광시곡

『まほろ駅前狂騒曲』

MAHORO EKIMAE KYOSOKYOKU by MIURA Shion

Copyright © 2013 MIURA Shion

All rights reserved.

Original Japanese edition published by Bungeishunju Ltd., in 2013.

Korean translation rights in Korea reserved by EunHaeng NaMu Publishing Co., Ltd.,

under the license granted by MIURA Shion, Japan arranged with Bungeishunju Ltd.,

Japan through BC Agency, Korea.

이 책의 한국어판 저작권은 BC에이전시를 통해

저작권자와 독점계약을 맺은 ㈜은행나무출판사에 있습니다.

저작권법에 의해 한국 내에서 보호를 받는 저작물이므로

무단 전재와 무단 복제를 금합니다.

마호로 역 광시곡

미우라 시온 **장편소설**

권남희 옮김

은행나무

마호로 역 광시곡　　7

산타와 루돌프는 환상의 짝꿍　　484

| 일러두기 |
본문의 주는 모두 옮긴이의 것으로, 괄호를 줄여 작게 표기했습니다.

마호로 역 광시곡

1.

다다 심부름집은 무탈하게, 달리 말하자면 별다른 변화 없이 새해를 맞이했다.

다다 게이스케가 마호로 시에서 시작한 심부름업은 딱히 경기에 휘둘리는 일 없이 저공비행하면서 그럭저럭 수익을 올리고 있다. 많이 벌지는 못하지만, 꾸준하고 성실한 작업으로 신뢰를 쌓아왔다.

그 증거로 낡은 빌딩 사무실의 낮은 탁자에는 니시메(연근, 우엉, 곤약, 당근 등에 간을 진하게 해서 수분이 없어질 때까지 조린 음식)와 어묵과 청주가 널려 있다.

"다다 씨, 남자들끼리 사니 설음식 준비도 쉽지 않죠? 이거 먹으면서 설 연휴에는 푹 쉬어요. 내년에도 잘 부탁해요" 하면서 곳곳의 고객들이 준 선물이다. 신뢰의 증거라기보다 동정의 결과 같지만, 대충 넘어가자.

도쿄 남서부에 위치한 마호로 시는 인구 30만 명의 베드타운이다. JR 하치오지선(線)과 사철 하코네 급행선(통칭 하코큐)이 교차하는 마호로 역 앞은 백화점이 많아서 상점가에도 활기가 넘친다. 하코큐로 신주쿠까지 30분이어서 젊은 직장인 대상의 대형 아파트 건설 붐이 일고 있기도 하다.

역에서 조금 멀어지면 단독주택이 밀집한 주택가가 펼쳐진다. 거품경제가 절정일 때 논밭이나 언덕을 택지 조성하여 지은 집들이어서, 지은 지 30년이 넘은 것도 있다. 지금은 자식들도 독립하고 정년퇴직한 부부 둘이서만 사는 경우가 많다.

다다가 태어나서 자란 곳도 마호로 시내의 분양주택이었다. 다다가 자동차 회사에 취직한 걸 계기로 부모는 집을 팔고 두 사람의 고향인 나가노로 돌아갔다. 지금은 작은 밭을 일구면서 건강하게 지내는 것 같다.

다다와 부모는 딱히 사이가 좋지도 나쁘지도 않지만 별로 교류는 없다. 이따금 전화로 서로 근황을 보고하거나 모양이 제멋대로인 채소를 보내주는 정도다. 다다는 요리에 젬병이어서 채소는 대부분 샐러드를 한다. 가늘어빠진 무도 속이 느슨한 양배추도 무조건 잘게 썰어서 마요네즈를 뿌려 먹는다. 벌레가 된 기분이지만, 부모의 마음을 생각하면 버릴 수도 없다. 배추와 단호박은 그래도 삶아서 먹었다.

다다는 예전에 아내와 이혼할 때, 다시는 회복하지 못하는 게 아닐까 생각했을 만큼 정신적 타격이 컸다. 생각했던 것과 달리 굳세게 살고 있지만, 회사를 그만두고 심부름센터를 시작한 것은 아내와의 이런저런 일이 원인이 됐을지도 모른다. 아내와 살던 스기나미 구의 아파트를 비우고 마호로 시로 돌아왔을 당시에는 누구와도 관계하고 싶지 않았다. 이혼 사정을 아는 부모도 그런 다다의 뜻을 헤아렸을 것이다. 나가노에서 넌지시 걱정하는 신호를 보낼 뿐 별 간섭은 하지 않았다.

마호로 시는 아파트나 단독주택만 있는 게 아니다. 교외에는 잡목림과 전원지대가 남아 있다. 주택가에 침식되고 있지만, 우사(牛舍)와 목장도 있다. 대학 캠퍼스도 몇 군데 있고 학생 대상 다세대주택도 무수하다고 해도 좋을 만큼 많다.

교외 및 주택가와 마호로 역을 연결하는 것은 요코하마 중앙교통(줄여서 요중) 버스다. 버스 노선은 거미줄처럼 시내 곳곳에 뻗어 있다. 요중의 오렌지색 차체는 친숙한 마호로 시민의 발이었다.

단순히 베드타운이라고 딱 잘라 말할 수 없을 만큼 마호로 시에는 다양한 사람이 살고 있다. 육아 중인 젊은 부부도, 노인도, 학생도. 조상 대대로 물려받은 토지에서 제1차 산업에 종사하는 사람도, 도심까지 통근하는 직장인도.

사람들은 대부분 바쁜 일상 속에서 이런저런 잡무를 할 때 누군가의 손을 빌릴 수 있다면 좋을 텐데, 라고 생각한다. 무거운 장롱 뒤로 연금 통장이 넘어갔을 때, 정원 청소를 해야 하는데 내키지 않을 때, 슈퍼에 장을 보러 가야 하는데 갑자기 허리를 삐끗했을 때.

이때 등장하는 것이 다다 심부름집이다.

이런저런 처지와 사정이 있는 사람들 덕분에 다다는 마호로 시에서 심부름센터를 하며 먹고살아가고 있다.

해마다 그랬던 것처럼 연말에는 대청소 의뢰가 밀려들어서 정신없이 지나갔다. 새해가 되니 이것 역시 해마다 그랬던 것처럼 한가했다. 심부름집은 정초에는 일이 없다. 올해도 1월 4일에 갑작스럽게 아기 보는 일이 들어왔을 뿐, 그다음은 냉동해둔 니시메를 전자레인지에 데워서 먹기만 하는 매일이다. '아무 일 없이 설 연휴가 지나가기를' 하고 뒹굴뒹굴하며 보낸 설 연휴도 벌써 마지막 날. 오늘 1월 7일까지만 평온하게 지나가면 신이 다다의 사소한 바람을 들어준 것이 된다.

그러나 여기에 다다의 평온을 깨트리는 사내 하나.

"어이, 다다. 청주 좀 데워줘."

교텐 하루히코다. 사무실 소파에서 뒹굴며 니시메를 안주로 홀짝홀짝 잔을 비우고 있다. 뒹굴뒹굴하며 보내는 설 연휴의

진수를 보여주겠다는 각오인지, 최근 며칠 동안 화장실에 갈 때 말고 직립한 모습을 보인 적이 없다.

"내가 왜. 그냥 차게 마셔."

"추위, 이 사무실. 어째서 한 시간 간격으로 난로를 끄는 거야?"

"경비 절감이야."

"가난이 뼈에 사무치네."

빈대 주제에 불평을 하는 교텐에게 다다는 바닥에 떨어져 있던 담요를 거칠게 던졌다. 교텐은 담요를 주워서 몸에 감고 눕더니 만족스럽게 음주를 계속했다. 용케 얼굴만 든 채 한 방울도 흘리지 않고 컵으로 술을 마시고 있다. 쓸데없는 데는 재주가 좋다.

다다는 탁자를 사이에 두고 맞은편 소파에 앉아서 한숨을 쉬었다.

"이봐, 교텐. 네가 굴러 들어온 지 이번 설로 벌써 3년째야."

"벌써 그렇게 됐나."

"어떻게든 해야 한다고 생각하지 않냐?"

"어떻게든, 이라니?"

"일이나 집을 찾으란 말이야."

교텐은 몸을 일으키더니 나무젓가락을 들었다. 니시메를 수북하게 담은 접시에 젓가락을 가져가면서 이해가 되지 않는다는 듯이 말한다.

"일이라면 네 일을 돕고 있고 집이라면 여기 있잖아."

"여긴 내 사무실 겸 자택! 서른이 넘은 지가 언젠데 그렇게 사는 거 부끄럽지 않냐, 너는."

"하나도."

"난 부끄러워. 네 존재를 고객한테 어떻게 설명해야 좋을지 언제나 고민하고 있어."

"고등학교 동창."

교텐은 젓가락으로 자신과 다다를 번갈아 가리켰다.

"보통 사람들은 고등학교 동창이라는 것만으로 정체도 모르는 놈을 몇 년째 데리고 살지 않아."

"그렇지만 실제로 나하고 너는 동창이라는 말밖에 할 말이 없으니 어쩔 수 없잖아."

교텐은 됫병으로 컵에 술을 따랐다. 다다의 컵에도 따라준 건 좋았지만, 탁자에 흘러넘쳐서 다다가 얼른 걸레로 닦아야 했다. 교텐은 아랑곳하지 않고 니시메를 먹고 술을 마셨다.

"그렇게 손님 눈이 신경 쓰이면 '실은 생이별한 쌍둥이 동생입니다'라고 해."

"하나도 안 닮았는데?"

"나이도 먹을 만큼 먹었는데 백수라서 양자 보낸 친척 집에서 쫓겨났다는군요. 아이고, 저도 참 난감합니다, 하하하."

교텐은 쌍둥이 설정으로 연기를 계속했다. 다다는 미간을 문지르다 컵의 술을 단숨에 비웠다.

도립 마호로 고등학교에 다니던 무렵, 교텐과 같은 반이긴 했다. 벌써 20년도 전의 일이다. 하지만 친구는 아니었다. 대화를 나눈 적도 없다.

그런데 2년 전 설날에 우연히 만나서 어쩌다 보니 사무실에 굴러 들어와서 눌러 붙은 것이 오늘에 이르렀다. 다다는 만 2년 동안 교텐의 엉뚱한 행동에 휘둘리고 있다.

갈 데가 없다는 교텐의 말에 다다는 가벼운 마음으로 더부살이를 허락했다. 고교 시절의 어떤 사건에 교텐에게 부채를 느낀 탓도 있다. 어차피 훔쳐 갈 것도 없고 마음대로 하라고 생각했다. 아내와의 이런저런 일이 꼬리를 물어 자포자기 상태였던 것이다. 모든 일이 아무렇게나 돼도 상관없었다.

요즈음 겨우 앞을 향해 보고 걷는 기분이 든다. 밝은 것, 따듯한 것을 찾는 자신을 허락할 수 있을 것 같은 기분이 든다. 그런 심경의 변화를 일으킨 데는 교텐의 엉뚱함도 한몫할 것이다. 그 점은 다다도 감사하고 있다.

그러나 더부살이가 3년째라니, 아무리 그래도 너무 길다.

다다는 또 크게 한숨을 쉬었다. 교텐에게 상식으로 설득해 봐야 허무할 따름인 것은 뼈저리게 알고 있다. 교텐과의 공동 생활을 통해 강제로 포기와 관용의 정신을 기른 다다지만, 가족도 연인도 친구도 아닌 남자와 세 번째 설날을 맞이하는가 생각하니 한숨을 쉬지 않을 수 없었다.

"사소한 일에 별로 신경 쓰지 않는 게 좋아."

교텐은 컵을 한 손에 들고 니시메 접시와 입 사이로 부지런히 젓가락을 왕복했다.

"알기 쉬운 이유나 관계가 없으면 누군가와 함께 살 수 없다고 생각하는 사람은 어떤 의미에서는 복이 많은 거야. 지키고 싶은 체면도 재산도 없고, 뭐 '어쩌다 보니'라는 행동 원리밖에 찾을 수 없는 인간이 있다는 걸 상상한 적도 없을 테니까. 꼭 설명이 필요하다면 '쌍둥이입니다' 하고 적당히 둘러대."

교텐은 그럴듯한 소리를 지껄이고 있지만, 다다는 아까부터 다른 것이 신경 쓰였다.

"교텐. 너 왜 곤약만 골라 먹냐?"

"으음, 부드러운 목 넘김……?"

"씹어!"

아무런 전조도 없이 사무실 문이 열리더니 "새해 복 많이 받으세요옷!" 하고 두 여자가 난입했다. 마호로 역 뒤에서 유흥 일을 하는 루루와 하이시다. 너무 풍만해서 '조몬의 비너스(일본의 선사시대에 해당하는 조몬시대의 가슴이 크고 배가 불룩한 토우)' 같은 체형의 루루는 금색 스팽글이 빼곡히 달린 갑옷 같은 원피스에 가짜 모피를 두르고 있었다. 핀 힐은 은색이다. 팔에는 목줄 대신 홍백색 끈을 맨 치와와를 안고 있다. 낮부터 화려한 것은 평소와 다름없지만, 설날 패션인지 오늘은 유난히 심하다.

루루보다는 상식적인 하이시는 날씬한 자태에 검은색 스웨터와 청바지를 수수하게 입었다. 손에는 큼직한 플라스틱 용기를 들고 있다.

"역시 둘이서 쓸쓸하게 설날을 보내고 있구나아."

루루는 탁자 위를 쓱 보더니 굳이 다다 옆에 앉았다. 치와와 하나는 루루의 무릎에 얌전하게 엎드린다.

"별로 쓸쓸하지 않은데." 하이시를 위해 엉덩이를 비켜 자리를 만들면서 교텐이 반론했다. "떡국 비스름한 것도 먹었어."

교텐, 부탁이니까 닥쳐줘. 다다는 생각했다. 어젯밤에 먹은 것을 말하는 거라면 그건 떡국이 아니라 죽이야. 그것도 네가 편의점에서 사 온 즉석식품.

"어째서 가가미모치(둥글고 평평한 찰떡 두 개를 위아래로 쌓은 떡. 새해에 가족의 건강과 행복을 기원하며 먹는다)가 두 개야?"

하이시는 교텐 옆에 앉아서 의아한 듯이 고개를 갸웃거렸다. 탁자에는 진공 팩에 든 가가미모치가 놓여 있다. 어쩌다 보니 대각선으로 두 개. 이것도 교텐이 편의점에서 사 온 것이다.

"한 개 먹어도 돼."

교텐은 통 크게 말했다. 시선은 탐욕스럽게 하이시가 들고 있는 플라스틱 용기로 향했다.

"아, 나마스(채소나 생어패류 등의 초무침)를 만들어 왔어요."

하이시가 플라스틱 용기 뚜껑을 열어서 탁자에 내려놓았다. 흰색과 오렌지색이 산뜻했다.

"이거 채 써느라 팔에 근육통 생겼어요오." 루루는 자랑스럽게 가슴을 폈다. "자, 먹어요, 먹어어."

다다는 고맙다는 인사를 하고 젓가락을 댔다. 달콤새큼함이 은근히 귀밑샘을 아프게 했다. 술 탓에 열이 나던 입속이 개운해진 느낌이 들었다. 교텐도 국수 먹듯 나마스를 들이켜고 있다. 또 부드러운 목 넘김을 즐기는 걸까.

자기들이 알아서 부엌에서 컵을 갖고 와, 루루와 하이시도 같이 술을 마시기 시작했다.

"두 사람이 나마스를 좋아해서 다행이다." 하이시가 미소 지었다. "식초 맛 싫어하는 남자들 있어서 걱정했는데."

"자기들이 먹어주지 않았으면 우리 나마스로 질식사할 뻔했어어." 루루는 플라스틱 용기에서 얼굴을 돌렸다. "설날부터 하이시랑 나마스만 계속 먹었더니 이제 보기도 싫네에."

"왜 그렇게 많이 만들었어요?"

다다가 물었다. 맛있긴 하지만, 질식할 만큼 대량으로 만들 건 아니다.

"성냥팔이 소녀 전법에 진 거죠오."

루루가 몸을 비틀었다.

"어쩔 수 없잖아, 루루. 섣달그믐 밤이었으니까."

하이시는 탄식했다.

두 사람의 설명에 따르면 슬슬 해가 바뀌려고 하는 시각, 일을 마치고 나란히 집으로 돌아오는 길에 채소 판매 차와 마주쳤다고 한다.

"그렇게 밤늦게 채소 판매?"라며 다다는 조금 놀랐고, "그렇게 밤늦게까지 수요가 있구나. 섣달그믐인데" 하고 교텐은 감탄하는 척했다. 그러나 그 감탄의 끝에 있는 것은 채소가 아니라 루루와 하이시 같다.

"어머나, 이 장사는 옛날부터 추석과 연말과 설날과 폭풍우 부는 날 잘된다고 하잖아요오." 루루는 또 자랑스럽게 가슴을 폈다. "사람들이 나다니지 않는 날이면 손님도 적어서 점찍은 여자를 살 수 있다고 생각하는 것 같아요오."

루루는 직업에 충실하여 언제나 완벽한 화장을 하고 손님을 기다린다. 너무 완벽해서 화장이라기보다 '가면'에 가까울 정도다. 손님의 동향에 관한 리서치도 빼먹지 않을 것이다.

"사람들 생각이 다 똑같지." 하이시가 그다음을 이어서 말했다. "그 결과, 명절 때와 날씨가 좋지 않은 날에 평소보다 사람들 출입이 많다는 것!"

마호로 역 뒷골목에는 기특한 건지 어리석은 건지 판단하기 미묘한 남심으로 연중무휴 희비극이 펼쳐지는 것 같다. 유흥

17

업에 밝지 않은 다다는 "그렇구나" 하고 끄덕이기만 했다.

"그래서 섣달그믐에도 밤늦게까지 일했군요?"

"그래요오. 일찍 끝나긴 했지만, 연휴에도 매일 출근했다니까요오."

루루는 바빴다고 하소연하는 말투지만, 실제로는 '잘나가는 여자인 자신'을 넌지시 어필하고 싶은 것 같다. 지네 같은 속눈썹을 붙인 눈꺼풀을 연신 떴다 감았다 한다. 다다에게 윙크를 하는 것 같다. 두 눈 다 감아버리는 것은 애교다.

다다와 루루는 의뢰인으로 만났다. 지금은 하이시도 포함하여 친구라고 해도 좋을 만큼 서로 친하게 지낸다. 그러나 다다는 원색 요정처럼 박력 있는 루루와 어떻게 될 생각은 없다. 그저 미풍을 일으킬 기세로 눈을 깜박거리는 루루에게 "고생이 많았겠군요" 하고 무난히 넘겼다.

"휴일을 갖지 않으면 피부가 엉망이 되겠어."

어차피 가면처럼 두껍게 바르니 거친 피부는 신경 쓰지 않아도 되지 않나. 다다는 그렇게 생각했지만 물론 잠자코 있었다.

하이시가 냉정하게 얘기를 본론으로 돌렸다.

"채소 차가 길거리에 서 있는 거예요. 짐칸에 천막을 친 파란색 트럭이."

"역 뒤에 채소 사는 사람이 별로 없을 것 같은데."

JR 마호로 역 뒤쪽은 옛날에는 유흥가였다. 그 흔적으로 지금도 약간 한물간 유흥업소들이 많다. 선로와 나란히 흐르는 가메오가와강 주변에 즐비한 나가야(단층으로 길게 늘어선 공동주택)에서 루루와 하이시 같은 여자들이 손님을 기다린다. 가메오가와강을 건너면 바로 가나가와현이다. 대형 러브호텔이 수두룩하여 커플들이 밤이면 밤마다 빠른 걸음으로 빨려 들어간다.

특별한 볼일이 없는 한, 마호로 주민은 역 뒤쪽으로 별로 가지 않는다. 특별한 볼일이란 곧 섹스와 관련된 그렇고 그런 일이다. "엄마, 아기는 어디서 왔어요?" "황새가 물고 왔지" 하는 대화를 나누는 가족은 일단 역 뒤쪽으로 가지 않을 것이다.

"뭐, 섣달그믐이어서 평소보다 사람이 많이 다니긴 했지만요. 여자 찾는 사람뿐만 아니라 신사에 참배하러 가는 사람도 역 뒤를 지나갈 때가 있으니까요." 하이시는 술로 입술을 적시면서 말했다. "짐칸에 선반을 설치해서 채소를 늘어놓고 파는데 반 정도는 팔린 것 같더라고요."

"그 채소, 싼가?"

그때까지 잠자코 있던 교텐이 갑자기 젓가락을 내려놓고 물었다. 니시메에서 곤약을 다 골라 먹은 것 같다.

"글쎄요."

루루와 하이시는 얼굴을 마주 보았다.

"평소에는 채소를 별로 사지 않아서 모르겠지마안, 좀 비싸게 파는 것 같지 않았어?"

19

"그러게. 유기농 채소라고 깃발을 걸어놓은 걸 보면 키우는 데 품이 많이 들었나 봐."

그렇게 말하고 하이시는 문득 생각났다는 듯이 다다에게로 고개를 돌렸다.

"참, 모르세요? 요즘 남쪽 출구 로터리에서 곧잘 전단 돌리는 사람들 있잖아요."

"아, 있죠." 다다는 끄덕였다. "저도 전단 받은 적 있어요."

역 앞에 있는 남쪽 출구 로터리는 마호로 시내에서 가장 사람들의 왕래가 많은 광장이다. 직장인이며 학생, 쇼핑객 등으로 어느 시간대나 복작거린다. 비둘기도 있고 벤치에서 쉬는 노숙자도 있다. 무허가로 무언극을 하는 사람, 음악을 연주하는 사람, 휴지를 나눠주는 사람도 있다.

거기에다 요즘 안전한 음식을 먹자고 호소하는 사람들까지 생겼다. 단체명은 기억나지 않지만 평범한 복장을 한 남녀 무리다. "가정의 건강과 안전은 믿을 수 있는 식재료로!" 하고 확성기를 통해 떠들고 있다. 채소를 재배해서 판매하는 단체 같다. 열심히 하긴 하는데 좀 수상하다고 다다는 볼 때마다 생각했지만, 자기들은 어쨌든 음주와 흡연 등 건강하지 못한 생활만큼은 자신 있는 몸이다. 상관없는 그런 단체에 별 관심도 두지 않았다.

"집밥의 중요함을 떠들고 다니는 통에 마호로 음식점과 트러블이 있다는 얘기를 고객한테 얼핏 들은 적은 있어요."

"어머나, 그래요오." 루루는 고개를 갸웃거렸다. "판매 차 사람은 성실하고 점잖아 보이는 부부였어요오. 그지, 하이시."

"우리에 비하면 다른 사람들은 대부분 성실하고 점잖아 보이지."

그렇게 대답한 하이시는 니시메 접시를 보고 있다. 교텐 때문에 곤약이 모습을 감추어 전체적으로 갈색이다. 다다는 의식적으로 당근을 배치하면서 마와 닭고기 등을 종이 접시에 나눠주었다. 하이시는 기쁜 듯이 술을 한 잔 마신 뒤 니시메를 먹었다.

교텐이 담배에 불을 붙이고 코와 입으로 폭포처럼 연기를 뿜으면서 물었다.

"아까 성냥팔이 소녀 전법이란 건 무슨 뜻?"

"아, 맞아, 그거요."

하이시의 접시에서 닭고기를 집어 가려던 루루가 흥분한 지휘자처럼 젓가락을 휘둘렀다.

"그 부부 말이에요오, 다섯 살쯤 된 여자아이를 데리고 채소를 팔고 있었어요오."

그게 어째서. 다다의 의문을 간파했는지 하이시가 바로 덧붙였다.

"섣달그믐 밤이잖아요? 추워서 엄마 숄을 둘둘 말고 있는 거

21

예요. 그런데 그 아이도 부모도 웃는 얼굴로 '맛있는 채소 사세요'라고 외치고 있었어요."

"갸륵하잖아요오."

루루는 생각만 해도 또 눈물이 쏟아질 것 같다는 얼굴이다. "그렇게 어린 아이가 권하니까 무 서너 개 팔아줄까 싶은 마음이 들지 않겠어요오."

2인 생활에 무 세 개는 너무 많다고 다다는 생각했다. 교텐은 "아동학대로 신고해버리지"라고 말했다. 차가운 분위기에 다다는 놀라며 "그건 너무 나갔네" 하고 나무랐다. 교텐의 양쪽 뺨이 희미하게 움직였다.

"심야까지 아이를 일하게 한 건 명백한 학대야."

너무 감정이 없는 목소리와 표정이어서 웃은 거구나, 하는 걸 다다가 깨달을 때까지 시간이 걸렸다.

"우리도 인정에 이끌렸지만." 하이시가 팔짱을 끼고 약간 쓸쓸한 듯이 말했다. "나중에 생각해보니 그 부부는 채소를 팔려고 아이의 존재를 이용한 게 아닐까 하는 생각이 들기도 하더라고. 너무 핵심을 찔렀나."

"다 팔지 못하면 이 아이는 계속 집에 못 가겠지, 싶어서 그만 채소를 많이 사게 되더라고오."

루루도 한숨을 쉬었지만, 채소를 산 행위 자체는 그리 후회하지 않는 것 같았다. 그만큼 천진하고 사랑스러운 아이였을 것이다.

"그래서 성냥팔이 소녀 전법이라고 한 거군요."

다다는 납득했다. 하지만 교텐이 초를 쳤다.

"성냥팔이 소녀는 성냥을 사주지 않아서 얼어 죽은 거 아니었나."

"맞아요오. 성냥 정도는 사주면 좋을 텐데, 인정머리 없어!"

"그 얘기 속에서 성냥의 위치가 딱히 와닿지 않아. 당시에는 생활필수품이지 않았을까. 그래서 상당히 비싼 값으로 팔지 않았을까?"

루루와 하이시가 교텐이 던진 화제를 덥석 물었다. 이렇게 되니 누구도 폭주를 막을 수 없다. 다다는 묵묵히 이야기의 추이를 지켜보았다.

"신발 끈을 강매하는 느낌이지 않았을까아?"

"그러고 보니 요즘 그런 강매는 보이지 않네."

"내가 이상하게 생각하는 건 소녀는 어째서 성냥을 유효하게 활용하지 않았을까 하는 거야. 한 개비, 한 개비, 불을 켰다가 꺼지는 걸 바라보기만 해서 어쩌겠다는 거야. 기왕이면 한꺼번에 다 켜든가 성냥팔이를 시킨 집에 불을 지르든가 해서 몸을 덥히면 됐을 텐데."

교텐의 발상은 여전히 불온한 쪽으로 기운다.

"살아가는 데 강인함이 부족한 소녀인 건 분명해."

"마을 사람들도 따듯이 대해주지 않고 말이야. 좀 비싸면 어때! 아이가 힘들어할 때는 팔아줘야지."

생명력과 인정이 넘치는 루루가 기세를 올릴 즈음 사무실 전화가 울렸다.

다다는 이들처럼 가상의 이야기를 잇따라 화두에 올리고 진지하게 흥분하는 일은 하지 못한다. 아무리 술이 들어갔다고 하지만, 나이도 먹을 만큼 먹은 어른이 할 짓이 아니라고 생각한다. 다다는 마침 잘됐다고 생각하며 소파에서 벌떡 일어나 수화기를 들었다.

"예, 다다 심⋯⋯."

"야마시로초의 오카일세!"

엄청 큰 노인 목소리가 다다의 고막을 떨게 했다.

"나는 더 참을 수가 없어!"

역시 왔구나, 설날마다 들어오는 오카 씨의 의뢰.

다다는 한숨을 삼키고 전화기 너머에서 마구 흥분하는 오카의 말에 적당히 맞장구를 쳤다.

마호로 시의 일부 주민은 좋게 표현하면 열정적이지만, 괴짜들이다. 스스로를 상식인이라고 믿고 있는 다다로서는 위벽이 허는 것 같은 날들이었다.

오카의 분노를 달래고 "바로 찾아뵙겠습니다" 하고 수화기를 내려놓았다. 다다는 실내를 향해 무겁게 말했다.

"어이, 교텐. 일이야."

성냥팔이 소녀 토론이 일단락됐는지 교텐은 나마스를 잔뜩 입에 넣고 있던 참이었다. 입술 사이로 삐져나온 무와 당근을 가리키며 "어부호테 이우" 하면서 웃고 있다.

오랜 시간에 걸친 공동생활의 성과로 다다는 유감스럽지만 교텐이 뭐라고 했는지 알아들었다. '러브호텔 입구'. 듣고 보니 주차장 입구에 펄럭거리는 비닐 커튼을 친 러브호텔이 있다. 있지만 그런 걸 예로 들고 앉았냐.

설 연휴도 끝나기 전에 내키지 않은 일을 하러 가다니. 게다가 빈대 붙어 사는 괴짜와 함께.

나는 단순히 평온한 일상을 바라고 있을 뿐인데 말이다. 다다는 참고 있던 한숨을 한꺼번에 토해냈다. 예년처럼 신은 다다의 소원을 들어주지 않는 것 같다.

살포시 잠이 들었던 치와와 하나가 "파이팅"이라고 하듯이 조그맣게 꼬리를 흔들었다. 루루와 하이시는 타고난 장사꾼이어서 의뢰가 들어온 걸 축하해주었다.

"심부름집도 번창하는 것 같네요오. 잘됐다아."

"요즘 세상에 일이 있는 것만도 감사하죠. 똥 씹은 얼굴 하지 말고 빨리 다녀와요."

나마스를 우물우물 다 씹어 먹은 교텐이 "가는 건 좋은데" 하고 태평스럽게 말했다.

"나도 다다도 술 마셨잖아. 운전은 누가 해?"

"나, 면허 있어요오."

루루가 기절초풍할 소리를 했지만, 다다는 무시했다. 더 이상 위벽을 소모하면 위 모양 자체를 잃어버릴 것이다.

"버스로 갈 거야."

이럴 때를 위해 시민의 믿음직한 다리, 요중 버스가 존재하는 것이다.

마호로 역 앞 버스터미널로 가느라 다다와 교텐은 남쪽 출구 로터리를 가로질렀다. 역 뒷골목의 공동주택으로 돌아가는 루루와 하이시와는 여기서 헤어졌다.

"나마스 더 필요하면 말해요오."

"언제라도 갖다줄게요."

루루와 하이시는 웃는 얼굴로 손을 흔들었다. 아직 재료가 많이 남은 것 같다.

남쪽 출구 로터리는 사람을 기다리는 젊은이나 쇼핑하러 나온 사람들로 분주했다. 그런 로터리 중앙에 깃발을 든 한 무리가 자리를 잡고 있었다. 깃발에는 '가정과 건강식품협회 Home&Healthy Food Association'이라고 쓰여 있다. 역구내를 통과하던 하이시가 슬쩍 돌아보고 다다에게 눈짓했다. 다다는 끄덕였다.

그렇다, 통칭 'HHFA'. 다다가 전에 전단을 받은 것도, 루루와 하이시가 만난 채소 판매 차를 운영하는 것도 이 단체이다. 오늘도 역 앞에서 열심히 선전을 하고 있다.

검은색이나 감색 코트를 입은 남녀가 지나가는 사람들에게 전단을 나누어주고 확성기로 호소한다. 건전한 가정은 안전한 음식에서. 초등학생 정도 됐을까, 몇 명의 아이들도 각자 부모 옆에 얌전히 서 있었다.

"희한하네." 다다는 혼잣말을 했다. "감수성 예민한 나이인데 잘도 부모를 따라다니네. 남쪽 출구 로터리라면 친구들도 오가며 볼 텐데."

"너라면 부모를 거역할 수 있냐?" 교텐이 빈정거리듯이 말했다. "선의의 활동에 열심인 부모한테 '난 채소 싫어. 고기 줘'라고 할 수 있어?"

교텐은 무리에는 눈도 주지 않고 시선을 바닥에 떨어뜨린 채 걷고 있다. 마치 발밑에 시커먼 구멍이라도 있는 것처럼.

끝없는 인력(引力)을 발하는 구멍. 아니, 인력을 가진 것은 구멍을 들여다보는 교텐의 시선 쪽일지도 모른다. 어두운 눈이다. 과거를 너무 응시한 나머지 과거와 힘겨루기를 하다 자칫하면 검은 구멍으로 빠져버릴 것 같다.

서툴다는 말로는 부족할 만큼 교텐은 어린아이 대하는 걸 싫어하고 피하려고 한다. 그 이유가 어쩐지 교텐의 어린 시절에 있다는 걸 다다는 어렴풋이 알아차렸다. 만 2년이나 함께 생활하다 보니 '이 녀석, 부모와 원만하지 못했구나'라는 걸 이 런저런 사건으로 추측할 수 있다.

하지만 그 건에 관해서 교텐에게 물어본 적은 없다.

다다와 교텐은 추억 얘기로 꽃을 피울 만큼 훈훈한 사이가 아니다. 오히려 다다는 '교텐은 언제까지 눌러 붙어 있을 셈이 야'라는 생각을 하루에 세 번은 할 정도다. 교텐은 "어이, 다다. 오늘은 일 그만하고 쉬자"라는 말을 하루에 세 번은 해서 다다 와의 사이가 차갑거나 따뜻하거나 상관없다고 생각하는 게 분 명하다. 교텐이 어릴 때 얘기를 거의 하지 않으니 다다도 뭔가 를 물을 기회도 동기도 생기지 않았다.

그러나 그 이상으로 '아무것도 묻지 말아줘' 하고 교텐이 바 라는 것이 느껴져서 다다는 입을 다물었다. "어째서 그렇게 애 들을 싫어하는 거야?"라든가 "조금은 마음이 편해질지도 모르 니 벽에 대고 혼잣말한다 생각하고 나한테 얘기해보는 게 어 때?"라는 말이 목 끝까지 올라오지만 꾹 삼킨다. 오지랖은 다 다의 나쁜 습관이다. 얘기하고 싶지 않은 것을 억지로 들을 필 요는 없다고 자제한다.

서른이 넘은 지도 한참 된 성인 남자가 부모와 원만하지 못 했다, 아이가 싫다 하고 끙끙 고민할 일인가. '알 게 뭐야'라는 마음도 다다에게는 있고, 교텐은 조금도 고민하는 모습이 없었다. 문득문득 교텐의 눈빛이나 표정으로 다다가 멋대로 불온한 그늘을 느낄 뿐이다.

하지만 정말 그걸로 괜찮은 걸까.

다다는 불안해졌다. 존재할지도 모르는 아픔의 핵심을 언급하지 않고, 보고도 못 본 척 내버려둬도 괜찮은 걸까.

"어이, 교텐."

생각의 늪에서 올라와 다다는 교텐을 불렀다. 그런데 교텐은 어느새 옆에서 사라져 다다는 낯선 중년 여성에게 말을 걸 뻔했다. 의아해하는 시선을 보내는 여성에게 황급히 사과하고, "어디로 간 거야?" 하고 주위를 둘러보았다.

교텐은 비디오방 선전 피켓을 든 중년 남자와 같이 광장에 모인 비둘기에게 빵 부스러기를 던져주고 있었다. 그것도 '비둘기에게 먹이를 주지 마시오'라는 주의문 바로 앞에서.

다다는 씩씩거리며 다가갔지만, 상식인이라는 긍지가 방해하여 피켓을 든 남자에게 인사를 한 뒤, 교텐을 나무랐다.

"너 뭐 하는 거야."

비둘기들이 놀라서 날아갔다.

"우리는 의뢰를 받고 오카 씨 집으로 급히 가는 길이잖아. 어째서 비둘기하고 놀고 있는 거냐? 넌 언제까지 프리 타임이냐?"

"그렇게 서두르지 않아도 돼. 어차피 버스 운행 감시하란 것

뿐일 테니까."

교텐은 불평을 하면서도 비둘기에게 먹이 주는 걸 멈추고 다시 다다와 걷기 시작했다.

"어떤 의뢰든 신속하고 정중하게 맡는 것이 심부름센터야."

"그러고 보니 너 아까 이상한 말 하더라."

"무슨 말?"

다다는 고개를 갸웃거렸다. 교텐은 다다의 어조를 한껏 흉내 냈다.

"채소를 좋아하는 단체와 마호로 외식산업 사이에서 트러블도 있다고 우리 고객한테 들었어요."

"그게 어디가 이상해?"

"그 정보를 준 게 네가 맨날 '좋은 사이가 되고 싶다'고 바라는 여자잖아." 교텐은 깐죽거렸다. "그런데 '고객'이라니, 일만 생각하는 성실한 놈인 척."

정곡을 찔린 다다는 걸음이 빨라졌다. 교텐은 다다의 뒤를 촐랑촐랑 걸어오며 재차 확인 사살을 했다.

"너, 다다 성실로 이름 고치는 게 어떠냐. 그래서 '철의 자제심 양성 깁스' 같은 걸 개발하는 거야."

이 녀석 걱정도, 이 녀석과 진지하게 얘기하려고 애쓰는 짓도 절대 하지 않을 것이다! 철의 의지를 굳히며 다다는 뒤를 돌아보았다.

"나를 화나게 해서 '사무실에 가서 얌전히 있어'라는 말을 들으려는 속셈이겠지만, 그럴 수는 없어."

"아이쿠, 혹시 이미 '철의 자제심 양성 깁스'를 장착한 거야?"

나는 원래 자제심이 넘쳐 나. 너야말로 부탁이니 깁스 좀 해.

"오카 씨 집에나 빨리 가자."

"에이."

마호로 버스터미널에서 요중 버스를 타고 20분. 야마시로초 2가 버스 정류장에서 내리면 바로 코앞이 오카 씨 집이다.

대문 문기둥 옆에는 커다란 느티나무가 가지를 펼치고 있고, 이층집인 안채 앞에는 정원이 넓다. 전형적인 농가 구조다. 현재 주인 오카 씨는 농사를 짓지 않는다. 소유한 밭을 밀어서 다세대주택이나 아파트를 지어 월세 수입으로 유유자적하게 살고 있다.

버스에서 내린 다다와 교텐을 발견하고 대머리 오카 노인이 씩씩거리며 대문까지 나왔다.

"왜 이렇게 늦었어, 심부름센터."

"죄송합니다. 한잔하며 쉬던 중이라 트럭을 타고 오지 못했습니다."

다다는 설 연휴에 출동시키는 원망을 담아서 넌지시 빈정거렸지만, 물론 그런 걸 눈치챌 오카가 아니다. 다다와 교텐을 정원으로 불러들이더니 바로 용건을 말했다.

"요중 버스 놈들, 올해도 눈속임 운행을 하고 있다고."

오카에게는 묘한 습성이 있다. 자기 집 앞을 지나가는 요코하마 중앙교통 노선버스가 시간표대로 운행하는지 확인해야만 성이 풀리는 것 같다. 게다가 어째선지 꼭 추석이나 설에 감시를 의뢰하는 경향이 있다.

다다에게 오카는 단골 고객이다. 정원 청소며 창고 정리며 정기적으로 의뢰한다. 고객에게 무례하게 하고 싶지 않지만, 버스 운행 감시만큼은 의뢰하지 말아주었으면 하는 것이 솔직한 심정이었다. 명절이라 겨우 쉬고 있을 때, 갑자기 불려 나와 버스 정류장 벤치에서 꼼짝 않고 앉아 있는 것은 괴롭다. 하필 더위와 추위가 가장 혹독한 시기에만 부르는 것도 허무함이 더한 요인이다.

그렇다, 허무함. 버스 운행 횟수를 속인다고 오카는 억지를 부리지만, 다다가 지금까지 몇 번 지켜본 바 요중은 우직할 정도로 시간표대로 정확히 운행하고 있었다. 그래서 매번 다다는 "대체 무엇 때문에 나는 하루 종일……" 하고 정신적 타격을 받는다. 헛수고를 한 허탈함에 벤치에서 가까스로 일어설 정도였다.

올해 설에는 아들 부부가 온천에 가자고 했다고 해서 해마다 하는 버스 감시를 하지 않아도 되겠구나 생각했더니…….

또 실패인가, 하고 다다는 어깨를 떨어뜨렸다. 여행에서 돌아와 한숨 돌린 순간, 오카는 또 버스 운행 상황이 신경 쓰인 모양이다.

"영감, 좀. 이제 그만 포기해요."

교텐은 노골적으로 짜증 나는 얼굴로 오카를 내려다보았다. 교텐과 오카는 파장이 맞지 않아서 만날 때마다 초등학생처럼 싸운다.

오카는 교텐을 무시하고 다다에게 바인더를 떠안겼다. 시간표를 손으로 써서 베낀 종이가 끼어 있다. 야마시로초 2가 버스 정류장에 버스가 올 때마다 그 종이에 체크하는 것이 다다의 일이다. 지루함과 어떻게 싸우는가가 관건인 단조로운 작업이다.

"나도 언제까지 요중에 신경 쓸 여유가 없어." 오카는 비장한 표정으로 말했다. "이번이 마지막이라 생각하고 확실하게 감시해줘."

"어쩐 일이지, 영감."

다다가 말을 꺼내려는데 교텐이 먼저 놀렸다.

"마지막이라니 몸이라도 안 좋은 거 아니슈?"

다다도 동감이다. 요중 버스에 상관하지 않으면 오카가 아니다.

"그리 나쁘지 않아. 그래도 저승사자가 언제 데리러 올지 모를 나이니까."

오카는 반질반질한 머리를 한 번 흔들고 "자, 어서 가, 가"하고 다다와 교텐을 버스 정류장 쪽으로 재촉했다. 자기는 안채로 돌아갔다. 그때 슬쩍 본 오카의 눈은 머리와 마찬가지로 무언가가 반짝거리는 것 같았다.

"무슨 심경의 변화지?"

교텐이 김빠진 듯이 말했다.

"그러게."

나이를 먹어서 둥글둥글해진 거라면 다행이지만. 다다는 바인더를 옆구리에 끼고 버스 정류장 벤치에 앉았다. 교텐도 옆에 앉았다.

도로를 오가는 차들의 수는 평일과 다르지 않았다. 회색 구름이 낮게 깔린 하늘에 까마귀 세 마리가 가로질러 갔다. 점퍼 깃을 세워도 추위가 살 속으로 스며드는 오후다. 검은 코트를 입은 교텐은 목도리를 다시 두르고 벤치 등에 몸을 기댔다.

따분했다. 다다와 교텐은 거의 동시에 각자의 주머니에서 담배를 꺼냈다. 럭키스트라이크와 말보로 멘솔. 교텐이 100엔짜리 라이터로 자기 담배에 불을 붙였다. 다다도 주머니를 뒤졌지만, 라이터가 보이지 않는다. 럭키스트라이크의 재색 필터를 멍하니 바라보았다.

"뭐 하는 거야."

교텐이 손가락에 낀 담배를 내밀었다. 오른손 새끼손가락 뿌리를 한 바퀴 도는 심한 흉터가 눈에 들어왔다. 고등학교 때 미술 공예 시간의 사고로 교텐의 새끼손가락이 절단됐다. 새끼손가락이 허공에 떴다가 바닥에 떨어지는 모습을 다다도 목격했다.

붙어서 정말 다행이었다. 다친 본인뿐만이 아니라 절단된 부위도 어찌 됐건 병원에 날라야 한다. 예전에 얻은 교훈을 반추하면서 감사하게 불을 얻었다.

가늘고 하얀 연기 두 가닥이 하늘로 올라가 구름에 섞인다.

"멘솔은 발기부전이 된다더라."

"그거 미신 같아. 뭐, 난 원래 성욕이 없어서 잘 모르지만."

버스가 오고 아무도 내리지도 타지도 않은 채 떠났다. 다다는 종이에 체크했다. 길을 가는 사람은 하나도 없다.

"무위(無爲)란 게 이런 거네."

"세상에서 사람이 하는 일 중에 무위가 아닌 게 있냐?"

"그런 골치 아픈 얘기를 하는 게 아냐. 지금 여기에 있는 무위를 감당 못 하는 거라고, 나는."

"캬캬캬." 교텐은 괴상한 웃음소리를 냈다. "노래라도 부를까?"

무슨 노래를. 두 사람은 입을 다물었다. 배기가스 속에서 아름다운 선율이 들려오는 걸 기다리는 것 같다.

버스가 또 왔다가 떠났다. 개를 데리고 온 부인이 벤치에서 움직이지 않는 다다와 교텐을 의아한 듯이 쳐다보다 지나갔다.

해가 서쪽으로 저물 때까지 다다는 계속 체크를 하고 교텐은 그냥 계속 앉아 있었다. 교대로 오카 씨네 화장실을 빌려서 소변을 보고 휴대용 재떨이가 가득해질 때까지 담배를 피웠다.

시간을 지키지 않은 버스는 한 대도 없었다.

어슴푸레한 어둠이 밀려올 무렵, 교텐이 말했다.

"어이, 다다. 봤냐."

"응."

도로 반대편에서 남녀가 농작업을 하고 있다. 다세대주택과 잡목림 사이에 있는 그리 넓지 않은 밭이다. 다다와 교텐이 버스 정류장에 앉아 있을 때부터 그들은 쉼 없이 일했다.

"저런 데 밭이 있었네."

"전에는 주차장이었던 것 같은데."

무료한 나머지, 불이 켜진 가로등 불빛에 의지하여 바라보고 있자니 그쪽도 시선을 느낀 것 같다. 키가 큰 남자 그림자가 인사를 했다. 다다와 교텐도 엉겁결에 따라서 고개를 움츠리는 거북이처럼 인사를 건넸다.

남자가 신호를 주었는지 남녀는 겨우 작업을 끝내고 괭이며 삽 등을 밭 한쪽 구석에 지어놓은 창고에 넣었다. 그들은 옷에 묻은 먼지를 털면서 이차선 도로를 건너왔다. 남녀 두 명씩이지만 나이는 이십대 초반에서 육십대 정도로 폭이 있어서 부부도 부녀도 아닌 모습이다.

"안녕하세요."

리더 격인 서른 전후의 남자가 다다와 교텐에게 말을 걸어왔다. 아까 인사를 한 남자다. 작업복 가슴에 'HHFA 사와무라'라고 자수가 놓여 있다.

"안녕하세요. 고생이 많으십니다."

다다는 얼떨결에 벤치에서 일어나 남자에게 대답했다. 교텐은 앉아 있었다.

"네. 밭농사에는 겨울 동안 토양 만드는 게 중요해서요."

사와무라라는 남자는 세련된 동작에 빈틈없는 미소를 지었다. 남은 세 사람도 노동의 충실함으로 빛나는 표정으로 사와무라와 다다의 대화를 지켜보고 있다. 하루 일을 마치고 버스를 타고 마호로 역 앞으로 돌아가는 것 같다.

"그쪽도 일이십니까?"

호기심을 차마 누르지 못하겠다는 듯이 사와무라가 물었다. 다다와 교텐이 무엇을 하는지 농작업을 하는 동안에도 궁금했던 모양이다.

"버스 운행 상황을 감시하고 있습니다."

"아, 저런. 추운데 고생이시군요."

사와무라의 시선이 작업복에 점퍼를 걸친 다다의 온몸을 재빨리 위아래로 왕복했다. 요코하마 중앙교통 사원인지 교통량 조사 아르바이트생인지 정체를 파악하지 못해 당황스러운 것 같다. 심부름센터입니다, 하고 말할 이유도 없어서 다다는 잠자코 있었다.

"남쪽 출구 로터리에 있는 단체 사람이네."

100엔짜리 라이터를 만지작거리면서 교텐은 누구에게랄 것도 없이 말을 건넸다. 이번에도 역시 사와무라가 대답했다.

"그렇습니다. 아십니까?"

"채소 팔잖아요. 종교?"

교텐이 느닷없이 물어서 다다는 숨이 막힐 뻔했다. 사와무라 이외의 세 남녀는 온화한 표정을 흩뜨리지 않은 채 서로 곤혹스러운 듯한 눈빛을 교환했다. 하지만 여전히 말은 하지 않았다. 사와무라도 몇 초 동안 묵묵히 교텐을 보았지만, 이윽고 편안한 미소를 지었다.

"그런 오해를 가끔 받습니다만."

무리에서 발언권이 있는 것은 사와무라뿐인 것 같다.

"저희는 어디까지나 비즈니스로 안전한 유기농 채소 재배와 판매를 목표로 하고 있습니다. 지금은 수요가 아주 높으니까요."

"그렇죠."

교텐이 우호적으로 끄덕이더니 일어서며 기지개를 켰다.

헤드라이트가 어두운 길을 비추고 마호로 역으로 가는 버스
가 왔다. "그럼" 하고 사와무라가 대표로 가볍게 머리를 숙이고
네 명은 줄줄이 버스 계단에 올라섰다.

다다는 운행 확인을 체크하고 교텐은 버스를 향해 손을 흔
들었다.

"으음. 지금 저 사람 어딘가에서 만난 적이 있는 것 같은데."

교텐이 중얼거렸다. 타인에게 흥미를 갖다니 별일도 다 있
다. 다다는 "남쪽 출구에서 본 거 아냐? 전단 돌리는 걸 봤거나"
하고 추리했다.

"난 그런 거 일일이 보지 않아."

기껏 한 추리는 속공으로 부정당했다.

"그럼 착각이겠지."

"그런가, 그럴지도."

교텐은 빠르게 생각을 바꾼 듯했다. 부루퉁한 다다를 무시
하고 다른 의문을 제시했다.

"저 사람이 한 말, 어떻게 생각해?"

"몰라. 비즈니스라고 하니 그런 거겠지."

다다는 담뱃갑을 흔들어 담배를 빼면서 대답했다. 적절한
타이밍에 교텐이 100엔짜리 라이터를 건넸다. 받아 들고 불을
붙였다. 슈슈슈슉 하는 소리와 함께 빨간 불꽃이 20센티미터

정도 피어올라 다다의 앞머리를 태웠다.

"캬캬캬, 걸렸다."

"위험하잖아! 언제 또 개조한 거야."

"심심해서."

마지막 버스까지 감시를 계속했지만, 운행 시간을 어긴 버스 수는 영(0)이었다.

안채 현관 앞에 나온 오카에게 성과를 보고했다. 오카는 체크한 종이를 노려보며 "으음" 하고 신음했다.

"심부름센터. 요중한테 미리 누설한 건 아니겠지?"

"요중 버스에 그렇게까지 관심 없습니다."

"관심을 갖지 않으면 곤란하지!"

오카의 대머리는 분노 탓인지 어둠에서도 알아볼 만큼 빨개졌다.

"우리 노인들한테 버스는 병원이나 장 보러 가는 중요한 수단이야!"

관심을 가져야 할 곳이 요중 버스에서 노인으로 미묘하게 바뀐 느낌도 들었지만, 다다는 얌전하게 "지당하십니다" 하고 맞장구를 쳤다.

"그렇지만 뭐, 운행 횟수를 속이지 않았다는 결과가 이번에도 이렇게 나왔으니."

교텐이 오카의 손을 들여다보며 바인더에 낀 종이를 쿡쿡 찔렀다.

"당신이 낮에 말한 대로 감시 의뢰는 이것으로 마지막으로 해주겠어요?"

빈대인 네가 어째서 멋대로 고객하고 교섭하는 거야. 나무라려고 하는 다다를 아랑곳하지 않고 교텐이 말을 계속했다.

"다다를 벤치에 오래 앉혀두면 지병인 요통이 악화되거든요."

설마 교텐이 나를 신경 써주는 날이 오다니. 다다는 갓 태어난 송아지가 혼자 힘으로 서는 것을 지켜볼 때처럼 감동했다.

"그리고 이 점이 중요한데."

교텐이 계속했다.

"나를 심심하게 하면 곤란한 일이 생겨요."

조금 전의 감동은 어두운 구름에 덮이고 다다의 마음속에서 불길한 예감이 고개를 들었다.

"전국, 아니 전 세계의 지하에 깔려 있는 기맥이 흐트러져요. 그러면 도쿄에 대지진이 덮치고 베수비오산이 분화하고 마리아나 해구가 메워지고 초몰랑마(에베레스트산의 티베트식 이름)가 낮아지고, 하여간 엄청난 일이 일어난다니까요."

다다는 지금 사자에게 이빨을 들이대는 얼룩말 새끼를 지켜볼 때처럼 음울한 기분이었다. 교텐은 엄숙하게 마무리했다.

"그러니까 나를 벤치에 오래 앉혀두는 것도 앞으로는 좀 삼가세요."

"알았어."

지극히 건성이었지만, 오카는 끄덕였다. 지금 교텐의 말에서 어느 부분을 안 건가. 다다는 황급히 정정했다.

"무리하실 것은 없습니다."

다다가 운행 상황을 감시하지 않는 날에 정말로 운행 횟수를 속였는지, 오카가 무언가 착각했는지 어느 쪽인지는 정확하지 않지만, 오카는 벌써 몇 년째 요중 버스가 눈속임 운전을 하고 있다고 주장했다. 그게 악의를 가지고 한 말이라고는 다다도 생각하지 않는다. 무의미한 감시를 하지 않아도 된다. 무의미한 감시를 하지 않아도 돼서 기쁘지만, 요중을 향한 집착을 꺾어놓아서 오카가 치매에 걸리면 어떡하나 걱정이었다.

"괜찮아, 심부름센터."

오카는 힘없이 고개를 저었다. 노병은 사라질 뿐, 이라고 말을 꺼낼 것 같은 분위기다. 그런데 실제로 오카가 이어서 한 말은 "나한테는 나만의 전투법이 있어"였다.

"네?"

허를 찔린 다다는 새삼스럽게 오카를 보았다. 통이 큰 척하지만 오카의 눈은 역시 어딘지 끈적하게 빛났다. 노병은커녕 음흉한 속셈을 가진 현역 특수 부대원의 모습이다.

무진장 불길한 예감이 드는걸.

다다의 생각을 읽었는지 오카가 수줍게 웃어 보였다.

"아니, 그냥 그렇게 한번 말해봤을 뿐이야. 영화에서처럼 멋있을까 하고, 응."

거짓말이다. 그러나 다다는 아무것도 눈치채지 못한 걸로 하고 마무리 인사를 했다.

"그럼 다음에 또 뵙겠습니다. 일 있으면 전화 주십시오."

말도 안 되는 용건으로 호출하면 곤란하니 이렇게 덧붙이는 것도 잊지 않았다.

"가능하면 정원 청소나 창고 정리 하실 때."

"그래. 그럼 또 보세."

오카는 평소처럼 쌀쌀맞게 현관 미닫이를 닫았다.

심부름업자에게 중요한 것은 되도록 지뢰를 피하는 것이다. 다다는 뒤를 돌아 어두운 정원을 걸어 나갔다.

심부름업자는 남의 집에 들어가서 일을 한다. 필연적으로 의뢰인이나 그 가정의 개인적인 사정을 엿보게 되는 일이 많다.

이를테면 어떤 노부부에게 대청소를 의뢰받았을 때의 일이다. 다다는 장롱 뒤에서 사진을 몇 장 발견했다. 여행지에서 찍은 스냅 사진으로 남편과는 명백히 다른 고령의 남성과 부인이 다정하게 기대어 있었다.

남편과 함께 다른 방에서 대기하고 있던 부인을 자연스럽게 들여다보았다. 부인도 다다의 동향을 눈치챘는지 눈이 마주쳤다. 다다가 사진을 들고 있는 걸 보고 부인의 뺨이 조금 움직였다. 웃는 모습과 비슷했다.

다다는 아무 일도 없었던 척하고 사진을 장롱 뒤에 되돌려 놓았다.

다다의 작업 현장에는 폭탄이 많이 묻혀 있다. 교묘히 감춰 놓은 때도 있고 찾아달라고 할 때도 있다.

그것들을 전부 일일이 밟아서 폭발시키면 몸이 버티지 못한다. 평소와 같은 보조로 해맑은 표정으로 아무도 다치지 않고 지뢰원을 지나가고 싶다. 다다는 그렇게 생각했다.

오카가 무슨 계획을 세우는지 모르겠지만 다다와는 관계없다. 고객의 사정을 모른 척하는 것이 심부름업자의 덕목이다.

"그런데 말이야."

교텐이 다다의 생각을 차단했다.

"막차도 갔는데 우리 어떻게 집에 갈 거야?"

그랬다. 오늘은 트럭을 두고 왔다. 까맣게 잊고 있었다.

"당연히 걸어가야지."

잊고 있었던 것을 눈치채지 못하도록 다다는 묵직하게 단언했다.

"에이, 역까지 가려면 한 시간은 족히 걸려. 택시 타고 가자."

"택시 타면 1500엔 이상 나와."

"어쩌다 한 번이잖아. 나 지쳤어."

"벤치에 앉아 있기만 해놓고."

말은 그렇게 했지만, 다다도 솔직히 걸어서 돌아갈 기력과 체력을 소진했다.

"이 길은 택시도 별로 다니지 않아."

"휴대전화를 뭐 하러 갖고 있냐. 번호 검색해서 부르면 되지."

그것도 그렇다. 택시를 거의 이용하지 않아서 생각이 미치지 못했다.

정원 한복판에서 옥신각신하고 있었더니 현관 미닫이가 열리며 오카가 "시끄러워!" 하고 얼굴을 내밀었다.

"당신들 아직 거기 있는 거야?"

"죄송합니다. 택시가 올 때까지 좀 기다려도 될까요?"

다다가 말했다.

심부름센터의 이념에 관해 진지하게 생각을 하지만, 매번 어이없는 결과로 끝난다. 언제나의 일이다.

요코하마 중앙교통 계열의 택시 회사에 전화를 했더니 10분쯤 기다려달라고 했다. 공교롭게 야마시로초를 지나가는 택시가 한 대도 없었던 것 같다. 주택과 밭밖에 없는 외곽이니 그것도 어쩔 수 없다.

다다와 교텐은 오카 씨네의 축축한 마루에 나란히 앉았다.

왜인지 오카도 두 사람과 함께 축축한 마루에 앉았다.

"추운데 들어가세요."

다다가 말했지만, 오카는 움직이지 않았다.

"요중 놈들, 택시까지 게을러터졌군" 하고 투덜거린다.

오카의 부인이 따뜻한 차를 내다 주었다. 차탁에 받친 찻잔 세 개를 젖은 마루에 내려놓고 부인은 조심스러운 미소를 지었다. 그대로 아무 말도 하지 않고 실내로 들어갔다. 부인의 눈은 '남편이 매번 민폐를 끼쳐서 미안해요'라고 하는 것 같았다.

저렇게 상식적이고 온화한 여성이 어쩌다 오카 같은 사람과 결혼했을까. 이 집에 올 때마다 느끼는 의문이 오늘 밤에도 다다의 마음속에 생겼다. 결혼을 했을 뿐만 아니라 오카와 오카 부인은 오랜 세월 동안 원만한 가정생활을 하고 있다.

사람과 사람의 유대는 정말로 다양하고 수수께끼투성이다. 심부름업자로 많은 집을 찾아가고, 다양한 부부와 연인과 부모 자식의 관계를 보았지만, 같은 형태는 하나도 없었다.

점균 같다. 시시각각 모습이 바뀌고 붙었다가 떨어졌다가 한다. 아직 발견되지 않은 채 꿈틀거리고 있는 것 같기조차 하다.

다다와 교텐과 오카는 차를 마시면서 정원을 바라보았다. 밤에 잠겨서 거의 아무것도 보이지 않는다.

거실 창으로 쏟아지는 불빛이 자갈을 하얗게 비추었다. 잎이 떨어진 정원의 나무들이 불거진 손가락 같은 가지를 검은 하늘로 뻗고 있다. 별이 몇 개 반짝인다. 세 사람의 입에서 나온 하얀 입김이 희미하게 떠돌다 사라진다.

늦은 시간이어선지 도로를 달리는 차 소리도 이따금 들려왔다. 차갑고 고요한 공기 속에서 손으로 감싼 찻잔의 열기에만 의존하여 앉아 있다.

"그러고 보니."

가만히 있기만 하는 것도 어색해서 다다는 화제를 찾았다.

"길 건너편, 밭이 됐더군요. 전에 왔을 때는 주차장이었던 것 같은데."

"아아."

꿈의 세계에서 귀환한 것처럼 오카는 눈을 깜박거렸다.

"그거 우리 땅이야."

"그곳도요? 이 일대에서 오카 씨 땅이 아닌 곳 없지요?"

"뭐, 옛날에는 그랬지. 지금은 꽤 팔아치웠어."

오카는 찻잔을 차탁에 내려놓았다.

"길 건너 땅은 임대한 거야."

"가정과 건강식품협회에요?"

교텐이 끼어서 물었다.

"맞아, 맞아. 그렇게 긴 이름이었지."

오카의 기억에 따르면 그들이 밭으로 사용하겠다고 토지를 빌린 것은 작년 가을 무렵부터라고 한다.

"주차장을 해도 별로 수입이 없어서 차라리 다세대주택이나 지을까 생각했지."

생각하면 바로 실행해야 하는 오카는 업자에게 연락해서 주차장 아스팔트를 벗기게 했다. 다세대주택 도면은 물론 자금 조절을 어떻게 할지조차 정하지 않은 단계에서. 성미가 급한 오카답다고 다다는 어이없어했다.

"건물은 어떻게 지을까 생각할 때가 가장 즐겁지." 오카는 변명했다. "돈이 부족하면 매실이나 밤이라도 심으면 되지, 하고 의욕이 넘쳤지."

주차장이었던 곳은 지면이 노출된 상태로 한동안 방치됐다. 여름에는 잡초를 베어내느라 고생했다고 한다. 버스 운행 감시가 아니라 그럴 때 불러주면 좋았을 텐데, 하고 다다는 생각했다.

"그런데 마침 그 채소 단체가 밭으로 사용하고 싶다고 찾아왔더라고. 밭을 만들기 적합한 흙도 자기들이 나르겠다고 하고, 제시한 가격도 괜찮아서 그럼 쓰라고 했어."

"얼마 정도에?"

교텐이 실례되는 질문을 했다.

"주차장 계약이 거의 찼을 때 정도." 오카는 빙그레 웃었다. "실제로는 계약하는 차가 20퍼센트밖에 없는 주차장이었으니 나로서는 만만세지."

"채소 농사가 그렇게 돈을 버나."

교텐은 이해가 되지 않는 것 같았다.

"그 사람들한테는 돈을 벌고 못 벌고는 문제가 아니지 않을까."

다다가 말했다.

"맞아, 맞아." 오카가 빙그레 웃으며 다시 끄덕였다. "높은 이상과 이념을 위해 열정을 불태우고 있잖아. 기특한 사람들이야."

매달 임대료를 꼬박꼬박 내기만 하면 이상이고 이념이고 채소고 아무 상관 없다.

그 말을 삼키는 오카의 본심이 표정을 통해 전해졌다. 텔레파시인가 싶을 만큼 정확히.

택시를 타고 마호로 역 앞 사무실로 돌아왔다.

교텐은 차 안에서 줄곧 문에 몸을 기대듯이 하고 창밖을 바라보았다. 어두운 창 너머로 사람 덩어리 같은 가로등이 몇 개 지나갔다.

사무실의 실내 온도는 바깥과 별 차이 없을 정도로 식어 있었다. 교텐은 얼른 소파로 직행해서 담요를 둘둘 감았다. 다다는 탁자에 흩어져 있는 컵과 젓가락을 정리했다. 주전자에 물을 끓이는 참에 가스레인지 열에 양손을 펴고 곱아진 손끝을 데웠다.

싱크대 위쪽 선반을 뒤지면서 다다는 등 뒤의 교텐에게 물었다.

"간장 맛과 해물 맛, 뭐로 할래?"

"난로 안 켜냐?"

"먹고 자기만 할 거잖아. 참아."

"그럼 둘 다."

"뭐어?"

"둘 다 먹고 에너지를 보충하지 않으면 자다가 동사할 것 같아."

참말로 잘난 빈대다. 다다는 선반에서 컵라면을 세 개 꺼내 물을 부었다. 간장 맛 두 개, 해물 맛 한 개.

탁자를 사이에 두고 소파에 앉아서 다다와 교텐은 컵라면을 먹었다.

"내일은 아침과 초저녁에 오쿠무라 씨네 강아지 산책 대행, 그사이에 방 구조 바꾸기와 정원 청소가 한 건씩 있어."

"그 곱슬머리 개 말이냐. 좀처럼 집에 돌아가려고 하지 않던데."

교텐은 간장 맛과 해물 맛 라면을 번갈아 먹으면서 말했다. 다다는 혈압을 신경 쓰며 국물은 반만 마시고 말았다.

"어쨌든 돌발 의뢰가 들어오지 않길 바라야지."

"왜?"

"목욕탕 문 연 시간에 일을 마치지 않으면 냄새 나잖아."

"겨울이라 다행이다."

교텐은 자기 셔츠의 소맷부리 냄새를 맡았다.

다 먹은 그릇을 치우고 다다는 싱크대에서 이를 닦았다. 교텐은 식사 직후인데도 바닥에서 복근 운동을 시작했다.

오늘은 목욕탕을 가지 못했다는 얘기를 막 한 뒤에 왜 땀을 빼는 거냐.

"난 이만 잔다."

다다는 불을 끄고 응접 공간과 주거 공간 사이 커튼을 쳤다.

"그래, 잘 자."

교텐이 말했다.

다다는 침대에 몸을 눕히고 천장을 바라보았다. 빌딩 앞 좁은 길로 이따금 차 지나가는 소리가 났다. 2층에 있는 사무실 천장은 그때마다 헤드라이트 불빛에 부옇게 밝아진다.

누군가에게 "잘 자"란 말을 듣는 생활이 다시 올 줄 예상하지 못했다. 괴짜 빈대와 취침 인사를 하게 되는 일이 신상에 일어날 줄은 더 예상하지 못했다.

이 상황은 조금은 행복해졌다고 해도 좋으려나. 아니면. 다다는 생각한다. 이 생활을 나름대로 평온하다고 느낄 때가 있는 것은 단순히 체념이 너무 높아서 판단력이 흐려졌을 뿐일까.

교텐이 윗몸일으키기 운동이니 팔굽혀펴기를 하는 기척이 커튼 너머로 한동안 들려왔다.

결론은 나지 않은 채, 다다는 날짜가 바뀌기 직전에 잠에 빠졌다.

마호로 시에 있는 다다 심부름집의 매일은 이런 상태로 지나간다.

2.

잘 닦인 커다란 창 너머로 엄청나게 흩어진 벚꽃잎이 보였다. 쉼 없이 시야를 사선으로 차단하는 하얀 파편. 눈가루 속에 갇힌 기분이 들지만, 길을 가는 사람들의 표정은 부드럽다.

봄을 맞은 마호로 시는 선잠이 든 것처럼 부옇다. 꽃가루 탓인지 배기가스 탓인지 옅은 수증기가 차 있는 것처럼 흔들리는 공기.

다다도 창으로 들어오는 따스한 햇살을 받으면서 햄버그 정식이 나오기를 기다리는 참이다. 키친 마호로의 4인석 탁자를 혼자 차지하고 긴장과 함께 주방 쪽을 슬쩍 보았다.

마호로 대로에 있는 '키친 마호로'는 이 지역의 양식당 체인점이다. 대형 패밀리 레스토랑만큼 획일적이지도 기능적이지도 않지만, 가게는 언제나 밝고 청결하고 요리도 상당히 맛있다. 마호로 시민에게 가족끼리 외식이라고 하면 제일 먼저 떠올리는 것이 키친 마호로였다.

점심때가 지나서 가게는 비교적 한가했다. 늦은 점심을 먹는 직장인이 두 명. 케이크 세트를 앞에 놓고 수다에 여념이 없는 중년 부인들. 신문을 읽으면서 시간을 때우는 노인.

다들 평온하게 윤곽이 모호한 봄날 오후 속에 있다.

가시와기 아사코가 주방에서 모습을 나타내, 다다는 자세를 바로 했다. 인조가죽 소파가 갑자기 부드러워졌는지 웬지 엉덩이가 불편하다.

아사코는 검은 앞치마를 두르고 머리를 뒤로 묶었다. 청결해 보이는 피부. 플로어를 돌아다녀서인지 뺨에 은은히 붉은 빛이 돌았다.

가지런한 이목구비지만 많은 사람 속에 있어도 시선을 끄는 화려함은 아니다. 다만 발견하고 나면 시선을 뗄 수 없어진다. 하얗고 가는 모래밭에서 솟구치는 맑은 샘에 빠지듯이. 적어도 다다에게 아사코는 그런 사람이었다. 그 물에 손을 적시고 가능하다면 물을 떠서 목을 축여보고 싶지만, 실행에 옮길 수 있는 일도 아니어서 그저 멍하니 바라볼 뿐이다.

"햄버그 정식, 나왔습니다."

뜨겁게 달궈진 철판 위에서 고기와 감자와 브로콜리가 맛있는 소리와 냄새를 뿌리고 있다.

"잘 먹겠습니다."

다다는 가볍게 머리를 숙이고 바구니에 든 포크와 나이프를 꺼냈다.

"이건 덤이에요."

아사코는 양상추 샐러드를 수북이 담은 그릇도 가져다주었다.

덤이라는 말에 이렇게 설렘을 느낀 것은 어릴 때 이후 처음이다. 과자에 따라오는 덤 상자를 열 때의 기분으로 다다는 푸릇푸릇한 양상추 잎과 정열적인 색조의 방울토마토를 바라보았다.

"다다 씨한테 또 의뢰할 일이 있을지도 모르니까."

샐러드는 호의의 표시가 아니라 어디까지나 지인에게 주는 서비스 같다. 당연하다. 아사코는 키친 마호로 그룹 사장이지만, 다다는 개인 심부름센터 주인에 지나지 않는다. 아사코는 딱 한 번 심부름 의뢰를 한 고객일 뿐이다. 그것도 아사코의 남편 유품 정리 의뢰.

쓸데없는 기대를 품지 않길 잘했다. 지극히 미미한 양의 낙담을 감추고 다다는 고맙다는 인사를 했다.

봄방학 때는 학생 아르바이트 수가 부족해서 사장인 아사코가 직접 접객하는 일이 많다고 한다. 그걸 알고 다다는 요즘 키친 마호로를 이용하고 있다. '수상하게 생각하지 않을 빈도'를 신경 쓰면서.

아사코는 주방으로 바로 들어가지 않고 탁자 옆에 서 있었다. 다다는 어색하게 햄버그를 잘라서 입으로 가져갔다.

"저한테 의뢰해야 하는 곤란한 일이 있으십니까?"

순수한 걱정으로 한 질문이었지만, 막상 말을 내뱉고 보니 차갑게 들리지 않았을까, 다다의 마음속에 다른 걱정이 생겨났다. 아사코는 순간 뭔가 생각하는 모습이었지만, 바로 웃는 얼굴로 "아니에요"라고 했다.

"신입 교육이 잘 될까 하는 정도의 걱정이려나요. 다음 주쯤 새 아르바이트생이 들어오거든요."

그럼 아사코와 가게에서 얼굴을 마주하는 것도 앞으로 얼마 남지 않았다는 말이다. 키친 마호로 사무실은 마호로 역 앞에 있지만 찾아갈 볼일도 없고 다다 심부름집에 놀러 오라는 말도 하지 못한다. 저쪽은 5층 건물의 근대적인 자사 빌딩. 이쪽은 외벽이 다 벗겨져가는 다목적 빌딩 사무실 한 칸이다. 게다가 입주자들도 수상하다. 이를테면 다다의 사무실과 같은 층에는 '건강당'이라는 침술 마사지 가게가 있다. 더없이 초라한 곳으로 손님이 들어가는 걸 한 번도 본 적이 없다. 남 말 할 처지는 아니지만 어떻게 꾸려나가는지 의문이다.

"오늘은 교텐 씨와 같이 오지 않았네요."

다다의 근심은 눈치채지 못했는지 아사코가 화제를 돌렸다.

"외출 중입니다."

사실은 억지로 사무실에 떼어놓고 왔다. 교텐은 물론 "에이, 나도 아사코 씨네 가게에서 밥 먹고 싶어" 하고 떼를 썼다. 하지만 교텐과 24시간 얼굴을 맞대고 있는 것은 정신 건강에 좋지 않다. 가끔은 혼자이고 싶다.

사실은 교텐이 키친 마호로에 따라올 때마다 히죽거리는 게 싫다. "오늘은 아사코 씨 있네. 어이, 다다, 추가 주문 안 해도 되냐?" 등등, 야한 중년 남성 같은 표정으로 중학생 수준의 참견을 한다.

좀 닥쳐줘, 라고 말하고 싶다. 오랜만에 느끼는 설렘 정도는 조용히 음미하고 싶다.

아사코는 손님이 부르는 바람에 다다의 탁자에서 떠났다. 다다는 그제야 차분하게 햄버그와 샐러드를 먹을 수 있었다. 그런 자신한테 화가 났다.

내 쪽이야말로 멍청하고 숙맥인 중학생으로 돌아간 것 같지 않나. 연애를 한 적도 아내가 있었던 적도 있으면서. 어째서 이제 와서 몰래 바라보고는 가슴이 쿵덕거리고 손에 땀은 나는 건지. 중학생이라면 몰라도 이런 중년에 징그러울 따름이다.

다다는 슬쩍 종이 냅킨으로 손바닥을 닦았다.

오랜 세월, 누군가를 좋아하는 마음을 저 깊숙한 곳에 봉인하고 살아서 마치 처음으로 누군가를 그리워할 때처럼 배어

나오는 생각에 당황한 것이리라.

이러다 익숙해지겠지. 익숙해지면 설렘을 느끼지 못한 척 지낼 수 있게 된다. 과거의 다다를 포함한 많은 사람이 바쁨과 가정을 이유로 사랑과 욕망을 뒤로한 것처럼.

휴대전화가 울렸다. 다다가 햄버그 정식을 다 먹기를 재고 있었던 것 같은 타이밍이다. '사무실'이라는 문자가 화면에 떴다.

통화 버튼을 누른 순간 교텐의 웃음이 잔뜩 밴 목소리가 흘러나왔다.

"데이트 중에 미안한데 긴급사태."

"뭐야."

"이불이 날아갔어."

"너, 좀."

"내 이불도 아니고, 개그도 아니야. 의뢰인이 전화로 그랬다고. 이불이 날아가서 옆집 지붕에 떨어진 모양이야."

"몇 층 지붕에?"

"글쎄, 물어보지 않았네."

너, 하고 또 하고 싶은 말을 참느라 다다는 물을 마셨다.

"사무실에 있는 제일 큰 사다리 갖고 와."

"에이, 키친 마호로까지? 멀어."

"마호로 대로까지 와. 지금부터 트럭으로 갈 테니까."

"오케이."

57

통화가 끊긴 휴대전화를 작업복 주머니에 넣었다. 식후에 커피를 부탁할 계획이었는데 느긋하게 있을 시간이 없어졌다.

아사코가 다가와서 물을 더 따르려고 했다. 다다는 사양하고 계산서를 들고 일어섰다.

계산을 마친 다다에게 아사코는 생글생글 웃으며 말했다.

"또 오세요."

사교용 멘트도 아닌 접객 매뉴얼이다. 유리문을 밀자 꽃잎 섞인 강한 바람이 불어 들었다. 자꾸 벙긋거리는 입가를 감추기 위해 다다는 담배를 물었다.

주차장에 세워놓은 흰색 트럭의 앞 유리에 꽃잎이 붙어 있다. 이러니 이불도 날아가겠군.

트럭으로 마호로 대로 사거리를 지나가던 다다는 눈을 의심했다.

교텐은 시킨 대로 6미터나 되는 가장 큰 사다리를 사무실에서 갖고 나왔다. 접어서 쓸 수 있는 사다리다. 하지만 보도에다 사다리를 세워놓고 꼭대기에 앉아 있다니, 대체 무슨 짓이냐.

요컨대 교텐은 사람들이 오가는 대로를 3미터 가까운 높이에서 내려다보고 있었다.

네가 수영장 안전 요원이냐.

길을 가는 사람들은 성가셔하며 놀람을 감추지 않고 교텐을 흘끗흘끗 보았다. 잘도 경찰에 신고당하지 않았네.

다다는 길가에 소형 트럭을 세우고 조심스레 경적을 눌렀다. 교텐은 바로 알아차리고 가볍게 땅으로 뛰어내렸다. 사다리를 접어서 트럭 짐칸에 실은 뒤 조수석에 올라탔다.

"빨리 왔네."

"너무 늦었다고 생각한다."

교텐의 기행을 더 빨리 막지 못한 게.

"장소는?"

"모리사키 단지 3동 304호."

교텐은 자기 손등에 메모한 정보를 읽었다.

"단지? 단지에서 이불 말리다 옆 동 옥상으로 날아갔다는 거야? 어떤 상승기류를 탄 거지."

"글쎄, 물어보지 않았네."

다다는 포기하고, 깜빡이를 켜고 핸들을 꺾었다.

모리사키 단지는 마호로 역 앞에서 차로 10분 정도 걸린다. 마호로 시에는 단지가 많지만, 그중에서도 초기에 생긴 것이다. 내진 공사나 리모델링을 했다고는 하지만, 지은 지 40년 가까이 지났을 것이다.

열 동 정도 있는 4층짜리 건물은 모두 아담했다. 엘리베이터도 나중에 설치한 것 같다. 놀이 기구나 어린이용 자전거는 부지 내 어디에도 보이지 않았다. 아이들은 이미 성인이 되어 단지를 떠나 지금은 노인이 된 부모 세대만 살고 있는 것 같았다.

가운데뜰의 시들한 화단과 아름드리나무로 자란 벚꽃을 보면서 다다는 계단으로 3동 3층까지 올라갔다. 사다리가 너무커서 엘리베이터에 들어가지 않아서다. 짊어지고 갈 수밖에없다. 교텐은 빈손으로 따라왔다.

다다가 304호 인터폰을 누르는 것과 동시에 등 뒤에 있던 교텐이 말했다.

"사다리는 짐칸에 두고 오는 게 낫지 않았냐."

정말 그랬다. 아사코를 만나 마음이 들뜬 데다 수영장 안전요원 상태의 교텐을 목격하고 정상적인 판단 능력이 결여된것 같다.

"왜 더 빨리 말하지 않은 거야."

교텐을 원망하고 있는데 눈앞의 문이 열렸다.

얼굴을 내민 사람은 안경을 낀 약간 뚱뚱한 남자였다. 오십대 중반쯤일까. 흰머리가 섞인 머리에는 기름기가 전혀 없고안색도 나쁘다. 벚꽃도 피었는데 보풀이 엄청 많은 두꺼운 스웨터를 입고 있다.

다다가 소개를 하자, 남자는 "안녕하세요" 하고 입속으로 우물우물 말하고 그대로 안으로 들어갔다. 사다리를 들어서 손이 없는 다다는 닫히려는 문을 발로 잡았다.

"어째 미로 같은 무늬네."

교텐이 속삭였다. 무슨 소리지, 하고 다다는 잠깐 생각하다 남자가 입은 스웨터 얘기란 걸 알았다. 무심결에 작게 웃어버렸다. 갈색과 초록색 털실이 소용돌이 같은 희한한 무늬의 스웨터이긴 했다.

들어오세요, 라는 말은 하지 않았지만 안으로 들어오란 것이라고 판단하고 다다와 교텐은 현관에서 신발을 벗었다. 사다리는 문밖 통로에 눕혀두기로 했다. 남자는 거실로 통하는 짧은 복도에 서서 두 사람을 기다렸다.

부엌과 이어진 다다미 6조 정도의 거실. 정면에는 베란다로 난 창이 있다. 침실로 쓰는 방이 또 하나 있는 것 같았지만, 칸막이 문은 닫혀 있다.

실내는 깔끔하게 정돈되어 있다. 그러나 항상 주변을 깨끗이 해놓는 건 아니고 마침 대청소를 한 뒤 같아 보였다. 그 증거로 실내 공기에 먼지 냄새가 나고 부엌에는 커다란 쓰레기봉투가 몇 개나 쌓여 있다. 투명한 쓰레기봉투여서 내용물이 보였다. 종이 쓰레기나 음식물 쓰레기뿐만 아니라 옷이나 문구류와 그릇 등도 채워져 있다.

덕분에 방은 극단적으로 물건이 적어서 살풍경해 보이기까지 했다.

평일 낮부터 대청소를 한 듯한 중년 남자. 다다는 불길한 예감이 들었다. 왜 자잘한 것을 그렇게 버려야 했을까. 이사 준비? 기분 전환? 아니면…… 신변 정리.

"이쪽입니다."

남자는 다다를 손짓하여 창을 열고 베란다로 나갔다.

"이불을 걷다가 손이 미끄러져서."

남자가 가리키는 대로 다다는 베란다 난간으로 몸을 내밀고 아래를 내려다보았다.

남자가 사는 동은 단지 부지 끝에 위치해 있다. 철조망 하나를 사이에 두고 단독주택이 나란히 있다. 그중 한 집, 마침 남자의 방 정면에 있는 집 지붕에 문제의 이불이 떨어져 있었다. 약간 누렇지만 면을 알차게 채운 이불 같다.

불어오는 바람에 눈을 게슴츠레하게 뜨면서 다다는 생각했다. 꽤 무게가 있을 텐데 저런 게 날아갔다고?

"저 집하고는 교류가 없는 데다 2층 지붕이어서 어떻게 해야 할지 몰라서."

남자가 주뼛주뼛 옆에서 주석을 달았다.

"사다리를 가져왔으니 괜찮습니다. 주인한테 지붕에 올라가게 해달라고 하겠습니다."

다다는 일을 맡았다.

교텐도 다다 옆에 서서 이불을 내려다보았다.

"사다리를 사용하기보다 여기서 지붕으로 뛰어내리는 편이 빠를 것 같네. 마침 쿠션 대신 이불도 있고."

그렇게 말하고 금방이라도 베란다 난간을 넘을 것 같은 몸짓을 보여서 다다는 "하지 마" 하고 황급히 교텐을 말렸다.

"지붕에 구멍이라도 나면 어쩔 거야."

"지붕이 걱정이냐."

아웅다웅하는 다다와 교텐을 무시하고 남자는 굳은 표정으로 베란다에서 거실로 들어가버렸다.

"어떻게 생각하냐, 저거."

교텐이 슬쩍 물었다.

"어떻게도 생각하고 싶지 않아. 우리는 이불만 회수하면 돼."

남자의 행동에 관한 추측이랄까 의혹이 커지면서 다다는 굳이 상상하지 않기로 했다.

거실 구석에 있는 작은 탁자에서 다다는 남자에게 기입할 서류를 내밀었다. 남자는 꼼꼼한 글씨로 의뢰서와 계약서를 메웠다. 쓰야마 시게카쓰, 51세. 아, 보기보다 미묘하게 젊다. 다다는 별로 상관없는 생각을 했다. 직업란은 공백.

"담배 피워도 돼요?"

아직 베란다에 있던 교텐이 말했다. 쓰야마가 힘없이 끄덕이는 걸 확인하고 교텐은 주머니에서 말보로 멘솔을 꺼냈다. 바람 탓에 몇 번이나 시도하다 간신히 불이 붙었다.

"경치 좋네."

교텐의 목소리에 다다와 쓰야마도 창 쪽으로 얼굴을 돌렸다. 베란다에 서 있는 교텐 너머로 연한 물색 하늘이 보였다. 봄빛에 따스해진 지붕들의 행렬도, 빈틈없이 꽃을 피운 벚꽃 가지도 교텐의 시선에서는 보일 것이다.

"둥둥 날아다닐 수 있을 것 같은 기분이 드네. 마법의 융단이라도 타고."

담배 연기를 뿜으며 교텐이 베란다에서 거실로 왔다. 다다는 주머니에 상비한 휴대용 재떨이를 꺼내 교텐의 손가락 끝에서 떨어진 담배꽁초를 받아 들었다. 피우려면 뒤처리도 제대로 생각하라고.

다다가 휴대용 재떨이 뚜껑을 닫는 동안에 교텐이 의뢰서를 집어 들었다. 쓰야마는 불평도 하지 않고 겁먹은 듯이 교텐의 동향을 살폈다.

"흐음. 무직이구나."

한없이 무직에 가까운 심부름센터 조수인 네가 그런 소리 하지 마. 다다가 제지할 틈도 없이 교텐은 무례한 발언을 연발했다.

"2000엔인데 낼 수 있어요?"

쓰야마가 벌떡 일어섰다. 화나서 치려는 건가 하고 다다는 마음의 준비를 했지만, 쓰야마는 다다와 교텐 바로 옆을 지나 부엌으로 사라졌다. 분노를 솔직하게 표현하지 못하는 것 같다. 참을성 강한 성격인 모양이다.

교텐은 쓰야마의 태도에 아랑곳하지 않고 벽 쪽 서랍장 앞으로 이동했다. 세워놓은 사진 액자를 멋대로 들고는 다다를 향해 말했다.

"얼굴이란 게 말이야. 결국은 이목구비의 사소한 배치 차이로 결정되지 않냐."

사진에는 수수하지만 사람 좋아 보이는 중년 여성과 중학생 정도의 귀여운 여자아이가 있었다. 두 사람 다 웃는 얼굴로 유원지에서 찍은 것 같다. 쓰야마의 아내와 아이일 것이다. 휴일을 즐겁게 보내는 가족의 모습이 엿보였다.

"멋대로 남의 사진 보지 마. 무슨 소릴 하고 싶은 거야."

"솔개가 매를 낳을 때가 있네."

"실례잖아."

"부모 자식을 비교해보는 재미지. 이 집의 경우, 성공한 후쿠와라이(일본의 설날 놀이로 얼굴 윤곽을 그린 종이에 눈, 코, 입 그림을 섞어놓고 눈을 가린 사람이 그것을 적당한 위치에 배치하는 놀이)와 조금 실패한 후쿠와라이 같네."

"진짜 뭐 하는 거야! 빨리 사진 돌려놔!"

다다와 교텐이 작은 목소리로 옥신각신하는 동안, 부엌 서랍에서 달그락거리던 쓰야마가 지갑을 들고 돌아왔다.

"구직 중이지만, 지금은 있습니다."

쓰야마는 그렇게 말하고 조용히 2000엔을 탁자에 꺼내놓

왔다.

"감사합니다."

교텐은 얼른 서랍장에서 떨어져 두 장의 지폐를 접어서 주머니에 넣었다.

"이사 가요? 부인하고 딸은 도와주지 않아요?"

"그런 건 당신들하고 상관없잖아요."

쓰야마는 결국 언짢은 얼굴을 했다. 그래도 교텐은 "아, 도망갔구나. 당신이 회사에서 해고당하는 순간에" 하고 대놓고 말했다. 다다는 기가 막혔다. 쓰야마도 분노를 넘어 이상한 생물체를 만났다는 공포감을 느낀 것 같다.

"뭡니까, 이 사람."

쓰야마는 낮은 목소리로 다다에게 물었다. 이 녀석 나름대로 당신을 걱정하는 겁니다, 라고도 말하지 못하고 다다는 "죄송합니다" 하고 사과했다.

"이 인간은 신경 쓰지 마십시오. 이불을 찾아오겠습니다."

교텐의 등을 쿡쿡 찌르며 쓰야마를 남긴 채 집을 나왔다. 교텐은 가벼운 발걸음으로 계단을 내려갔다.

사다리를 짊어지고 1층까지 내려가는 것은 역시 다다의 역할이 됐다.

이불이 떨어진 집의 주인은 부재중이었다. 할 수 없이 다다는 옆집 초인종을 눌러서 나온 여성에게 자초지종을 설명했다. 무단으로 지붕에 올라갔다가 이웃 주민이 신고라도 하면 곤란하기 때문이다.

중년 여성은 다다가 내민 명함과 다다의 얼굴을 번갈아 보았다.

"심부름센터 전단은 종종 들어오지만 실제로 보는 건 처음이네요."

"곤란한 일이 있을 때는 전화 주십시오."

중년 여성은 이번에는 영업용 미소를 짓는 다다와 교텐을 번갈아 보더니 "야마자키 씨한테는 내가 얘기해둘 테니 걱정 마세요"라고 했다. 시선이 머문 곳으로 보아 교텐의 영업용 미소에 이끌린 것 같다. 본성은 변태 같은 주제에 얼굴이 잘생겨서 득을 본다. 다다는 납득이 가지 않았지만, 안심하고 이불을 내리게 됐으니 그걸로 됐다고 생각했다.

주인이 없는 야마자키가(家)에 사다리를 걸쳤다. 야마자키 씨네 정원은 그리 넓지 않았지만, 구석구석 손질이 잘되어 있어서 사다리를 설치하느라 고심할 일은 없었다. 화분이 너저분하게 널려 있거나 돌맹이와 잡초투성이어서 정원부터 치워야 하는 경우도 허다하다.

사다리는 단번에 2층 지붕까지 닿았다.

"잘 붙들어."

교텐에게 말하고 다다는 지붕으로 올라갔다. 어째선지 교텐까지 따라 올라와서 다다는 황급히 사다리 위쪽을 잡고 흔들리지 않도록 고정해주었다.

이불은 지붕의 경사에 펼쳐지듯 떨어져 있었다. 다다는 엉거주춤 구부린 채 이불로 기어갔다. 그 옆으로 교텐이 터벅터벅 걸어간다. 평지를 걷는 것과 다름없는 걸음걸이다.

"너, 높은 데서 일하는 직업을 갖는 게 어떠냐?"

"하긴, 높은 곳은 전혀 무섭지 않지."

"무서운 게 있긴 있냐?"

"있지. 기억."

예기치 못한 답이어서 다다는 엉겁결에 고개를 들었다. 교텐은 벌써 이불까지 도착해서 다다 쪽을 바라보고 있는 것 같다. 하지만 역광이어서 표정은 잘 보이지 않는다.

"엄청 따뜻해졌네" 하면서 교텐은 이불에 앉았다. "의뢰인 아저씨 말이야, 베란다에서 뛰어내리려고 했던 거 아닐까."

"그럴지도 모르지."

다다는 대답했다. 속으로는 '기억이 무섭다니 무슨 뜻일까'라고 생각하고 있었다.

"어쩐 일로 오지랖 부리지 않네."

교텐이 고개를 갸웃거렸다.

"3층에서 뛰어내려도 죽지 않을 거야. 아마."

다다는 간신히 이불과 교텐이 있는 곳까지 왔다.

쓰야마는 실직을 했고, 아내도 도망갔을지 모른다. 큰마음 먹고 대청소를 하다 보니 자기도 모르게 신변 정리 하는 기분이 들어서 휘청휘청 베란다로 나갔을지도 모른다.

벚꽃잎처럼 바람에 몸을 날려보자. 마법의 융단이 있다면 착지의 충격도 덜할 테지.

단순히 실수로 이불을 떨어뜨린 것뿐이었을까. 만사 귀찮아져서 일부러 이불을 던진 걸까. 자기가 뛰어내릴 생각이었는데 말리던 이불이 먼저 떨어진 걸까. 이불째 하늘로 날아오를 것 같은 자신감이 불쑥 덮친 걸까.

상상은 얼마든지 할 수 있지만, 진상은 모른다. 쓰야마와는 오늘 처음 만났다. 앞으로 또 만날 가능성은 낮다. 사정을 물어보고 필요하다면 막는 편이 좋을 것도 같지만, 그건 친절도 의협심도 아니다. 가능하면 뒷맛 찜찜한 사태를 만나고 싶지 않은 것이 다다의 개인적인 바람이다.

개인적인 바람으로 남의 사정에 관여하는 건 망설여진다.

"아사코 씨하고 밀회는 어땠냐?"

"밀회가 아냐. 손님으로 밥 먹으러 간 것뿐이라고."

"여전히 진전은 없구나."

교텐은 한숨을 쉬더니 이불에 벌러덩 누웠다.

"아, 낮잠이라도 자고 싶을 만큼 날씨 좋네."

다다도 이불 가장자리에 앉았다. 엉덩이가 따뜻해진다.

어떤 기억이 너를 괴롭히는 거냐. 물어보고 싶은 마음도 들었지만 그만두었다. 이불 위에서 눈을 감은 교텐은 고민도 불안도 없어 보이는 평소 그대로의 표정이었기 때문이다.

"그러고 보니 아까 돈."

다다는 누워 있는 교텐에게 손을 내밀었다.

"기억하고 있었냐. 가지려고 했더니."

교텐은 몸을 반쯤 일으켜서 바지 주머니를 뒤졌다. 떨떠름한 모습으로 2000엔을 건넨다. 하여간 잠시도 방심하면 안 된다. 다다는 지폐를 받아 들어 주머니에 넣었다. 이어서 교텐이하얀 봉투를 내밀었다.

"뭐야, 이건."

"유서."

"뭐? 너의?"

"왜 나야. 미로 아저씨 것이지."

"쓰야마 씨의? 어디에 있었던 거야, 왜 갖고 왔어?"

다다는 손 안의 봉투를 내려다보았다. 겉에도 안에도 아무것도 쓰여 있지 않고 봉투도 봉하지 않았다.

"……그래서? 쓰야마 씨, 역시 그런 느낌이었어?"

"글쎄, 아직 안은 보지 않았어. 사진 액자 옆에 있어서 갖고온 것뿐이야."

"그럼 이게 유서인지 아닌지도 모르는 거잖아."

다다는 맥이 탁 풀렸다. 그러나 궁금하다. 망설인 끝에 봉투에서 편지지를 꺼내 펼쳤다.

"뭐래?"

교텐이 들여다보았다.

편지지는 작은 글씨로 가득 차 있다. 제일 앞줄만 보아도 쓰야마의 필체. 대충 읽어본 바, 아내 앞으로 쓴 편지 같다. 회사에서 해고당해 가족에게 돌아가려고 한다는 것, 그러나 태세를 정비하여 다시 한번 도쿄에서 직장을 구할 생각이라는 것 등등을 썼다.

"이 아저씨, 처자식이 도망간 게 아니라 마호로에 단신 부임 온 거구나"하고 교텐이 말했다. "유서는 아니었던 거네."

"미묘하네. '가족에게 폐가 되지 않을까 생각하면 마음이 괴롭다'고도 쓰여 있어."

"어떻게 할 거야?"

"어떻게 할 것도 없지. 멋대로 갖고 온 편지를 근거로 '자, 힘내십시오'라고 할 수 있냐? 어떡할 거야, 이거."

다다는 편지지를 다시 봉투에 넣어서 교텐의 손에 떠맡겼다.

"네가 책임지고 쓰야마 씨 집에 돌려놔."

"그런 건 간단해. 여기에 넣어두면 되지."

교텐은 이불 커버 가장자리에 봉투를 찔러 넣었다.

"아니지, 서랍장에 있던 게 이불에 있으면 이상하잖아! 편지가 순간 이동하냐?"

"괜찮다니까. 넌 사소한 일에 너무 신경 써."

"사소한 일이 아냐!"

편지를 도로 받으려고 다다는 교텐과 옥신각신했다. 그 바람에 베란다에서 이쪽을 바라보고 있는 쓰야마와 눈이 마주쳤다.

아뿔싸. 농땡이 치고 있다고 생각했을까. 아니, 이 상황은 명백히 농땡이이긴 하다.

"어쨌든 얼른 이불을 내리자."

편지는 나중에 어떻게든 할 수밖에 없다. 다다는 교텐을 재촉해서 이불에서 쫓아내려고 했다. 교텐도 쓰야마를 발견하고 베란다를 향해 태평스럽게 손을 흔들었다. 당연하지만 쓰야마는 무표정이다. 기껏 의뢰했더니 뭐 하고 있는 거야, 라고 말하고 싶은 표정이 역력하다.

교텐은 그런 쓰야마에게 아랑곳하지 않았다. 앉은 자세로 이불 끝을 양손으로 잡더니 몸을 앞뒤로 흔들었다.

"어이, 뭐 하는 거야."

다다가 말을 걸었을 때에 이미 이불은 교텐을 태운 채 썰매처럼 지붕 경사를 미끄러져 떨어졌다.

"아저씨! 이렇게 된다고요, 봐요!"

교텐은 베란다의 쓰야마에게 큰 소리로 말하고 이불째 지붕에서 다이빙했다.

허공에서 교텐과 이불은 한순간 정지한 것처럼 보였다. 다음 순간, 다다의 시야에서 교텐과 이불이 사라지더니 동시에 야마자키 씨네 정원에서 쿵 하고 낮은 땅울림이 일어났다.

"교텐!"

고소공포증이 있다는 것도 잊고 다다는 지붕 끝까지 뛰어 내려갔다. 머뭇머뭇 지면을 내려다보니 이불을 쿠션으로 하여 교텐이 뻗어 있다.

다다는 서둘러 사다리에서 내려가 집을 돌아서 정원을 내달렸다. 단지 베란다에서는 쓰야마가 걱정스럽게 난간을 잡고 있었다.

"구급차 부를까요?"

"아뇨, 상태를 보겠습니다. 잠시 기다려주십시오."

그렇게 대답하고 다다는 베란다의 쓰야마를 향해 충고했다.

"몸을 너무 내밀면 위험합니다!"

다다의 주머니에서 휴대전화 벨이 울렸다. 설상가상이란 이런 것이다. 이럴 때 대체 누구야. 다다는 반사적으로 휴대전화를 꺼내 제대로 화면도 보지 않고 통화 버튼을 눌렀다.

"네, 다다 심부름집!"

들려온 것은 차분한 여자 목소리였다.

"마호로 시민병원 간호사 스자키라고 합니다."

아직 구급차도 부르지 않았는데 어떻게 병원에서 연락이? 다다는 혼란스러운 머리로 "네, 안녕하세요" 하고 일단 무난하게 응대했다.

"지금 좀 괜찮으세요?"

안 됩니다. 이불을 타고 지붕에서 다이빙하여 기절한 남자가 있어서, 라고 말하고 싶다.

"네, 말씀하세요."

다다는 휴대전화를 어깨와 뺨으로 끼고 지면에 무릎을 꿇었다. 정원으로 굴러 떨어진 교텐은 이불 위에서 반듯하게 하늘을 보는 꼴로 누워서 눈을 감고 있다.

손바닥으로 교텐의 목덜미를 만져보았다. 살아 있긴 한 것 같다. 움직이게 하면 나쁘지 않을까 생각하면서도 다다는 교텐의 어깨에 손을 올리고 가볍게 흔들었다.

"실은 소네다 기쿠코 씨의 용태가 좋지 않아서……"라고 스자키가 말한 것과, "교텐. 어이, 교텐" 하고 다다가 눈앞의 교텐을 작은 목소리로 부른 것은 거의 동시였다. 잠시 침묵이 있은 뒤, 스자키가 "네, 갑작스러운 일이라 놀라실 만도 하죠"라고 한 것과 스자키의 정보가 뇌에 침투하여 "뭐라고요!" 하고 다다가 소리친 것도 거의 동시였다(교텐의 이름과 '몹시 놀람'이라는 뜻의 일본어 '仰天'의 발음이 같다).

죄송합니다, 놀란 게 아니라 교텐이란 남자의 이름을 불렀습니다, 라고도 할 수 없다. 젠장, 이름까지 별나게 지어서 중요한 순간에 뻗지 말라고. 다다는 속으로 욕을 하며 교텐을 거칠게 흔들었다. 머릿속으로는 사태를 정리했다.

소네다 기쿠코, 즉 소네다 할머니는 고령이어서 전부터 마호로 시민병원에 입원해 있다. 다다는 할머니 아들의 의뢰로 병문안 대행을 했다. 소네다 할머니는 약간 치매기가 있어서 다다가 아들인 척하고 가면 무척 기뻐한다. 가끔 할머니의 머리 회로가 정상으로 돌아오는 듯 다다를 다다 본인으로 인식할 때도 있다. 그럴 때, 다다는 할머니가 얘기하는 마호로 시의 옛날이야기에 귀를 기울였다.

아들이라 하고 할머니를 속이는 게 괴롭기도 했다. 하지만 다다는 이 병문안 대행 의뢰를 적극적으로 수락했다. 귀여움과 까다로움을 동시에 갖고 있는 소네다 할머니. 병문안으로 할머니가 평온해진다면 거짓말하는 데 인색하지 않겠다고 다다는 다짐했다.

그런데 대체 어떻게 된 걸까. 연말에 병문안을 갔을 때는 비교적 건강하게 다다가 가지고 간 과자를 먹었는데.

"어디가 안 좋으십니까? 아주 나쁩니까?"

"어디랄 것도 없이 연세 탓인지 요 며칠 거의 잠만 주무시고…… 만날 수 있으시다면 빠른 시일에 보시는 편이 좋을 것 같아서 연락드렸습니다."

"감사합니다. 당장 찾아뵙겠습니다."

다다는 스가키와 대화를 하면서도 교텐을 계속 흔들었다. 빨리 안 일어나냐.

"그런데 왜 저한테 연락을?"

스가키라는 이름은 들은 적이 없다. 다다는 마호로 시민병원에는 몇 번이나 갔다. 소네다 할머니 병문안뿐만 아니라 양아치한테 칼을 맞은 교텐이 입원한 적도 있기 때문이다. 그런저런 일로 얼굴을 아는 간호사 중 한 명이겠지만, 이름만 듣고는 누군지 떠오르지 않았다.

"아시겠지만 저는 소네다 씨와는 아무런 인연도 없는……."

"소네다 씨는 언제나 다다 씨가 오는 걸 기다리고 계신답니다."

스가키의 목소리가 조금 밝아졌다.

"여기서만 하는 얘기지만, 친아들 부부가 오시는 것보다 더요. 그래서 제 판단으로 전화번호부를 찾아봤답니다. 비밀이에요."

다다는 한 번 더 인사를 하고 전화를 끊었다.

심부름센터 의뢰는 거의 일회성 잡무다. 지속적으로 의뢰하는 고객도 있지만, 자질구레한 집안 용건이 대부분을 차지한다. 다다는 심부름센터 일에 나름대로 자부심과 긍지를 안고 있지만, 자신의 존재가 누군가에게 의지가 된다는 걸 실감하거나 아는 기회는 적다.

기뻤다. 소네다 할머니가 내 병문안을 그렇게까지 기다려주다니.

한시라도 빨리 병원에 달려가야 한다. 문제는 아직 뻗어 있는 교텐이다. 설마 정말로 떨어져서 다친 건 아니겠지.

다다는 불안이 고조되어 교텐을 들여다보았다.

"어떻습니까?"

등 뒤에서 말을 걸어와 돌아보았다. 어느새 쓰야마가 야마자키 씨네 정원에 들어와 있었다. 걱정된 나머지 굳이 상태를 보러 달려온 것 같다. 그러잖아도 푸석푸석한 머리가 헝클어져서 더 푸석거렸다.

"눈을 뜨지 않네요. 구급차를 불러야겠습니다."

다다는 들고 있던 휴대전화로 119에 전화하려고 했다.

"그럴 것까지는 없어."

차가운 손이 다다의 손등을 건드렸다. 교텐이다. 교텐이 눈을 뜨고 이불에 누운 채 웃고 있다.

"괜찮냐?"

"응. 잠이 들었나 봐."

자지 말라고. 분노와 안도가 반씩 밀려와서 다다는 어깨를 떨었다. 쓰야마도 맥이 풀린 것 같다. 다다 뒤에서 크게 한숨을 쉬었다.

"어쨌든 다행이네. 혹시 모르니 시민병원 가서 검사라도 받자. 지금 마침 전화가 와서……."

"알아."

교텐은 다다의 말을 가로막고 무대에 올라온 연극배우처럼 말했다.

"얘기는 다 들었어."

"너 깨어 있었던 거냐?"

"소네다 할머니가 큰일이잖아. 빨리 가자."

교텐은 탈진한 다다를 아랑곳하지 않고 비틀거리지도 않고 벌떡 일어났다. 방금까지 누워 있던 이불을 김밥 말 듯 둘둘 말아서 들어 올려 쓰야마에게 건넸다.

"이거 마법의 융단은 아니네요. 꽤 아파요."

그렇게 말하고 교텐은 얼른 야마자키 씨네 집에서 나와 단지 주차장 쪽으로 걸어갔다. 어안이 벙벙한 채 이불을 안은 쓰야마와 두통을 느낀 다다만 남겨졌다.

"멋지게 날았네요."

감탄으로도 조롱으로도 느껴지는 어조로 쓰야마가 중얼거렸다.

"뭔가 시원했습니다."

다다는 편지가 든 이불에서 눈을 돌리며 "아뇨, 그 정도는……"이라고 대답할 수밖에 없었다.

"검사비, 제가 낼까요?"

교텐이 사라진 방향을 응시하며 쓰야마가 생각났다는 듯이 말했다.

"저 녀석이 제멋대로 날았는걸요."

관자놀이를 문지르던 다다는 황급히 고개를 저었다.

"다만 이불을 직접 가져가셔도 괜찮겠습니까? 방금 지인이 위독하기 직전이라는 전화가 와서 바로 병원에 가보고 싶습니다만."

위독하기 직전이란 표현이 이상하지만, 소네다 할머니가 실제로 어느 정도 안 좋은지 잘 모르니 어쩔 수 없다.

"괜찮습니다."

쓰야마는 이불을 다시 힘껏 껴안고 야마자키 씨네 문을 나갔다. 편지는 순간 이동할 때도 있는 걸로 해두자. 그렇게 자신에게 세뇌하며 다다도 사다리를 접었다.

이웃집 중년 여성에게 인터폰 너머로 작업이 끝났음을 알리고 다다는 사다리를 짊어졌다. 빠른 걸음으로 주차장으로 향했다. 단지 입구에서 뒤뚱뒤뚱 이불을 나르는 쓰야마를 쫓아갔다.

"영수증 필요하십니까?"

"아, 괜찮아요."

쓰야마는 걸으면서 다다에게로 시선을 향했다.

"저, 뭔가, 여러모로 고맙습니다."

수줍은 듯이 그렇게만 말하고 쓰야마는 바로 시선을 돌린 채 3동으로 들어가버렸다. 어딘지 모르게 개운한 표정이었다.

아마 쓰야마는 이제 괜찮을 것이다. 아무런 확증은 없지만, 다다는 그렇게 생각했다.

트럭 조수석에서는 교텐이 지루한 듯이 담배를 피우며 다다를 기다렸다. 다다는 트럭 시동을 켜고 일단은 창을 내린 다음 연기를 쫓았다.

"쓰야마 씨가 고맙다고 하더라."

"왜?"

"네 다이빙을 보고 후련했던 것 같아."

"흐음."

어디까지가 계산된 언동인가. 교텐의 진의를 읽기 어려운 것은 늘 있는 일이다.

다다는 안전띠를 하고 마호로 시민병원을 향해 트럭을 몰았다.

마호로 시민병원은 증축 공사가 한창이다. 공사 진행 상황에 따라 주차장 위치도 자꾸 바뀐다. 연말에 왔을 때와 또 달라져서 다다는 주차장 입구를 찾아 부지를 반 바퀴 돌았다. 마음이 급할 때 쯧, 하고 혀를 차고 싶은 기분이다.

겨우 발견한 주차장에 트럭을 세우고 소네다 할머니가 입원한 병동으로 향했다.

"교텐, 너 검사 신청하고 와."

"에이. 됐어, 귀찮게. 그런 거 할 동안 할머니 죽으면 어쩔 거야."

"재수 없는 소리 하지 말고."

이미 경보 속도로 병동 복도를 지나갔다.

"심부름센터 아저씨" 하고 불러서 돌아보니 간호사실에서 간호사가 나오던 참이었다. 사십대쯤일까, 낯익은 여성이다.

"스자키 씨이십니까?"

"맞아요. 아아, 좀 늦으셨네요."

스자키는 한탄하듯이 고개를 젓고 앞장서서 걸었다.

설마, 소네다 할머니가……. 다다는 떨리는 무릎을 진정시키며 스자키를 쫓아갔다. 교텐도 말없이 따라왔다.

병실은 전에 왔을 때와 다름없었다. 6인실 한복판 침대. 스자키가 조심스럽게 칸막이 커튼을 걷었다.

"좀 전에 막……."

할머니는 새하얀 침구 속에서 잠자듯이 누워 있었다. 평온한 표정으로 눈을 감고 있다.

다다는 무릎에서 힘이 빠져 그 자리에 주저앉을 뻔했다.

설마 이렇게 갑자기. 아니, 할머니가 나이를 먹은 것은 명백

하니 아들에게 의뢰가 없어도 자주 찾아뵈면 좋았을 텐데. 올해 들어서도 몇 번이나 기회는 있었다. 그런데 다다는 할머니가 마음에 걸렸지만 "바쁘니까 다음에 갈까" 하고 병원에 가는 걸 미루기만 했다.

바쁘다는 건 핑계다. 일이 비는 시간에 사무실에서 멍하니 있을 때도 있었으니까.

"소네다 씨."

후회를 가득 안고 다다는 작은 소리로 소네다 할머니를 불렀다. 스자키가 옆에서 또 고개를 저었다.

"아까 일어나서 젤리를 드시긴 했는데요. 이제 한참 주무실 거예요."

"네?"

다다는 스자키에게로 시선을 옮겼다.

"소네다 씨는, 그, 저기 단순히 주무시는 것뿐입니까?"

"네."

달리 또 뭐? 하는 투로 스자키가 말했다.

이봐요. 이번에야말로 다다는 주저앉고 싶었지만, 정신력으로 참았다. 교텐은 할머니 입가에 손바닥을 대더니 "절찬 수면 중이네"라고 했다.

"자는 것도 체력이 필요한 일이니 괜찮은 거 아냐?"

"그렇지만 지난주에 위험했던 것도 사실이에요."

여기서 말하긴 뭣하니까, 하고 스자키는 같은 층에 있는 휴게실로 다다와 교텐을 불러냈다. 대형 텔레비전 두 대와 소파 세트 몇 개가 놓여 있는 공간이다. 노인 몇 명이 텔레비전을 보거나 수다를 떨고 있다.

소파에 앉아서 스자키의 얘기를 들었다. 소네다 할머니는 지난주에 설사를 했다고 한다.

"노인들은 아무래도 운동 부족으로 변비가 되기 쉽거든요. 소네다 씨도 약한 변비약을 처방받아서 저녁 식사 후에 직접 드셨는데."

그만 깜박하고 취침 전에 또 변비약을 먹었다. 설사가 나는 것도 당연하다.

"배는 나았지만, 그때부터 체력이 떨어져서 주무시는 일이 많아졌어요."

병원 측은 아들에게 연락했다. 할머니가 좋아하시는 것이라도 들고 병문안을 오기를 기대했지만 대답은 한심했다.

"가시기 직전에 가보겠습니다, 라고 하더래요."

스자키는 분노를 감추지 않았다. 사람의 생과 사를 가까이에서 보아온 터라 미뤄도 되는 일이 있고 안 되는 일이 있다는 걸 잘 알고 있을 것이다.

"이런저런 사정이 있는 것 같지만."

스자키는 분노를 털려는 듯이 한숨을 쉬었다. "소네다 씨가 불안해하셔서 걱정이 돼요. 심부름센터 아저씨, 소네다 씨한테 기력을 보태주시지 않겠어요?"

"알겠습니다. 오늘은 다른 의뢰인도 없으니 할머니가 깨실 때까지 좀 기다리겠습니다."

스가키는 동료 간호사가 불러서 황급히 자리를 떴다. 다다와 교텐도 할머니의 병실로 돌아갔다.

파이프 의자를 가지고 와서 침대 옆에 나란히 놓고 앉았다. 할머니는 아까와 다름없이 눈을 감은 채였다.

"왜 그러는 걸까."

소네다 할머니의 잠든 얼굴을 바라보면서 다다는 중얼거렸다.

"뭐가?"

교텐이 태평스러운 어조로 물었다.

"아들이 병문안을 오지 않는 이유 말이야. 소네다 씨는 자식에게 그렇게 미움받을 사람인가?"

소네다 할머니는 아들 부부가 헤어지길 빌고 있다. 그 기도가 다른 방향으로 저주를 받은 건지 할머니와 며느리 사이는 최악인 것 같다. 그러나 그것만으로 위독하다는 어머니의 병문안을 거부하는 걸까.

"일이 바쁘거나 어머니를 챙기면 아내가 싫어하거나 여러 가지 사정이야 있겠지만."

"다다는 결혼 생활 중에 고부 문제로 고민하지 않았어?"

"글쎄."

다다는 잠시 생각해보았다.

"그런 문제의 존재를 깨닫지 못했네. 넌 어땠냐?"

"난 위장결혼이었다니까."

그렇게 말한 교텐은 갑자기 차가운 미소를 흘렸다.

"게다가 고등학교 졸업한 뒤로 부모를 한 번도 만난 적이 없고. 고부 문제가 생길 리 없지."

교텐의 발언에 뭐라고 말해야 할지 몰라서 다다는 머릿속으로 서툰 표어를 쥐어짰다. '관계 없는 곳에는 문제도 없다'. 그렇다고는 하지만, '인간관계가 황폐한 덕분에 고부 문제로 고민하지 않아서 행운이네'라고 기뻐할 마음은 도저히 들지 않는다.

"자기 부모이기 때문에 용서할 수 없는 일도 있지 않냐."

교텐은 조용히 말하고 침대 쪽으로 고개를 내밀었다.

"아, 할머니 깼다."

소네다 할머니가 하얀 침구 속에서 눈을 뜨고 있었다. 다다는 약간의 긴장과 함께 할머니의 얼굴을 들여다보았다. 오늘 할머니는 다다를 '심부름센터 다다'와 '아들' 어느 쪽으로 인식할까. 거기에 따라 다다의 연기 계획도 바뀐다.

"몸은 좀 어떠세요?"

할머니의 귀에 들리도록 큰 소리로, 그러나 신중하게 물었다.

할머니는 눈을 몇 번 깜박거렸다. 하늘에서 소리가 들렸다, 라고 말할 것 같은 표정이다. 잠시 상황을 파악하느라 애쓰는 듯했지만, 침대 옆에 사람이 있을 가능성을 겨우 깨달은 것 같다. 천천히 다다에게로 얼굴을 돌렸다.

"아이고, 사사키 선생님. 회진하느라 수고가 많수."

어떡하지. 할머니 입에서 전혀 모르는 사람 이름이 나왔다. 다다는 망설였다. 지금은 사사키 선생인지 뭔지가 돼야 하나? 아마 할머니의 담당 의사일 것이다. 다다는 물론 가운을 입지 않았지만, 적어도 믿음직해 보이도록 가슴을 폈다.

"배가 다 나으신 것 같아서 다행입니다. 앞으로도 섭생하시기를."

섭생이란 말, 요즘 의사가 쓰나. 결핵요양소에 상주하는 다이쇼(1912~1926년에 해당하는 일본 연호) 시대 의사 같지 않았을까.

너무나도 어색한 다다의 의사 흉내에 옆에서 교텐이 크게 웃음을 터뜨리고 할머니도 웃었다.

"뭐야, 다 알고 있어." 소네다 할머니가 말했다. "자네는, 어어…… 심부름센터 다다잖아."

오, 오늘의 할머니는 나를 다다로 인식한 데다 장난까지 쳤다. 노인이 상대를 인식할 때까지의 한순간이란 대체 뭘까. 그 한순간을 느낄 때마다 깊은 구멍으로 빨려 들어갈 것 같은, 어두운 우주로 뱉어내지는 듯한 불안하고 이해할 수 없는 기분이 든다.

그런 생각을 하면서 "맞습니다" 하고 다다는 대답했다. "오랜만에 와서 죄송해요."

"아냐, 아냐. 당신들도 바쁜걸. 오게 해서 미안하네."

소네다 할머니는 이불 속에서 옆으로 누웠다. 팔을 시트에 넣고 왠지 몸을 떨고 있다. 몸을 일으키려고 하는 거란 걸 깨닫고 다다와 교텐은 할머니에게 손을 빌려주었다. 어깨와 등을 부축해주자 할머니는 간신히 침대 위에 앉는 자세가 됐다. 교텐이 침대머리와 할머니의 동그란 등 사이에 베개를 찔러 넣었다.

"뭐 드시고 싶은 거 있으면 사 올게요" 하고 다다가 말해도, 할머니는 "다 필요 없어"라고 고개를 저었다.

"요즘 장사는 어때?"

"그럭저럭해요."

"이럴 때 기력을 길러둬. 심부름센터는 올해 뭔가 소란에 휘말릴 것 같으니까."

소네다 할머니는 이따금 이런 예언 같은 말을 한다. 물론 근거는 아무것도 없다. 다다는 개의치 않고 흘려들었다.

할머니는 침대 옆 협탁에 놓인 따뜻한 물을 마셨다. 다다는 할머니가 준 과자를 먹었다. 전분 박편에 싸인 화려한 색의 한천 젤리다. 교텐은 할머니의 눈을 피해 자기 젤리를 다다에게 떠넘겼다. 할 수 없이 교텐의 몫까지 먹었다. 단맛이 잇몸에서 뇌 꼭대기까지 전해졌다.

셋이서 얘기도 하고 침묵도 나누는 동안 해 질 녘이 되었다. 복도에서는 저녁 식사 배식을 준비하는 소리가 들려왔다.

소네다 할머니를 너무 피곤하게 해도 안 될 것이다.

"또 올게요. 식사 잘 챙겨드시고 부디 건강하세요."

할머니는 끄덕이고 다다를 보았다. 할머니의 검은 눈동자가 이렇게 맑았던가. 푸른빛이 보일 정도다.

"이봐, 다다 씨." 할머니가 말했다. "저 세상이란 게 있으려나."

다다는 말문이 막혔다. 다다는 저 세상 따위는 없다고 생각한다. 죽으면 끝이다. 그 생각은 언제나 떨릴 정도의 숨막힘과 시원스러운 해방감을 다다에게 초래한다. 하지만 기가 약해진 소네다 할머니에게 "없다고 생각합니다"라고 대답할 수는 없다. 할머니의 힘을 북돋워줄 만한 어떤 말도 가지고 있지 않다는 사실이 답답했다.

"저 세상 같은 건 없어요."

대답이 늦은 다다를 대신해서 교텐이 당당하게 말했다. 소네다 할머니는 표정이 굳어졌다.

그런 말을 그렇게 거침없이 하지 않아도 되잖아. 다다는 불편해하며 "어이, 교텐" 하고 제지했다. 하지만 교텐은 아랑곳하

88

지 않고 말을 계속했다.

"그렇지만 나는 할머니를 되도록 기억할 겁니다. 할머니가 세상에 없어도 내가 죽을 때까지. 그럼 안 돼요?"

당연히 안 되지. 가족도 아니고 심부름센터 조수라는 친분밖에 없는 네가 "기억하겠다"고 한들. 그렇게 생각했지만, 다다는 조용한 확신에 찬 교텐의 태도에 뭔가 압도당하고 있었다. 머뭇머뭇 할머니의 반응을 엿보니 할머니는 웃고 있었다.

"그거 좋네."

소네다 할머니는 말했다. 포기 같기도, 결단을 내린 것 같기도 한 말투였다.

병원을 나오기 전에 확실히 해두기 위해 교텐의 정밀검사를 예약했다. 접수 시간은 지났지만 간호사 스자키가 컴퓨터에 예약을 입력해주었다.

"꼭 머리를 중점적으로 부탁합니다."

다다는 주문했다. 지붕에서 떨어진 것 말고도 교텐의 뇌 상태에 평소부터 의문을 품고 있던 참이다.

"어째서."

교텐이 불만스러워했다.

밤이 가까워진 마호로 대로는 약간 차가 밀렸다. 역을 향해 트럭은 느릿느릿 나아갔다.

차창을 조금 열고 다다와 교텐은 담배를 피웠다.

되도록 기억할 거라고 교텐은 말했다. 정말로 그것밖에 없을지도 모른다고 다다는 생각했다. 누구에게나 찾아오는 죽음에 대항하는 수단은.

다다도 절대 잊을 수 없는, 잊고 싶지 않은 기억을 안고 지금도 죽은 자와 연결되어 있다. 기억을 더듬어 죽은 이의 존재를 불러 깨우는 것은 고통스럽기도 하지만, 잃었다고 생각한 행복한 시간이 되살아나는 순간이기도 하다.

죽은 사람과는 두 번 다시 얘기를 나누지 못하고, 만지지도 못하고, 무언가를 해주지도 받지도 못한다. 그런 죽음의 잔혹함에 씨우다 죽은 이를 단순한 죽은 이로 하지 않기 위한, 단 하나의 방법. 살아 있는 사람이 계속 기억하는 것.

"너, 소네다 할머니 꽤 좋아하는구나."

핸들에 가볍게 손을 올린 채 다다는 중얼거렸다. 조수석의 교텐은 차내 재떨이를 당기면서 말했다.

"뭐, 내가 먼저 치매가 와서 죽을 때 되면 다 잊어버릴 가능성도 없지 않지만."

"그래도 소네다 씨는 든든하게 생각할 거야."

"그래?"

교텐은 재를 턴 담배를 다시 입에 물었다. "그럼 너도 기억해줄까?"

나보다 오래 살 생각인 건가, 뻔뻔하네. 다다는 얼굴을 찡그렸다. 지붕에서 뛰어내리는 미친놈이란 걸 알고 나니 기껏 하는 제안이 조금도 고맙지 않다.

"사양할게. 기왕 기억해준다면 예쁜 여자 쪽이 좋겠군."

"아저씨 같은 소리 하네." 교텐은 "캬캬캬" 하고 웃었다. "난 아무도 기억해주길 바라지 않아. 아무리 예쁜 여자라도. 미안."

교텐의 웃는 얼굴 아래 정체 모를 어둠의 공간이 어렴풋이 보였다. 밤의 봄바람이 갑자기 차갑게 느껴져서 다다는 창을 닫았다.

그럼 너는, 네가 가진 기억째로 허무의 어둠에 잠길 생각이냐? 죽는 것조차 아무도 눈치채지 못하게 하고 혼자서.

그렇게 물어보고 싶었지만, 관두었다. 대답은 명확한 긍정일 것이라고 예상했기 때문이다.

다다는 "기억이 무서워"라고 교텐이 한 말을 떠올렸다. 자기까지 완전히 사라져버리고 싶을 만큼 공포스러운 기억이란 대체 어떤 것일까 생각했다.

사무실에 돌아오자 교텐은 소파로 직행했다. 틈틈이 이만큼 몸을 쉬게 하면 확실히 나보다는 장수할지도 모른다. 뒹굴거리는 교텐을 다다는 어이없이 바라보았다.

"어이, 저녁 식사 준비 정도는 하라고."

"준비? 오늘 저녁 메뉴는?"

"카레나 하이라이스나 좋은 쪽 골라."

"또 레토르트. 물만 끓이면 되는 거잖아."

"그러니까 물을 끓이라고 하잖아."

다다의 재촉에 교텐은 마지못해 싱크대 앞에 섰다. 다다는 사용한 사다리를 방구석에 눕혔다.

사무실 전화가 울렸다. 다다는 옷을 갈아입으려고 셔츠 자락을 바지에서 꺼내던 참이었다. 어정쩡한 차림으로 수화기를 들었다.

"네, 다다 심부름집입니다."

"미쓰미네 나기코입니다."

위장결혼을 했다는 교텐의 전처였다. 다다는 순간 교텐의 상태를 엿보았다. 교텐은 주전자 앞에서 다리를 쩍 벌리고 허리에 손을 올린 채 물이 끓기를 기다리고 있다.

"오랜만입니다."

뜻밖의 인물에게 온 전화에 놀라면서 다다는 말했다.

"밤에 죄송합니다. 지금 하루 짱 있나요?"

"네."

물을 끓이고 있습니다, 라고 말하려는데 "쉬잇" 하고 나기코가 가로막았다.

"저한테 온 전화인 걸 모르도록 '네'나 '아니오'로만 대답해주세요."

어째서냐, 하고 의문스럽게 생각하면서도 "네" 하고 다다는 시키는 대로 대답했다.

"실은 다다 씨한테 부탁이 있어요. 하루 짱 몰래 추진하고 싶은 얘기입니다만, 언제쯤 시간 괜찮으시겠어요?"

무슨 얘기인지 일단은 내용을 알고 싶다. 그러나 '네'나 '아니오'밖에 말하지 못하는 처지여서 다다는 잠자코 있었다. 나기코는 다다가 듣고 있는지 불안해진 모양이다.

"다다 씨?" 하고 조심스럽게 불렀다.

"네."

"지금부터 제가 날짜 몇 개를 부르겠습니다. 괜찮은 날짜에 '네'라고 해주세요."

다다가 "네"라고도 "아니오"라고도 대답하지 못하고 있는 동안 나기코는 염불처럼 숫자를 읊기 시작했다. 어쩔 수 없다. 교텐이 시민병원에 예약한 날을 노려서 다다는 "네!"라고 했다. 카드 게임이라도 하는 기분이었다. 교텐이 의아한 듯이 이쪽을 보고 있다. 다다는 헛기침을 하고 교텐에게서 등을 돌렸다.

"이번 주 금요일이군요."

나기코는 확인했다. 수첩을 펼치는 것 같았다. 종이가 부스럭거리는 소리가 희미하게 들렸다.

"점심때 지나서 사무실로 찾아뵙겠습니다. 괜찮을까요?"

괜찮지만 굳이 사무실에 올 정도인 용건을 알고 싶다. 다다는 다시 침묵했다. 나기코는 그제야 눈치챘다.

"아, 그런가. '네' '아니오' 이외에도 말씀하셔도 돼요. 하지만 부디 하루 짱이 눈치채지 못하도록 잘 포장해서."

"날짜는 그때로 괜찮습니다만, 의뢰 내용은?"

"우리 딸 하루를 한동안 맡기고 싶어서요."

"뭐라고요?" 다다는 동요한 나머지 말을 씹었다. "아니, 뭐라고요?" 하고 다시 말했다.

하루는 유전자상으로는 나기코와 교텐의 딸이지만, 나기코와 나기코의 동성 파트너와 함께 살고 있다. 교텐은 딸을 한 번도 만난 적이 없다고 했다. 다다도 나기코와 하루는 전에 얼굴만 한 번 보았을 뿐이다.

그런데도 소중한 딸을 다다에게 맡기고 싶다니, 대체 무슨 소리인가.

"놀라시는 것도 당연합니다." 나기코는 침착한 어조로 말했다. "자세한 건 만나서 말씀드리겠습니다."

"아뇨, 아뇨, 곤란합니다. 맡을 수 없습니다."

"왜요? 아, 제발 잘 포장해서."

나기코는 어떻게든 교텐이 눈치채지 못하도록 얘기를 추진하고 싶은 것 같다. 다다가 주저하는 원인도 거기에 있다.

교텐은 아이를 싫어한다.

자칭 아이를 싫어한다는 사람은 대부분 아이를 다루는 데 익숙하지 않은 당혹스러움을 '싫어한다'는 말로 표현할 것이다. 파충류와 친할 기회가 없는 사람이 "뱀 너무 싫어, 징그러워"라고 하는 것과 마찬가지가 아닐까, 하고 다다는 생각했다. 실제로 뱀을 키워보면 의외로 귀엽다고 하는 경우도 있다.

그러나 교텐이 아이를 싫어하는 정도는 그것과는 선이 다르다. 뱀을 보면(그 뱀이 지렁이만 하다고 해도) 비명과 함께 덮어놓고 도망치는 느낌이다. 생리적인 공포와 혐오라고나 할까, 한순간도 시야에 넣고 싶지 않고, 절대로 접근하지 않길 바라는 강렬한 반응을 보인다.

뱀에게 그러는 건 몰라도 사람인 아이에게 그런 태도는 좀 곤란하다. "실례잖아요" 하고 부모가 화를 낼지도 모르고, 무엇보다 아이가 겁먹는다. 특히 유아인 경우 교텐의 반응에 무서워서 울어대기도 한다. 그러면 교텐은 점점 패닉에 빠져서 이성으로 감정을 억제하지 못하게 된다.

다다 심부름집은 되도록 남녀노소의 의뢰를 다 수락하는 것이 모토다. 그러나 다다는 교텐과 약속했다. 어린아이와 얽힌 의뢰는 거절하기로. 교텐을 위해서만이 아니라 다다 심부름집의 평판이나 어린이 정서에 주는 영향을 위해서도 그 편이 좋을 것 같다고 판단해서다.

이런 내용을 나기코에게 어떻게 설명해야 할까. 다다는 복잡한 종이접기처럼 뇌 내에서 포장지를 쌌다가 폈다가 했다. 결국 마땅한 표현을 찾지 못하고, "경험이 없어서요"라고만 했다. 아이를 키워본, 이라는 뜻을 읽어주면 좋겠지만.

"경험?" 나기코는 희미하게 웃었다. "실천해보지 않고 어떻게 경험을 쌓아요."

"그건 그렇지만 상대의 의지도 확인하지 않고 갑자기 폭거를 할 수는 없습니다."

"하루에게는 잘 일러둘게요. 다다 씨한테밖에 부탁할 수가 없어요."

교텐이 "앗, 뜨거"라고 했다. 다다는 수화기를 든 채 부엌을 돌아보았다. 교텐은 주전자 뚜껑을 열고 김과 싸우면서 레토르트 팩을 꺼내는 참이었다.

"그럼 그날 잘 부탁합니다."

다다의 의식이 그쪽으로 쏠린 틈을 타서 나기코는 빠르게 말했다.

"어, 잠깐만요, 여보세요."

다다가 다급하게 불렀을 때는 이미 전화가 끊겨 있었다.

"맙소사."

"뭐야?"

교텐은 큰 접시를 양손에 들고 2인분의 종이 접시와 숟가락을 손가락에 끼고 소파 쪽으로 다가왔다.

96

"너야말로 뭐야, 그건?"

다다는 놀라서 탁자에 놓인 큰 접시를 응시했다. 큰 접시 한
복판에는 즉석밥이 가득 담겨 있고, 역시 즉석식품인 카레와
하이라이스가 좌우로 수북이 담겨 있었다. 예상과 너무 다른
완성품이다.

"이렇게 하면 둘 다 먹을 수 있잖아."

그런 문제였냐? 다다는 생각했지만, 덜어 먹을 종이 접시를
받고 소파에 앉았다.

두 사람은 잠시 묵묵히 식사를 했다. 카레라이스 부분과 하
이라이스 부분을 각자 종이 접시에 덜어 먹었다. 큰 접시의 중
심선에서는 카레와 하이라이스가 섞여서 매운 것인지 달달한
것인지 알 수 없어졌다.

"어이, 다다. 너 카레만 먹고 있잖아."

"난 카레를 먹을 생각이었어. 그런데 멋대로 둘 다 데워서 이
상하게 담아놨잖아."

교텐은 기색이 나빠진 것을 눈치챘다.

"그래서?" 하고 억지로 화제를 돌렸다. "무슨 의뢰였어?"

"별거 아냐."

다다는 동공 지진이 이는 시선을 큰 접시에 집중하려고 애
썼다.

"야한 의뢰?"

"왜 그렇게 생각하는 거야?"

다다가 놀라서 물었다.

"경험이니 폭거니 하니까."

어째서 그것만으로 야한 의뢰라는 발상을 하는 거냐. 다다는 수저를 입으로 가져가면서 "별거 아냐" 하고 또 말했다. 어떻게든 이 자리를 무마해야 한다.

"아, 그거야. 페인트칠 의뢰."

"한 적 있잖아."

"창고나 개집 칠하는 정도였지. 그렇지만 집 전체를 해달라고 하면 무리잖아. 본업이 아니니까."

"흐음."

교텐은 카레와 하이라이스 혼합물을 우물우물 씹었다.

"뭐 감추고 있는 거 아냐?"

"별거 아냐."

다다는 세 번째로 말했다.

교텐이 병원에 가는 날이 다가왔다.

검사를 할 것까지도 없을 것 같았다. 이불을 타고 날아간 사건이 있은 지 며칠이 지났지만, 교텐은 쌩쌩했다. 본인도 "에이. 됐어, 검사 같은 거 안 해도"라고 떨떠름해했다.

하지만 가지 않으면 곤란하다. 다다는 시계를 보면서 계속 설득했다. 심지어는 하코큐 백화점에서 카스텔라를 사 와서 "가는 길에 소네다 할머니 병문안도 하고 와" 하고 검사 이외의 임무까지 부여했다.

소네다 할머니 이름이 나오자 교텐도 겨우 외출 준비를 시작했다. 부엌에서 세수를 하고 적당히 면도를 했을 뿐이지만.

"너는 뭐 할 거야?"

"난 오늘 사무실에서 약속 있어." 다다는 또 동공 지진을 느꼈다. "왜, 그 페인트칠."

"으음."

교텐은 의심스러운 시선으로 힐끗 보더니 사무실을 나갔다. 아직 방심할 수 없다. 다다는 창으로 바깥을 내려다보았다. 교텐은 마호로 대로를 향해 좁은 길을 껑충껑충 걸어갔다.

좋았어. 다다는 급히 서둘러서 사무실을 청소하고, 상점가로 가서 찻잎을 사고, 이로리야 도시락으로 점심을 때웠다.

미쓰미네 나기코는 1시 전에 도착했다.

전과 다름없이 화장기 없는 수수한 차림이지만, 피부가 깨끗하다. 차분하고 총명한 인물로 보인다. 그러나 아직 방심할 수 없다. 위장결혼이라고는 하지만 교텐의 배우자였던 만큼, 나기코도 좀 괴짜다. 언동에 기묘한 틈이 있다고 할까, 템포가 약간 어긋난다고 할까, 평온한 태도를 유지한 채 굳세게 나의 길을 가겠다는 면이 있다. 다다는 나기코를 '하이브리드 차처럼 소리가 나지 않는 불도저'라고 속으로 평가했다.

이번에도 나기코가 갑자기 하루를 데리고 오는 게 아닐까 다다는 은근히 두려워했다. 그렇게 되면 교텐에게 뭐라고 핑계 대야 좋을까. 다행히 나기코는 혼자였다. 다다는 일단 안심하고 소파를 권했다. 갓 사 온 싸구려 찻잎으로 차를 우려서 차분하게 얘기를 들을 분위기를 만들었다.

손님용 찻잔을 들고 나기코는 조그맣게 숨을 토했다. 나기코의 어깨 끝에 적갈색 벚꽃 꽃받침이 붙어 있다. 다다의 시선을 좇더니 나기코도 꽃받침을 발견하고 떼어서 차탁 옆에 내려놓았다.

"제 파트너는 지금 해외에서 일을 하고 있어요."

갑자기 시작된 이야기의 행방을 알지 못해서 다다는 "네에" 하고 둔한 소리로 반응했다.

나기코는 몇 년 전부터 분쟁이 계속된 중동의 나라 이름을 댔다. 의사가 없어서 의료시설도 없는 마을에서 나기코의 파트너는 밤낮으로 주민을 치료하고 있다고 한다. 나기코가 내과의사란 건 알고 있었지만, 파트너도 의사였다니. 나기코는 전에 "둘 다 열심히 일하고 있으니 하루 짱한테 양육비를 받을 필요가 없다"라고 했다. 미쓰미네 씨와 파트너 둘이서 나보다 열 배는 벌겠구나, 하고 다다는 새삼 그 말을 이해했다.

"그렇군요, 정말 힘든 일을 하고 계시네요."

"가끔 메일이 오는데 아주 충실한 날들인가 봐요."

나기코는 미소 지었다. 파트너를 신뢰하고 자랑스럽게 생각하는 것이 느껴졌다.

"파견 기간은 1년으로 귀국은 9월 예정이에요. 하루와 나는 집에서 그녀가 돌아오길 기다릴 예정이었는데……." 나기코의 표정이 그늘졌다. "좀 곤란하게 됐어요."

아마 여기서부터가 본론일 것이다. 다다는 아까보다 적극적으로 "무슨 일이신데요?" 하고 다음 얘기를 재촉했다. 빨리 얘기를 마치지 않으면 교텐과 나기코가 마주치게 된다.

"7월부터 8월 말까지 한 달 반 정도 저도 미국의 연구시설에 가게 된 거예요."

"그건 또 왜?"

"은사님이 슬슬 실험이 본격적으로 시작되니 도와달라고 하셔서. 박사 학위를 딸 때 신세를 진 교수님이시기도 하고, 실험 내용도 제가 흥미를 갖고 있는 전문 분야와 겹치는 것이어서요. 참고로 저희 연구 테마는 '단백질의 변성으로 보는 세포의 기능제어 및'……."

"아뇨, 구체적인 연구 내용은 설명해주시지 않아도 괜찮습니다." 다다는 서둘러 나기코의 발언을 막았다. "어쨌든 미국 연구시설에 가셔야 한다는 말씀이군요."

"네."

나기코는 힘없이 끄덕였다.

"물론 하루를 데리고 가는 것도 생각해봤어요. 그런데 축적된 실험 자료를 분석하고 논문으로 정리하려면 집중력이 필요하거든요. 그래서 외국에서 하루와 생활하며 단기 결전에 임하는 건 무리가 있다는 결론을 내리게 됐어요."

"즉, 일에 집중하기 위해 한 달 반 동안 하루를 맡기고 싶다는 말씀이시군요."

"이기적이고 무리한 부탁인 건 너무 잘 알고 있습니다. 하지만 도저히 이 기회를 놓칠 수 없어서요."

나기코는 정중하게 머리를 숙였다.

"제발 부탁입니다."

뭐라고 대답해야 할지 다다는 망설였다.

"하루를 돌봐줄 사람이 달리 없습니까?"

"저희 부모님은 이미 돌아가셨고, 파트너는 본가와 절연 상태예요. 하루는 평소에는 어린이집에 맡기지만, 여름에는 휴원할 생각이에요. 그만두면 다시 들어가기가 어려워서요."

의지할 부모도 친척도 없이 파트너와 둘이서만 열심히 하루를 키워 온 나기코. 아무 대책도 없지만, 일을 위해 한 달 반 동안 하루를 맡아달라고 하는 나기코. 다다는 그런 나기코를 이기적이라고 나무랄 수 없었다.

육아 중에 주위 상황이나 환경이 예기치 못한 변화를 보이는 것은 흔히 있을 터다. 아이한테만 전념하지 않는다고 해서 나쁜 부모라고는 할 수 없다. 부모에게도 일과 생활과 인생이 있다.

나기코가 평소 얼마나 하루를 사랑하고, 하루를 최우선으로 생각하고 행동하는지 다다는 어렴풋이나마 알고 있다. 나기코는 심사숙고한 끝에 '하루를 맡기자'라는 결론을 어렵게 내렸을 것이다. 지금도 무릎에 올려놓은 나기코의 손은 아픔을 견디듯이 스커트를 꽉 잡고 있다.

"교텐에게 의논한 뒤 대답을 드리겠습니다."

다다가 말하자, 나기코는 세차게 고개를 저었다.

"그건 안 됩니다. 하루 짱에게 말하면 거절할 게 뻔해요."

"그러나 정말 죄송하지만, 저는 현재 교텐과 살고 있습니다. 여기에서 하루와 같이 지내게 되면 필연적으로 교텐도 하루를 돌보게 됩니다."

교텐 하루히코도 '하루', 나기코의 딸 하루도 '하루'. 어느 쪽을 부르는지 구별하기 어렵다고 생각하면서 다다는 말을 계속했다.

"교텐의 동의는 반드시 필요합니다."

"그렇긴 하지만."

나기코는 어깨를 떨어뜨렸다.

"하루 짱과 결혼해서 정자를 제공받을 때, 약속했어요. '아이

일로 당신을 성가시게 하지 않을 테니까'라고. 그 약속을 깨게 됐네요."

"그런 약속은 깨도 좋다고 생각합니다."

다다는 찻잔에 손을 뻗어 미지근해진 차를 마셨다.

"유전자상으로는 교텐도 하루의 부모니까요. 미쓰미네 씨와 파트너 분이 하루를 키우는 것이 일시적으로 곤란한 상황에 있다. 그렇다면 그때만이라도 교텐이 육아를 하는 것이 당연합니다."

"하루 짱을 설득해주시겠어요?"

매달리는 듯한 눈으로 나기코가 물어서 다다는 끄덕거릴 수밖에 없었다.

"해보겠습니다."

늘 불온한 언동밖에 하지 않는 교텐에게 무엇이 순리에 맞는지 가르칠 수 있을지 심히 자신은 없었지만.

교텐은 아직 돌아올 때가 되지 않았을 것이다. 다다는 물을 다시 끓여서 새 차를 냈다.

나기코는 동료와 교섭하여 오늘 일을 일부 인계했다고 한다.

"그래서 좀 더 시간은 있어요" 하고 두 잔째 차에 입을 댔다.

"현실적인 문제로." 다다는 마음에 걸리는 얘기를 꺼냈다. "한 달 반 동안 하루를 잘 돌볼 수 있을지 불안합니다. 교텐은 물론 저도 육아 경험이 거의 없어서."

거의. 자기가 말하면서도 다다는 가슴에 날카로운 통증을 느꼈다. 그렇다, 나는 육아 경험이 전무하지 않다. 원래라면 지금쯤 하루보다 큰 아이가 있었을 터다.

태어나서 바로 세상을 떠난 아들 생각에 갑자기 무서워졌다. 만약 맡고 있는 동안에 하루에게 무슨 일이 생기면 어떻게 해야 좋을까. 나의 실수로 하루가 다치거나 병이 나기라도 한다면. 아니, 실수 여부의 문제가 아니다. 어쨌든 어린아이가 가까이에서 아파하거나 울거나 갑작스러운 사고로 목숨을 잃기라도 한다면.

나는 이번에야말로 두 번 다시 재기할 수 없을 것이다. 머리가 어떻게 되겠지.

교텐이 아이를 별나게 싫어하는(이라기보다 공포스러워하는) 이유도 어쩌면 근본은 마찬가지일지도 모른다. 다다는 그렇게 생각했다.

작고 힘없고 주위 어른의 형편이나 뜻에 따라 살아갈 수밖에 없는 존재. 고통과 슬픔을 말로 제대로 표현하지 못하고, 그저 울거나 떼를 쓸 수밖에 없는 존재. 그런 '아이'라는 생물을 다다는 사랑스럽게도 불쌍하게도 느낄 때가 있다. 교텐은 아이의 무력함에 사랑스러움보다 초조함과 공포를 느끼는 게 아닐까.

"하루는 나이에 비해 영리하고 튼튼한 편이어서 별로 민폐를 끼치지는 않을 거예요."

다다의 사정을 아무것도 모르는 나기코는 약간 초점이 빗나
간 말을 했다.

튼튼하다고 해서 지울 수 있는 불안이 아니다. 그러나 다다
는 말없이 미소만 지었다. 아이를 잃은 과거를 나기코에게 얘
기할 생각은 없다. 대신 "교텐이 아이를 아주 싫어하는 이유에
관해 혹시 짐작 가는 게 있습니까?" 하고 물어보았다.

"하루 짱과 저는 개인적인 사정을 친밀하게 얘기하는 관계
는 아니어서." 나기코는 기억을 더듬듯이 찻잔 테두리를 손가
락으로 쓰다듬었다. "다만 제가 임신했을 때는 여러모로 잘 챙
겨주었어요."

"여러모로, 라면?"

"퇴근길에 파트너와 제가 사는 집을 종종 들여다보고는 간
식도 주고 가고요."

입덧이 심하다고 하면 한겨울에도 나기코가 좋아하는 수박
을 사다 주고, 이름 짓느라 고심하고 있다고 하면 《아기 이름
짓는 법》이라는 책을 사다 주는 등, 교텐은 드물게 상식적인 반
응을 보였던 것 같다.

"그래서 심각하게 아이를 싫어하는 줄은 몰랐어요. 오히려
아이가 태어나는 걸 기대하는 것처럼 보였는데."

그렇긴 하지만 교텐과 나기코는 결혼 당초부터 계약을 맺었

다. 인공수정으로 아이가 생기면 출산 전에 이혼하고 이후 교텐은 일절 아이에게 관여하지 않겠다고.

"그 계약은 미쓰미네 씨가 제안한 것인가요?"

"반반이죠. 저는 임신에 성공하면 바로 이혼하고 싶다고만 했어요. 태어난 아이를 만나고 싶지 않다는 조건을 건 사람은 하루 짱입니다."

나기코는 내심 '하루 짱은 배려하느라 만나지 않겠다고 하는 게 아닐까' 생각했다. 임신부인 나기코에게 교텐은 생긴 것과 달리 정성스러웠다. 그래서 나기코는 계약 내용 변경을 제안해보았다고 한다.

"계약이라고 해도 어차피 구두 약속이었으니까요. 만나고 싶을 때는 언제든 아이를 만나러 오라고 했죠."

"교텐은 동의하지 않았죠."

"네. '관둘게'라고 했어요." 나기코는 한숨을 쉬었다. "생각해보니 하루 짱은 단순히 만나지 않겠다고 한 게 아니라, '그 편이 나으니 만나지 않겠다'라고 한 것 같네요."

"왜 만나지 않는 편이 낫다고 생각했을까요?"

"글쎄요." 나기코는 조금 쓸쓸한 듯이 고개를 저었다. "하루일을 알게 되면 하루의 부모님이 데려가겠다고 말할 가능성이 있다는 걸 알고 있었을지도 몰라요. 실제로 나중에 그렇게 된 것은 다다 씨도 아시죠?"

안다.

재작년의 일이다. 교텐은 회사를 그만두고 태어난 곳인 마호로 시에 맨몸으로 돌아왔다. 나기코와 하루에게 접근한 부모와 결판을 짓기 위해. 아니, 부모를 죽일 각오였지 않을까 하고 다다도 나기코도 생각한다. 그런 생각이 들 만큼, 교텐은 부모와 소원했던 것 같고 부모의 영향이 신변에 미치는 것을 싫어했다. 증오하고 두려워했다고 해도 좋을지 모른다.

교텐이 오는 걸 눈치챘는지 부모는 도망치듯이 이사를 간 뒤였다. 갈 곳을 잃고 버스 정류장에 앉아 있던 교텐과 다다는 고등학교 졸업 후에 처음으로 재회했고, 그 참에 사무실로 굴러 들어와 오늘에 이르렀다.

그날 밤, 교텐과 마주치지 않았더라면 나는 좀 더 평온한 일상을 보낼 수 있었을 텐데. 다다는 새삼 쓴 없는 인생을 저주했다.

"교텐의 부모님은 어떤 인물입니까?"

"저는 전화로 몇 번 통화한 게 다여서 잘 모르겠어요. 좀 특이한 분들인 건 확실해요."

"뭐, 교텐도 만만찮게 특이하죠."

다다는 굳이 농담하듯이 말했다. 그러나 "하루 짱은 특이하지 않아요" 하고 나기코가 나무랐다. "생각이 많아서 가끔 다른 사람들과 좀 다른 반응을 할 뿐이죠."

그런 걸 특이하다고 하는 거 아닌가. 다다는 생각했지만, 주위에 괴짜 비율이 너무 높아 소수파인 다다가 '괴짜'로 인정받을 분위기여서 섣부른 반론은 그만두었다.

"파트너와 제게 하루 쨩은 특별한 사람이에요. 내 배 속에 하루의 생명이 생기고, 키워나가는 동안 파트너와 저와 하루 쨩은 유대가 돈독해졌어요. 더할 나위 없이 소중한 친구처럼. 우애 좋은 형제처럼. 이상하다고 생각하세요?"

애정과 혼인신고서와 기분 좋은 무관심이 미미한 전기처럼 두 여자와 한 남자 사이에 흘렀던 것이리라.

"아뇨, 뭔지 모르게 알 것 같기도 합니다."

다다는 말했다. 연애 감정 없이 필사적으로 교텐을 변호하는 나기코가 귀여워 보였다. 못난 동생을 감싸는 누나 같다.

"태어날 아이를 위해 저와 파트너가 여러 가지 준비도 하고 의견이 맞지 않아 싸우기도 하는 것을 하루 쨩은 즐거운 듯이 보고 있었어요. 그리고 '나기코 씨한테 자라는 아이는 행복하겠다'라고 그랬어요."

나기코는 탁자에 시선을 떨어뜨렸다.

"그때의 조용한 목소리를 잊을 수가 없어요. 하루 쨩은 왠지 자기는 육아에 적성이 맞지 않는다고 생각하는 것 같아요."

적성에 맞다, 맞지 않다 양자택일이라면 그야 맞지 않다를 선택하는 것이 타당하다. 지금까지 교텐의 언동을 떠올리며 다다는 교텐의 자기 평가에 진심으로 공감했다. 하지만 또 나기코가 나무랄 것 같아서 무언을 관철하는 현명한 판단을 내렸다.

교텐의 본가는 아마 오카 씨네 근처에 있었을 터다. 조사해봐야 할까. 이웃 주민에게 물어보면 교텐과 부모와의 관계를 알지도 모른다.

검토 사항으로 뇌 한구석에 메모한 다다는 다시 당면한 난제에 임하기로 했다.

"미쓰미네 씨. 얘기를 들으면 들을수록 하루를 맡자고 교텐을 납득시키는 일은 어려울 것 같군요."

"그 점을 어떻게든 해주십사 하고 이렇게 찾아왔답니다."

나기코는 바위 같은 의지로 밀고 들어왔다. 너무 말도 안 되는 요구여서 오히려 물러날 틈이 없다. 반들반들하게 닳은 암벽을 앞에 두고 다다는 어떻게 기어 올라갈까 심각하게 생각했다.

다다 심부름집 사무실에 잠시 침묵이 내려앉았다.

잠시 후, 나기코가 말했다.

"제가 너무 정공법으로 나왔나 봐요."

양보의 기미가 느껴져서 다다는 몸을 내밀었다. 혹시 포기해준 걸까.

"하루를 하루라고 밝히지 않으면 괜찮을 것 같지 않아요?"

나기코가 웃는 얼굴로 제안했다. 다다는 소파에 몸을 묻었다.

"그런 건 무리입니다. 분명히 들킵니다."

"어머, 왜요? 하루 짱은 하루를 한 번도 만난 적이 없어요."

"첫째, 하루 짱은 교텐을 닮았습니다. 둘째, 교텐은 그래 봬도 감이 아주 예리해요. 하루 이름을 부른 시점에서 단박에 들통납니다."

"하루 짱, 하루의 이름을 알고 있을까요?"

"일단은 자기 딸이니 당연히 알겠죠."

"저는 하루 짱한테 말한 기억이 없는데. 다다 씨, 말했어요?"

나무라듯이 물어서 다다는 당황했다. 그런 것까지 일일이 기억하지 않지만, 아마 이름을 말했을 것이다. 당연히 딸 이름은 알고 있는 줄 알고 지금까지 교텐과 대화를 해왔으니.

할 수 없죠, 하는 식으로 나기코는 한숨을 쉬었다.

"맡아주시는 동안 하루한테 다른 이름으로 불러주셔도 괜찮아요."

"하루한테 인권침해입니다! 어린아이에게 혼란을 주면 어떡합니까."

"그럼 하루는 애칭이고 본명은 하루카라고 하루 짱한테 거짓말하면 어떨까요."

나기코는 거기까지 말하고 "어머나, 벌써 시간이 이렇게 됐네" 하고 일어섰다. 스커트 주름을 가볍게 펴면서 사무실 문 앞으로 향했다.

"갈 때가 가까워지면 다시 연락드릴게요."

"잠, 잠깐만요." 다다는 다급히 매달렸다. "이 작전으로는 근본적인 해결이 되지 않습니다."

문을 열다가 나기코는 다다를 돌아보았다.

"왜요?"

"교텐은 자기 아이여서 질색이라기보다 아이들을 전부 질색합니다."

"그 점은 설득해주세요."

완벽한 미소와 함께 나기코는 말했다. 과식해서 복통을 일으킨 환자에게 "몸조리 잘하세요" 하고 말할 때의 의사 얼굴이다.

문이 닫히고 다다는 혼자 사무실에 남았다.

"어떡하지."

한참 멍하니 서 있었지만, 곧 교텐이 돌아온다. 다다는 힘을 내어 일어섰다. 창을 열어 환기를 하고 찻잔을 씻어서 닦아 선반에 올렸다. 어째서 아내가 귀가하기 전에 바람피운 증거를 은폐하는 남편 같아진 거지. 자신이 한심했다.

창을 닫고 초조한 마음으로 소파에 앉는 순간 교텐이 귀환했다.

"다녀왔어" 하고 말한 교텐은 사무실을 둘러보고 코를 킁킁거렸다. 그렇게 생각해서 그렇겠지. 다다는 냉정해지자고 자신을 타이르며, "어서 와라" 하고 되도록 태연하게 대답했다.

"검사는 어땠냐?"

"이상한 기계에 넣고 빙글빙글 돌리더라. 빨래하는 것도 아니고."

교텐은 부엌에서 손을 씻고 와르르와르르하는 겨울 돌풍 같은 소리를 내며 입을 헹궜다.

"결과는 언제 안대?"

다다는 거듭 물었지만, 사실은 건성이었다. 하루를 맡는 건을 교텐에게 언제 말을 꺼낼까. 어떻게 교텐의 승낙을 맡을까. 그런 생각으로 머리가 꽉 찼다.

"다음 주 같아. 아, 그렇지. 할머니도 여전히 죽은 사람처럼 건강하게 자고 있었어."

"그랬냐."

맞은편 소파에 앉은 교텐이 다다의 맞장구를 받으며 의아한 듯이 고개를 갸웃거렸다.

"뭔가 이상하네. 페인트칠 미팅은 어땠어?"

"응, 거절했어."

"그러냐."

교텐은 다다를 보고 있다. 다다는 시선을 피하면 진 거라고 생각했지만, 얼굴을 볼 용기가 나지 않아서 교텐의 손가로 무심히 시선을 던졌다.

심장이 입으로 튀어나올 것 같다는 건 이런 거라고 생각했다.

교텐이 적갈색 벚꽃 꽃받침을 손가락으로 빙빙 돌리며 가지고 놀고 있다. 나기코가 차탁에 내려놓은 꽃받침이 찻잔을 씻을 때 싱크대 구석에라도 붙어 있었던가 보다.

그걸 예리하게 발견하여 소파까지 가지고 왔다.

안색이 달라지지 않기를 바라며 다다는 주머니에서 럭키스트라이크를 꺼냈다. 불을 붙이고 연기를 폐까지 깊숙이 들이마셨다.

교텐은 그런 다다의 움직임을 주의 깊게 바라보는 듯했다. 탁자에 놓인 재떨이에 꽃받침을 튕겨서 날렸다.

"몇 번이나 묻지만, 너 뭐 숨기는 거 없냐?"

"없어."

다다는 반사적으로 거짓말을 했다. 지금 하루 얘기를 꺼낼걸 그랬다고 바로 후회했다.

"그렇다면 됐지만."

교텐도 말보로 멘솔을 피웠다.

"너한테는 신세를 지고 있으니까 뚜껑 열려서 때려눕히는 사태는 되도록 피하고 싶다."

무섭다. 교텐의 발언이 단순한 엄포인지 정확하게 상황을 눈치챈 것인지 알 수 없지만, 어쨌든 무섭다. 매일 밤 묵묵히 복근과 등근육 운동을 하는 남자다.

다다는 점점 진실을 털어놓기 어려워졌다. 하루가 사무실에 오기 전까지 계속 시치미를 뗄 수밖에 없는 걸까.

버텨낼까, 내 위(胃). 다다는 슬쩍 배를 문질렀다.

일주일 뒤, 교텐의 검사 결과가 나왔는데 완벽한 건강체였다고 한다. 하루가 '튼튼한 편'인 것은 아빠 유전일지도 모른다.

3.

호시 료이치는 화가 났다.

"어째서 야쿠자가 채소를 파는 거야."

마호로 역 앞에 있는 게임센터 스콜피온. 호시는 그 건물 2층에 동료들과 사무실을 열고 있다. 업무 내용은 마호로 음식점 관리, 마호로 중소기업이나 고령자를 대상으로 한 금융업(물론 간판은 걸지 않았다), 마호로 시내에 약(물론 건강을 해치는 유의 '약'이다) 판매하기 등이다.

그러나 호시는 야쿠자가 아니다. '약간 비밀이 있는 일반 시민'이라고 자신은 생각한다.

마호로 시를 활동 무대로 하는 오카야마파와는 업무상 밀접하게 정보를 교환하며 상부상조하는 관계이긴 하지만, 가입한 건 아니다. '불량 그룹'으로 경찰이 주목하는 건 알고 있지만 전과가 있는 것도 아니다.

스마트하게 돈을 버는 것이 신조인 호시는 뇌까지 근육으로 된 동료를 잘 부리며 마호로 뒷골목을 우아하게 헤엄치고 있다.

그런 호시가 화가 난 것은 오카야마파가 성가신 일을 떠맡겼기 때문이다.

"뭐야, '가정과 건강식품협회'란 게. 웃기고 있네."

호시는 책상에 올려놓은 토마토 더미를 팔로 옆으로 밀었다. 오카야마파가 보낸 토마토다.

"새로운 장사를 시작할 생각이니 참고해라"라는 어이없는 메모가 붙어 있다.

사무실 한구석에는 직립 부동자세로 있는 남자가 세 명 있다. 이토, 쓰쓰이, 가나이. 그들은 화가 난 호시를 멀리서 둘러싸고 있지만, 서로 팔꿈치로 쿡쿡 찌르며 발언자를 정하는 것 같다. 호시 그룹에서는 두뇌파인 이토가 대표로 한 걸음 앞으로 나왔다.

"HHFA는 채소를 생산 판매하는 단체입니다. 최근 남쪽 출구 로터리에서 자주 길거리 활동을 하고 있는데 호시 씨도 보신 적 있는지……."

"그런 건 알고 있어."

호시는 짧게 깎은 머리를 벅벅 긁었다.

"내가 하는 말은 약도 제대로 못 파는 약소 야쿠자가 어째서 채소 판매에 손을 대려고 하는가 말이야. 이제 와서 건강에 눈 뜬 건가?"

호시는 평소 건강에 각별한 신경을 쓴다. 현미밥을 먹고 매일 아침 10킬로미터를 뛴다. 담배는 피우지 않고 술도 적당히 하는 정도다. 그런데 오카야마파의 구성원은 간부부터 제일 똘마니까지 하나같이 폭음, 폭식, 여자 놀음에 열심이다. 일반적으로 알고 있는 야쿠자 이미지를 그대로 체현하고 있다. 그런 그들이 감마 GTP 수치를 걱정하고 영양제를 먹는 것을 보고 들을 때마다 "왜 평소에 건강한 생활을 하지 않는 거야?" 하고 극기심 넘치는 호시는 짜증이 났다. 건강하지 못한 생활의 견본 같은 오카야마파가 이제 와서 채소에 관심을 갖다니 수상하다.

"게다가 이상한 단체와의 교섭을 우리한테 그대로 넘긴다고?"

"오카야마파에 따르면 채소 판매 루트의 신규 개척을 우리한테 맡기고 싶다고 합니다."

"비율은?"

"오카야마파 주머니로 3할. 우리 몫은 그중 10퍼센트면 어떠냐고 합니다만."

"웃기고 있네!"

호시는 토마토를 한 개 들고 일어섰다. 사무실 부엌에서 깨끗하게 씻은 뒤 통째로 깨문다.

"무농약 재배인지 뭔지는 모르겠지만 확실히 맛있네. 그래 봐야 채소지. 단가가 낮잖아. 토마토가 비싸봐야 소매가로 한 개 150엔 정도야. 그 매입가의 3할 중에 또 1할이라고? 그 야쿠자 개새끼와 달리 우리는 약도 잘 팔고 있다고. 거절해!"

"저기, 호시 씨. 오카야마파의 이지마 씨가 오셨습니다."

싸움파인 쓰쓰이의 말에 호시는 돌아보았다. 사무실 문 앞에 오카야마파의 간부가 서 있었다.

어째서 나의 허락도 없이, 한참 욕하고 있을 때 야쿠자를 들여보내는 건가.

호시는 격노했다. 이발소에서 갓 짧게 깎고 온 머리가 단숨에 9000미터까지 길어서 하늘을 뚫고 별들을 떡꼬치로 만드는가 싶을 정도였다. 그러나 겉으로는 어디까지나 평온하게 "아, 이지마 씨"하고 소파를 권했다. 다 먹은 토마토 꼭지를 싱크대에 버리고 미소를 지었다.

"누추한 곳에 이렇게 오시다니."

"여전히 위세가 좋군, 호시."

검은 슈트를 입은 이지마는 유유히 소파에 앉았다. 부하는 한 명도 데리고 오지 않았지만, 행동이 당당하다. 사십대 중반일 텐데, 움직임 하나하나에서 단련을 게을리하지 않고 있음이 엿보인다. 이지마는 오카야마파 중에서는 폭음, 폭식, 여자

놀음을 덜 하는 편이었다.

"야쿠자한테 개새끼라고 하다니 배짱 좋네."

감사를 하는 것도 부정하는 것도 어색해서 호시는 우두커니 선 채 잠자코 있었다.

"뭐, 좋아." 이지마는 웃더니 얘기를 계속했다. "나도 말이야, 채소를 파는 건 반대야. 우리 파의 이미지란 게 있고 무엇보다 단가가 괜찮은 일도 아니니까."

"그렇다면 왜."

호시는 이지마의 맞은편에 앉았다. 호시의 보디가드를 맡고 있는 가나이가 아슬아슬한 손놀림으로 커피를 가져왔다. 거구인 가나이가 들자 커피 잔이 에스프레소용 컵으로 보인다.

"우리 두목이 사람을 꼬여 왔더라고."

이지마는 한숨을 쉬었다. 이지마 얘기로는 이런 경위였다.

오카야마파 두목은 확성기를 들고 남쪽 출구 로터리에서 설치는 HHFA가 몹시 거슬렸다. 아마추어라고는 하지만, 이런 무리가 설치게 두면 역 앞 통제가 어려워진다. 오카야마파의 눈을 피해 노상에서 물건을 파는 못된 놈들의 기강을 잡지 못한다.

그래서 두목은 "누구한테 자릿값을 내고 하는 거야?" 하고 HHFA 구성원에게 위협적인 태도로 물었다고 한다.

"물론 포즈만 취했지." 이지마는 말했다. "아마추어한테 그랬다간 요즘은 바로 경찰을 부르니까. 쫄아서 장소를 이동하거나 길거리 활동을 자제해주면 우리로서는 체면이 서지."

남쪽 출구 로터리에 같이 있던 HHFA 구성원은 겁먹은 듯이 잠자코 있기만 했다고 한다. 그런데 어디선지 모르게 나타난 HHFA 간부를 자처하는 남자가 상당히 수단가였다.

"사와무라라고 하는 아직 서른이 될까 말까 한 젊은 놈이 두목을 상대로 한 걸음도 물러나지 않았어. 뿐만 아니라 안전한 채소를 생산하여 판매하는 것이 얼마나 장래에 유망한 장사인지를 진지하게 설득했다는 거야."

두목은 HHFA의 의기충천한 젊은이를 재미있어하다 결국 같이 술 마시러 가는 사이까지 됐다. 죽이 잘 맞았을 것이다. 두목은 오카야마파 조장한테도 "열심히 채소를 재배하는 녀석들이 있습니다" 하고 얘기했다고 한다.

"그랬더니 조장이 흥미진진해져서." 이지마는 또 한숨을 쉬었다. "사와무라와 커피숍에서 만나게 된 거야."

"왜 또."

호시는 얼굴을 찡그렸다. 작은 조직 폭력배이긴 하지만, 야쿠자 두목이 그렇게까지 하는 이유를 알 수 없었다. 금방 마신 커피가 너무 써서 삼킬 수 없었기 때문이기도 하다.

"학교 급식이야." 이지마가 목소리를 낮추어 말했다. "HHFA는 학교 급식용으로 채소를 넘기겠다고 생각한 것 같아. 그렇게 하면 대량의 채소를 팔 수 있으니까."

"잘 모르겠습니다만, 매입은 당연히 입찰제잖습니까."

"물론. 하지만 오는 정이 있으면 가는 정이 있지. 우리 조장의 사위의 어머니 쪽 삼촌의 사촌이 마호로 시의회 의원이야."

"관계가 너무 멀어서 파악하기 어렵지만, 입찰할 때 의지할 데가 있다는 말입니까?"

그런 건 '오는 정이 있으면 가는 정이 있는 것'과 좀 다르지 않은가. 생각하면서 호시는 물었다.

"그건 담합이잖아. 걸리지. 다만 뭐, 그건 말이야." 이지마는 악인 그 자체의 웃는 얼굴이 되었다. "로비 활동이랄까? '되도록 싼값에 무농약 채소를 학교 급식에 도입하자' 하는 루트를 만들 수는 있어."

"그러나 조직에게 득이 없습니다. 우리한테도."

"그러게 말이야. 그래서 나도 반대했는데 조장이 의욕이 만만하니 어쩔 수가 없어. 조장의 손녀, 올봄에 초등학교 입학해서 급식을 먹거든."

한심하다. 호시는 어깨를 떨어뜨렸다. 손끝으로 가나이를 불러서 커피를 두 잔 다 물리게 했다.

"그래서요? 이지마 씨는 우리한테 어쩌라는 거죠?"

"두목은 머잖아 너희한테 정식으로 의뢰할 생각이야. 의뢰 내용은 두 가지. 첫째, HHFA와 우리 파의 연결 역할. 둘째,

HHFA와 마호로 시와의 교섭 보좌역. 야쿠자가 채소를 팔면 모양새가 안 좋지만, 일단은 조신한 너희들이 한다면 문제없을 거라고 생각한 거지."

"즉 HHFA 채소를 학교 급식으로 납품할 수 있도록 활동, 그 이익을 확실하게 HHFA에서 조직으로 상납하도록 감시하면 된다는 거군요."

"두목 체면을 세우고 조장의 희망에도 따르자면 그렇게 되지. 다만 말이야……."

이지마는 콧등을 긁적거리며 가나이가 새로 가져온 커피를 마셨다. 호시도 혹시나 하고 맛을 보았다. 이번에는 엷다. 그러나 이지마는 불안스러워하는 모습도 없이 이미 반을 마셨다. 뜨거운 물에 검은색만 나면 그걸로 된 모양이다. 가나이가 불안스럽게 반응을 살피는 걸 보고 호시도 커피를 다시 끓여 오라는 명령은 그만두기로 했다.

"난 말이야, 호시."

컵을 내려놓고 이지마는 신중하게 말을 꺼냈다.

"조장의 소중한 손녀에게 되도록 맛있고 안전한 채소를 먹이고 싶어. 하지만 말이야, HHFA 간부가 하는 방법이 아무래도 이해가 안 돼. 채소를 재배하는 녀석들이 어째서 안이하게 야쿠자하고 접촉을 하려는 거지? 어디다 다리 놔주길 기대하는 짓을 하지? 수상하지 않나?"

"남쪽 출구 로터리에서 하는 짓을 보는 한, 이지마 씨 생각에 동의합니다. 그 녀석들은 뭐랄까…… 허수아비입니다."

호시는 소파 등받이에 몸을 기대고 잠시 생각했다.

"그럼 이지마 씨는 나한테 HHFA가 조직에 제안한 얘기를 없었던 걸로 만들어주길 바라는 겁니까?"

"너는 말귀를 잘 알아들어서 좋더라." 이지마는 미소 지었다. "공짜라고는 하지 않겠다."

"우리한테 주는 약 도맷값을 연 5퍼센트 빼주세요."

"좋아."

호시와 이지마는 악수를 나누었다.

"부디 여기서만의 얘기로 해줘." 이지마는 그렇게 당부했다. "조직의 뜻에 반하는 것을 자네한테 부탁하는 거니까."

"맡겨주십시오." 호시는 힘차게 수락했다. "두목과 조장이 환멸을 느낄 HHFA의 맨얼굴을 까발려 드리겠습니다."

"뒤가 없다면?"

이지마의 물음에 호시는 약간 어깨를 으쓱했다.

"악평 같은 건 얼마든지 만들 수 있습니다."

이지마가 사무실을 나간 뒤에도 호시는 한동안 소파에 앉은 채 생각에 잠겼다. 이토, 쓰쓰이, 가나이는 오카야마파가 보내 온 HHFA 도장이 찍힌 토마토를 기쁜 듯이 먹고 있다.

"야, 씻어 먹어."

호시가 말하자 쓰쓰이가 "하지만" 하고 고개를 갸웃거렸다.

"무농약인데요?"

"그런 선전을 그대로 믿으면 어떡하냐. 나쁜 놈이 밤중에 밭에 농약을 뿌렸을지도 모르잖아."

"호시 씨, 어떻게 움직일지 정했군요."

이토가 안경을 밀어 올리면서 말했다. 이 사무실에 출입만 하지 않는다면 이토는 소심한 대학생으로 통할 체격이다.

"응." 호시는 끄덕였다. "이지마의 요청을 들어주는 방법은 두 가지 있다. 평범하게 HHFA의 평판을 조사하는 것과 HHFA의 평판을 고의적으로 떨어뜨리는 것이다."

"이를테면 무농약 채소가 아니게 만든다거나요?"

이토의 말에 호시는 "쉿" 하고 검지를 세웠다.

"헛소리하지 마."

"죄송합니다."

"전자의 방법은 끈기가 필요하고 후자는 들통나면 성가셔진다. 하지만 이지마한테 약점을 잡아두고 싶어."

호시는 동료의 얼굴을 둘러보았다.

"자, 그래서 이번엔 너희들이 나설 차례다."

근육질의 뇌를 가진 쓰쓰이와 말수 적은 가나이는 말귀를 잘 알아듣지 못한 것 같았다. 난감한 듯이 시선을 나누었다. 이토만 호시의 뜻을 파악하고 두 사람에게 알기 쉽도록 지시를 내렸다.

"일단 HHFA의 내실을 조사해."

"내실?"

쓰쓰이는 고개를 너무 갸웃거려서 상반신까지 기울었다. 이토는 꼭꼭 씹어서 먹여주듯이 설명한다.

"지금껏 적대하는 조직 구성원과 활동 상황을 조사한 적 있지? 그렇게 하면 돼."

"알겠어." 쓰쓰이는 간신히 밝은 표정이 되었다. "적의 조직에 관해 조사하는 건 내 특기지."

호시가 서둘러 덧붙였다.

"다만 이번 상대는 야쿠자도 양아치도 불량배도 아냐. 채소를 재배하는 평범한 사람이야. 그러니까 폭력은 행사하면 안 된다."

"되도록 그렇게 하겠습니다."

쓰쓰이는 불만스러워하면서 마지못해 대답했다.

가나이가 뭔가 말하고 싶은 듯이 호시를 보았다. 늘 호시에게 도움이 되고 싶다고 생각하는 남자다. 쓰쓰이에게만 역할이 할당되어 마음을 다친 걸까.

"무서운 얼굴 하지 마, 가나이."

호시가 소파에서 일어나 식빵처럼 부풀어 오른 가나이의 어깨를 까치발까지 해서 가볍게 툭툭 쳤다.

"너는 나하고 같이 HHFA의 밭을 지켜보는 역할이다."

가나이는 기쁜 듯이 웃으며 끄덕였다. 웃을수록 얼굴이 무섭다.

"이토는 당장 HHFA와 관련 있는 토지나 시설 목록을 만들어. 통상 업무 관리도 당분간 너한테 맡긴다."

"알겠습니다. 그러나 HHFA에 구린 구석이 없다면 우리가 손을 더럽혀야 되는군요." 이토는 납득이 가지 않는 모습으로 팔짱을 꼈다. "이지마 씨를 위해 그렇게까지 할 필요가 있을까요?"

"우리는 오카야마파의 하청 업자가 아냐. 그때는 듣기 좋게 떠맡기면 돼."

"떠맡기다니 어디에……."

"잊은 거냐, 이토."

사무용 책상에 두었던 휴대전화를 들고 호시는 낮게 웃었다.

"마호로 시에는 의지할 만한 심부름센터가 있잖아. 곤란할 때는 다다 심부름집에 바로 전화. 그렇지?"

물론 다다는 호시에게 고맙지 않은 의지를 받고 있다는 걸 알 리 없다. 매일 묵묵히 심부름센터 일을 하고 있다.

계절은 벌써 장마철에 접어들었다. 교텐에게 아직 여름이 되면 하루를 맡을 거란 걸 털어놓지 못했다.

다다는 절대 손을 놓고 있었던 건 아니었다. 몇 번이나 교텐에게 말하려 했고 설득할 기회를 엿보아왔다.

그러나 실패했다. 교텐은 눈치를 챘는지 절묘한 타이밍에 다다가 하는 얘기의 맥을 끊었다.

하루 일을 마치고 공중목욕탕에 갔다 와서 저녁을 먹고 났을 즈음 '지금이라면' 하고 하루 얘기를 꺼내려고 한다. 그런데 교텐은 평소보다 더 열심히 취침 전 운동에 힘쓴다. 너무나 격렬하게 윗몸일으키기와 팔굽혀펴기를 되풀이해서 도저히 말을 걸 분위기가 아니다. "교텐, 잠깐 괜찮냐?" 하고 섣불리 말을 걸라치면 교텐은 땀투성이가 되어 "도키소바(일본 만담 중 하나로, 숫자를 세고 있을 때 옆에서 질문을 하여 어디까지 세었는지 잊어버리는 것)!" 하고 대꾸한다. "팔굽혀펴기 횟수 세는데 방해하지 마"라고 하는 것 같다.

기껏 목욕탕 다녀와서 운동으로 그렇게 땀을 뺄 것까지야…… 다다는 애가 탔다. 운동이 끝날 때까지 기다릴까, 생각하다 어느새 수마가 몰려와 얘기를 하지 못하고 끝난다.

교텐은 또 평소보다 눈치를 보며 다다를 견제하기도 했다.

눈치를 보는 교텐은 대낮에 당당하게 등장하는 유령 같아서 어떻게 받아들여야 좋을지 당혹스러웠다. 하지만 당혹스러워하는 다다를 눈치챘는지 어쨌는지, 교텐은 솔선해서 저녁을 하고 아무것도 지시하지 않았는데 다음 날 일에 쓸 도구를 트력에 신는 등 지금까지의 상식을 뒤엎는 행동을 했다. 게다가 '나도 꽤 도움이 되지?'라고 하고 싶은지 기대가 가득한 얼굴로 다다의 반응을 기다린다.

전철에서 노인에게 자리를 양보하는 불량배를 보면 당연한 행위를 하는 것뿐인데 그 불량함이 아주 좋은 사람처럼 느껴진다. 그것과 마찬가지로 다다는 왠지 끌렸다. 보기 드물게 애쓰는 교텐에게 숨기는 게 있는 것이 꺼림칙하다. 그렇다고 하루를 맡는다는 말을 하면 교텐이 얼마나 싫어할지 생각하니 더 말을 꺼내기 어려웠다.

결국 아무 말도 하지 못한 채, 교텐에게 담배를 한 갑 사주었다. 포상을 기대하는 시선에 진 것이다. 내가 뭘 하는 거지, 하고 다다는 미적지근한 자신의 언동에 한숨을 쉬었다.

어쨌든 하루가 오는 날에 대비해 밑밥을 뿌려두자. 그렇게 생각한 다다는 비가 오는 가운데 사무실로 놀러 올 기회가 많은 루루와 하이시에게 사정을 설명하러 갔다.

두 사람이 사는 곳은 마호로 역 뒤의 목조 공동주택이다. 찾아간 것이 점심때가 지나서여서 루루와 하이시는 일어난 지 얼마 되지 않았다. 그래도 다다의 얘기를 듣고 눈이 번쩍 뜨이는지 몸을 내밀며 물었다.

"세상에, 여자아이를 맡는다고요오?"

"즐겁겠다. 몇 살?"

루루의 다 들여다보이는 속치마 차림에서 미묘하게 시선을 돌리며 대답했다.

"지인의 아이여서 잘 모르지만, 네 살 정도일 겁니다."

"그렇구나. 우리도 되도록 애 보는 거 도울게요"라고 루루가 흔쾌히 수락하고, "장난감이랑 옷이랑 사두는 편이 좋지 않을까?"라고 하이시는 바로 방법을 생각했다. 소꿉놀이나 인형놀이 계획을 세우는 아이들처럼 들떴다.

동생이 생기는 것처럼 즐거워하는 하이시를 보고 다다는 조금 안쓰러워졌다. 그렇구나, 하이시는 강한 것 같으면서 아직 어리구나, 라고 생각했다. 하이시의 가족에 관해서는 아무것도 모르지만, 가족을 동경한다는 것은 어렴풋이 느끼고 있었다. 하이시는 동거인인 루루도 치와와 하나도 더할 수 없을 만큼 아낀다.

다다미에 정좌한 다다의 무릎으로 치와와가 다가왔다. 작은 머리를 쓰다듬어주면서 다다는 얘기를 계속했다.

"아직 교텐에게는 아이를 맡는다는 말을 하지 않았어요."

"왜요?"

루루가 고개를 갸웃거렸다.

"같이 사니까 제대로 말해야죠오."

"그 녀석은 애를 싫어해서 분명히 반대할 거거든요. 아이 보는 걸 도와준다고 해서 마음이 든든하지만, 두 사람에게는 무엇보다 교텐을 잘 부탁합니다."

"잘 부탁하다니요, 구체적으로는?"

이번에는 하이시가 고개를 갸웃거렸다.

"아이를 맡는 걸 알면 교텐은 십중팔구 가출할 겁니다. 그 경우, 이 집으로 굴러 들어올 가능성이 커요."

"설득해서 다다 심부름집에 돌아가도록 하면 되는군요."

하이시가 납득했다.

"그 김에 아이가 얼마나 귀여운지도 어필하고 말이지이."

루루도 말했다.

"아무리 그래도 심부름센터 아저씨 친구는 너무 떼쓰는 어린아이 같아. 왜 그렇게 아이를 싫어하는 거야아?"

"지인의 아이라고 했는데 대체 어떤 지인이에요?"

루루와 하이시가 의문을 갖는 게 당연했지만, 다다는 모호하게 말을 흐렸다. 설명할 말이 없었기 때문이다. 그래서 하이시는 더 의문이 커진 것 같다.

"도대체 말이에요, 아무리 일 때문이라고 해도 네 살짜리 아이를 보통은 아는 사람한테 맡기지 않아요? 시터를 구해도 되고 얼마든지 방법은 있을 텐데요."

다다는 정말 그렇다고 생각했다. 나기코에게 얘기를 들은 이후 계속 동요하여 교텐을 어떻게 회유할지만 고민해서 이런 간단한 것도 생각하지 못했다.

왜 나기코는 시터를 고용하지 않을까. 나기코도 파트너도 금전적으로는 여유가 있을 터다. 굳이 육아에 적합하지 않은 다다를 지명하지 않아도 됐던 것을.

"혹시 다다 씨의 숨겨놓은 아이이?"

루루가 히죽 웃으면서 물었다. 다다는 황급히 "아닙니다"라고 말했지만, 오해가 풀리지는 않은 것 같다.

"괜찮아요, 괜찮아."

"그런 거라면 협력할게요."

루루와 하이시는 멋대로 다 안다는 얼굴을 하고 한 사람은 옷을 갈아입고 한 사람은 치와와에게 먹이를 주었다. 할 수 없이 다다는 그 집에서 나왔다.

비닐우산을 쓰고 역 앞 사무실로 돌아왔다.

점심은 알아서 먹으라고 해서 교텐은 이로리야의 도시락을 먹어 치우고 소파에서 낮잠을 자는 중이었다. 사람이 온 것도 모르고 태평스러운 인간이다. 너 때문에 나는 숨겨놓은 아들이 있다는 의혹까지 받고 있는데, 역 뒷골목에서 다다 심부름집 평판이 떨어지면 어떻게 해줄 거냐.

"일어나, 교텐. 오후 일 시작할 시간이야."

접은 우산 끝으로 교텐을 쿡쿡 찌르면서 다다는 새삼 자신의 마음을 검증했다.

"하루를 맡기로 했다"라고 좀처럼 교텐에게 털어놓지 못하는 것은, 아이와 관련된 일은 맡지 않기로 교텐과 한 약속을 깨는 것이 괴롭기 때문이다. 화난 교텐에게 죽도록 맞는 것이 싫기 때문이기도 하다.

하지만 가장 큰 이유는. 다다는 한숨을 쉬었다. 하루가 오면 교텐이 사무실을 나가버릴 것 같아서다. 나가서 루루와 하이시에게 빌붙을지도 모른다. 그러나 그것도 일시적인 일이다. 진정한 의미로 교텐은 갈 데가 없다. 갈 데 없는 처지가 같은 다다의 사무실이어서 교텐은 뻔뻔하게 보금자리로 삼고 있다.

이곳을 나가면 아마 교텐은 뒤도 돌아보지 않고 모퉁이를 돌아서 그대로 어둠 속에 녹아버릴 것이다. 최근 몇 년 동안, 미미하지만 교텐과 친교를 맺은 마호로 시 사람들 앞에 두 번 다시 모습을 나타내는 일 없이.

간신히 찾아낸 보금자리에서 교텐을 밀어내 외로운 곳으로 떠나게 하는 짓은 하고 싶지 않았다.

망설임이 우산을 두드리는 빗방울처럼 다다의 마음에 얼룩을 만들었다.

오후 의뢰는 구매 대행이었다. 허리가 아픈 노부인에게 지갑과 메모를 받아 들고 지정한 슈퍼에서 식재료를 산다. 다다는 메모를 보면서 카트를 밀며 진열대 사이를 돌아다녔다. 다시(축제 때 끌고 다니는 장식 수레)를 따라 걷는 남자 구경꾼들처럼 교텐도 카트 뒤를 따라 걸었다.

교텐은 이런 사소한 일을 잘하지 못한다. 메모에는 '저지방 우유'라고 쓰여 있는데 태연하게 무지방 우유를 바구니에 넣는다. "히키와리 낫토(맷돌에 갈아서 부순 대두를 발효시켜 만든 낫토)를 찾아"라고 시켰는데 작은 콩 낫토를 선반에서 가져오기도 한다.

도와주는 건 고맙지만, 되레 더 번거롭다. 다다는 결국 "저기 가서 기다려" 하고 교텐을 쫓았다. 교텐은 지금 슈퍼 주차장 구석에서 우산을 쓰고 쭈그리고 앉아 있다. 창 너머로 버섯 같은 뒷모습이 보였다. 담배를 피우는 것 같다. 하얀 연기가 회색 하늘로 올라간다.

다다는 쇼핑을 계속하면서 재빨리 휴대전화를 조작했다. 나기코가 근무하는 병원에 전화를 걸어서 연결해달라고 부탁했다.

보류음은 '동화의 나라'에서 쥐의 테마곡이었다. 병원 전화인데 왜 이렇게 들뜬 음악을 쓰는 걸까. 다다는 초조해하면서 한 손으로 버섯과 두부를 카트에 담았다. 교텐의 동향을 살피는 것도 잊지 않았다.

쥐의 테마곡이 여덟 번 되풀이됐을 즈음 겨우 나기코가 전화를 받았다.

"진찰 중이니 짧게 부탁합니다."

"바쁘신데 죄송합니다. 시터를 고용하는 것은 어떨까요?"

다다는 저자세로 제안했다.

"그 건에 관해서는 검토했습니다."

나기코가 이동하는 기척이 났다. 사람이 없는 곳에서 편하게 얘기하기 위해서일 것이다.

"하지만 잘 모르는 사람한테 종일 맡기는 건 불안해서요."

복도에라도 나왔는지 나기코의 목소리가 약간 울렸다.

"저에 관해서도 잘 모르지 않습니까. 그리고 무엇보다 문제는 저도 교텐도 아이의 생활이나 상태를 잘 모른다는 겁니다."

"무서워하지 않으셔도 괜찮습니다." 나기코는 온화하게 말했다. "다다 씨도 하루 짱도 예전에는 아이였으니까요. 하루를 대하다 보면 아이가 어떤 존재였는지 생각나실 거예요."

"그렇지만 말입니다."

반론하려는 다다를 가로막고 나기코는 말을 이었다.

"다다 씨. 전에 말씀드렸죠. 하루 짱은 아이 때 아픔을 겪고 상처받은 것을 잊지 못하고 있는 사람이라고. 짧은 기간이어도 하루와 지내다 보면 하루 짱도 편안해질지 몰라요."

나기코가 하는 말은 다다도 이해가 갔다.

자신이 아픔을 겪었다고 해서 반드시 누군가를 아프게 하는 존재가 되는 건 아니다.

교텐은 누군가에게 무턱대고 상처를 주는 사람이 아니다.

양아치를 죽도록 팬 적은 있지만 대부분은 누군가가 상처 입지 않도록 극단적으로 신중하기까지 하다. 나기코도, 루루나 하이시도, 다다도 그 사실을 잘 알고 있다. 교텐만 자신을 신용하지 못한다. 언젠가 심한 짓을 저지르는 게 아닐까 자신에게 겁먹고 있다.

사랑스러운 하루를 보면 교텐도 깨달을지 모른다. 자신도 폭력이 아니라 사랑을 언어로 누군가를 소중히 할 줄 안다는 것을. 그동안은 깨닫지 못해서 그렇게 살아왔다는 것을.

하지만 반대로 나타날 가능성도 높다. 교텐이 과거에 겁먹고 기억을 꺼리고 아이를 싫어하는 게 더 심해진다면 어떻게 할 건가.

다다는 그런 말을 하려고 했지만, "환자가 있어서요. 그럼 이만" 하고 나기코가 바로 전화를 끊었다. 그때 교텐이 젖은 우산을 접으며 다가와서 투덜거렸다.

"어이, 아직도 장을 덜 본 거야?"

나기코에게 다시 전화를 걸 수도 없어졌다.

역시 하루를 맡을 운명인 것 같다.

"그 할망구, 너무 많이 먹는 거 아닌가. 그러다 허리에 부담이 갈 텐데."

식료품을 잔뜩 실은 카트를 들여다보며 교텐이 투덜거렸다. 그 말은 흘려듣고 다다는 드디어 결심을 했다.

이렇게 된 바에야 말할 수밖에 없다.

"교텐, 할 얘기가 있다."

"해."

"아니, 여기서가 아니라 어디 조용한 데서…….'

"프러포즈라도 하고 싶은 거냐?"

그런 농담에 일일이 반응하고 있을 때가 아니다. 다다는 말 없이 카트를 밀어서 계산하러 카운터로 향했다. 머릿속으로는 어디에서 어디까지 교텐에게 털어놓아야 자신에게 미칠 피해 가 가장 적을지 계산하고 있었다. 의뢰인이 맡긴 포인트 카드 에 포인트를 적립하는 일도 잊지 않았다.

트럭으로 의뢰인 집까지 식재료를 나르고, 지갑 잔금을 확 인시킨 뒤 장보기 대행은 종료됐다.

마호로 역 앞으로 돌아와서 사무실 근처에 빌린 주차장에 트 럭을 세웠다. 그대로 우산을 쓰고 마호로 대로를 걸었다. 사무 실에서 둘이 얘기하는 건 곤란하다. 교텐에게 얻어터지더라도 남들 눈이 있는 곳이어야 누가 말려줄 가능성이 높을 것이다.

마치 이별 이야기를 꺼내려는 것 같군. 다다는 속으로 투덜 거리면서 비밀을 털어놓기에 적당한 장소를 찾았다. 교텐은 묵묵히 옆을 걷고 있다. 다다의 긴장이 전해졌는지 교텐의 옆 얼굴에도 그림자가 드리워진 것 같다.

다다는 얘기할 곳으로 커피의 전당 아폴론을 골랐다. 마호로 대로에 있는 오래된 커피숍이다.

가게 한복판에 어째선지 거대한 서양 갑옷과 투구가 장식되어 있다. 벽에는 사슴 머리 박제가 튀어나와 있고, 목각이나 도자기 인형이 여기저기 놓여 있다. 창에는 스테인드글라스를 모방한 실(seal)이 붙어 있다.

총체적으로 카오스라고밖에 할 수 없는 인테리어지만, 아폴론은 손님에게 사랑받는 곳이었다. 오래 있어도 아무 말 하지 않고 접객의 거리감이 적절해서다. 주문할 것을 정한 기색이 보이면 어디선지 모르게 직원이 나타난다. 컵의 물도 어느샌지 모르게 가득 차 있고, 재떨이도 차기 전에 새것으로 바꾸어 준다. 요정이나 닌자처럼 기척을 감춘 직원들이 모든 것을 자연스럽게 해결해준다.

다다가 아폴론을 선택한 것은 이곳 직원이라면 손님 얘기에 귀를 기울이지도 않고, 다급할 때에는 번개같이 날아와서 날뛰는 교텐을 제어해주지 않을까 하는 기대가 있어서다. 실내에 온통 관엽식물 화분이 놓여 있어서 무성한 잎으로 다른 손님의 시선을 적절하게 막아주는 점도 좋다.

이곳의 오리지널 커피인 태양 브랜드를 주문하고 다다와 교텐은 담배에 불을 붙였다. 커피를 가져온 직원은 작은 탁자를 사이에 두고 앉은 두 사람의 분위기가 긴박하다는 것을 느낀 것 같다. 말없이 인사하고 예의 바르게 사라졌다.

"그래서?"

교텐이 말하고 도자기 재떨이에 담뱃재를 털었다. 재떨이는 하마가 입을 크게 벌린 모양을 하고 있다. 하필 이런 멍청하게 생긴 재떨이라니. 다다는 옆 탁자를 훔쳐보았다. 그쪽은 그냥 평범한 유리 재떨이였다.

다다는 조심스럽게 꽁초를 하마 이빨에 걸쳤다. 비어 있는 양손을 무릎 위에서 가볍게 깍지 끼고 과감하게 말을 꺼냈다.

"아이를 맡게 되었어."

교텐은 묵묵히 피우던 담배를 하마 입속에 비벼 껐다. 담뱃 잎이 흩어질 정도로 집요하게. 하는 김에 다다의 꽁초도 집어 서 하마 콧구멍에 쑤셔 넣어 없앴다. 꽁초는 참사를 당한 누에 처럼 되어서 탁자 위로 떨어졌다. 다다는 그걸 주워서 하마 입 에 넣었다.

"신세 많이 졌다. 그럼 이만."

교텐이 벌떡 일어서서 다다는 황급히 손목을 잡았다.

"잠깐, 잠깐, 잠깐. 어디로 가는 거야."

"어디든 상관없잖아. 너는 너 하고 싶은 대로 애를 돌봐."

"서두르지 마. 아이가 오는 건 다음 달이야."

"왜 막는 거야. 맨날 나한테 빨리 나가라고 했으면서."

"내 마음대로 아이를 맡아서 미안하게 생각하고 있어. 하지 만 어쩔 수 없는 사정이 있었다고."

다다는 필사적으로 앉아달라는 시선을 보냈다. 교텐은 마지못한 듯이 다시 천 의자에 걸터앉았다.

두 사람은 새 담배를 피우면서 잠시 서로의 상태를 지켜보았다.

"맡다니, 누구네 애를?"

"동생네."

다다는 거짓말을 했다.

"아. 네 쌍둥이 동생의 아이?"

교텐이 내뱉듯이 말했다.

실제로는 쌍둥이는커녕 그냥 동생도 다다에게는 없다. 어디서 쌍둥이란 발상이 나온 거지. 다다는 잠시 생각하다 떠올렸다. 전에 "네 존재를 고객에게 어떻게 설명해야 하나"라고 한탄하는 다다에게 교텐은 웃으며 이렇게 제안한 적이 있다. "그렇게 손님 눈이 신경 쓰이면 '실은 생이별한 쌍둥이 동생입니다'라고 해."

그렇다면 다다의 쌍둥이 동생이란 즉 교텐이 된다. 다다가 맡으려는 아이는 교텐의 딸 하루이다. 교텐이 어디까지 눈치 챘는지 정확하지 않지만, 쌍둥이 동생의 아이라니 용케도 진상을 맞추었다.

새삼스럽지만 감이 정말 좋은 놈이다. 다다는 조금 무서운 기분조차 들었다. 애써 표정 관리를 하고 대답했다.

"나한테 쌍둥이 형제는 없어."

"그렇겠지. 너한테 형제가 있다는 것 자체가 금시초문이다."

"어? 말하지 않았던가."

교텐의 차가운 시선을 견디며 다다는 힘겹게 입을 움직였다.

"남동생은 있어. 두 살 아래고 어릴 때는 꽤 통통하고 귀여웠지. '형아, 형아' 하고 쫓아와서는 제바람에 넘어져서 무릎이 까지기도 하고. 지금은 키가 2미터에 가까운 장신이야. 잼 빵을 좋아해서 일주일에 여덟 개는 먹는 것 같아. 취미는 낚시, 특기는 남의 체중 맞히기."

"희한한 프로필이네."

즉흥적으로 열심히 쥐어짜냈으니 희한한 게 당연하다. 이제 물러서지도 못하는 다다는 호신용 도구도 없이 본론에 돌입했다.

"동생은 단신 부임 중인데 제수 씨가 입원을 하게 됐나 봐. 그래서 한 달 반만 아이를 좀 봐달라고 부탁받았어."

"흐음."

"……그렇게 남 일처럼 반응하지 말아줄래."

"사실이 남인데 어쩔 수 없잖아."

교텐은 끝까지 무정하다. 이대로라면 하루가 오기 전에 다다 심부름집을 나가버릴 것이다. 어쩐지 나기코는 교텐이 이 기회에 하루와 교류하기를 바라는 것 같다. 교텐이 나가버리면 나기코의 뜻을 거스르는 것이다. 현실적인 문제로 심부름센터 일을 하면서 다다 혼자 하루를 보는 건 무리이기도 하다.

하루와 만나면 교텐도 조금씩 바뀌어가지 않을까 하고 다다는 생각했다. 여기서는 어떻게든 교텐을 붙잡아야 한다.

다다는 협박과 호소로 교텐을 설득해보기로 했다. 비겁한 것은 충분히 알고 있다. 수단 따위 선택할 여지가 없다.

"교텐. 나는 지금까지 이런저런 잔소리를 하면서도 너한테 밥을 먹여줬잖아. 잠자리도 제공했고 알바비도 주었어."

"아, 그 참새 눈물에 관해 말하는 거냐?"

"눈물도 언젠가 강이 되어 바다로 흘러가."

기를 쓴 나머지 유행가 가사 같은 유치한 말이 나와버렸다.

"뇌 상태는 괜찮냐?"

교텐에게 걱정을 다 듣고 있다.

"덕분에."

무안함에 다다는 담배를 껐다. 직원이 와서 재떨이를 새것으로 바꿔주었다. 이번에는 평범한 유리 재떨이다. 그것에 용기를 얻어서 다다는 단숨에 말했다.

"어쨌든 야쿠자조차 1숙 1식의 은혜를 잊지 않는다는데, 너도 나한테 꽤 빚이 있잖아. 지금이야말로 갚을 때야. 갚아도 벌은 받지 않을 거라고 생각해. 그러니까 같이 아이를 봐줘. 부탁한다."

머리를 숙이는 다다의 맞은편에서 교텐은 짧아진 담배를 드릴처럼 재떨이에 비벼 껐다. 지구의 맨틀까지 닿으라고 하는 기세다.

"난 말이야, 다다. 키친 마호로 사장하고 같이 살고 싶으니까 나가줘, 라는 말을 할 줄 알았다."

"가시와기 씨하고?"

교텐의 너무나 분방한 발상에 다다는 놀라서 얼굴을 들었다.

"왜 그런 생각을 한 거야?"

"요즘 점심때 자주 혼자 나갔잖아."

그건 주로 루루와 하이시에게 하루 일을 의논하기 위해서다. 숨기는 일이 있으니 교텐과 얼굴을 마주치기 불편해서기도 했다.

다다는 고개를 저었다.

"나하고 가시와기 씨하고는 그런 사이 아냐. 나는 그냥 키친 마호로 손님이야."

"너 정말로 태평스럽네." 교텐은 한숨을 쉬더니 다 식은 커피를 마셨다. "알긴 했지만 잔혹하기도 하네."

유감스럽게도 태평스럽단 말은 받아들일 수밖에 없는 다다지만 잔혹하다니.

"어째서?"

반박했더니 교텐은 또 한숨을 쉬었다.

"알잖아. 나는 애를 싫어해. 어떻게 대해야 좋을지도 몰라서

네 동생 아이 보는 건 불가능해. 그런데 너는 아이 맡는다는 얘기길 가볍게 하네."

"기본적으로 그냥 귀여워해주면 되잖아."

다다는 신중하게 말했다.

"해서 안 되는 짓이나 위험한 짓을 하면 야단치고."

"그걸 모른다고." 교텐은 희미하게 미소를 지었다. "귀여워하는 것도 야단치는 것도 내가 하면 고통을 주는 게 돼버려."

교텐의 손이 물이 든 유리컵으로 향했다. 그러나 교텐은 컵을 잡지 못했다. 손가락 끝이 가늘게 떨려서다. 다다는 그 손가락을, 핏기 잃은 교텐의 얼굴을 물끄러미 관찰했다. 그리고 주의 깊게 물었다.

"왜?"

"왜라니."

교텐은 두 손을 탁자 아래로 내렸다. 떨림을 감추기 위해서일 것이다.

"내가 그렇게 컸기 때문이야. 그것밖에 모르기 때문이야."

교텐이 이렇게까지 확실히 과거에 관해 얘기한 건 처음이다. 더 들어가야 할지 물러나야 할지 다다는 순간 갈등하다 전진하기로 마음먹었다.

"너는 네가 당해서 싫었던 일을 어린아이에게 하지 않을 거야."

"무슨 근거로 그렇게 단언하는 거냐?"

"지난 2년 반 동안 너를 봐왔으니까." 다다는 진심으로 말했다. "교텐, 너는 아이에게 고통을 줄 사람이 아냐. 절대로."

"태평스러운 데다 낙관적이군." 교텐은 할 수 없다는 듯이 웃으며 고개를 숙였다. "정상적으로 사랑받으며 자란 녀석은 역시 잔혹해서 안 돼."

교텐의 말대로일지도 모른다.

부모를 포함해서 다다는 주위 어른에게 평범하게 사랑받으며 자랐다. 평범하다고 인식한 적도 없을 정도로 평범하게. 그래서인지 교텐이 품은 두려움도 당혹스러움도 다다는 거의 상상할 수 없었다.

애정을 아는 자와 모르는 자는 눈에 비친 세계가 전혀 다르니까. 확실히 사랑이 갖는 위력은 잔혹하다.

하지만 한편으로 다다는 여전히 확신하고 있기도 하다. 교텐은 힘이 없는 자를 폭력으로 억누르거나 사람을 못살게 구는 짓을 절대 하지 않을 거라고.

"괴롭지, 교텐."

다다는 중얼거렸다. 달리 뭐라고 해야 좋을지 말이 떠오르지 않았다.

"어, 괴롭다. 모든 것을 잊고…… 뭐랄까."

교텐도 말을 찾고 있는 것 같았다.

"사랑도 하고 이어지기도 하고?"

"응, 그러게. 그랬으면 좋겠다고 생각할 때도 있어."

교텐은 잠시 입을 다물었다. 뭔가 생각하는 것 같았지만, 이윽고 고개를 젓더니 말을 계속했다.

"아냐, 아냐. 잊지 않아도 좋으니 누군가를 사랑할 수 있다면 마음이 편할 것 같아. 하지만 무리야."

"무리인지 어떤지 해보지 않으면 몰라."

"해보고 네 동생 아이를 때려죽이면 어떻게 할래?"

교텐이 너무나도 진지한 얼굴로 말해서 다다는 끔찍한 소리 한다고 생각하면서도 웃어버렸다.

"그렇게 되지 않도록 서로 협력하자. 아이를 맡으면 나한테는 도와줄 손이 필요해. 그리고 중요한 것은 너는 내게 900숙 2700식 정도 값을 은혜가 있다는 거야."

"쩨쩨하게 계산하네."

"육아 도와줄 거지?"

의리 있는 교텐은 포기한 듯이 끄덕였다. 목뼈가 갑자기 부러졌나 싶을 만큼 힘없이 끄덕였다.

"얘기는 다 됐나?"

느닷없이 관엽식물 뒤에서 누군가가 말을 건네 다다와 교텐은 깜짝 놀라서 돌아보았다.

호시가 서 있었다. 투박한 피어싱을 양쪽 귀에 몇 개나 하고 있다.

"오랜만입니다."

인사하면서 다다는 담배를 주머니에 넣었다. 가게에 호시가 있다는 사실을 전혀 눈치채지 못했다. 어디까지 얘기를 들었는지 걱정되지만, 얼른 이 자리에서 철수하고 싶다. 호시와 얽혀서 좋은 일이 없다는 것은 넌덜머리 나게 알고 있다.

그런데 호시는 비어 있는 의자에 앉았다.

"심부름센터, 숨겨놓은 애라도 있는 거야?"

"그럴 리 없잖아요."

"그런가? 얼핏 들으니 누구 애가 어쩌고 하면서 아수라장 같기에 저쪽에서 얘기 끝날 때까지 기다려줬지."

저쪽, 하고 호시는 턱으로 금연석 쪽을 가리켰다.

"고맙군요."

다다는 말하고 계산서에 손을 뻗었다. 교텐은 말보로 멘솔을 깊이 빨아들였다. 담배 연기를 싫어하는 호시를 모기향 방식으로 쫓아내려는 작전 같다.

호시는 물러나지 않았다. 교텐의 입에서 담배를 빼 들어 컵의 물에 넣어서 꺼버렸다.

"마침 여기서 잘 만났네." 호시는 퉁퉁 불은 담배를 재떨이에 던졌다. "심부름센터, 부탁할 게 있어."

"덕분에 예약이 가득 차서요."

다다는 되도록 의연한 태도로 거짓말을 했다. 교텐은 담뱃
갑에서 새 담배를 꺼내 불을 붙이고, 호시는 그 담배를 빼앗아
컵의 물에 담갔다.

"아무리 가득 찼어도." 호시는 담배를 재떨이에 던지고 의자
등받이에 몸을 깊숙이 묻었다. "내 의뢰를 거절하지 않는 편이
좋아."

"그냥 물어보는데, 왜요?"

"묻지 말라고, 심부름센터."

호시는 입술 끝을 일그러뜨렸다. 호시 나름대로 웃는 얼굴
같다.

"때로 별 근거도 없이 나쁜 소문이 흐를 때가 있지. 그렇게
되면 당신들처럼 자잘하게 장사하는 사람들은 마호로에서 살
지 못하게 돼."

근거도 없이 나쁜 소문을 흘리는 짓을 누가 하는지는 명백
하다.

"협박입니까."

"충고야."

다다는 그래도 호시와는 거리를 두고 싶어서 침묵으로 저항
하기로 했다.

교텐이 세 번째 담배에 불을 붙였다. 호시가 용수철처럼 튀

147

어나와서 탁자로 몸을 내밀었다. 담배를 집어 들고 컵의 물에 적셔서 재떨이에 던지는 일련의 행위를 엄청난 빠르기로 유유히 실행했다.

"왜 피우는 거야? 건강에 나빠" 하고 호시는 교텐에게 무시무시한 태도로 으르댔다.

"나는 괜찮아." 교텐은 미련이 남는 듯 한참 동안 불어버린 꽁초들을 보고 있었다. "병원에서 검사 받았는데 하나도 나쁜 데가 없대."

"내 건강에 나쁘다는 의미야. 어쨌든 지금은 피우지 마."

강한 어조로 알아듣게 말하는 호시를 곁눈으로 보며 교텐은 담뱃갑을 손에 들었다. 호시는 담뱃갑을 낚아챘다. 그러나 이미 교텐의 손가락은 담배를 한 개비 빼고 있었다.

다다는 교텐과 호시 사이로 정신없이 시선을 옮겼다. 두 사람의 움직임이 너무 빨라 뭐가 어떻게 돼서 담뱃갑이 호시의 손에, 담배 한 개비가 교텐의 손에 건너갔는지 알 수 없었다. 마술이라도 보는 기분이다.

"피우지 마." 호시는 교텐을 견제했다. "나는 너한테 근육 트레이닝법을 전수해줬잖아. 얘기 방해하지 마."

"그럴 생각은 없어. 다만 피우고 싶은 기분일 뿐." 교텐은 물고 있는 담배에 100엔짜리 라이터 불을 가까이 가져갔다. "다다가 육아를 떠맡겨서 괴롭단 말이야."

"어이, 심부름센터!"

호시는 다다를 향해 호통치면서 교텐의 담배를 낚아챘다.

"고용주라면 적재적소에 배치해서 부하의 능력을 키워줘야지!"

갓 불이 붙은 담배는 컵에서 재떨이로 정해진 코스를 따라갔다.

"아니, 교텐은 부하가 아니라 단순한 빈대……."

"변명하지 마!"

다다의 말은 호시의 성난 목소리에 차단됐다. 가게 안이 조용하다. 같이 있는 손님의 시선이 일제히 모여 호시를 노려보았다가 흩어졌다.

호시는 결국 아까 교텐에게 빼앗은 담뱃갑을 열고 담배 개비들을 전부 컵에 쑤셔 넣었다.

"앗!" 교텐이 비명을 지른다. "그건 아직 불도 붙이지 않은 거잖아!"

"내 분노에 불을 붙였다."

호시는 낮게 말했다. 직원이 다가왔다. 재떨이를 교환하고 부연 담배 연기로 가득한 컵을 들고 갔다. 평소와 다름없는 동작이었다.

그걸 계기로 가게 안에 다시 적절한 술렁거림이 떠돈다.

"어이, 다다."

교텐이 한숨을 쉬더니 두 손을 어깨 높이로 올리며 항복을 표명했다.

"이 인간, 다음에는 우리를 수장시킬 것 같은데."

다다도 지금의 소란으로 호시에게 저항할 마지막 의욕을 잃었다. 교텐에게 비밀을 반쯤 털어놓은 것만으로도 막대한 기력을 소모했다. 여기다 또 호시를 거절할 만큼의 에너지는 남아 있지 않다.

"의뢰 내용을 들어볼까요."

다다는 포기하고 물었다.

"흡연석은 공기가 나빠. 우리 탁자로 와줘."

호시는 만족스럽게 웃으며 다다의 손에서 계산서를 빼앗아 들고 자리에서 일어섰다.

"계산은 우리가 해줄게."

한 잔 400엔짜리 브랜드 커피로 선심 쓰는 척하는 게 거슬렸지만, 교텐이 눈짓을 해서 다다는 동전을 꺼내다 말았다.

알았다, 교텐. 이 돈으로 담배나 사자.

호시는 가게에서 제일 구석진 곳에 있는 금연석에 진을 치고 있었던 것 같다. 4인석 탁자에는 마시다 만 녹차를 앞에 두고 안경을 낀 젊은 사내가 기다리고 있었다.

"우리 사무실의 이토라고 한다."

호시는 다다와 교텐에게 남자를 소개하고 벽을 등지고 소파에 앉았다. 이토의 맞은편 자리다.

다다는 조금 망설이다 이토 옆 의자에 앉았다. 호시와 나란히 앉는 것은 위험하다고 판단해서지만, 이내 후회했다. 나란히 앉은 교텐과 호시를 정면으로 보는 게 훨씬 불편했다.

다다는 이토에게 시선을 돌렸다.

"심부름센터 다다입니다. 이쪽은 교텐."

이토는 싹싹하게 웃으며 메뉴판을 내밀었다. 호시와 교텐을 시야에 넣지 않기 위해 다다는 필요 이상으로 열심히 메뉴를 보았다.

"사양하지 말고 아무거나 주문해, 심부름센터."

호시가 통이 큰 척했다.

웃기고 있다. 아폴론에는 천 엔 넘는 것이 없다고 하지만 호시한테 빚을 지는 건 질색이다. 주문을 받으러 온 직원에게 다다는 무난하게 레몬스카시를 주문했다.

그러나 물론 교텐은 배려니 사양이니 하는 말을 모른다.

"그럼 맥주 두 잔하고 나폴리탄 스파게티하고 클럽하우스 샌드위치."

호시가 계산할 때 이참에 저녁을 해결할 심산인 것 같다.

아무리 그래도 너무 많이 먹는다. 다다는 주문을 철회하라는 뜻을 담아서 노려보았지만, 교텐은 시치미를 뚝 떼고 있다.

호시는 기분 좋은 듯이 "심부름센터, 평소에 밥 안 주냐?" 하고 웃었다. 호시와 이토는 녹차 리필을 주문했다.

한동안 침묵이 탁자를 지배했다. 다다는 호시가 무슨 일을 의뢰할지 경계하고 있었고, 호시는 여유로운 태도로 말을 꺼낼 타이밍을 재고 있었다. 이토는 호시의 의향을 빠짐없이 파악하려고 신경을 곤두세우고 있다. 교텐은 "역시 치즈 토스트 쪽이 나았을까" 하고 끈질기게 메뉴를 보고 있다.

네 명 각각의 생각이 긴장으로 팽팽해질대로 팽팽해진 순간, 직원이 은쟁반에 음료수를 가지고 왔다. 바로 주방으로 돌아가더니 이번에는 나폴리탄 스파게티와 클럽하우스 샌드위치 접시를 양손에 들고 왔다.

"샌드위치는 이쪽." 교텐이 다다를 가리켰다. "맥주도 마셔."

다다 앞에 맥주잔과 클럽하우스 샌드위치 접시가 놓였다. 나는 주문하지 않았는데, 라고 생각했지만 배가 고픈 것도 사실이다. 어차피 호시에게 성가신 일을 떠맡을 거라면 저녁값쯤 내게 해도 될 것 같다는 생각도 들었다.

다다는 마음을 비우고 클럽하우스 샌드위치를 덥석 물었다. 기왕이면 나폴리탄 스파게티 쪽이 좋았다. 어째서 내 의견을 묻지도 않고 멋대로 주문하는 거야. 다다는 맞은편에 앉은 교텐을 원망스럽게 보았다. 교텐은 스파게티를 재주 좋게 포크로 감아서 입 주위에 케첩을 지저분하게 묻혀가며 맛있게 먹고 있다.

다다와 교텐의 위에 요리가 반쯤 찼을 무렵, "실은 말이야, 심부름센터" 하고 호시가 말을 꺼냈다. 요리를 토해낼 수 없는 단계까지 기다린 뒤 용건을 말하다니, 과연 빈틈이 없다. 사소한 빛이라도 꿈속까지 받으러 가는 것이 호시다.

"우리는 지금 HHFA에 관해 조사하고 있다."

또 그 이상한 단체 이름을 듣다니. 다다는 가벼운 놀라움과 수상함을 느꼈다. 대체 마호로는 어떻게 돼가고 있는 거냐. 채소를 좋아하는 시민이 그렇게 많다고 생각할 수도 없는데.

"아냐? HHFA."

"네, 뭐, 본 적 있는 정도죠. 근데 왜 호시 씨가 그들을 조사할 필요가?"

"물론 비즈니스지."

호시는 입술 끝을 올리며 녹차 잔을 들었다.

"제대로 채소를 팔아볼까 하고."

다다와 교텐은 넌지시 시선을 마주쳤다. 호시의 말을 그대로 받아들일 수는 없다. 정상적인 호시는 도청이 마호로 시로 이사한다는 것만큼 있을 수 없는 얘기다.

"그래서?"

교텐이 종이 냅킨으로 입을 닦으면서 재촉했다. 호시는 녹차를 마시고 계속했다.

"HHFA는 무농약 재배를 주장하고 있다. 중요한 세일즈 포인트이니 정말로 실천하는지 어떤지 독자적으로 조사해보고 싶어."

호시는 부하들과 함께 마호로 시내 곳곳에 있는 HHFA의 밭을 관찰했다고 한다.

"크고 작은 것을 합해서 약 스무 군데나 밭이 있습니다."

이토가 탁자에 서류를 내밀었다. HHFA 밭의 소재지와 규모를 목록으로 작성했다.

"가장 큰 밭은 오사나이초에 있는 HHFA 소유입니다. 그 밖에는 대부분이 임대였습니다."

다다는 서류를 들여다보았다. 야마시로초라는 지명도 기재되어 있다. 오카가 빌려준 토지일 것이다.

"오사나이초 밭은 높은 담으로 둘러싸여서 외부인은 들어가지 못한다." 호시는 말했다. "HHFA의 본거지 같은 곳이지. 벽틈으로 숙박 시설 같은 것도 보였다."

호시는 몇 군데 작은 밭을 목표물로 겨냥하고 몰래 정점관측을 시도해보았다.

"장마철인 데다 한곳에 오래 있으니 지나가는 사람들이 수상하게 여겨서 힘들었어."

이웃 아파트의 바깥 계단에 진을 치거나 사람을 기다리는 척하면서 담장 그늘에서, 때로는 도로를 측량하는 척까지 하며 호시와 부하는 밭을 망보았다.

"탐정 같군요."

다다가 감탄해서 말하자 "지루함을 잘 견딜 정신력이 없는 놈은 이 일에 맞지 않지" 하고 호시는 조금 웃었다.

그렇다면 HHFA 구성원은 수상한 생업이 적성에 맞는다는 말이 될지도 모른다. 호시의 관찰에 따르면 그들은 춥든 비가 오든 거의 매일 밭에 나와서 농사일에 열심이라고 한다.

"풀을 뽑고 잎에 붙은 벌레를 한 마리씩 집어서 퇴치하고, 아주 열심이었어."

그런데 어느 날 저녁 무렵, 파란색 트럭이 밭 옆에 섰다. 수확물을 실으러 온 건가 했지만, 그러기에는 인원이 적었다. 작업하는 사람들은 이미 돌아간 뒤로, 밭에 있는 것은 트럭에서 내린 두 남자뿐이었다.

"그 녀석들은 트럭에서 병과 소형 탱크 같은 것을 내렸어."

"이게 그때 모습입니다."

이토가 탁자에 사진을 내밀었다. 전부 여섯 장 있었다. 멀리서 몰래 찍어서 남자들 얼굴은 제대로 보이지 않는다. 하지만 작업복 차림의 두 남자가 밭 한 모퉁이에 있는 작업 창고까지 병과 소형 탱크를 나르는 모습이 찍혀 있다. 어딘지 모르게 남들 눈을 신경 쓰는 것처럼 보이기도 했다.

"그리고 이쪽이 작업 창고 내부."

다다는 이토가 새롭게 보여준 일곱 장의 사진을 손에 들고 보았다. 남자들이 떠난 뒤 호시는 작업 창고에 들어가보았다고 한다. 병과 소형 탱크가 커다랗게 찍혀 있었다. 옆에는 쌀이 든 것 같은 갈색 종이 부대도 있다.

"농약과 분무기. 종이 부대 쪽에는 화학비료." 호시가 말했다. "그런데 안심, 안전이라고 소리 높여 주장하며 비교적 비싼 채소를 팔아. HHFA는 말도 안 되는 사기꾼이야."

뜻밖의 사실이 명백해져서 다다는 맥주로 목을 적셨다.

"하지만 손으로 벌레를 잡기도 한다면서요. 작업 창고에 이런 게 있는데 HHFA 구성원이 반발하지 않은 건 이상한데요."

"가능성은 얼마든지 생각할 수 있지." 호시가 말하고 오른손 손가락을 차례로 폈다. "첫째, 농약과 화학비료를 사용하는 걸 구성원들은 알지만 모른 척한다. 둘째, 구성원 전부에게 알리지 않고 일부 구성원이 농약과 화학비료를 몰래 사용한다. 셋째, 작업 창고에 놓여 있는 것이 무엇인지 구성원은 관심이 없고, 자신들이 농약과 화학비료를 사용한다는 사실을 인지하지 못한다."

많은 사람들이 알고 있는 기밀을 외부에 흘리지 않는 것도, 많은 사람들에게 비밀을 유지하는 것도, 비밀을 비밀로 인식하지 못할 만큼 세상에 무관심한 것도 보통은 어렵다. 호시가 말하는 '가능성'은 하나같이 있을 수 없는 일이라고 다다는 생각했다.

"맥주 한 잔 더."

교텐이 지나가던 직원에게 주문했다. 긴장감이란 게 전혀 없다. 제대로 얘기 좀 들어, 하고 다다는 답답해했다.

교텐은 새로 온 맥주를 단숨에 반쯤 마셨다. 나폴리탄 스파게티는 이미 다 해치웠다.

"그래서?" 교텐이 말했다. "우리한테 뭘 시키려는 거야?"

"HHFA가 농약이나 화학비료를 뿌리고 있다는 증거를 잡아주었으면 해."

"그런 건 너희들이 하면 되잖아."

교텐은 호시의 말을 바로 받아쳤다. 잘한다, 교텐. 다다는 내심 응원을 보냈다.

호시와 교텐은 정면에 앉아 있는 다다에게 시선을 고정한 채 격렬하게 말을 주고받았다.

"우리도 최대한 조사하고 있어. 하지만 놈들이 좀처럼 꼬리를 밟히지 않아."

"조사하는 방법이 나빴겠지."

"아니. 교대해가며 제대로 밭을 망보았어. 그런데 이 사진에 찍힌 농약이나 비료는 어느새 작업 창고에서 사라졌어. 언제 사용했는지 몰라."

"너희들이 잡지 못하는 단서를 아마추어인 나와 다다가 잡을 리 없지."

다다는 점점 불편해졌다. 교텐과 호시는 왜 서로 나를 보면서 말하는 걸까. 보통 시선을 주거나 몸을 향하는 것은 말을 주고받는 상대에게 하는 것이다. 그런데 나란히 앉은 교텐과 호시는 몸도 시선도 다다를 향하고 있다.

이건 뭔가 두 사람이 세트로 나를 나무라는 것 같지 않은가. 다다는 안절부절못하는 마음으로 미지근해진 맥주를 마셨다.

다다의 곤혹스러움을 무시하고 교텐과 호시의 공방은 계속되었다.

"너희들이라면 할 수 있다고 생각해서 의뢰하는 거야."

호시가 말했다.

"어째서? 근거는?"

"그렇게 망을 보았는데 농약 뿌리는 걸 확인하지 못했어. 요컨대."

호시는 그제야 다다에게서 시선을 거두고 소파 등받이에 몸을 깊숙이 기댔다.

"놈들은 밤에 작업을 한다."

"잠깐만."

참지 못하고 다다가 끼어들었다.

"아까 교대로 망보았다고 했지 않습니까? 물론 야간에도 했겠지요?"

"아니, 낮에만."

"어째서요?"

다다가 어이없어하며 묻자, 호시는 "밤에는 자야지, 심부름 센터" 하고 당당하게 내뱉었다. "우리 애들한테도 일찍 자고 일찍 일어나라고 장려하고 있어. 밤샘은 건강에 나쁘고 머리도 나빠지니까."

뒷골목 세상에서 사는 데 비해 호시는 극단적으로 건강 지향이었다. 다다는 한숨을 쉬며 투덜거렸다.

"호시 씨, 의외로 HHFA하고 뜻이 잘 맞는 거 아닙니까."

호시의 형세가 약간 불리하다고 보았는지 그때까지 침묵하던 이토가 도움에 나섰다.

"농사일은 낮에만 하는 것이라고 생각하고 있어서 낮에만 교대로 망을 보았던 것입니다."

이걸 보십시오, 하고 이토는 갖고 있던 볼펜으로 HHFA 밭의 목록을 가볍게 톡톡 쳤다.

"검은색으로 동그라미 친 것은 작업 창고에 농약을 가지고 가는 건 확인했는데 뿌리는 건 보지 못한 밭입니다."

다섯 군데 정도 있었다. 그중에는 오카가 임대해준 땅도 포함되어 있다.

"일단 농약이 반입된 밭을 중점적으로 지켜보았습니다만, 우리도 손이 부족해서요. 처음에는 공교롭게 인원을 할당하지 않은 날 이른 아침에 뿌린 건가 했습니다."

"그렇다고 하기에는 다 꽝만 있어서 말이야." 호시가 이토의
뒤를 이어받았다. "어쩐지 약을 뿌리는 건 밤인 것 같아서 우리
도 이제야 망보기 방침을 바꾸려는 참이야. 야간 망보기를 당
신들한테 외주하고 싶은데 마침 여기서 만났네."

"혹시 이 하얀 동그라미가." 교텐이 목록을 들여다보았다.
"농약이 반입됐지만 아직 뿌리지 않은 밭?"

"그렇습니다."

이토는 교텐의 빠른 눈치에 만족한 듯이 끄덕였다.

"미네기시초의 작은 어린이 공원 옆에 있는 밭입니다. 공원
수목에 숨어 있을 수도 있고, 밤에는 인적도 적어서 망보기 쉽
습니다."

"아뇨, 아뇨, 곤란합니다." 다다는 얼른 고개를 저었다. "설령
농약을 뿌리는 걸 목격했다고 하더라도 무엇을 증거로 할 건
가요? 밤에는 사진도 찍지 못합니다."

"안심해. 어두운 데서도 찍히는 적외선카메라를 빌려줄게."

호시가 말했다. 그런 게 있나, 하고 다다는 기술의 발달을 저
주했다.

"아무래도 수상한걸."

교텐이 팔짱을 꼈다. 여전히 시선은 다다에게 향해 있지만,
그렇다고 다다의 동의나 맞장구를 원하는 것 같지는 않다. 자

160

기 마음대로 중얼거렸다.

"우리한테 증거 사진을 찍으라는 것 같은데, 농약을 뿌리는 것이 채소 장사 단체라는 증거는 어디 있는 거야."

"무슨 뜻이냐?"

호시가 낮은 목소리로 물었다.

"거래처 상대를 그렇게까지 조사하는 건 좀 수상해. 너 사실은 뭔가 다른 이유가 있어서 채소 장사의 신용을 실추시키고 싶은 거지? 그렇다면 네 부하가 채소 장사인 척하고 농약을 뿌려도 이상하지 않잖아. 그걸 사진으로 찍게 할 심산인 거고. 제삼자인 우리가 찍은 사진이라면 증거로 신빙성도 커지겠지."

이 녀석, 나쁜 쪽으로 머리 굴리는 데 도가 텄네. 다다는 반쯤 감탄하며 자신의 논리를 펼치는 교텐을 보았다. 호시와 이토는 재빨리 시선을 주고받더니 잠시 침묵했다.

"솔직히 그런 방법도 생각했다."

잠시 후, 호시가 말했다. 뻔뻔하게 나가기로 했는지 알랑거리는 건지 보기 드물게 웃는 얼굴이다.

"근데 실제로는 내가 잔꾀를 부릴 것까지도 없이 놈들이 마각을 드러냈어."

그렇지? 호시는 눈짓으로 이토에게 동의를 구했다.

"맞습니다."

이토는 끄덕였다.

"심부름센터에 증거 모으기를 의뢰하려고 생각한 이유 중 하나는 호시 씨의 일찍 일어나고 일찍 자기 방침 때문입니다. 또 하나는 공정을 기하기 위해 우리 이외의 '눈'이 필요하기 때문입니다. 거짓말은 하지 않습니다."

"조사한 결과 HHFA에는 농약 이외의 문제도 있는 것 같다고 판단했다."

"뭔데요?"

"확정된 게 아니라 아직 말할 수 없어."

호시는 녹차를 마저 마시고 이토에게 볼펜을 받아 들었다.

"그렇지만 언젠가 고발한다 해도 우리 같은 놈들 말에 아무도 귀를 기울이지 않겠지."

"나 같은 심부름센터가 하는 말에도 귀를 기울일 사람은 없을 거라 생각하는데요."

"그렇지 않아. 너는 마호로 시민들한테 사랑받고 있어. 자신감을 가져, 심부름센터."

물론 그런 마음에 없는 격려를 받아들일 만큼 다다도 순진하지 않다. 뒤로 여러 가지 문제가 있는 것 같으니 이 의뢰는 단호히 거절하자. 그렇게 마음먹고 침묵을 지켰다. 맥주잔을 비운 교텐도 심심한 것 같았다. "얼른 정리하고 치우자" 하는 시선을 보내왔다.

호시는 종이 냅킨을 한 장 뽑더니 볼펜으로 무언가를 썼다.

교텐이 보지 못하도록 다른 쪽 팔로 가렸다.

다 쓰더니 호시는 다다를 향해 마패를 보이는 암행어사처럼 종이 냅킨을 내밀었다. 거기에는 '네가 외동아들이란 걸 이 자리에서 폭로해줄 수도 있다'라고 쓰여 있었다.

다다는 황급히 종이 냅킨을 빼앗아 들고 똘똘 뭉쳤다.

"뭐야?"

교텐이 의아한 듯이 물었지만 태연하게 무시했다. 탁구공만 하게 뭉친 종이 냅킨을 지나가던 직원에게 버려달라고 건넸다.

다다는 다시 호시를 향해 말했다.

"의뢰, 맡죠."

"헐. 왜 그렇게 되는 거야."

교텐이 한탄하며 천장을 올려다보았다.

비닐우산을 쓰고 교텐과 함께 사무실로 돌아왔다.

마호로 대로는 비가 오는 것도 아랑곳하지 않고 밤이 깊어갈수록 흥청거림이 더해갔다. 체인점인 선술집으로 흘러 들어가는 학생 한 무리, 벌써부터 걸음이 비틀거리는 중년의 취객, 끊임없이 재잘거리면서 패스트푸드점에서 나오는 여고생들.

그들이 싱싱한 바다 생선이라고 한다면 다다와 교텐은 호수 바닥에서 숨을 죽이고 있는 거무칙칙한 물고기다. 각자 생각에 잠겨서 말도 나누지 않고 걷고 있다. 일단 나란히 앞으로 가고는 있지만, 미묘하게 거리를 둔 탓에 옆에서 보면 지인도 뭣도 아니고 어쩌다 보니 같은 방향으로 가는 두 사람으로 보였을지도 모른다. 그 증거로 몇 명이 다다와 교텐 사이를 사정없이 지나갔다. 우산에서 튄 물방울이 다다의 어깨 끝을 적셨다.

다다는 모퉁이 담배 가게에 들러서 말보로 멘솔과 럭키스트라이크를 한 갑씩 샀다. 뒤도 돌아보지 않고 먼저 가버린 교텐을 쫓아서 말보로 멘솔을 내밀었다.

커피의 전당 아폴론을 나온 뒤, 교텐은 줄곧 언짢았지만 담배를 보더니 약간 표정이 누그러졌다.

"너, 바보 아냐?"

주머니에 담배를 찔러 넣으면서 교텐이 말했다.

"응. 나도 어렴풋이 그렇지 않은가 생각했는데, 오늘 확신으로 바뀌었어."

다다는 힘없이 대답했다.

비밀은 복잡한 직물에 생긴 보풀 같은 것이다. 아무리 정성껏 아름다운 무늬를 짰다고 해도 작은 보풀 하나가 걸리면 실은 한없이 풀어진다.

다다는 교텐에게 비밀을 만든 탓에 호시한테 약점을 잡혔다. 눈 깜짝할 사이에 하루와 호시의 의뢰를 떠맡게 되는 성가신 사태에 빠졌다.

"무엇을 협박거리로 잡혔는지 모르겠지만 자업자득이네."

164

교텐은 쌀쌀맞았다.

"의뢰를 넙죽 받아들이다니 진짜 바보네. 일을 돕는 내 생각도 좀 하라고."

내 일을 제대로 도와준 적 있었냐. 다다는 그렇게 말하고 싶었지만, 참았다. 성가신 사태가 한 가지 더 있었던 게 떠올라서다.

그렇다, 결국 하루에 관해 교텐에게 솔직히 말하지 못했다.

장마철에 야간의 밭을 감시하는 일을 시킨 데다 맡기로 한 아이의 정체가 밝혀진다면……

생각만 해도 끔찍하다. 두부라도 으깨듯이 다다의 배에 식칼을 찔러 넣는 교텐의 모습이 쉽게 상상된다.

교텐은 아이에게 고통을 주거나 하지 않을 것이다. 그러나 성인 남성에게는 사정없이 주먹을 휘두를 때도 있다는 걸, 다다는 유감스럽지만 알고 있다.

내 목숨은 풍전등화군. 다다는 생각했다. 하루가 오기 전에 저승사자가 먼저 올 것 같다.

암시 기능이 달린 디지털카메라는 바로 도착했다. 의외로 작다. 군대에서 사용하는 투박한 쌍안경 같은 걸 예상했던 터라 다다는 맥이 풀렸다.

설명서도 동봉되어 있어서 꼼꼼히 읽었다.

"대충 알겠네. 하여간 암시 모드로 해서 셔터를 누르면 되는

165

군."

다다는 밤이 되기를 기다렸다가 사무실 불을 끄고 도로 쪽
으로 난 창문의 커튼도 내렸다. 이 커튼을 내리는 것은 5년 만
이다. 커튼은 얼룩이 지고 볕에 바랬지만, 가로등 불빛을 차단
하는 역할은 했다.

눈이 어둠에 익숙해지지 않아 어디에 무엇이 있는지 전혀
보이지 않는다. 소파가 놓여 있다고 생각되는 장소를 향하여
다다는 카메라를 들었다.

"찍는다. 자, 치즈."

셔터 소리는 보통의 디지털카메라와 같지만, 플래시는 켜지
지 않았다. 정말 찍혔을까. 다다는 카메라 액정 화면을 보았다.

"으헉."

소파에 뒹굴며 도깨비기와하고 똑같은 표정으로 위협하는
교텐이 찍혀 있었다. 실내는 캄캄한데 정확하게 렌즈를 직시
하는 것이 또 무섭다.

"어때? 찍혔나?"

"응. 뭔가 재수 없는 것이."

다다는 거리를 바꿔가며 몇 번 촬영을 시도하다 손으로 더
듬거려서 방의 불을 켰다. 눈이 부셔서 눈두덩 안쪽이 희미하
게 아팠다.

"근데 너무 멀면 안 되네."

찍은 영상을 컴퓨터에 담으며 다다는 중얼거렸다. 얼굴을 알아볼 정도의 선명도를 유지하려면 상당히 근접해서 촬영할 필요가 있을 것 같다.

"교텐, 밭하고 공원 거리가 어느 정도냐?"

교텐은 마호로 시 지도를 펼쳐놓고 미네기시초의 해당 번지를 찾았다.

"그러네. 화단 바로 옆이 밭이니 공원 들러서 농약을 뿌리러 온다면 2미터도 되지 않아."

그렇게 가까이에서 사진을 찍으면 야간이라곤 하지만 눈치 챌 것 같다. 그러나 뭐 해볼 수밖에 없다. 수락을 했으면 전력을 다해 일에 임하는 것이 다다 심부름집이다.

"당장 내일 밤부터 어린이 공원에서 망보자."

미네기시초 어린이 공원은 정글짐과 미끄럼틀과 그네와 모래사장이 있는 주택가 안의 작은 공원이었다. 네모난 회색 상자 같은 느낌의 공중화장실도 설치되어 있다. 공중화장실 입구에는 가늘고 긴 외등이 켜져 있고, 거미줄이 치렁치렁한 가운데 노란 빛을 힘없이 어둠 위로 던지고 있다. 그 불빛을 고마워하는 것은 날파리와 모기뿐인 것 같았지만.

주변 집들을 보니 이 일대에 택지가 조성된 지는 15년쯤 지났을 법하다. 그때 심었을 공원 나무는 하나같이 상당한 높이까지 자라서 잎이 무성하다. 근처의 집 2층에서 고스란히 보이면 곤란한데, 라고 걱정했던 다다는 일단 안심했다.

마호로 역 앞에서 미네기시초까지는 버스로 20분 이상 걸린다. 미네기시초에는 대학 캠퍼스가 두 개 있고, 노폭도 넓고 마을이 질서 정연하다. 거꾸로 말하면 번화한 곳도 없고, 눈에 띄는 가게도 없고, 밤에는 자기 집에서 얌전하게 자는 사람이 많다는 것이다. 버스도 이미 운행이 끊긴 지금 시간에는 넓은 도로에 사람 그림자 하나 없었다.

타고 온 트럭은 공원에서 조금 떨어진 도로 옆에 세워두었다. 가랑비가 내리는 가운데 투명한 싸구려 비옷을 입은 다다와 교텐은 어린이 공원으로 들어갔다. 요즘 계속된 비로 바닥이 질척했다.

공원을 둘러보았다. 서쪽이 수목과 담장을 사이에 두고 HHFA의 밭이 있었다. 남쪽은 여러 동의 집이 담장 너머에 있었지만, 공원 쪽을 향하고 있는 것은 집들의 뒤쪽이다. 화장실이나 욕실일 듯한 작은 창밖에 없어서 사람들 눈을 그리 신경쓸 필요는 없을 것 같았다. 동쪽과 북쪽은 도로를 향해 펼쳐져 있지만, 그 도로가 넓다. 길을 사이에 두고 맞은편 집에서 목격될 가능성은 상당히 낮다. 주민이 다들 밤샘하며 놀지 않는 한, 심야 공원에 있는 남자 따위엔 신경 쓰지 않을 것이다.

"자, 지금부터 망을 볼 건데." 서쪽 정원수 옆에서 다다는 교텐에게 말했다. "오늘 밤에는 일단 너한테 부탁할게."

"같이 하는 거 아냐?"

교텐은 이미 부루퉁해졌다. 비옷 모자를 너무 조여서 볼살이 모여 있는 것뿐일지도 모른다.

"당연히 교대로 하지. 내일도 아침부터 일이 들어와 있다고. 상대가 언제 올지, 정말 올지 안 올지도 모르는데 두 사람이나 인원을 투자해야겠냐."

"그럼 난 내일은 종일 자도 되는 거네."

교텐이 의기양양하게 말했다.

"바보냐."

다다가 소리쳤다.

"잠깐 눈 붙이고 같이 일하러 가야지. 그러잖아도 바빠 죽겠는데 부지런히 일해."

"너무하네. 너의 노동 조건은 산업혁명 시대의 탄광만큼 심해."

교텐의 헛소리를 흘려듣고 다다는 목에 건 카메라를 비옷 목덜미 사이로 꺼냈다.

"어쨌든 놈들이 농약 뿌리면 이걸로 잘 찍어. 새벽에는 호시 부하들이 교대 요원으로 오고 나도 데리러 올 테니까."

"에이."

내키지 않는 듯한 교텐에게 억지로 카메라를 떠넘겼다. 호시와 이토가 말한 대로 반입된 농약이 창고에 있는 건 확인했다. 다다는 아까 HHFA 밭에 침입하여 만일을 위해 농약이 든 것 같은 병을 사진에 담았다.

"다음은 현장을 찍기만 하면 되니까 간단하지."

"기다리는 동안 심심해서 죽을 거야."

"늘 하던 복근운동이라도 해."

다다는 정원수 그늘에 가지고 온 비닐시트를 깔아주었다.

"밤새? 근육 다 터지겠다. 게다가 화장실 간 동안 놈들이 오면 어떡할 거야?"

"네 오줌은 5분이고 10분이고 계속 나오냐?"

"다다, 실은 나 배 상태가 안 좋아."

"너, 만날 설사잖아."

교텐의 보고가 정말인지 거짓말인지 모르지만 다다는 기가 차서 말했다.

"복근 단련해도 속까지는 강해지지 않는 모양이야." 교텐은 카메라를 품에 넣고 비옷을 입은 채 비닐시트에 누웠다. "아아. 나를 지루하게 하면 기맥이 흐트러지는데."

물론 그런 헛소리는 또다시 흘려듣고 다다는 교텐을 두고 돌아왔다.

윗몸일으키기를 하는 숨소리가 들리지 않는 사무실에서 다다는 오랜만에 혼자 편안히 숙면을 취했다.

공원에서 보내는 밤은 말할 수 없을 정도로 지루했다. 다다도 교텐도 한 번씩 밤샘하고 죽는소리를 냈다.

비가 오기도 해서 가만히 있으면 몸이 차가워진다. 그렇다고 마구 움직일 수도 없다. 불을 켤 수 없으니 신문이나 잡지도 읽지 못한다. 자다가 현장을 놓치면 호시가 멍석말이를 해서 가메오가와강에 갖다 버릴지도 모른다.

결국 비닐시트에 눕든지 앉든지 해서 오로지 날이 새기만을 기다릴 수밖에 없었다. 부근 주민의 눈에 띄어서 신고라도 당하면 곤란하니 담배도 피우지 못한다. 되도록 화단에 묻히듯이 앉아서 무릎을 껴안는다. 잔가지가 뺨을 찔러서 따갑다.

다다가 망볼 때 얼룩 고양이가 밤 순찰을 나왔다. 길고양이답게 뻔뻔한 표정의 녀석이었다. 고양이는 뜻밖의 장소에 다다가 앉아 있어서 깜짝 놀란 듯했지만, 다다는 지루해죽을 지경이어서 놈이 나타난 게 기뻤다. "이리 와, 이리 와" 하고 손짓했지만, 얼룩 고양이는 "흥" 하고 콧방귀를 뀌며 도로로 사라져 버렸다.

고양이조차 무시한다. 이런 망보기, 그만두고 싶지만 호시한테는 선불을 넉넉히 받았다. 가메오가와강의 이끼가 되고 싶지 않다.

망보기는 사흘째에 돌입했다. 몹시 떨떠름해하는 교텐을 끌고 가서 공원에 던져놓은 다다는 그 길로 키친 마호로로 향했다.

낮에는 의뢰 일로 바빠서 제대로 식사도 하지 못했다. 교텐에게는 편의점 도시락과 맥주, 심심함을 달랠 휴대용 라디오까지 건넸으니 뭐 괜찮을 것이다.

키친 마호로는 밤 11시 폐점이다. 마지막 주문 시간에 간신히 도착한 다다는 안도의 한숨을 쉬며 자리에 앉았다. 가게 안은 밝고 에어컨은 기분 좋은 온도를 유지하고 있었다. 어둡고, 질척하고 하릴없는 어린이 공원과는 그야말로 천지 차이다.

나쁘게 생각하지 마라, 교텐. 다다는 속으로 중얼거리며 햄버그 세트를 주문했다. 요리가 오기를 기다리면서 멍하니 창밖을 보고 있는데, "어머, 다다 씨" 하고 누군가가 말을 걸어왔다. 슈트 차림의 가시와기 아사코가 탁자 옆에 서 있다. 다다는 순간 심박수가 올라갔다.

"이렇게 늦은 시간에 어쩐 일이세요?"

"되도록 매일 모든 매장을 돌고 있는데 오늘은 이런저런 일이 있어서 이 시간에야 여기 왔네요."

아사코는 미소 지으며 "앉아도 될까요?" 하고 물었다. 다다는 황급히 맞은편 소파를 권했다. 사장 일이 무척 바쁜 것 같지만, 아사코의 짙은 감색 슈트에는 주름도 없고 하나로 묶은 머리칼도 짧게 깎은 손톱도 평소처럼 청결 그 자체다.

마침 햄버그 세트가 나왔다. 직원은 사장인 아사코가 앉아있어서 놀란 것 같았지만, 친근하게 두세 마디 나누고 바로 커피를 가지고 왔다. 다다의 것까지 서비스로 갖다주었다.

다다는 소리를 내지 않도록 세심한 주의를 기울이며 햄버그를 썰었다. 식사에 방해가 된다고 생각했는지 아사코가 조심스럽게 얘기를 꺼냈다.

"다다 씨야말로 이 시간까지 일하셨어요? 대단하세요."

"아뇨, 뭐 일이랄까, 후우."

모호한 대답이 되었다. 주택가에 있는 어린이 공원에서 격일로 밤샘하며 밭을 감시 중입니다. 아사코에게 그런 가짜 탐정 같은 일을 하고 있다는 말은 도저히 할 수 없다. 아사코는 다다를 선량하고 신뢰할 수 있는 심부름센터라고 생각한다. 다다는 호시 같은 뒷골목 양아치 놈한테 약점 잡힌 것을 새삼스럽게 후회했다.

"실은 말이죠, 다다 씨." 아사코는 컵 안의 검은 액체를 향해 말했다. "HHFA라는 단체하고 좀 곤란한 일이 생겼어요."

마침 밭을 생각하던 참이어서 다다의 심박수는 최고 수치에 이르렀다.

"왜요?"

"그 사람들 채소 판매 차가 스피커로 '가정에서 집밥을' 하고 떠들면서 우리 같은 가게 주위를 돌아다니는 거예요. 이 얘긴 전에도 했죠."

"네. 아마 설 무렵에 들었죠."

사실 다다는 얘기를 들은 날짜까지 기억했다. 1월 3일이다. 올해 처음으로 아사코를 만난 날이어서 기쁜 마음에 기억하고 있다. 굳이 모호하게 대답한 것은 아사코가 불쾌하게 생각하지 않기를 바라는 남심이다.

"그게 최근에 더 집요해졌어요. HHFA의 채소를 이용해달라고 줄기차게 영업도 하러 오는 거예요. 마호로에서 외식 산업을 하는 경영자 사이에서도 상당히 화제가 되고 있어요. 그렇게 해서 조용해진다면 HHFA와 거래를 해볼까 하는 사람도 나오기 시작했어요."

"가시와기 씨는 망설이고 있군요."

"예전부터 계약한 농가가 있고, 여기서의 얘기지만……." 아사코는 몸을 살짝 앞으로 내밀며 목소리를 낮추었다. "HHFA는 뭔가 수상하지 않아요?"

"우리끼리 얘기지만, 저도 그렇게 생각합니다."

아사코의 긴 속눈썹과 매끄러운 뺨에서 자연스럽게 눈을 돌리며 다다는 대답했다.

"나쁜 소문도 얼핏 들리는 것 같으니, 당장 거래는 하지 말고 상태를 지켜보는 편이 좋지 않을까요?"

"나쁜 소문이라니요?"

"조사 중입니다."

"다다 씨가요?"

"네, 뭐, 이런저런 사정이 있어서요."

다다는 호시의 잔꾀로 가짜 탐정이 될 수밖에 없었던 것을 처음으로 하늘에 감사했다. 간접적으로나마 아사코에게 도움이 될지도 모른다고 생각하니 공원에서 감시하는 일에도 정성을 쏟을 것이다.

"뭔가 알게 되면 연락드리겠습니다. 근데 어떻게 저한테 그 얘기를?"

"다다 씨는 업무상 마호로에서 일어난 일을 잘 아시니까요." 아사코는 웃는 얼굴로 말했다. "다다 씨한테 의견 여쭙길 잘했네요."

무의식중에 하는 칭찬은 파괴력이 있구나. 갑자기 날아온 아사코의 웃는 얼굴에 충격을 받고 다다의 마음은 점점 하트 모양으로 바뀌었다. 평소 다다에게 의지하는 상대라고 해야 마호로의 할아버지나 할머니, 극한까지 배가 고플 때의 교텐 정도다. 칭찬에 내성이 없을 수밖에 없다.

아사코가 택시로 귀가하겠다고 해서 다다는 집까지 데려다주겠다고 했다.

"트럭이어도 괜찮으시다면."

"감사합니다. 완전 좋아요."

아사코는 아무런 경계도 없이 조수석에 앉아서 안전띠를 맸다. 아사코가 차 안에 있는 것만으로 고물 트럭이 엄청나게 큰

175

외제 차로 바뀐 느낌이 든다.

딴마음은 없다. 딴마음은 없다. 마음속으로 계속 중얼거리면서 다다는 핸들을 잡았다. 손바닥에 별나게 땀이 차고 미끈거렸다. 들키면 불쾌해할 텐데 생각하니 더욱 땀이 났다.

마쓰가오카마치에 있는 아사코의 집 앞에 트럭을 세웠을 때에는 핸들이 개 코처럼 축축했다. 도중에 아사코와 얘기도 조금 나누었다. 실패담이나 곤란했던 에피소드 등, 서로의 일에 관한 얘기뿐이었다.

"잘 자요."

아사코는 그렇게 말하고 조수석 문을 열었다. 다다는 핸들을 잡은 채, 하늘색 우산을 들고 대문을 열고 담장 너머로 사라지는 아사코를 지켜보았다. 아사코가 죽은 남편과 함께 산 단독주택은 그날 밤에도 모든 창에 어둠이 앉은 채 물방울 너머로 슬프게 서 있었다.

사무실에 돌아와서도 다다는 좀처럼 잠을 이루지 못했다. 그 큰 집에서 혼자 사는 아사코를 생각했다.

심야에 한 번, 지진이 있었다. 진도2 정도의 흔들림이었지만, '나를 지루하게 하면 기맥이 흐트러진다'는 교텐의 말이 떠올랐다. 지금쯤 무진장 지루해하고 있을 텐데 생각하며 침대에 누운 채 피식 웃었다.

잠이 들다 말다 하는 시간에 지쳐서 다다는 날이 새기 전에 일어났다. 좀 이르지만 교텐을 데리러 가자. 너무 지루하게 해서 대지진이라도 일으키면 감당 못 한다.

비는 계속 내렸다. 비옷을 입은 다다는 트럭을 타고 어린이 공원으로 향했다. 아직 어두운 공원에 교텐의 모습은 없었다. 정원수 그늘에는 비닐 시트가 그대로 깔려 있다.

이 녀석, 농땡이 치고 어디 간 거야.

다다는 흙탕물을 튀기며 공원 구석에 있는 공중화장실을 들여다보았다. 교텐이 세면대에 허리를 걸치고 담배를 피우고 있었다.

"그런 데 있으면 망을 못 보잖아."

다다가 낮은 목소리로 말하자 교텐은 놀라서 5센티미터쯤 펄쩍 뛰어올랐다가 황급히 바닥에 담배를 비벼 껐다.

"그렇지만 춥고, 니코틴도 떨어졌고."

"됐으니까 얼른 자리로 돌아가."

다다는 꽁초를 집어 들고 제대로 껐는지 확인한 뒤, 옆에 있는 쓰레기통에 버렸다.

"네가 니코틴을 섭취하는 동안에 벌써 농약을 뿌렸을지도 모르잖아?"

"에이. 그럴 일은 없다고 생각하는데."

다다와 교텐은 나란히 공중화장실에서 나왔다. 그 순간, 발에 검은 그림자가 있는 걸 발견하고 두 사람은 얼른 쭈그려 앉왔다.

"봤냐?"

"봤어."

쭈그리고 앉은 채 정원수로 다가가 살며시 얼굴만 내밀었다.

그림자는 두 개로 작업 창고에서 뭔가를 꺼내는 참이었다. 둘 다 남자 같다.

"어이, 카메라."

"여기 있어. 어, 끈이 엉켰네."

"됐으니까 빨리 내놔."

"야, 다다, 목이 졸리잖아."

교텐의 목에 걸린 카메라를 비옷 아래로 꺼내는 사이, 두 개의 그림자는 밭 속으로 걸어갔다. 각자 소형 탱크 같은 것을 어깨에 메고 있다. 양쪽으로 나뉘어 밭 양쪽 끝에서 농약 같은 것을 뿌릴 셈인 것 같다.

그림자 하나가 공원 담장 바로 앞까지 왔다. 다다와 교텐은 서둘러 몸을 숨기고 정원수 그늘에 숨었다. 비닐시트가 펄럭거리지 않도록 하기 위해서는 팔굽혀펴기를 도중에 그만둔 자세로 있을 수밖에 없다. 매일 밤 단련한 교텐은 괜찮지만, 다다에게는 고통스러운 자세다. 두 팔이 벌써 저려왔다.

"카메라 준비는 됐냐?"

앞니 사이로 쥐어짜듯이 물었다.

"응, 됐어."

교텐은 양쪽 팔꿈치를 붙이고 카메라를 들었다. 이렇게 하면 되나. 다다가 슬슬 비닐시트에 팔을 대려는 순간, 교텐이 속삭였다.

"근데 말이야, 셔터 소리 분명히 눈치챌 텐데. 그러니까 나 도망갈래."

"뭐?"

다다가 되물었을 때, 교텐은 이미 정원수에서 얼굴을 내밀고 카메라 렌즈를 대담하게 담장 틈새에 꽂고 있었다. 그대로 연속으로 셔터를 눌렀다.

"누구야! 거기서 뭐 하는 거야!"

그림자가 누군지 묻자 교텐은 벌떡 일어섰다. 교텐이 발로 눌러서 다다는 정원수 속으로 굴러 들어갔다. 축축한 지면에 뺨이 긁혀서 따갑고 불쾌했다.

"결정적 순간, 찍었네."

교텐은 카메라 끈을 손가락에 걸고 빙글빙글 돌렸다. 그리고 몸을 홱 돌리더니 공원을 뛰어나갔다.

다다도 어안이 벙벙했지만, 더 놀란 것은 농약 같은 것을 뿌리던 두 사람이었을 것이다. 약을 치려던 탱크를 안은 채, 교텐을 시선으로 쫓고 있는 것 같았다. 어두컴컴한 데다 사각지대여서 다다의 존재는 눈치채지 못한 모양이다.

공원에서 나간 교텐은 굳이 밭 앞의 도로에 섰다. 카메라를 높이 들고, "돌려주면 좋겠냐?" 하고 웃더니 또 달리기 시작했다.

"뭡니까, 저 녀석."

"잡자."

두 사람의 그림자가 겨우 정신을 차린 것 같다. 황급히 탱크를 내려놓고 교텐을 쫓아 밭에서 도로로 뛰어나갔다.

발소리가 멀어지기를 기다렸다가 다다는 몸을 일으켰다. 주위에 아무도 없는 것을 확인하고 휴대용 라디오를 비옷 주머니에 찔러 넣었다. 접은 비닐시트를 안고 빠른 걸음으로 공원을 나왔다. 교텐이 먹은 빈 도시락을 쓰레기통에 넣는 것도 잊지 않았다. 이런 상황에도 쓰레기를 꼼꼼히 처리하는 자신이 소시민 같아서 싫다.

다다는 거의 총총걸음으로 아무도 없는 밭 앞을 지나갔다. 남자들이 타고 온 파란색 트럭이 갓길에 서 있었다. 어둠 속에서 그들이 한 일을 생각하면 뭔가 불길할 정도로 차가운 색으로 보인다.

같은 트럭인데 내 것은 순백이다. 다다는 자신의 트럭까지 50미터 정도 달렸다. 새삼스럽게 애차를 바라보니 곳곳에 진흙이 튀어서 누렇게 더러워졌지만, 그래도 흰색은 흰색이다. 짐칸에 비닐시트를 던져 넣었다. 그때 짐칸 한쪽 구석에 카메라가 있는 걸 발견했다. 교텐이 도망칠 때 재빨리 넣어두고 간 것 같다.

카메라를 들고 트럭 운전석에 앉았다. 확인해보니 다섯 장 정도 찍혀 있었다. 어깨에 멘 분무기도, 놀라서 이쪽을 본 남자의 얼굴도 제대로 찍혔다. 그 상황에 손도 떨지 않았다니 과연 교텐이다.

어두워서 육안으로는 잘 몰랐는데 사진 속의 남자가 낯익었다. 오카 씨네 집 앞 버스 정류장에서 만난 HHFA의 사와무라인가 하는 남자다. 다다는 실내등을 끄고 잠시 생각했다.

사와무라가 교텐의 얼굴을 기억하고 있다면 조금 성가시다. 오카 씨네 집 앞에서 사와무라와 마주친 것은 어디까지나 우연이지만, 사와무라 쪽은 그렇게 생각하지 않을 것이다. 야마시로초에 이어서 미쓰기시초에도 같은 인물, 즉 교텐이 출몰했다. 어쩐지 밭을 망보고 있었던 것 같다고 HHFA 측이 경계할 가능성이 있다.

다다는 비옷 너머로 작업복 바지 뒷주머니를 뒤져서 휴대전화를 꺼냈다. 트럭 의자는 비옷에서 떨어진 물방울에 젖었다. 휴대전화를 귀에 대다가 뺨이 흙투성이가 된 걸 깨달았다. 손바닥으로 닦아냈다.

신호가 세 번 울린 뒤 호시가 전화를 받았다. 자고 있었는지 몹시 언짢아했다.

"심-부-름-센-터. 지금 몇 신 줄 알아."

"저희는 비상식적인 시간에 일을 하고 있습니다만."

바로 뇌가 깨어났는지 호시는 평소의 명석한 어조로 되돌아왔다.

"무슨 일이야. 찍었어?"

"네. 근데 촬영하는 걸 들켰습니다. 지금 교텐이 인질이 되어 도망쳤습니다."

"채소 잎도 두세 장 갖고 와. 여기서 농약을 검출할 테니."

"그렇지만 교텐을 구해야 하는데."

"그 인간은 자기가 알아서 할 거야."

호시는 낮게 웃는 듯했다.

"뭐야, 심부름센터, 도와달라고 전화한 거야?"

"교대 인원은 필요 없다고 전하려고 했습니다. 그럼 이만."

다다는 전화를 끊었다. 화가 나서 전에 야마시로초에서 만난 적 있는 남자였다는 보고는 하지 않았다. 설령 이쪽의 움직임을 HHFA에서 경계한다 해도 알 바인가.

트럭에서 내려 주위를 둘러보며 밭으로 침입했다. 화가 치밀어 미칠 것 같았지만, 호시가 시키는 대로 뿌린 것이 정말로 농약인지 확인할 필요가 있다. 의뢰받은 일은 끝까지 제대로 완수하는 것이 다다 심부름집이다.

키우는 것은 시금치 같았다. 출하하기에는 아직 어렸지만, 초록색 잎이 싱싱하다. 다다는 아까 농약 같은 것을 뿌린 곳에서 시금치를 몇 장 뜯었다. 봉투를 갖고 오지 않아서 휴대용 라디오를 꺼내고 비옷 주머니에 넣었다. 만일을 위해 밭의 전경, 시금치를 뜯는 과정, 방치된 분무기도 카메라에 담아두었다.

다다가 트럭으로 돌아오자 바로 사와무라와 또 한 명의 남자가 밭으로 돌아왔다. 다다는 운전석에 앉은 채 되도록 키를 낮추려고 애썼다.

두 사람은 어쩐지 농약 같은 것을 계속 뿌리는 것 같았다. 한참 후 겨우 밭에서 나오더니 빈 분무기와 창고에 있던 병을 파란색 경트럭 짐칸에 실었다. 병 내용물은 꽤 줄어든 것 같다.

오호라. 저렇게 곳곳의 밭을 돌고 있구나. 호시한테 받은 카메라로는 도저히 찍을 수 없는 거리여서 다다는 앞 유리 너머로 관찰하는 데 그쳤다.

사와무라 일행은 파란색 경트럭을 타고 마호로 가도 쪽으로 달려갔다. 오사나이초에 있다는 HHFA의 본부로 돌아갈지도 모른다.

그런데 교텐은 어떻게 됐을까. 다다는 차에서 내려 기지개를 켰다. 비는 그쳤다. 입고 있던 비옷을 벗어서 새삼스럽게 빗물을 털었다.

럭키스트라이크에 불을 붙였다. 연기가 부드럽게 흔들리다 하늘로 올라간다. 꽤 선명하게 보인다 생각했더니 새벽이다. 동쪽 하늘이 밝아오고 집집마다 지붕에, 어린이 공원에,

HHFA의 밭에 희부연 빛이 비쳤다.

길 모퉁이에서 교텐이 나타났다. 다다 앞까지 태연히 걸어오더니 갑자기 무릎에 양손을 짚고 숨을 고른다. 어마어마하게 달린 것 같다.

"그 녀석들 갔어?"

힘들면 힘든 대로 등장해. 다다는 약간 어이없어하면서 "엉" 하고 대답했다.

"무사해서 다행이네."

"그런 비리비리한 녀석들한테 잡힐 내가 아니지." 교텐은 헉헉거리면서 오른손을 내밀었다. "담배."

다다는 담뱃갑을 내밀고 교텐이 문 담배에 라이터로 불을 붙여주었다.

"이 도시는 대체 어떻게 돼 먹은 거야?" 트럭 옆에 서서 다다는 개탄했다. "무농약 채소를 먹으라고 떠들어놓고 농약을 뿌리고, 야쿠자가 그 밭을 감시하고. 다 거꾸로야."

"어떤 마을에나 아침은 온다." 교텐이 말했다. 겨우 숨이 진정된 것 같다. 연기를 깊이 들이마시고 눈을 게슴츠레하게 떴다. "그거면 됐지."

밝아가는 하늘을 올려다보며 그건 그러네, 하고 다다는 생각했다.

"그 녀석들한테 얼굴 들켰냐?"

"글쎄. 왜?"

"전에 버스 정류장에서 만난 남자가 있었어. 왜, 작업복 가슴에 '사와무라'라는 이름이 있던 녀석 말이야."

"아이쿠. 그럼 다다가 미끼가 되는 게 좋았을 텐데."

"어째서."

"내 얼굴은 보는 사람에게 강한 인상과 감탄을 남기거든."

교텐은 담배를 문 채 한쪽 뺨으로 웃어 보였다.

"웃기고 있네."

다다는 어이없어하며 휴대용 재떨이에 담배를 비벼 껐다.

"그러고 보니 너, 사와무라하고 면식 있지 않았냐?"

"없어. 채소 장사하고 면식 따위."

"버스 정류장에서 그 남자하고 만났을 때 그런 얘기 한 것 같은데."

"으음, 그랬나?" 교텐은 허공을 보며 고개를 갸웃거렸다. "생각 안 나. 무엇보다 채소 장사 얼굴 자체를 잊어버렸어. 나와 달리 인상이 희미해."

교텐과의 대화를 일일이 마음에 담아둔 내가 바보였다. 다다는 포기하고 비옷을 벗어 들고 트럭에 탔다. 교텐도 조수석 문을 열고 차량 재떨이에 피우던 담배를 걸쳐놓은 뒤 주섬주섬 비옷을 벗었다. 뱀이 탈피하는 것 같다.

"아, 배고파."

투덜거리면서 조수석에 앉은 교텐은 다음 순간에 이미 잠에 빠졌다. 다다는 교텐의 담뱃불을 끄고 마호로 중심가를 향해 트럭 핸들을 꺾었다.

증거 사진이 담긴 카메라와 시금치는 사무실로 찾아온 호시의 부하에게 그날 중에 건넸다. 아사코의 휴대전화로 전화해서 "역시 농약을 사용하고 있었습니다"라고 일단 보고해두었다.

HHFA 건은 이것으로 끝났다고 다다는 생각했지만, 물론 그렇게 순조롭게 끝날 일이 아니었다는 것이 나중에 판명되었다.

4.

장마도 끝나고 매미가 경쟁하듯이 울어댔다. 실내 온도는 계속 올라가고 교텐은 소파에 늘어져 있다.

다다는 사무실 청소에 힘쓰고 있었다. 드디어 내일 하루가 온다. 어린아이를 지저분한 집에서 살게 할 수는 없다. 오랜만에 청소기를 돌리고 창과 바닥을 닦고 할인점에서 사 온 싸구려 어린이용 매트리스와 타월 이불을 창가에 말렸다.

그것만으로 턱에서 땀이 뚝뚝 떨어지는 더위다. 역시 사무실에 에어컨을 다는 편이 좋겠다는 생각이 든다. 하루가 땀띠 투성이가 되거나 실내에서 열사병에 걸리기라도 하면 큰일이다. 그러나 에어컨을 주문하려고 해도 역 앞 상점가에 있는 전자제품점은 이미 예약으로 다 찼을 것이다. 물론 이렇게 생각하는 건 다다의 변명으로, 에어컨 살 돈이 없다.

다다는 사무실 구석에서 선풍기를 꺼냈다. 덮어씌워둔 쓰레기봉투를 걷고 시험 삼아 스위치를 켜보았다.

습도와 온도 높은 공기가 뒤섞여서 날개에 쌓인 먼지가 흩날렸다. 하필 그때 숨을 들이마신 참이었던 다다는 먼지도 함께 마시고 말아서 심하게 사레가 들렸다.

"교텐. 작년에 너한테 선풍기 청소한 뒤에 넣으라고 그랬지. 제대로 닦은 거냐, 이게."

"괜찮아, 그 정도 먼지로 안 죽어."

교텐은 좁은 소파 위에서 재주 좋게 돌아 엎드렸다. 창으로 들어오는 희미한 바람을 배와 등으로 교대로 쐬는 전법 같다.

"그런데 다다, 왜 갑자기 미친 듯이 청소를 하는 거야?"

"하……."

하루라고 말할 뻔한 다다는 "하애애취" 하고 일부러 재채기인 양 얼버무렸다.

"아니, 저기, 뭐냐, 조카가 내일 와서……."

"내일?"

엎드려 있던 교텐은 순식간에 바닥에 직립했다. 척추에 강력한 용수철이라도 장치된 걸까. 선풍기 앞에서 쭈그리고 있

187

던 다다는 깜짝 놀라서 교텐을 올려다보았다.

"왜 그래, 갑자기."

"피난 갈 거야."

교텐은 다다 옆을 지나 사무실에서 나가버렸다. 잡을 새도 없었다.

다다는 젖은 걸레로 선풍기 날개를 닦았다. 루루에게 휴대전화로 전화가 왔다.

"심부름센터 아저씨 친구, 역시 가출했네요오. 지금 우리 집에서 하이시랑 아이스크림 먹고 있는데에, 뭔가 화난 것 같아요. 숨겨둔 아이 문제로 싸웠어요오?"

숨겨둔 아이 의혹을 부정할 기력도 없어서 "네, 뭐. 좀" 하고 말했다.

"일찍 돌아가라고 전해주시겠습니까?"

"네에, 알겠어요오."

통화를 끝낸 다다는 100엔 가게에 가서 빨간 풍령을 사 왔다. 돌아오는 길에 마호로 대로에서 부채를 나눠주어서 그것도 받았다.

정수리가 탈 것 같은 햇볕이었다. 어째서 나만 아이를 맡을 준비로 바쁘고, 정작 씨를 뿌린 당사자는 여자와 아이스크림을 먹고 있는가. 그런 불만이 끓어올랐지만, 교텐이 있는 곳을 아는 것만으로 다행이라 생각하기로 했다.

사무실 창가에 풍령을 달았다.

최대한의 더위 대책을 강구한 다다는 목욕탕에 가서 꼼꼼하게 머리를 감고 몸을 씻었다. 너무 지저분한 몰골로 맞이하여 하루가 겁먹으면 안 된다.

왠지 나는 들떠 있다. 내일부터 시작될 하루와의 생활을 그리며 간 적 없는 나라에 관해 이것저것 몽상하는 기분이 든다.

조금도 졸리지 않았지만, 다다는 침대에 누워서 감정을 진정시키기 위해 눈을 감았다. 열어둔 창으로 밤바람이 들어와 사금(砂金)을 흘리는 듯한 음색으로 풍령이 흔들렸다.

그날 밤, 끝내 교텐은 돌아오지 않았다.

생각해보니 교텐이 사무실에 없는 편이 좋았다. 만에 하나 교텐과 미쓰미네 나기코가 마주치면 하루의 정체를 단숨에 들킨다. 하루를 맡는 게 문제가 아닌 소동이 일어날 것이다.

교텐이 가출한 동안에 하루를 맡아두면 그다음은 어떻게든 될 터. 하루가 자기 아이란 걸 알아차려도 설마 교텐이 아이를 쫓아내진 않을 것이다.

기상한 다다는 정성껏 면도를 하고 거울 속의 자신을 향해 끄덕였다. 단정하게 차려 입으면 나도 충분히 정상적인 사회인으로 보인다. 어떤 차림을 해도 미친놈 분위기가 풍기는 교텐과는 다르다. 이 정도면 미쓰미네 씨도 안심하고 하루를 맡길 수 있을 테고, 하루도 겁먹지 않고 나와 지내주겠지.

빨아놓은 작업복으로 갈아입고 다다는 밀린 서류 일을 시작했다. 어제와 오늘은 의뢰 예약을 받지 않았다. 하루를 맞이하는 것만으로 머리가 꽉 차서 청소도 잔디 깎기도 장보기 대행도 할 자신이 없었다.

전자계산기를 두드리면서 몇 번이나 시계를 보았다. 나기코는 점심때가 지나 하루를 데리고 마호로에 올 예정이다. 약속 장소는 하코큐 마호로 역 개찰구로 되어 있다. 사무실에서 교텐과 마주치면 곤란하기 때문이다.

시간은 느릿느릿 가지 않는다. 겨우 11시가 지났을 무렵, 사무실 문을 노크하는 소리가 들렸다. 허걱, 교텐이 돌아온 건가, 하고 주뼛주뼛 문을 열자 나기코가 서 있었다.

"어어어어, 어떻게 여기."

동요하는 다다를 무시하고 "안녕하세요" 하고 나기코는 침착하게 인사했다.

"하루, 인사해야지."

목소리를 따라 다다는 시선을 내렸다. 나기코의 손을 잡고 하루가 서 있었다.

민소매 원피스를 입은 하루는 매달리듯이 나기코의 손을 잡고 고개를 숙이고 있다. 다른 한쪽 손에는 토끼 인형의 귀를 잡고 달랑거렸다. 기억 속에 있는 하루의 모습보다 놀랄 만큼 많이 컸지만, 그래도 다다의 무릎 아래까지밖에 오지 않는다. 눈 높이를 맞추려고 다다는 몸을 구부렸다.

"안녕, 하루."

하루가 홀끗 다다를 보았다. 웃고 싶은지 울고 싶은지 미묘한 표정으로 하루는 "안녕하세요" 하고 작은 소리로 대답했다. 바로 나기코의 뒤로 숨는다. 부끄러운 듯이, 혹은 좀 쑥스러운 듯이 어쩔 줄 모르고 몸을 비비 꼬는 것이 귀엽다. 나기코 뒤에서 얼굴만 내밀고 다다를 엿보았다.

가늘고 긴 눈을 보고 교텐을 닮았구나 생각했다. 하루를 만나면 교텐도 단번에 알아차리지 않을까.

이건 곤란하네. 내 수명은 오늘까지일지도 모른다. 그렇게 생각하면서 일단 두 사람을 사무실로 들어오게 했다.

되도록 비난으로 들리지 않도록 다다는 신중하게 말을 꺼냈다.

"어쩐 일이세요. 약속 장소는 역이었을 텐데요……."

게다가 예정보다 한 시간 정도 이르다. 나기코는 하루와 함께 소파에 앉아서 "네, 실은" 하고 말을 꺼냈다. 그때 사무실 문을 노크하는 사람이 있었다. 헉, 교텐이 돌아왔나. 다다는 각오를 단단히 하고 문을 열었다.

서 있는 사람은 택배 기사였다. 한 아름 되는 커다란 상자를 받아 들고 다다는 안도의 한숨을 쉬었다.

"실은." 나기코가 얘기를 계속했다. "하루 짐을 택배로 보냈는데 시간 지정을 오전 중으로 해서요. 역으로 가는 다다 씨와 엇갈릴까 봐 일찌감치 바로 이곳으로 왔어요."

다다는 안은 상자를 내려다보았다. 송장의 발신인 이름은 정말로 미쓰미네 나기코라고 되어 있다.

"부재 안내란 게 있잖습니까!"

엉겁결에 큰 소리로 말해버렸다.

"그러고 보니 그렇군요. 그렇지만 무사히 받아서 다행이에요."

나기코와 교텐을 만나지 못하게 하려고 다다는 온갖 머리를 썼는데, 나기코는 태연하게 마이 웨이다.

다다는 상자를 바닥에 내려놓았다. 나기코가 테이프를 뜯었다. 안에는 하루의 옷과 신발과 샌들과 타월이 들어 있었다. 좋아하는 책인 듯 그림책과 작은 꽃이 달린 머리핀도 있었다. 하루는 토끼 인형을 안고 나기코 옆에 서서 기쁜 듯이 상자 안을 점검했다.

그 인형을 본 기억이 났다. 토끼지만 이름이 곰곰이다. 전에 만났을 때도 아직 두 살 정도였던 하루가 안고 있었다. 곰곰이는 당시보다 훨씬 낡았다. 몇 번이나 빨며 소중히 아껴온 것이리라.

다다는 페트병 차를 컵에 따라서 나기코와 하루에게 권했다. 하루는 먼저 곰곰이의 입에 컵을 댄 뒤 차를 마셨다. 아무렇지 않은 얼굴로 당연한 것처럼 행동해서 다다는 웃겨 죽는 줄 알았다.

"하루 소지품은 상자에 들어 있어요. 여러모로 힘드시겠지만, 잘 부탁합니다."

나기코는 머리를 깊이 숙여 인사하고는 가방에서 봉투를 꺼냈다.

"하루의 생활비예요. 부족하면 바로 송금하겠습니다."

유리 탁자에 놓인 봉투를 들고 다다는 놀랐다.

"상당히 두꺼운데요."

"받아주세요. 제 미국 연락처와 보험증 복사본도 들어 있어요. 튼튼한 아이지만 갑자기 열이라도 나는 일 있으면 병원에 데려가주세요."

나기코를 안심시키기 위해 일단 받아두는 편이 좋을 것 같았다. 다다는 고맙다고 인사를 하고 소파에서 일어나 봉투를 부엌 서랍에 넣어두었다. 나중에 정산해서 잔금은 나기코에게 돌려주면 된다.

소파로 돌아오자 나기코가 사랑스러운 듯이 하루의 머리칼을 쓰다듬고 있었다. 이별이 다가오는 것을 아는지 모르는지 하루는 곰곰이의 귀에 핀을 꽂는 데 빠져 있다. 나기코의 손길을 성가셔하기까지 한다.

"하루한테 설명은?"

"했어요. 일 때문에 멀리 가니까 심부름센터 아저씨 집에서 착하게 잘 있어야 해, 하고." 나기코는 미소 지었다. "시원해지면 데리러 온다고 잘 말하긴 했지만, 울겠죠. 하루도 저도."

나기코의 눈은 벌써 촉촉하다. 하루는 천진난만하게 곰곰이에게 머리핀을 꽂아서 나기코에게 보여주고 있다. 다다 쪽이 엉엉 울 것 같아서 황급히 창가의 풍령으로 시선을 옮겼다.

"출발은 언제인가요?"

"오늘 밤 비행기예요. 집에 캐리어를 가지러 일단 돌아갔다가 공항으로 갈 생각이에요."

그렇다면 아직 조금 시간이 있다.

"괜찮으시면 점심 드시러 가실래요?"

다다가 제안했다. 금방이라도 교텐이 돌아올지 모른다고 생각하니 제정신이 아니었다.

나기코가 대답하기 전에 사무실 전화가 울렸다.

"네, 다다 심부름집입니다."

"악마는 벌써 쳐들어왔냐?"

교텐이다. 전화를 받는 게 아니었다. 방심했다.

"아니, 뭐." 다다는 말을 흐렸다. "너 지금 어디 있는 거냐?"

"콜롬비아인 집."

교텐은 루루를 콜롬비아인이라고 부르는 데 익숙해졌다. 루루는 화장 탓에 국적 불명인 외모가 됐을 뿐, 아마 콜롬비아인이 아니라 일본인일 것이다.

"근데 말이야, 방에 브래지어 같은 것 걸어놓고, 콜롬비아인 잠버릇도 나쁘고, 그 룸메이트는 이를 갈고. 무엇보다 내가 왜 악마 때문에 쫓겨나야 하는 거냐고."

여기는 네 집이 아니라 내 집이야. 그리고 네가 멋대로 나갔잖아. 다다는 그렇게 생각했지만, "그렇지" 하고 무난하게 맞장구를 쳤다.

"그래서 아직 악마가 오지 않았으면 돌아가서 자려고 하는데."

"그건 글쎄다." 다다는 부랴부랴 핑곗거리를 생각했다. "벌써 왔고, 사무실에 온통 어린이 용품이 널려 있어. 정리 다 하고 아이도 차분해질 때까지 한 이삼일 루루네 집에 더 신세 지는 게 어때?"

"에에이." 교텐은 불만인 것 같았다. "빨리 와서 아이 보는 것 도우라고 해놓고 무슨 소리야. 뭐 숨기는 거 있지?"

"없어. 하여간 지금은 오지 마."

"싫어. 바로 갈 거야."

"브래지어가 문제가 아냐. 사무실에 기저귀들이 고이노보리(일본에서 어린이날에 종이나 천 등으로 잉어 모양을 만들어 장대에 높이 다는 깃발)처럼 널려 있다니까!"

다다가 그렇게 말한 순간, "나 기저귀 안하는걸!" 하고 하루가 항의했다. 다다는 반사적으로 수화기를 내려놓고 소파 쪽을 돌아보았다. 하루는 바닥에 내려서서 화난 듯이 다다를 보고 있다. 몹시 자존심 상한 것 같다.

"미안. 그렇게 말하지 않으면 나쁜 놈이 여기 올 것 같아서."

다다가 사과하자 "나쁜 놈?" 하고 하루는 약간 불안스럽게 고개를 갸웃거렸다.

"어떤?"

"음, 코하고 입에서 하얀 연기가 나고, 이상한 소리로 웃고, 자기 배를 장수하늘소 등처럼 만들려고 운동하는 놈이야."

"하루군요."

나기코가 말했다. 착각한 하루가 또 항의했다.

"난 나쁜 놈 아니야!"

사태가 혼미해졌다. 교텐은 분명히 지금쯤 이쪽으로 오고 있다.

"자, 빨리 밥 먹으러 갑시다."

다다는 나기코와 하루를 재촉하여 마치 왕비와 공주님을 높은 탑에서 구출하는 기세로 사무실 계단을 내려왔다.

마호로에 오자마자 커피의 전당 아폴론에 가면 실내 디자인이 너무 강렬해서 아이의 정서에 좋지 않을지도 모른다. 다다는 생각 끝에 마호로 대로에 있는 카페를 골랐다.

한 번도 들어간 적 없는 가게지만, 밖에 걸려 있는 메뉴 사진이 맛있어 보였다. 무엇보다 전 좌석이 금연이고 도로 쪽으로는 유리 벽이어서 가게 구석구석까지 밝은 느낌이 든다. 입과 코에서 하얀 연기를 뿜는 교텐도, 나쁜 머리를 쓰느라 여념이 없는 호시 같은 놈도 이 가게에는 접근하지 않을 것이다.

간판에 가게 이름이 쓰여 있었지만, 필기체인 데다 영어도 아니어서 다다는 읽지 못했다. 뭐 어때. 유리문을 밀고 나기코와 하루를 먼저 들어가게 했다. 점심때이기도 해서 가게 안은 거의 만석이었다.

탁자도 의자도 바닥도 나무고, 직원은 모두 흰색 셔츠에 검고 긴 앞치마를 허리에 두르고 있었다. 안내받은 4인석 탁자에는 작은 유리그릇에 담쟁이 같은 식물이 꽂혀 있다. 촌스럽게 무성한 아폴론의 관엽식물과는 전혀 딴판이다.

다다는 약간 주눅 들면서 메뉴를 펼쳤다. 런치 세트는 주로 파스타였지만, 딱 한 가지 '참치와 아보카도 덮밥'이란 것이 있었다. 밥을 먹고 싶어서 그걸 주문했다. 나기코는 '펜네 라구'를 주문했다. 다다는 라구가 뭔지 몰랐지만, 나온 요리를 보니 미트 소스와 뭐가 다른지 알 수 없었다.

나기코는 펜네 라구를 하루와 나눠서 먹었다. 하루는 곁들여 나온 작은 빵도 왕성한 식욕으로 덥석 물었다. 참치와 아보카도 덮밥은 와사비 마요네즈로 버무렸다. 다다는 간장 맛이

197

아닌 데 충격을 받으면서 '캘리포니아롤을 펼쳐놓은 것이라고 생각하면 돼' 하고 자신을 세뇌하며 먹었다.

다다에게는 영 불편한 가게였지만, 여성 손님을 중심으로 인기가 많은 것 같다. 지금 또 직원은 "어서 오십시오" 하고 인사를 했다. 다다는 나기코와 하루를 벽 쪽 의자에 앉게 하고 자신은 출입구에 등을 돌린 형태로 앉았다. 그래서 새로 들어온 손님이 시야에 들어오지 않았지만, 나기코와 하루가 먹던 손을 멈추고 의아한 듯이 다다의 등 뒤를 보았다.

앗, 교텐인가, 하고 다다는 얼른 돌아보았다.

서 있는 사람은 가시와기 아사코였다. 검은 슈트를 입고 옆구리에 서류 봉투와 신문을 끼고 있다. 자리로 안내받는 도중인 것 같다.

이게 무슨 우연인가. 다다는 그때까지 젓가락으로 '참치와 아보카도 덮밥'을 먹고 있었지만, 혼란스러운 나머지 엉겁결에 숟가락으로 바꿔 들었다.

아사코는 다다의 얼굴을 보고, "어머나, 역시" 하고 웃었다. 나기코와 하루를 향해 "다다 씨한테 항상 신세를 많이 지고 있답니다"라고 인사했다. 나기코는 당혹스러운 듯이 같이 인사를 했다. 하루는 배가 불러서인지 방실방실 웃고 있다.

"아니, 이쪽은 의뢰인이십니다."

변명처럼 들리지 않도록 다다는 되도록 자연스럽게, 그러나

198

속으로는 필사적으로 설명했다. "저는 독신인데" 하고 묻지도 않았는데 덧붙였다. 다다에게 아내와 자식이 있어도 아사코는 개의치 않을 텐데 다다야말로 동요하고 있었다. 동요하는 이유의 대부분은 낙담이었다.

"죄송해요. 넘겨짚었네."

아사코는 부끄러운 듯이 말하고 카운터 석 쪽으로 갔다.

"다다 씨 애인이세요?"

나기코가 물어서 다다는 하마터면 마시려던 물을 뿜을 뻔했다.

"전에 의뢰를 주신 분입니다."

남은 덮밥을 숟가락으로 긁으면서 다다는 되물었다.

"그렇게 보였습니까?"

"아뇨."

나기코는 한마디로 다다의 덧없는 희망을 박살 냈다.

"혹시나 해서 여쭤본 것뿐이에요. 교제하는 분이 계시면 하루를 맡기는 게 죄송해서."

그렇다면 애초에 여자가 있다고 말할 걸 그랬다. 그랬으면 나기코의 부탁을 무난하게 거절할 수 있었을 텐데.

젠장, 연애니 교제니 하는 단어들과 너무나 인연이 먼 덕분에 그런 건 전혀 생각하지 못했네. 다다는 한심한 생각에 뺨을 긁적거렸다.

런치 세트에 따라 나오는 식후 커피도 다 마셨다. 하루는 단

품으로 주문한 오렌지주스를 마시고, 지금은 빨대로 얼음을 쿡쿡 찌르고 있다. 나기코의 커피 잔에는 아직 반 정도 검은 액체가 남아 있다. 벌써 다 식었을 텐데 나기코는 나가자고 말하지 않는다. 약간 고개를 숙여 하루를 바라보고 있다.

이별 시간을 조금이라도 늘리고 싶은 것이리라. 다다는 작업복 가슴 주머니를 뒤지다 이 가게가 금연이었던 걸 떠올렸다. 침묵이 어색하다. 지금부터 하루와 미쓰미네 씨의 눈물을 볼 가능성이 높다. 그렇게 생각하니 냉방이 잘되고 있는데도 손바닥에 땀이 고였다. 바지 무릎에 닦았다.

이런 식으로 묵묵히 마주 앉아 있으면 심상찮은 관계라고 아사코가 오해하지 않을까. 다다는 곁눈으로 카운터 석을 엿보았다. 아사코는 '참치와 아보카도 덮밥'을 먹으면서 신문을 보고 있다. 그렇게 감탄할 행위는 아닐 텐데 열심히 글씨를 좇는 옆얼굴은 아이처럼 진지해서 사랑스러울 정도였다. 신문은 작게 접혀 있다. 왼손으로 그릇을 들고 젓가락질도 반듯하다. 다다 쪽을 신경 쓰는 기미는 없다.

조금 실망하고 있는데 또 가게 문이 열렸다. 어느새 두 팀 정도가 자리가 비기를 기다리고 있다.

"나갈까요." 그제야 나기코에게 말했다. "하루, 화장실은?"

"안 갈래."

계산은 나기코가 했다. 아사코는 기척을 느꼈는지 얼굴을 들고 다다에게 눈인사를 했다. 다다도 가볍게 머리를 숙이고 하루와 함께 먼저 가게를 나왔다.

여름 해가 쏟아져 마호로 대로는 하얗게 말랐다.

"더워."

하루는 이마에 내려온 앞머리를 마구 헝클었다. 다다는 하루의 얼굴 앞에 두 손을 들어서 그림자를 만들어주었다.

나기코가 지갑을 가방에 넣으면서 나왔다. 어렴풋이 느끼긴 했지만, 일상의 동작이 어딘지 모르게 느린 사람이다. 다다는 그렇게 생각하며 웃음을 참았다. 병원에 전화했을 때, 의사로서의 나기코는 시원스럽게 일을 잘하는 느낌이었는데.

"잘 먹었습니다."

다다는 감사 인사를 했다. 세 사람은 나란히 하코큐 마호로 역을 향해 걸어갔다. 하루는 나기코와 손을 잡고 있다.

지면에 드리워진 짙은 그림자를 향해 나기코가 말했다.

"다다 씨, 아까 여자분, 어쩌면 다다 씨를 밉지 않게 생각할 지도 몰라요."

"당연히 미워하진 않겠죠."

다다는 쓴웃음을 지었다. 그렇게까지 밀도가 높은 감정이 생길 만큼 아사코와 친하지 않다.

"왜 그렇게 생각하셨어요?"

"밥 먹는 동안 다다 씨를 신경 쓰고 있던데요."

나기코는 중학생의 연애 같은 근거를 진지하게 말했다. 다다가 아사코를 관찰하고 내린 것과는 반대의 결론이었지만, "그랬으면 좋겠군요" 하고 뭔가 솔직한 마음으로 대답했다.

"곰곰이는?"

하루는 갑자기 친구의 부재가 생각난 것 같다. 벨을 누르듯이 나기코의 손을 끌어당겼다.

"곰곰이는 다다 씨 사무실에서 집 보고 있어."

나기코는 하루의 흐트러진 앞머리를 손가락 끝으로 부드럽게 다듬어주었다.

"나도 미국 가고 싶지 않아."

갑작스러운 중얼거림에 놀라 다다는 나기코를 보았다. 나기코는 입술을 깨물고 울음을 참는 것 같았다.

"하루를 외롭게 하고, 다다 씨한테도 폐를 끼치고."

"아니, 그렇지만 그쪽에서 미쓰미네 씨를 기다리고 있잖아요."

"그렇긴 하지만, 다다 씨가 그 여자분한테 처자식이 있다고 오해받아서 기껏 만난 인연을 놓치면 저는 어떻게 사과해야 좋을지."

"아뇨, 아뇨, 그거야말로 오해십니다."

나기코가 드물게 혼란스러운 어조로 말해서 다다는 허둥지둥 부인했다.

"아까 그분과 저는 그런 사이가 아니고, 만약 설명할 필요가 생긴다면 제가 잘 설명하겠습니다. 걱정할 필요 없습니다."

"전 하루의 엄마이면서 너무 이기적인 선택만 하고 있네요."

나기코는 고개를 푹 숙였다. 다다는 말을 찾았다. 결국 "이기 적이라고 생각하지 않습니다"라고밖에 하지 못했지만, 다다의 본심이었다.

나기코는 하루의 엄마이기 전에 한 인간이다. 하루가 성인 이 된 뒤에도 나기코의 인생과 일은 계속된다. 그렇다면 정말 로 곤란할 때쯤은 아이를 누군가에게 맡겨도 좋지 않을까. 힘 들게 보낸 한 달 반으로 인해 나기코도 하루도 그리고 다다도 앞으로 큰 기쁨과 즐거움을 얻을 수 있을지 모른다.

"저한테 맡기는 게 불안하기도 하시겠죠. 하지만 열심히 돌 보겠습니다. 혼자 다 떠안으려고 하지 마세요."

"고마워요, 다다 씨." 나기코는 그제야 웃는 얼굴이 되었다. "친절히 대해주셔서."

"친절이 아니라 오지랖이라고 교텐이 늘 잔소리하죠."

다다는 쑥스러워져서 새파란 하늘을 올려다보았다. 맑고 투 명한 하늘과는 반대로 마음은 씁쓸했다.

나는 선의만으로 하루를 맡기로 결심한 게 아니다. 사실은 마음 한편으로 좋은 기회라고 생각했다. 다시 아이를 대하며 나도 무언가를 다시 시작할 수 있지 않을까, 가슴에 둥지를 튼

두려움과 절망을 다른 것으로 바꿀 수 있지 않을까, 희미한 기대를 안고 있다.

이기적인 건 내 쪽이다. 아이를 잃은 과거는 무슨 짓을 해도 잊을 수 없는데.

역구내로 통하는 계단을 내려갔다. 에어컨 냉기가 불어온다. 아주 천천히 걸어갈 생각이었는데 벌써 개찰구에 도착해버렸다.

나기코는 통로 벽 쪽에 기대어 하루의 손을 놓았다. 하루 앞에 몸을 구부리고 앉아서 온화한 목소리로 말했다.

"그럼 엄마는 갈 테니까 하루는 다다 씨 말 잘 듣고 착하게 있어야 해."

하루는 잠자코 끄덕였다. 사태를 제대로 파악하고 있는 것 같다. 하루는 화난 것 같은 얼굴로 벽에 붙은 타일에 시선을 보냈다. 울거나 고집부리지 않으려고 하루 나름대로 참는 것 같았다.

"하루, 미안해. 곧 데리러 올게. 기다리고 있으렴."

나기코는 눈이 빨갛게 되어 하루의 머리칼을, 뺨을, 어깨를 쓰다듬었다. 마지막으로 하루를 꼭 껴안아준 뒤 결심한 듯이 일어섰다.

"부디 하루 잘 부탁해요. 하루 짱한테도 안부 전해주세요."

나기코는 다다에게 깊이 머리를 숙이고 다음 순간 몸을 돌려서 개찰구를 빠져나갔다.

"엄마!"

끝내 참을 수 없었는지 하루가 엄마를 부르며 뒤쫓아 가려고 했다. 불안이 그대로 형태가 된 목소리였다. 다다는 혼잡함 속으로 들어가려는 하루의 손을 얼른 잡았다.

나기코는 개찰구 너머에서 돌아보며 다다와 하루를 향해 손을 흔들었다. 울면서 웃는 표정이다. 다다가 손을 흔들어줄 새도 없이 나기코는 돌아서서 플랫폼 계단을 올라갔다. 필사적인 걸음이었다. 하루에게서 뻗어 나온 몇 가닥의 투명한 실에 얽히지 않으려는 듯한.

옆에 있는 하루를 내려다보았다. 하루는 뺨이 빨갛게 되어 지면을 노려보고 있다. 다다의 손을 잡지 않은 손으로 원피스 자락을 꽉 잡고 있다.

"속옷 보여." 다다는 잡은 손을 가볍게 흔들었다. "자, 사무실로 갈까."

계단을 올라가서 지상으로 나와, 시야를 가리는 것 없는 한여름 햇볕 아래 이번에는 둘이서 오던 길을 돌아갔다.

"다다 심부름집에는 작은 흰색 트럭이 있어. 그걸 타고 내일부터 하루도 같이 일하러 가자. 아, 카 시트가 없네. 누구한테 빌리면 좋을 텐데. 교텐은…… 짐칸에 태우지 뭐."

하루가 잠자코 있어서 다다는 생각나는 말을 전부 했다.

"하루는 무슨 음식 좋아해? 햄버그는 어때? 맛있는 가게 아는데. 난 요리는 못하지만 여러모로 노력해볼게."

하루는 여전히 한마디도 하지 않았다. 다다는 점점 어색해졌다. 주위 사람들이 우리를 유괴범과 납치당한 여자아이로 보지 않을까. 괜히 걸음이 빨라져서 겨우 다다 심부름집이 있는 다목적빌딩 앞까지 왔다.

"난 심부름센터를 하고 있단다. 청소나 쇼핑이나 사람들이 도와달라고 부탁하는 일을 해."

어두컴컴한 계단을 올라가서 2층 사무실 문을 열었다.

"여기가 다다 심부름집. 아까 왔었지. 사무실도 되고 집도 돼. 하루도 오늘부터 한동안 여기서 살 거야."

다다의 손을 뿌리치듯이 놓고 하루는 실내로 뛰어갔다. 소파에 놓여 있는 곰곰이를 안고 얼굴을 묻었다.

다다는 창을 열고 선풍기를 켜서 소파 가까이로 옮겼다. 풍령은 미동도 하지 않는다. 선풍기는 뜨거운 공기를 휘젓는다.

"화장실은 저쪽 문. 목이 마르면 말해줘."

하루는 잠시 그냥 내버려두는 편이 좋을 것 같았다. 다다는 사다 둔 매트리스를 자기 침대 옆에 깔았다. 시트와 여름 이불도 깔았다.

칸막이 커튼 너머, 사무실 응접 공간을 내다보았다. 하루는 소파에 완전히 올라가서 곰곰이와 함께 누워 있다. 등받이 쪽으로 얼굴을 돌리고 있어서 표정은 보이지 않는다. 슬픔에 지쳐 잠들었을지도 모른다.

다다는 살그머니 하루에게로 가서 교텐이 쓰는 타월 이불을 덮어주었다. 하루는 아무 반응도 하지 않았다.

한숨을 쉬고 이번에는 하루의 짐을 정리했다. 상자에 들어 있던 옷을 다시 접어서 다다의 침대 옆에 있는 선반에 넣었다. 소파 사이에 있는 유리 탁자에 장난감을 늘어놓았다.

그것만으로 제법 아이가 있는 집 같아졌다. 간질간질하고 얼떨떨한 감각을 맛보면서 다다는 상자 바닥에 있는 타월류를 꺼냈다. 액자가 타월에 싸여 있었다. 나기코와 파트너인 듯한 여성과 하루 세 명이 찍은 사진이다.

나기코의 파트너 얼굴은 처음 보았다. 나기코와 마찬가지로 화장기는 별로 없지만, 사람들이 시선을 돌리지 않을 만한 매력이 있다. 웨이브 진 머리를 아무렇게나 묶고 하루의 머리를 껴안듯이 하고 밝게 웃는 얼굴이다. 나기코와 파트너 사이에 있는 하루도 다다가 본 적도 없는 밝은 얼굴로 웃고 있었다. 나기코만 웃음이 터지는 걸 참고 있는 것 같다. 조금 점잖게 카메라 쪽을 보고 있다.

지금 이 사진을 하루에게 보이면 울지도 모른다. 갈등 끝에 일단 사진 액자는 타월로 다시 둘둘 감아두었다.

하루는 나기코를 "엄마"라고 부르는 것 같았지만, 나기코의 파트너는 뭐라고 부를까. '아빠'가 아닌 것은 확실한데. '마마'일까.

타월들도 선반에 챙겨놓고 할 일이 없어진 다다는 쓸데없는 생각을 했다. 하루는 본격적으로 잠이 든 것 같다. 깨우지 않으면 밤에 못 잘지도 모른다.

하루의 작은 어깨에 손을 얹고 얼굴을 들여다보았다. 뺨에 눈물 자국이 묻어 있다. 가여운 건지 귀여운 건지 다다는 자신이 느낀 마음을 제대로 파악할 수 없었다. 가슴에 생겨난 작은 폭풍의 재촉에 "하루" 하고 불렀다. 그 순간, 사무실 문이 벌컥 열렸다.

"지금 뭐라 그랬어?"

교텐이 금강역사상도 울고 갈 형상으로 서 있었다. 소파에서 자는 하루를 흘끗 보자마자 바로 다다에게 시선을 돌렸다.

하필 최악의 타이밍에 돌아왔네. 다다는 낭패스러웠다.

"이 아이를 불렀을 뿐이야. 저기…… 하루카라고."

"그러냐. 난 또 네가 내 이름 부르는 줄 알고 송충이 백 마리가 기어가는 기분이었다."

교텐은 그렇게 말하고 손을 뒤로 하여 문을 닫았다. 그러나 안까지 들어오지 않고 문 앞에 선 채로다. 조심성 많은 고양이처럼 소파와의 거리를 재고 있다.

"직접 보니 더 그런데." 교텐이 말했다. "난 그것 돌보기는 무

208

리야."

"그것이 아냐. 하루카야."

그런데 이게 또 최악의 타이밍으로 하루가 소파에서 몸을 일으켰다. 눈가를 손으로 문지르면서 당당히 선언했다.

"나, 하루카 아냐. 미쓰미네 하루야."

공기가 얼어붙는다는 건 이런 걸까. 여름인데 남극 못잖은 체감 온도다. 다다는 어색하게 하루에게서 교텐에게로 시선을 옮겼다. 교텐은 문에 등을 붙이듯이 서서 하루를 응시했다. "믿을 수 없어" 하는 분위기다.

"밖으로 나와."

교텐이 입술만 움직여서 말했다.

"거절."

다다가 말했다.

"뭐가 잼 빵을 여덟 개 먹는 남동생이야! 무슨 생각 하고 있는 거야!"

교텐은 소리치며 다다에게 돌진하려고 했다. 놀란 하루가 얼굴을 일그러뜨리며 금방이라도 울음을 터뜨릴 것 같았다. 그걸 보고 교텐은 주춤하는 듯했다. 주먹을 휘두르려던 자세 그대로 다시 문까지 뒷걸음질했다.

"어쨌든 그거 나기코 씨한테 돌려줘."

"무리야. 오늘 밤 비행기로 미국 가."

"왜."

"일이래. 한 달 반 동안 하루는 우리와 산다. 이건 이미 정해진 일이야."

"우리?" 교텐은 빈정거리는 미소를 지었다. "나는 나갈 거야."

"잠깐, 잠깐, 잠깐."

다다는 야생동물 대하듯 신중하게 교텐과의 거리를 좁혔다. 여기서 놓치면 일손이 부족해서 내일부터 일에 지장이 생긴다.

"그렇게 싫어해서 하루가 눈치채면 어쩌려고 그래."

다다가 작은 소리로 나무라며 슬쩍 소파 쪽을 시선으로 가리켰다.

"잘 봐. 귀엽잖아."

교텐은 아주 잠깐 하루를 보더니 이내 불쾌한 듯이 시선을 돌렸다.

"넌 내 얼굴이 귀엽다고 생각하냐?"

"생각할 리 없지. 뭐야, 그 뜬금없는 질문은."

"저것 얼굴, 나기코 씨보다 날 닮은 것 같으니까. 혹시 네 취향이었다면 저것도 나도 살 곳을 생각해봐야지."

그것이니 저것이니, 시끄러운 녀석이군. 다다는 어이가 없었지만, 교텐이 자기 유전자의 영향을 인정한 것은 대단한 일보 전진이다. 이 기회를 놓치지 말고 구슬려야 한다.

"그야 부녀니까 닮은 게 당연하지." 다다는 당연하다는 듯이 끄덕였다. "네가 있었으니 하루가 태어날 수 있었어. 저 아이가 행복하게 성장하기 위해 분발하자는 마음도 들지?"

"안 들어."

"그렇게 말하지 말고 사무실 좀 봐줘." 다다는 저자세가 되어 부탁했다. "저녁 장도 보고 카 시트를 알아보고 올 테니까."

"저녁? 네가 지을 거야?"

"첫날쯤은 손수 만들어주고 싶지 않냐."

"무난하게 외식하는 편이 오히려 대접하는 마음이 잘 전달될 텐데."

하루는 다다와 교텐의 대화를 무시하고 곰곰이를 들고 소파에서 내려와 사무실 탐험을 시작했다. 칸막이 커튼을 들추고 다다의 침대를 들여다보기도 하고 화장실 문을 주뼛주뼛 열어보기도 했다.

"그럼 다녀올게."

다다는 교텐 옆을 지나 사무실을 나가려고 했다.

"잠깐."

이번에는 교텐이 불러 세웠다.

"저건 어쩔 거야. 데리고 가."

"너무 데리고 다녀서 피곤하게 하면 안 돼. 빨리 끝내고 돌아올 테니 잘 보고 있어."

다다의 대답을 듣고 교텐은 그 자리에서 오른손을 내밀었다.

"……악수냐?"

"아냐. 지갑 줘. 쇼핑은 내가 다녀올게."

의도한 대로 일이 진행되어 다다는 속으로 회심의 미소를 지었다. 교텐을 마구 부려 먹다니 꿈만 같다. 모든 것은 하루 신 (神) 덕분이다.

"달걀하고 우유를 사 와. 오늘 저녁에는 카레를 만들 거니까 순한 맛 고체 카레하고……."

"모르면 직원한테 물어볼게."

교텐은 잠시도 사무실에 있고 싶지 않은 것 같다. 벌써 문손 잡이를 돌리고 있다.

"카 시트는 트럭에 달 수 있는 것으로……."

"알았다니까."

다다의 말을 가로막고 교텐은 씩씩거리며 나갔다.

"네가 돌아오지 않으면 하루도 나도 굶어 죽을 거야!"

문 너머로 사라진 교텐에게 다다는 큰 소리로 확인 사살을 했다. 후련했다.

"다다 씨."

하루가 불렀다. 나기코가 부르는 줄 알고 다다는 깜짝 놀라 돌아보았다. 칸막이 커튼 틈으로 하루가 얼굴만 빼꼼 내밀고 있다. 나기코의 어조를 기억했다가 어른인 척 흉내 내는 것 같

다. 데리고 있는 동안 허튼소리는 할 수 없겠구나. 다다는 생각
했다. 너무 천박한 말은 하지 않도록 하자. 하루의 교육상 좋지
않다.

"지금부터 재미있는 것 해줄게."

하루는 들뜬 모습으로 말했다. 다다는 무슨 소린지 모르겠
네 생각하면서 "응, 해줘" 하고 끄덕였다.

하루는 커튼 너머로 몸을 감추었다가 다시 틈으로 얼굴만
쏙 내밀었다. 쿡쿡 웃으면서 "알았죠?" 하고 만족스러운 듯이
동의를 구한다. 다다는 의미를 알 수 없었지만 "아, 재미있어"
하고 또 끄덕였다.

까꿍의 일종인가? 곤혹스러워하는 다다를 두고 하루는 여
덟 번 정도 그 행위를 되풀이하고는 쿡쿡 웃었다. 다다는 매번
활짝 웃으며 "재미있어" 하고 칭찬했다.

이윽고 까꿍 놀이는 끝났는지 하루는 곰곰이에게 말을 걸었
다. 느닷없이 소꿉놀이 시작이다. 곰곰이에게 뭔가 먹이는 시
늉을 하기도 하고 곰곰이의 말에 귀를 기울이기도 했다. 다다
에게는 물론 봉제 인형의 말이 들릴 리 없다.

네 살 아이의 사고와 행동은 수수께끼다.

뭐, 엄마가 보고 싶다고 우는 것보다는 나으려나. 다다는 마
음을 가다듬고 싱크대 아래 칸에서 먼지를 뒤집어쓰고 있던
냄비를 꺼냈다. 다다 심부름집에서 거의 유일한 대형 냄비다.

루루에게 물려받았던가. 그즈음의 기억은 모호하지만 다다가 사용한 적이 한 번도 없는 것은 확실하다.

꼼꼼하게 두 번 씻고 이번에는 전기밥솥을 찾았다. 밥솥은 다다의 침대 아래에 있었다. 안을 들여다보니 빨았는지 어쨌는지 모를 양말이 다섯 짝 들어 있다. 다섯 켤레가 아니고 다섯 짝, 색깔도 무늬도 제각각이다. 보지 않았던 걸로 하고 앞으로 밥이 먹고 싶으면 전부 즉석밥으로 해결하기로 했다. 그러고 보니 어차피 사다 놓은 쌀도 없었다.

그럭저럭하는 사이에 오후 4시가 됐다. 교텐은 돌아오지 않았다. 설마 도망간 건 아니겠지. 다다는 불안해졌지만, 휴대전화를 가져가지 않은 교텐과 연락을 취할 방법이 없다.

"하루, 목욕탕 갈까?"

"그게 뭐야?"

"커다란 욕탕이 있는 곳. 간 적 없니?"

"없어."

"그럼 가자. 즐거울 거야."

세숫대야에 필요한 물건을 담은 다다는 하루와 함께 사무실을 나왔다. 갈아입을 옷은 속옷만 갖고 갔다. 하루의 원피스에 코를 가까이 대고 냄새를 맡아보니 내일도 입을 수 있을 것 같아서였다. 하루는 "간지러워" 하고 몸을 꼬며 웃었다.

하코큐 건널목을 건너서 공중목욕탕 '마쓰노유'로 향했다.

안으로 들어갈 때 "난 이쪽이야" 하고 하루가 빨간 포럼 쪽(여탕)을 가리켰지만, "그쪽은 안 돼. 여자 어른 전용이야" 하고 다다가 말하자 알아들은 듯했다.

하루는 오래된 신발장과 계산대에 앉은 아저씨를 흥미로운 듯이 바라보았다. 다다가 원피스를 벗겨도 시선은 계산대로 향해 있다. 만세를 하고 시키는 대로 가만히 있다. 이렇게 경계심이 없어도 괜찮은가. 이 나이의 아이들은 다 이런가.

다다는 걱정이 되어 하루를 말똥말똥 보는 무뢰한 놈들이 없는지 필요 이상으로 인간 관찰을 했다. 탈의실에는 첫 탕 목욕을 노리는 노인이 몇 명 있을 뿐이다. 모두 자기 옷 벗기에도 힘겨워서 하루에게 주목하는 사람은 없다.

안도한 순간, "화장실 가고 싶어" 하고 하루가 작은 소리로 말했다. 너, 이제 벌거숭이인데……. 다다는 생각했지만, 탈의실 구석에 있는 화장실로 데려갔다. 변기 위치가 높았지만, 다다가 조금 도와주자 하루는 혼자 볼일을 보고 제대로 닦았다.

드디어 욕탕에 발을 들였다. 벽에 그려진 웅장한 그림을 보고, "후지산이다!" 하고 하루는 기뻐했다.

"우아. 왜 후지산이 있는 거야?"

"왜일까."

새삼스럽게 생각한 적이 없어서 다다는 고개를 갸웃거렸다.

"좋은 경치를 보면서 욕탕에 들어가 있으면 기분이 좋기 때문일까."

하루는 물론 다다의 대답 따위 듣지 않았다. 처음 온 공중목
욕탕에 흥분하여 뛰어다니려고 한다. 슬슬 성격이 나오는 것
같다. "미끄러지면 위험해" "다른 사람한테 폐가 되니까 조용
히 해" 하고 다다는 필사적으로 하루를 말렸다. 비누로 거품을
낸 타월로 하루의 몸을 문질렀다. 샴푸를 하는 건 싫다고 해서
머리 감기는 포기했다.

이어서 다다는 자기 머리와 몸을 씻으려고 했지만, 이것이
어려웠다. 하루가 멋대로 욕조로 들어가려고 해서 잠시도 눈
을 뗄 수가 없었기 때문이다. 빠지기라도 하면 큰일이니 거울
을 향해 앉은 다다의 다리 사이에 세우기로 했다. 도망가려고
하면 양 무릎으로 가볍게 잡아서 움직임을 봉쇄했다. 간지러
운지 하루는 소리 내어 웃었다. 마음을 열기 시작한 것 같아서
다행이었다.

거품을 씻어내고 욕조에 들어갔다. 앉으면 얼굴까지 물에
잠기니 하루는 직립 부동자세다. 직립 부동하니 교텐의 입욕
법이 생각나서 핏줄이란 무서운 거구나 실감했다.

두 손바닥으로 물을 떠서 하루의 어깨에 끼얹어주었다. 그
참에 물대포를 만들어서 물을 쌩쌩 날렸더니 "어떻게 하는 거
야?" 하고 하루가 들여다보았다. 그 얼굴에 온수 공격을 했다.
하루는 손바닥으로 얼굴을 닦으며 "하지 마" 하고 짜증 냈다.

사과의 뜻으로 물대포 만드는 법을 가르쳐주고 둘이 한참 놀았다.

돌아오는 길에 하루와 손을 잡았다. 작은 손바닥이 촉촉했다.

따뜻한 물 온도를 그대로 흡수하여 오래 열을 간직하고 있는 몸. 젊다는 말이 어울리지 않을 만큼 어린 하루의 생명.

예전에 잃어버린 생명이 떠올라, 다다는 얼른 기억을 떨쳐냈다.

사무실 앞에서 마침 교텐과 마주쳤다. 슈퍼 봉투를 양손에 든 교텐은 "차 키 빌려갔다. 카 시트 달아뒀어"라고 했다. 그러고는 하루의 시선을 피하듯이 계단을 올라갔다.

다다는 하루와 함께 주차장으로 트럭을 보러 갔다.

"내 애차야. 멋있지?"

"멋있어."

조수석을 들여다보니 정말로 카 시트가 달려 있다. 하면 잘하네, 교텐.

사무실에서는 교텐이 소파에 뒹굴고 있었다. 하루가 달려가서 교텐의 등을 말없이 밀었다. 교텐은 마지못해 자리를 양보하고 바닥에 앉았다. 다다는 탁자에 방치된 식료품 봉투를 들고 냉장고 앞에 쭈그리고 앉았다. 식재료를 넣으면서 물었다.

"카 시트, 샀어? 돈 안 모자랐어?"

"사탕 장사한테 가서 의논했더니 바로 어딘가에서 갖고 와서 달아주기까지 하던걸."

교텐은 이상한 이름을 사람한테 잘 붙인다. 사탕 장사란 호시를 말한다.

"그런 놈한테 빚을 만들다니."

다다가 항의했다.

"어쩔 수 없잖아. 어디서 파는지, 어떻게 다는지 난 전혀 모르니까."

아까 한 말 철회. 역시 교텐은 해도 안 된다. 그 전에 하려고도 하지 않는 놈이다.

그렇긴 하지만 식재료만큼은 빠짐없이 사 온 것 같다. 다다는 양파며 감자 등을 썰었다. 작업에 익숙하지 않다 보니 시간이 걸린다.

"도와줄까?"

하루가 다다 옆으로 왔다. 그 틈에 교텐이 얼른 소파에 앉는다.

"고마워. 하지만 발판이 없어서 손이 안 닿을걸? 나중에 들어줄 테니까 카레를 넣어주렴."

하루는 납득하고 소파로 돌아갔다. 교텐이 앉아 있는 걸 보고 팔을 꾹꾹 누른다. 곰곰이가 반쯤 교텐의 엉덩이 아래에 깔려서 화가 난 것 같다. 할 수 없다는 듯이 교텐은 바닥으로 내려갔다.

"선풍기를 하루한테로 돌려줘."

다다가 지시했다. 교텐은 귀찮아하며 발로 버튼을 조작하여 풍향을 바꾸었다. 쓸데없이 재주가 좋다.

초저녁 바람이 흘러 들어와 창가의 빨간 풍령이 소리를 냈다. 낮에는 찌는 듯한 더위였지만 기온이 좀 내려간 듯하다.

"엄마는?"

갑자기 하루가 말했다. 국자로 냄비를 젓고 있던 다다는 하루를 돌아보았다. 웅크리고 있던 교텐이 짜증 나는 모습으로 얼굴을 들었다.

"엄마는 일하러. 우리하고 같이 기다리자."

다다가 타일러도 하루는 세차게 고개를 저었다.

"싫어. 엄마는? 엄마는?"

끝내 얼굴을 일그러뜨리고 으앙 하고 가늘고 높은 소리로 흐느껴 울기 시작했다. 곰곰이도 옆에 던져놓고 나기코 생각 밖에 나지 않는 것 같다. 다다는 서둘러 가스 불을 줄이고 타월에 싸놓은 사진 액자를 꺼냈다. 소파에 앉아서 울고 있는 하루 앞에 무릎을 꿇었다.

"봐, 엄마야. 데리러 올 때까지 착하게 기다리자."

하루는 사진을 한 번 보더니 더 큰 소리로 울었다. 교텐이 일어나서 아무 말도 없이 사무실을 나갔다. 거칠게 문이 닫힌다.

다다는 겁먹은 듯이 몸을 움츠리는 하루를 망설인 끝에 부드럽게 꼭 안아주었다.

"괜찮아. 엄마 곧 올 거니까."

"곧 언제?"

"한 달 반 지나면."

다다가 대답했지만, 하루에게 의미가 통하지 않은 것 같아서 "앞으로 사십 밤 좀 더 자면"이라고 바꿔 말해보았다. 하루는 수의 개념도 모호한지 "사십?" 하고 고개를 갸웃거렸다.

"음, 그러니까."

다다는 어떻게 설명할까 난감해하며 양손을 펼쳤다.

"이게 십. 십이 네 번이면 사십이야."

어쨌든 많다는 걸 안 것 같다. 하루는 얼굴을 찡그리고 또 소리 내어 울기 시작했다.

한 달 반 정도면 다다한테는 금세 지나간다. 기껏 풀 뽑기 의뢰가 들어왔는데 깜박하고 미루다 보면 풀이 시드는 경우가 생겨도 이상하지 않을 만큼 눈 깜빡할 시간이다.

그러나 어린 하루에게는 다르다. 한 달 반은 영원과 동의어다. 엄마가 데리러 오는 일은 영원히 오지 않는 게 아닐까 하고 하루는 절망적이 되어 울고 있다.

하루의 생각을 딴 데로 돌리기 위해 다다는 냄비에 카레를 넣기로 했다. 다다에게 안긴 하루는 훌쩍거리면서 고체 카레를 쪼개어 냄비에 넣었다. 눈물도 같이 떨어진 것 같지만, 다다는 보지 않은 걸로 했다.

220

국자로 냄비를 저었다. 하루도 하고 싶어 했지만, 걸쭉한 카레를 젓기에는 버거운 것 같았다. 혼자 제대로 국자를 움직이지 못했다. 다다는 한 손으로 하루를 안고 한 손은 국자 자루를 같이 잡아 섞는 것을 도와주었다.

"다다 씨."

검게 소용돌이치는 냄비 내용물을 보며 하루가 말했다.

"엄마, 나 데리러 와?"

"그럼, 오고말고."

다다는 이때다 하는 듯이 큰 몸짓으로 대답했다.

"왜? 갑자기 걱정이 된 거야?"

"시원해지면 온다고 했는데 엄마 안 왔어."

그렇구나. 다다는 그제야 알아차렸다. 초저녁이 되어 기온이 조금 떨어졌다. 선풍기도 틀어놓았다. 즉 시원해졌다. 그런데 나기코가 나타나지 않자, 하루는 불안해져서 울음을 터뜨린 것이다.

이 아이 꽤 영리한걸. 숫자는 세지 못하는 것 같지만.

다다는 하루를 바닥에 내려서 곰곰이가 있는 소파로 데려갔다. 이런 아이에게 안이한 속임수를 쓸 수는 없다. "착하게 있으면 엄마가 바로 올 거야"라는 말은 실수로라도 해선 안 된다.

소파에 나란히 앉아서 곰곰이를 하루 무릎에 올려주었다.

"하루. 엄마 일이 끝날 때까지 나랑 여기서 같이 살자."

"얼마나?"

"열 번씩 네 번. 하루한테는 좀 길 거야."

"길어……."

하루는 고개를 숙였다. 다다는 곰곰이를 들고 하루 뺨에 가볍게 댔다.

"하지만 괜찮아. 기다리고 있으면 엄마는 꼭 하루를 데리러 올 거야."

"정말로? 꼭?"

"응. 꼭."

"알았어. 약속이야."

하루가 새끼손가락을 내밀어서 다다는 하루와 약속을 했다. 사진은 전화기 옆에 올려두기로 했다.

사무실 문이 열리고 교텐이 돌아왔다. 담배를 물고 손에는 편의점 봉투를 들고 있다.

"끝났냐?"

울음을 그친 하루를 한 번 거들떠보더니 교텐은 다다에게 물었다.

"카레 냄새가 나서 다 됐나 했더니만."

그렇지, 카레! 다다는 허둥지둥 부엌으로 돌아갔다. 냄비 바닥이 조금 타버렸다.

교텐은 편의점 봉투에서 컵 아이스크림을 꺼내 탁자에 늘어놓았다. 다섯 개나 됐다. 하루의 시선이 아이스크림에 못 박혔다.

"안 돼, 하루. 카레 먹고 나서 딱 한 개만 먹기야. 그리고 교텐. 앞으로 담배는 환풍기 밑에서 피워."

다다가 주의해도 하루는 아이스크림만 보고 있고, 교텐은 모르는 척 담배를 계속 피운다. 닮은 부녀다. 앞으로 닥쳐올 많은 시련을 생각하니 다다는 암담한 기분이 들었다.

세 명이 같이 카레를 먹고 하루는 아이스크림도 먹었다. 교텐은 카레가 너무 달다고 투덜거리고, 하루는 식후 양치질하기 싫다고 온 사무실을 도망 다녔다.

교텐과 하루 사이에 여전히 대화는 없었다. 시선도 거의 마주치지 않았다. 서로 멀찍이서 자기 구역에 침입한 기이한 생명체를 관찰하는 느낌이었다. 칫솔을 들고 쫓아다니면서 '야수의 규칙인가?' 하고 다다는 생각했다.

간신히 잠이 들려고 할 때, 나기코에게 상태를 묻는 전화가 왔다. 비행기에 탑승하기 직전 같았다. 하루가 걱정인 건 알지만, 타이밍 최악이다. 다다가 전화를 바꿔주자 하루는 쑥스러운지 화가 났는지 나기코에게 적은 말수로 응답했다. 그러나 통화가 끊어지는 순간, 또 울기 시작했다.

다다와의 동거를 이해하고 알겠다고 한 하루였지만, 알지 못한 것 같다. 엄마와 얘기할 때는 걱정 끼치지 않으려고 허세를 부려놓고, 떨어져 있다는 사실을 조금이라도 떠올리면 슬퍼서 견딜 수 없어지는 모양이다. 복잡한 소녀 마음이다.

다다는 하루를 반쯤 강제로 잠자리에 눕게 했다. 하루는 한 시간쯤 지나니 울다 지쳐서 간신히 잠이 들었다. 그동안 다다 는 내내 하루의 배를 토닥거려주었다. 부드러운 리듬에 맞춰 수마가 한시라도 빨리 찾아오기를. 매트리스 옆의 바닥에 앉 은 탓에 나중에는 엉덩이와 등이 아파왔다.

이 상태가 한 달 반 계속되면 근육통으로 로봇처럼 움직이 겠는걸.

일어서서 몸을 풀면서 다다는 한숨을 쉬었다. 칸막이 커튼 을 걷어보니 교텐은 이미 소파에서 자고 있었다. 잘 보니 양쪽 귀에 안주인 땅콩을 꽂고 있다. 하루의 울음소리를 철저하게 차단할 생각인 것 같다.

네 자식이잖아. 다다는 자기가 아이를 보겠다고 맡긴 했지만, 화가 나서 교텐의 귓구멍에 땅콩을 더 깊이 밀어 넣어버렸다.

담배라도 피우며 기분 전환을 하자. 그러나 환풍기 소리에 하루가 깨면 안 된다. 살그머니 사무실에서 나와 계단을 내려 갔다.

빌딩 앞 보도에 말보로 멘솔 꽁초가 잔뜩 떨어져 있었다. 초 저녁에 교텐은 이곳에서 담배를 피우며 하루가 울음을 그치길 기다렸으리라. 과연 카레 냄새도 바로 알아차렸을 터다. 다다 는 욕을 읊조리며 꽁초를 주워 모았다.

홍청거림이 사라진 마호로 역 앞에는 밤이 깊었다.

다음 날 아침, 교텐이 별나게 큰 소리로 "좋은 아침!" 하고 말했다. 귀에 아직 땅콩을 박고 있기 때문이었다.

한바탕 소동이 있었던 건 말할 것도 없다. 최종적으로는 다다가 온 사무실을 뒤져서 핀셋을 찾아내 고생 끝에 교텐의 귀에서 땅콩을 꺼냈다.

교텐은 두 개의 땅콩을 손바닥에서 굴리다가 입에 톡 넣었다.

"따라하면 안 돼."

다다가 말했다. 하루는 교텐의 행동에 경악과 존경을 금치 못하는 시선을 보내고 있었지만, "안 해" 하고 웃었다.

"다다 씨, 저 사람……."

"교텐이야."

"교텐은 이상해."

유감스럽지만, 네 아빠야. 다다는 마음속으로만 대답했다.

하루는 밤이 되면 엄마가 보고 싶어서 울고, 실컷 울고 나면 바로 잤다. 아침에는 늦어도 6시 반에는 깨서 "일어나, 일어나" 하며 다다의 배에 올라타 장난을 친다. 세끼 꼬박꼬박 잘 먹고 출근 때와 귀가 때에는 전화기 옆 사진 액자를 향해 인사를 한다. 다다 심부름집 생활은 이러니저러니 해도 하루 중심의 리듬으로 바뀌었다.

낮에는 하루도 같이 일을 하러 간다. 하루의 지정석은 조수석 카 시트다.

교텐은 짐 담당이라는 명목으로 짐칸으로 쫓았다. 여름에는 짐칸의 짐이 많아질 시기다. 뽑은 잡초며 가지치기한 정원수 가지를 자루에 담아서 트럭 짐칸에 싣기 때문이다. 일정량이 쌓이면 마호로 시 교외의 쓰레기 처리장으로 가져간다. 교텐은 쓰레기 부대 사이에 묻히듯이 앉아서 햇볕을 직격으로 받으며 짐칸에 흔들리고 있는 매일이다.

오늘은 야마시로초의 오카에게 의뢰가 들어왔다. 또 요중 버스 감시인가 싶어 다다는 내키지 않았지만, 의뢰 내용은 의외로 "정원 풀 뽑기를 해달라"는 것이었다. 상식적인 오카는 오카가 아니다. 어쩐 일이지. 호기심 반, 공포심 반으로 다다는 야마시로초를 향해 트럭을 달렸다.

트럭을 탄 채로 정원으로 들어가서 일단 하루를 내려주었다. 돌아서 짐칸으로 간 하루가 "교텐이 없어!"라고 했다.

"그 녀석, 또 도망친 건가."

목에 타월을 두르면서 다다는 한숨을 쉬었다.

교텐이 탈주하는 것은 어제오늘 일이 아니었다. 짐칸에 탄 뒤로 빨간 신호등에 차가 선 틈에 도주를 하는 것이다. 저녁 시간이 되면 마지못한 듯한 모습으로 사무실로 돌아온다. 일도 하지 않고 종일 어슬렁거리고 다니는 것 같다. 그렇게 하루와 얼굴을 마주하기 싫은가, 다다는 어이없을 따름이다.

소리를 듣고 오카가 정원으로 나왔다.

"오랜만일세, 심부름센터. 잘 지냈나?"

전에 본 적 없이 기분이 좋아 보였다. 하루에게 시선을 고정하더니 "오, 그 아이는 누구야?" 하고 물었다.

"미쓰미네 하루입니다. 여름 동안 저희 집에서 맡기로 해서."

"안녕하세요."

하루가 인사했다. 일하러 가서는 예의 바르게, 하고 다다가 한 말을 기특하게 실천하고 있다.

"그래, 어서 오너라. 안녕. 귀엽구나."

고집스러운 오카도 과연 아이 앞에서는 흐물흐물해졌다.

"나중에 집사람한테 과자라도 주라고 해야겠네."

"저쪽 보고 와도 돼요?"

하루가 정원 구석을 가리키며 말했다.

"되는데 나무뿌리는 밟지 않도록 해라."

오카의 허락을 얻고 하루는 정원 탐험에 나섰다.

"차를 되도록 가장자리에 세워주게." 오카가 다다에게 말했다. "오늘은 손님이 와."

그렇다면 좀 일찌감치 나와서 지시를 해주지. 다다는 그렇게 생각했지만, 오카가 시키는 대로 트럭을 이동시켰다. 오카는 손님 맞이 때문인지 평소 이상으로 힘이 넘쳤다. 건강해 보

227

여서 다행이다. 요중 버스에 관심만 끊으면 더 바랄 게 없다.

다다는 면장갑을 끼고 풀 뽑기를 시작했다. 오카 씨네 집의 정원은 엄청나게 넓다. 작업을 하루에 마치려면 천수관음 못 잖게 일해야 한다. 가져온 2리터 페트병으로 수분 보급에 주의하며 다다는 묵묵히 풀을 뽑았다. 비릿한 풀잎 냄새. 뿌리에 묻은 축축한 흙냄새.

정원 탐험을 마친 하루가 다다 옆에 쭈그리고 앉았다. 다다가 뽑은 풀을 주워 모아서 쓰레받기에 담는다. 쓰레받기가 풀로 가득해지면 쓰레기 부대까지 나른다. 교텐보다 훨씬 잘 도와주고 도움이 된다.

"하루, 모자는? 짐칸에 밀짚모자 있어. 갖고 올까?"

"싫어. 모자 더워."

"물은? 하루 것도 있는데."

다다는 하루용 페트병을 정원 돌에 올렸다.

"마시지 않으면 쓰러져. 전에 내가 버스 정류장에서 쓰러져서 하루랑 엄마가 도와주었잖아. 기억나?"

"기억 안 나. 왜 쓰러졌어?"

"더운데 물을 마시지 않아서."

대화가 쳇바퀴 도는 것 같다고 다다는 생각했지만, 효과는 있었던 것 같다. 하루는 무서워졌는지 "마실래" 하고 선언하더니, 페트병 물을 마셨다.

오전 중에 열심히 일하고 낮에는 툇마루에 앉아 오카 부인이 만들어준 주먹밥을 먹었다. 속재료는 다시마와 가다랑어포와 연어였다. 하루의 접시에도 자그마한 주먹밥이 세 개 나란히 있다.

"맛있어!"

하루는 기뻐했다. 우리 집에 있으면 저녁은 언제나 레토르트 카레나 하이라이스나 스튜지. 다다는 하루가 가엾어졌다. 고체카레로 카레를 만드는 것도 귀찮아서 첫날만 하고 포기했다. 하루를 위해 식생활을 개선해야겠다.

오카의 부인은 차가운 보리차도 준비해주었다. 쟁반에 받친 유리컵 두 개가 사이좋게 나란히 땀을 흘리고 있다. 하루의 컵은 정겨운 꽃무늬다. 자식들이 어릴 때 사용한 것을 일부러 그릇장 깊숙한 곳에서 꺼내 온 것이리라.

하루는 컵에 손가락을 넣어서 네모난 얼음을 꺼내 깨물었다.

매미가 가까이에서 울어댔다. 집 외벽에 앉아 있는 모양이다. 다다는 관자놀이를 타고 흐르는 땀을 목에 두른 타월로 닦았다. 파란 하늘에 반짝거리는 하얀 구름이 떠 있다.

오카 씨네 집 앞 도로에도 그 너머에 있는 HHFA의 밭에도 사람 그림자는 없다. 오이인지 버팀목을 타고 무성해진 잎이 파랗게 바람에 흔들릴 따름이다.

"하루, 햇볕에 다 탔네."

다다는 하루의 티셔츠 소매를 조금 걷었다. 선명하게 색이 나뉜다. 하루는 간지럽다는 듯이 웃었다.

이렇게 평화로운 기분으로 보내는 여름은 몇 년 만일까.

아이가 곁에 있어서 마음이 평온해지는 게 아니다. 오히려 하루와 보내기 시작한 이후 다다의 피로는 늘어났다.

하루는 졸리면 칭얼대서 작업 중이어도 낮잠을 재워야 한다. 오늘은 오카 부인의 호의로 바람이 잘 드는 방에 재웠다. 점심 먹고 조금 지나자 하루는 가지고 온 타월 이불을 배에 걸치고 미닫이 유리문 가까이에 누웠다. 다다는 하루의 모습을 항상 시야에 넣으면서 정원에서 풀 뽑기를 계속했다.

오카만큼 친하지 않은 손님일 경우는 하루를 트럭 짐칸에서 자게 할 때도 있다. 짐칸 바닥에 박스를 여러 장 깔고 볕이 들지 않도록 하루 옆에 검은색 박쥐우산을 펼쳐놓는다. 처음에는 짐칸에 천막을 쳤지만, 그렇게 하니 더 푹푹 쪄서 하루도 교텐도 불평했다. 교텐은 출근할 때 짐칸에서 잠깐 있을 뿐이면서(그것도 도중에 탈주할 때도 많으면서) 천막을 쳐라, 걷어라 주문은 엄청나게 한다.

물론 하루를 데리고 갈 수 없는 일도 있다. 정원수 가지치기나 거대 쓰레기 운반 같은 위험이 따르는 작업인 경우다.

그럴 때는 루루와 하이시에게 하루를 맡긴다. 하루는 두 사람을 잘 따르고, 루루와 하이시도 치와와와 함께 하루하고 잘 놀아준다.

"하루, 오늘은 우리 집에 안 와요오?" "하루한테 어울릴 것 같은 옷을 봐뒀는데 사도 될까요?" 등등 루루와 하이시는 자주 다다에게 전화를 한다. 두 사람에게 하루는 아이돌이다. 귀여워서 어쩔 줄 모른다.

하지만 루루와 하이시의 출근 시간까지는 하루를 데리러 가야 한다. 결국 다다는 초저녁 이후의 의뢰는 받지 못할 때가 많았다. 교텐이 하루를 봐준다면 문제는 해결이지만, 전혀 도움이 되지 않으니 어쩔 수 없다.

그런저런 일로 다다는 지치기도 했고 체력적으로도 힘들었다. 특히 지병인 요통이 심해지고 있었다. 하루를 안아 올릴 때가 많아서일 것이다. 허리 벨트를 두르고 자며 어떻게든 얼버무리는 상황이다.

그런데도 마음은 평온했다. 가슴속에 충족감과 행복이라고 해도 좋을 온기를 느낀다.

다다는 턱까지 흐른 땀을 장갑 낀 손으로 닦았다. 이따금 풀 뽑기를 중단하고 쭈그린 자세인 채로 창 쪽을 보았다. 하루는 양팔을 머리 위로 던지고 만세 자세로 자고 있다.

지금 내가 평화로운 여름을 만끽하는 것은 아이와 지내고 있어서가 아니다. 다다는 생각한다. 그 증거로 교텐도 아이와 마찬가지로 손이 가지만, 나는 교텐과 있어도 딱히 행복하다는 느낌은 들지 않는다.

하루와 내가 의외로 궁합이 잘 맞기 때문이다.

하루는 네 살이지만 교텐보다 훨씬 손이 덜 간다. 혼자서도 잘 논다. 이를테면 뽑아놓은 풀을 모으는 단조로운 행위조차 즐기는 모습이다.

하루는 작업이 지겨워지면 쭈그리고 앉아서 개미 행렬을 구경하기도 하고, 나뭇잎이나 돌멩이로 소꿉놀이를 하기도 한다. 그럴 때는 트럭 조수석에 있는 곰곰이가 등장한다. 다다가 갖다준 곰곰이를 상대로 "밥 먹자. 남기면 안 돼" "생선 싫어. 햄버그가 좋아" "그런 소리 하는 거 아냐" 하고 음색을 바꾸며 일인이역을 했다. 다다는 웃음을 참느라 애먹는다. 무심코 뽑았다가는 "다다 씨, 저리 가" 하고 하루가 화내기 때문이다.

하루는 다다에게 새로운 세계를 가르쳐주었다. 기쁨과 초조함과 외로움. 평범한 일상에 풍요로운 감정이 깃들어 있다는 사실을 새삼 깨닫는다.

다다에게 하루는 눈부신 짝꿍이었다. 교텐도. 뭐 일단은 짝꿍이라고 인정해도 좋지만, 둘은 완전히 다르다. 하루가 양지에서 동그랗게 웅크린 사랑스러운 새끼고양이라면 교텐은 밤에 꿈틀거리는 왕도마뱀이다.

자, 왕도마뱀이 도주한 동안 전부터 생각하던 것을 실행에 옮기자.

낮잠을 자고 일어난 하루는 오카 부인에게 아이스크림을 얻었다. 다다가 고맙다고 해야지, 라고 하자 "고맙습니다. 잘 먹겠습니다" 하고 하루는 제대로 인사를 했다. 평소에 어린이집에서 친구들과 소리 모아 인사하는 탓인지 "자알 먹겠습니다" 하고 어미가 약간 올라간다.

"간식 먹는 동안 근처 산책해볼까."

다다는 하루에게 제안했다. 하루는 소다맛 아이스크림을 먹고 있다가 "아직 덜 먹었어" 하고 곤혹스러운 듯이 말했다.

"빨리 먹으면 머리 아파."

"천천히 먹어."

하지만 그리 오래 쉴 수 없다.

"걸으면서 먹자."

"괜찮아?" 하루의 눈이 반짝거렸다. "엄마가 가만히 앉아서 먹으라고 그랬는데."

"오늘은 특별히. 뛰면 안 돼. 엎어져서 목에 찔리면 큰일 나니까."

"알겠어."

고작 먹으면서 걷는 것뿐인데 금지된 일을 해서 하루는 신난 것 같다. 한 손으로 아이스크림을 들고 비어 있는 손은 다다의 손바닥에 집어넣었다.

아이의 손은 왜 언제나 촉촉하고 끈적거릴까. 아이스크림일까, 땀일까. 하루와 손을 잡고 다다는 오카 씨네 집을 나왔다.

마침 좋은 기회이니 교텐이 예전에 살던 집에 가보자. 교텐의 부모는 이미 이사를 한 것 같고, 그 후 다른 사람이 살고 있다고 들은 적이 있다. 하지만 이웃 사람들은 어쩌면 교텐의 어린 시절 모습을 기억하고 있을지도 모른다.

멋대로 남의 과거를 파헤치는 것은 내키지 않지만, 하루도 일시적으로 마호로에서 살기로 했고 다다로서는 새삼 교텐 집의 사정을 파악해두고 싶은 마음이었다. 만약 교텐의 부모에게 하루를 빼앗기기라도 한다면 큰일이다.

왜 교텐은 부모와 전혀 교류가 없을까. 유전자상으로는 명확하게 딸인데도 하루를 고집스럽게 피하려고 할까. 아니, 교텐만이 아니다. 교텐의 부모도 아들을 두려워하는 것 같다. 그렇지 않다면 그렇게 급히 이사를 가지 않았을 것이다.

교텐이 살았던 집이 오카 씨네 집 뒤편 언덕에 있는 것은 대충 알았다. 다다와 하루는 좁고 완만한 언덕을 올라갔다. 언덕 양쪽은 잡목림이고 커다란 나무가 길 쪽으로 가지를 벌리고 있다. 그늘이 져서 바람이 시원하게 느껴졌다.

하루가 들고 있던 막대에서 남아 있던 아이스크림 덩어리가 떨어졌다.

"아앗."

하루는 아깝다는 듯이 소리를 내며 길가에 쭈그렸다. 바로 개미가 몰려와서 달콤한 물웅덩이에 얼굴을 처박았다.

잡목림이 끝기는 곳에 작은 묘지가 있었다. 근처 집의 묘 같다. 같은 성이 새겨진 비석이 십여 개, 새것과 오래된 것이 섞여서 나란히 있다. 오봉(한국의 추석에 해당하는 일본 명절)이 아직 멀어서인지 묘지에는 푸릇푸릇한 여름풀이 나 있다.

하루를 재촉하여 다시 걷기 시작했다. 교텐의 집은 바로 찾았다. 장을 보고 돌아오는 듯한 초로의 부인에게 물어보았더니 "저긴데요" 하고 가르쳐주었다.

앞뜰이 있는 큰 집이었다. 옛날부터 이 일대에 살았을 것이다. 집 외벽을 돌로 쌓은 서양식 건물이었다. 갤러리 창은 전부 닫힌 것 같았지만, 잘 보이지는 않았다. 정원은 높은 담으로 둘러싸였고 나무들도 잎이 무성했기 때문이다. 키 높이의 청동문도 굳게 닫혀 있다.

"교텐 씨 부부는 몇 년 전에 이사 갔고, 그 뒤에 세 얻어 살던 사람도 올봄에 나간 것 같아요. 지금은 아무도 살지 않아요" 하고 부인이 말했다. 부인의 집은 교텐 집의 대각선 맞은편이라고 한다. 하루가 생글생글 애교를 부린 덕분에 부인은 걸음을 멈추고 집을 보는 다다를 상대해주었다.

부인은 무거워 보이는 장바구니를 도로의 시멘트 블록에 내려놓았다. 대화에 응할 마음이구나 하고 다다는 넌지시 물어보았다.

"아들도 있었을 텐데요?"

부인이 의아한 듯이 다다를 보아서 너무 갑작스러웠나 하고 당황하며 덧붙였다.

"아, 마호로 고등학교 동창생이었습니다. 딸하고 오랜만에 일 때문에 마호로에 온 김에 볼 수 있으면 해서 와보았습니다만."

이런 탐문은 교텐이 잘한다. 다다는 겨드랑이에 땀이 흘렀다. 하루가 불만스럽게 다다를 올려다본다. 아마 "다다 씨 딸 아니야"라고 하고 싶을 것이다. 다행히 하루는 입을 다물고 교텐 집 담을 아이스크림 막대로 긁적거렸다.

"저런, 안 됐네요."

부인은 경계를 풀고 이야기에 동참했다. 아이를 데리고 있으면 이럴 때 편리하다.

"하지만 교텐 씨 아들은 대학생 때부터 혼자 살았던 것 같아요. 집에도 별로 오지 않았을걸요? 그러고 보니 나도 아들을 한참 못 봤네."

"그렇습니까." 다다는 애써 침울한 표정을 지었다. "고등학교를 졸업한 뒤 저도 교텐과 소원해져서……. 그 녀석, 부모님과 원만하지 않았던 것 같더군요."

혼잣말을 가장하여 넌지시 떠보자 부인은 알고 있는 정보를 아낌없이 풀었다.

236

"그러게요. 교텐 씨 부부, 좀 예의에 엄격한 사람들이었죠."

부인은 얼굴을 찡그렸다. "나도 애가 있지만 너무 엄격해도 좋지 않잖아요. 그죠?"

엄격한 예절교육의 결과, 그렇게 자유분방한 행동을 하는 어른으로 성장하다니 대체 무슨 마술인가. 성장과정 중에 어디 우주선에라도 빨려 들어가서 이상한 수술이라도 받은 게 아닐까. 다다는 그런 생각을 하느라 부인의 말에 반응이 좀 느려졌다. 자기를 하루의 아빠로 생각하는 걸 깨닫고, "네" 하고 서둘러 동의했다.

"엄격하다니, 체벌 같은 게요?"

"그건 잘 모르겠어요……. 집도 떨어져 있고 아들은 어릴 때부터 얌전해서 이웃 아이들과 노는 일도 없었고."

지금의 교텐은 '얌전하다'와 정반대인 성격이지만 고교 시절에도 거의 말이 없었긴 하다. 유일한 예외는 미술 공예 시간에 재단기를 사용하여 새끼손가락이 잘렸을 때였다. 교텐은 "아얏" 하고 말했다. 고등학교 3년 동안 통틀어서 다다가 교텐의 목소리를 들은 것은 그때 한 번뿐이다.

다다에게는 괴로움을 동반하는 기억이다. 교텐이 다친 원인은 다다에게 있다고 해도 좋을 상황이었다. 새끼손가락은 무사히 붙었지만, 교텐의 오른손에는 지금도 흉터가 남아 있다. 흰색 실을 묶은 듯이 흉터는 새끼손가락 뿌리를 한 바퀴 돌고 있다. 그걸 볼 때마다 다다는 자기 속의 악의를, 무심하게 잔혹한 짓을 한 어리석음을 몇 번이고 깨달았다.

다다가 입을 다물고 있어서 부인은 불편해진 모양이다.

"학대란 말도 없던 시절이어서 이웃 사람들도 별로 신경 쓰지 않았어요. 약간 소문이 나는 정도로."

민망한 듯이 변명했다. 다다는 내심 '학대'라는 말에 당황했다. 그것은 '예절교육에 엄격하다'는 범위를 넘는 게 아닌가. 교텐의 부모는 대체 어떤 사람들인 건가.

"어떤 소문이 있었습니까?"

다다는 일부러 밝게 호기심 왕성한 옛 친구를 연기했다. 부인은 이야기 상대가 필요한 듯해서 이 정도 속물스럽게 행동해야 마음의 족쇄도 풀고 입이 가벼워질 것이다.

"부인이 종교에 빠졌다더라고요." 생각한 대로 부인은 소리를 낮추어 말했다. "뭐라는 종교인지는 모르겠지만, 특이한 건가 봐요. '아이는 모두 신이 될 가능성이 있다. 우리 아이는 특히 그런 가능성이 있다, 그러니까 부모가 엄하게 이끌어주어야 한다', 부인이 늘 그렇게 말했어요. 성실한 사람일수록 이상한 방향으로 끌리는 건가."

난 될 대로 되라 식이지만, 하고 덧붙이며 부인은 웃었다. 다다는 웃고 싶은 기분이 아니었지만, 간신히 뺨의 근육을 움직였다.

교텐의 과거를 탐색하고 알아보는 게 아니었다는 생각이 들었다. 적어도 교텐 몰래 냄새를 맡고 다니는 짓은 하는 게 아니었다.

하지만 알아버렸으니 이제 뒤로 물러설 수 없다. 모르는 척하고 태연히 교텐을 대할 수 있을 것 같진 않다.

"그만 가."

지겨워졌는지 하루가 다다의 팔을 끌어당겼다.

그러게, 가자.

다다는 부인의 집 문 앞까지 장바구니를 들어다 주었다. 그리고 하루와 손을 잡고 언덕을 내려왔다.

오카 씨네 집으로 돌아왔다. 간식 휴식을 취하는 동안에 손님이 온 것 같다. 정원으로 난 창 아래에 몇 켤레의 구두와 건강 샌들이 줄줄이 있다. 다다의 트럭 옆에는 경차가 두 대 서 있었다. 별로 운전 솜씨가 좋지 않은지 간신히 비스듬하게 주차했다.

어이, 어이, 박은 건 아니지? 다다는 걱정이 되어 상태를 보러 갔다. 다다의 트럭도 그렇게 깨끗한 건 아니지만, 중요한 영업 도구가 찌그러지거나 생채기가 생기면 곤란하다. 심부름센터는 신용이 제일이다. 흠집투성이인 트럭을 타고 다니면 고객에게 나쁜 인상을 준다.

하루는 생기 넘치게 오카 씨네 집 정원을 뛰어다녔다. 땅에 드리워진 그림자를 상대로 숨바꼭질도 하고 특이한 스텝을 밟기도 하고 특기인 혼자 놀기에 흥을 올린다.

"도로로 나가면 안 돼."

주의를 한 뒤, 다다는 트럭 옆으로 돌아갔다. 다행히 무사한 것 같다. 안도하고 얼굴을 들었다.

마침 정원으로 난 방이 들여다보이는 위치였다. 커튼은 걷혀 있고 정원과 실내 사이는 방충망 한 장뿐이다. 방 안이 어두워서 자세한 곳까지는 보이지 않았지만, 다섯 명 정도가 모인 것 같았다.

맑게 갠 하늘, 햇살과 함께 쏟아지는 매미 소리. 모호함이 한 점도 없는 여름 오후인데 실내에 있는 사람들은 소리를 낮추어 무언가 열심히 얘기를 나누고 있다. 수상하다.

다다는 직업상 호기심은 되도록 자제하도록 자신을 다스린다. 일로 인해 보고 듣는 것들에 일일이 상관하다가는 심부름 센터 생명은 끝나기 때문이다. 일상에 쫓겨 정신적 피로의 연속이어서 자제할 것도 없이 호기심이 고갈되어 가는 것도 사실이다. 그러나 오카 씨네 거실에서 무슨 일이 일어나는지 궁금해졌다. 불길한 예감이 들기도 했다.

트럭 옆에서 허리를 구부리고 있던 다다는 그대로 살며시 얼굴만 내밀고 거실 안의 상태를 엿보았다.

희미하게 흘러나오는 소리로 보아 거실에 있는 사람은 모두 노년의 남녀 같았다. 남자는 오카도 포함하여 세 사람. 여성도 두 사람 있는 듯하다. 주방에라도 갔는지 오카 부인의 목소리는 들리지 않는다. 정원에 벗어둔 구두나 건강 샌들로 추측컨대 격식 있는 손님은 아닌 것 같다. 이웃 주민이 모여서 편하게 차라도 마시는 분위기다.

하지만 그렇다 하기에는 분위기가 묘하다. 여전히 소곤소곤 얘기를 나누고 있다. 그리고 그에 비해 방충망 너머로 보이는 그림자는 연신 팔을 휘두른다. 흥분을 필사적으로 누르며 작은 소리로 열심히 의견을 주고받는 것 같다.

대체 무슨 모임이지?

다다가 트럭 뒤에서 고개를 갸웃거리고 있을 때, 오카가 큰 소리를 냈다. 속에서 끓어오르는 감정을 끝내 자제하지 못한 것 같다.

"어쨌든 나는 더 이상 요중 버스의 횡포를 용서할 수 없어. 당신들도 같은 생각이잖아."

뭐야. 오카는 요코하마 중앙교통에 아직도 분노를 느끼고 있었던가. 다다는 놀랐다. 이제 눈속임 운전 따위 하지 않는다는 걸 납득했나, 납득까지는 하지 않아도 진상 규명은 포기했나 생각했더니. 집념이 강하네, 오카 씨.

다다를 더욱 놀라게 한 것은 "물론이지!" "단호히 항의해야

해!" 하고 거실에 모인 사람들이 큰 소리로 동의하는 것이다. 오카의 폭주를 말리기는커녕 같이 기세를 올리고 있다. 마호로 노인들은 이성과 인내를 어디에다 잊어버리고 온 걸까.

물론 꽁무니를 빼는 사람이나 걱정하는 사람도 소수이지만 있었다.

"근데 잘될까 몰라."

"주위에 민폐 끼치게 되면……."

그런데 오카가 또 경이적인 마력으로 선량한 상식인의 발언을 분쇄했다.

"그렇게 마음 약한 소리 하면 안 돼, 안 돼요! 알겠어요? 버스는 우리 노인들의 소중한 발이라고요. 그걸 멋대로 배차를 줄여놓고 몇 번이나 항의해도 귓등으로도 듣지 않는 요중 버스는 사탄이란 말입니다."

다그치는 듯한 어조다. 어미가 정중해서 더욱 무섭다. 오카는 차라도 마시고 목을 축였는지 잠시 침묵 뒤에 계속했다.

"민폐 끼치게 되는 건 알 바 아니오. 어차피 우린 머잖아 저세상 갈 나이들이니까. 무서울 것 하나도 없어요. 우리의 요구를 관철하도록 지금이야말로 행동만 있을 뿐!"

"옳소!"

"오카 씨, 말 잘하네."

거실은 찬성의 소리와 박수로 가득했다. 가득했다고 해도 이 비밀 회담에 참가한 것은 이웃 주민 몇 명뿐인 것 같지만.

다다는 관찰했다. 그들은 요중에 항의하려고 시위를 하려는 것 같다. 어떤 시위를 할 생각인지 자세한 건 수수께끼지만.

다다는 순간적으로 판단을 내렸다. 이 건에 관해서는 듣지 않은 것으로 하자. 호기심은 심부름센터를 죽인다.

오카를 비롯한 일부 산시로초 노인들은 요중 버스에 과연 무슨 짓을 꾸미는 걸까. 무척 궁금하지만, 자세한 건 되도록 영원히 수수께끼인 채로 두고 싶다. 다다는 비밀 회담을 목격한 사실 자체를 잊기로 했다. 오카는 내버려두는 것이 정답이다. 속을 태우다가는 다다 쪽이 지쳐서 어떻게 돼버릴 것이다.

다다는 몸을 구부린 채 가만가만 후퇴하기 시작했다. 그런데 운 나쁘게 거실에서 주먹을 휘두르는 오카와 눈이 마주쳐버렸다. 방충망 너머여서 진실은 잘 모르겠지만, 아마 마주쳤다고 생각한다. 다다도 오카도 차 헤드라이트에 비친 고양이처럼 깜짝 놀라서 움직임을 멈추었다.

"심부름센터!"

오카가 실내에서 쉰 목소리로 불렀다.

"자네, 아까부터 거기 있었나?"

"아뇨. 지금 막 왔습니다만."

다다는 시치미를 뗐다. 오카는 어색하게 고개를 움츠리며 거실 사람들을 향해 말했다.

"자, 다음은 누가 부를까? 내가 불러도 되나?"

비밀 회담 하는 거 아냐, 노래방 대회를 위해 모였을 뿐이야, 하는 위장 전법으로 나오는 것 같다. 오카는 거실에 설치한 노래방 기기의 전원을 켜고 솔선해서 마이크를 들더니 '손자'라는 노래를 큰 소리로 부르기 시작했다. 어안이 벙벙해진 사람들도 오카의 진의를 파악하고 허둥지둥 박수와 환성을 보냈다.

오카는 어린 손자에게 보내는 애정을 듬뿍 담아서 불렀다. 마이크를 들지 않은 쪽 손이 "휘이, 휘이" 하고 다다를 쫓아내는 시늉을 했다. 다다는 잘됐다, 하고 비밀 회담은 눈치채지 못한 척 거실 앞에서 물러났다.

오카 씨네 집의 정원 풀 뽑기는 저녁 무렵에 끝났다. 뽑은 풀을 부대에 쑤셔 담아서 트럭 짐칸에 실었다. 그 무렵에는 거실에 모였던 노인들도 차를 타고 혹은 걸어서 각자 집으로 돌아갔다.

다다는 정원 수돗가에서 하루와 같이 손을 씻었다. 뒤에서 감싸듯이 하루의 손을 잡고 흙을 씻어냈다. 하루는 미지근하던 물이 서서히 차가워지는 것을 지긋이 느끼는 것 같았다.

깨끗해진 손으로 곰곰이를 안고 하루는 조수석 카 시트에 앉았다. 서쪽 하늘은 옅은 오렌지색으로 물들었다.

"하루, 배고프지?"

"배고파."

다다는 일단 사무실에 전화를 해보았다. 도주범 교텐은 아직 돌아오지 않은 것 같다. 됐다. 그 녀석 빼고 어딘가에서 저녁을 먹고 돌아가자.

물결의 흐름을 타듯이 다다가 운전하는 트럭은 키친 마호로 주차장에 도착했다.

하루가 다다 심부름집에 온 뒤로 벌써 몇 번째 이 식당을 이용하고 있다. 하루는 키친 마호로 외관만 보고 "어린이 햄버그 세트!" 하고 큰 소리로 좋아하는 메뉴를 말했다.

"그래, 아직 주차장이니까 직원한테 말하자."

곰곰이를 안은 하루를 데리고 다다는 유리문을 열고 들어갔다. 가게 안은 가족 동반 손님들로 붐볐지만, 별로 기다리지 않고 자리로 안내받았다.

"어린이용 의자 준비할까요?"

안내한 직원과는 다른 그림자가 탁자로 다가오며 말을 걸었다. 다다는 두근거리면서 얼굴을 들었다. 가시와기 아사코다.

물론 다다는 아사코를 만날 수 있을까 기대하여 키친 마호로를 선택했다. 그러나 만나지 못해도 낙담하지 않을 마음의 준비도 하고 있었다. 하루와 함께 가게에 몇 번 왔지만 아사코를 만난 적이 없다. 그때마다 다다는 별로 실망하지 않는다는 사실을 확인하고는 "좋아, 이렇게 나가면 돼" 하고 큰 기대 하지 않는 자신의 정신을 칭찬했다.

실제로 아사코가 나타나자 얼마나 기대하고 있었는지를 깨닫고 뭔가 가슴이 답답해짐을 느꼈을 정도였다. 어릴 때, 두근거리면서 창문을 연 바깥 세상에 바랐던 대로 눈이 쌓인 것을 발견한 아침처럼. "그런 건 사줄 수 없어" 하고 버티던 아버지가 다다의 생일에 꿈에 그리던 무선 조종 자동차를 선물해주었을 때처럼. 오히려 슬픔을 느낄 정도로 기뻤다.

앞치마 차림의 아사코는 하루를 향해 "안녕" 하고 말했다. 하루도 "안녕하세요" 하고는 이어서 자기주장을 했다.

"나 의자 필요 없어."

하루의 '의자 필요 없음 선언'은 새삼스러운 일이 아니다. '어린이 햄버거 세트'는 기꺼이 주문하면서 어린이용 의자에 앉는 것은 어째선지 굴욕이라고 느끼는 것 같다.

외식할 때마다 되풀이되는 대화에 다다는 반쯤 넌더리를 내면서 말했다.

"그렇게 말하지만 탁자에 닿지 않잖아."

하루는 다다 옆 의자에 앉아 있지만, 턱이 탁자에 간신히 닿는다. 맞은편 소파에 놓인 곰곰이의 귀가 탁자 위로 살짝 삐져나왔다.

아사코는 가게 출입구 부근에서 어린이용 의자를 들고 왔다.

"이건 골동품이야."

아사코가 하루에게 속삭였다.

"골동품?"

"오래되고 귀한 것이란 말이지."

보기에는 평범한 어린이용 의자다. 하루의 의혹에 찬 시선에 응답하며 아사코는 자신만만하게 덧붙였다.

"옛날 옛날에 프랑스 공주님이 성에서 사용했던 의자래. 너무 마음에 들어서 일부러 배에 싣고 이 가게까지 가져온 거야. 특별히 앉게 해줄까?"

"앉아볼래."

하루는 얼른 아사코가 가져다 놓은 어린이용 의자에 올라갔다. 그리 싫지 않은 얼굴로 앉는다. 아사코는 시치미를 뚝 떼고 하루의 행동을 지켜보고 있다. 다다는 웃음이 터질 뻔했다.

잠시 후, 아사코가 어린이 햄버그 세트 플레이트를 들고 왔다. 김이 나는 요리를 올린 동그란 신칸센 모양의 플레이트다.

"지난번에 만났죠?"

아사코는 하루를 시선으로 가리키면서 다다에게 물었다.

"네, 저희 집에서 맡고 있는 미쓰미네 하루입니다."

교텐의 아이입니다, 하고 강조하고 싶었지만, 하루 앞에서 할 말은 아니다.

"키친 마호로를 마음에 들어 하는 것 같아서."

"고마워요." 아사코는 웃었다. "저희 가게에 왔었군요. 요즘 여긴 영업시간에 좀처럼 들르지 못해서."

압니다, 라고는 할 수 없었다. 자주 온 걸 알면 스토커라고 경계할지도 모른다. 그런 말도 안 되는 생각까지 하다니. 연심에서 오는 자의식과잉이라고 다다는 입을 다물었다.

다다의 심정은 눈치채지 못한 듯 아사코는 명랑하게 말을 이었다.

"오늘은 오랜만에 폐점 시간까지 가게에서 일할 생각이에요."

"가시와기 씨는 현장에 나오는 걸 좋아하는군요."

"익숙하지 않은 사장 노릇을 하다 보면 '이래도 되나' 하고 점점 불안해져서요. 그럴 때는 가게에서 손님 얼굴을 보며 일하는 것이 제일이에요."

하루는 햄버그에 꽂힌 작은 깃발을 방울토마토며 오이 등에 차례차례 옮기면서 즐겁게 어린이 세트를 먹고 있다. 다다 앞에도 데미글라스 소스를 뿌린 오므라이스가 나왔다. 노란 달걀노른자를 숟가락으로 살며시 뭉갠다.

아사코는 분주하게 다니며 일했지만, 물 주전자를 들고 다다네 탁자에도 왔다.

"HHFA 건 말인데요." 옆 탁자에 들리지 않도록 아사코는 조심스럽게 말했다. "최근에는 조금 조용해졌어요. 다다 씨가 말한 대로 농약이나 화학비료를 사용한 게 판명된 것 같아요."

"그랬군요."

다다는 아무것도 모르는 척하고 끄덕였다. 그러고 보니 요즘 남쪽 출구 로터리에서도 HHFA 구성원들이 보이지 않는다.

"검사라도 들어간 걸까요."

"밀고라는 말이 나쁠지도 모르지만, 누군가가 증거를 모아서 고발한 것 같아요. 시민 단체도 움직이고 있다는 소문이에요."

과연, 하고 다다는 끄덕였다. 호시가 뒤에서 손을 쓴 게 분명하다. '풍림화산(손자병법에 나오는 구절로, 불의의 공격을 가할 때에는 바람처럼 빠르게, 숲처럼 조용하게, 불처럼 맹렬하게, 산처럼 묵직하게 하라는 뜻)' 행동 원칙 그대로 바람처럼 빠른 호시다.

저녁 식사를 마치고 목욕탕에도 들렀다가 다다와 하루는 겨우 사무실로 돌아왔다. 열쇠로 문을 열고 실내 불을 켠 다다는 "으악" 하고 놀라서 소리를 질렀다.

"있었냐?"

교텐이 소파에 널브러져 있었다. "어서 와"라고 하지도 않았다. 다다와 하루 쪽으로 원망 가득한 시선을 잠깐 날릴 뿐이다.

하루가 주뼛주뼛 소파에 다가갔다. 곰곰이의 자리는 하필 교텐 옆이다. 하루는 아이지만 의젓한 데가 있어서 귀가하면 바로 곰곰이를 소파에 앉힌다.

교텐을 곁눈으로 보면서 하루는 곰곰이를 소파에 내려놓고 얼른 다다에게로 돌아왔다. 그래도 교텐은 미동도 하지 않았다.

"밥은 먹었어?"

다다가 물어도 교텐은 언짢은 듯이 입을 다물고 있다. 일단 교텐은 내버려두고 다다는 하루를 챙겼다. 손 씻기와 양치질을 시키고 잠옷 갈아입는 걸 도와주었다.

하루의 매트리스를 깔고 "그만 자야지" 하고 권했지만, 하루는 부루퉁했다.

"싫어. 나 안 졸려."

오카 씨네 집에서 낮잠을 너무 잔 것 같다.

"내일 아침에 못 일어나. 그러면 여기서 혼자 사무실 지켜야 되는걸."

"싫어!"

하루는 쭈그리고 앉은 다다에게 달려들었다. 다다가 껴안아 주자 품속에서 기대로 가득 찬 눈으로 올려다본다.

"그치만, 그치만 곰곰이하고 좀 놀고 싶어. 조금만. 응? 안 돼?"

귀여워라. 자기가 귀엽다는 것을 잘 알고 있겠지. 다다는 얼굴이 흐물흐물해졌다.

"그럼 10분만이야. 10분 지나면 '안녕히 주무세요' 하기."

"우웩."

그 말을 한 것은 물론 하루가 아니다. 다다와 하루가 돌아보자 소파에 앉은 교텐이 곰곰이의 양팔을 잡고 거꾸로 들어서 사타구니 찢기 형에 처하려 하고 있었다.

"하지 마!"

하루는 소리치며 교텐에게로 돌진했다. 교텐에게서 곰곰이를 빼앗아 들고 "괜찮아, 괜찮아" 하고 쓰다듬었다. 곰곰이를 안은 하루는 눈물이 그렁거리는 눈으로 교텐을 노려보았다.

"교텐, 싫어."

교텐은 말없이 손을 뻗어 가위 모양을 한 손가락 끝으로 곰곰이의 눈을 꾹꾹 눌렀다.

"하지 말라고!"

하루의 비통한 호소에 추이를 지켜보던 다다도 행동에 나섰다. 교텐에게 다가가서 그 정수리를 주먹으로 쳤다.

"좋아하는 애 괴롭히는 유치원생이냐, 너는."

"좋아하지 않아."

퉁퉁 부은 모습으로 교텐은 그제야 입을 열었다.

"너야말로 괜찮냐?"

"뭐가?"

"어린 애인이 모피 코트 사달라고 졸라서 사줄 때의 노인 같은 얼굴이야."

"그런 노인을 네가 본 적은 있냐."

"드라마에서."

교텐은 낮 드라마를 꽤 보는 것 같다. 다다가 하루와 동행하여 일하러 가는 날을 노려서 루루와 하이시네 집에 굴러 들어가는 게 틀림없다. 다다는 한숨을 쉬며 일단은 하루를 교텐에게서 격리시키기로 했다.

"곰곰이하고 이쪽에서 놀자." 하루를 교텐 맞은편 소파로 데려갔다. "시간 되면 꼭 자는 거야."

"네에."

하루는 곰곰이의 귀에 리본을 묶었다. 작은 손으로 잘 묶어지지 않는지 좀처럼 진척이 없다. 이 상태로는 금세 10분이 지날 것 같다. 하지만 하루는 다다에게 도움을 요청하려고 하지 않고, 고집스럽게 곰곰이와 리본에 몰두했다. 얼굴을 들면 맞은편에 앉은 교텐이 자동적으로 시야에 들어온다. 그게 싫은 것이다. 곰곰이에게 못된 짓만 하는 교텐을 어떻게든 무시하고 싶은 마음인 것 같다.

다다는 부엌에서 플라스틱 컵에 보리차를, 유리컵에 위스키를 따랐다. 둘 다 얼음을 넣었다.

"자, 마셔."

응접 공간으로 돌아와서 탁자에 컵 두 개를 내려놓았다.

교텐은 자기 앞에 놓인 위스키 컵을 바라보다 의아한 듯이 말했다.

"너는?"

"난 지금 마시고 싶은 기분이 아니라서."

다다는 그렇게 대답하고 하루 옆에 앉았다. 바지 뒷주머니에 들어 있던 담배와 트럭 열쇠를 탁자에 던졌다. 담배를 피우고 싶었지만 참았다. 하루는 곰곰이 입에 컵을 대준 뒤 보리차를 마셨다.

"난 말이야, 교텐. 부모니까 자식을 사랑하라고 말하는 게 아냐."

교텐은 보리차처럼 위스키를 마시고, 온몸에 경계심이 가득한 채 컵을 탁자에 내려놓았다. 앞으로 구부린 자세 그대로 가볍게 손깍지를 꼈다.

"무슨 얘기야?"

"글쎄."

다다는 고개를 갸웃거렸다. 요즘 줄곧 생각하던 것을 교텐에게 말하려 하고 있다. 하지만 막상 말하려고 하니 어떻게 전해야 할지, 전하고 싶은 것이 실제로 무엇인지, 말이 갑자기 안개가 되어 다다의 몸속을 떠돌 뿐이었다.

"괴로움에 관한 얘기일라나. 나도 잘 모르겠지만."

"그럼 그만두든가?"

"그만두지 않을 거야. 난 네가 하루와 더 마주했으면 좋겠어. 처음부터 도망치지 말고. 시도해보기만 해도 돼."

"거절."

교텐의 의사 표시를 못 들은 척하고 다다는 말을 계속했다.

"설령 너와 하루 사이에 핏줄이 흐르지 않는다고 해도 나는 그걸 권했을 거야. 교텐, 네가 괴로워 보이니까."

다다와 교텐은 탁자 너머로 서로 노려보았다. 평소의 거리를 넘어서 발을 들이미는 다다와 들어오지 못하게 하려는 교텐 사이에서 간격을 재는 몇 초가 지났다.

"저 애새끼 졸린 것 같은데."

교텐이 말했다.

그러고 보니 하루는 어느새 조용해졌다. 곰곰이를 안은 채 눈꺼풀이 반쯤 감겼다. 다다는 하루를 안고 매트리스까지 데려갔다. 타월 이불을 덮어주고 배를 가볍게 토닥토닥해서 재워주었다.

응접 소파 쪽에서 얼음이 잔에 떨어지는 소리가 났다.

하루가 본격적으로 잠이 든 것을 보고 다다는 다시 소파에 앉았다.

"오늘 네가 살던 집 보고 왔다."

"뭐어!" 교텐은 컵을 탁자에 내려놓고 소파에서 벌떡 일어났다. "무슨 생각을 하는 거야! 애새끼라도 데리고 가버리면 나기코 씨한테 뭐라고 할 생각이야!"

"침착해라."

다다는 앉으라고 손짓을 했다. 격앙한 반동인지, 교텐은 무릎의 힘이 풀린 것처럼 소파에 엉덩이를 붙였다.

"네 부모님은 이제 그 집에 사시지 않아. 알잖아? 거긴 아무도 없었어."

"하지만 아이의 정보가 전해질지 모른다고."

"이웃 주민하고 잠시 얘기했지만, 너희 부모님 행방은 모르는 것 같았어. 그리고 내 딸이라고 말했으니까 괜찮아."

교텐은 초조한 듯이 다리를 떨었다.

"그래서? 얼마나 이상한 집이었는지 탐정처럼 냄새를 맡고 왔나?"

"예절교육이 엄했던 것, 어머니가 종교에 빠져 있었다는 것을 들었어."

다다가 조용히 대답하자 교텐은 포기한 듯이 조그맣게 숨을 쉬고, 한쪽 뺨에 경련 같은 미소를 지었다.

"그래. 그게 예절교육이라면 도저히 남들한테는 말 못 할 예절교육 엄청나게 받았지. 어째선지 아냐?"

다다의 반응을 기다리지 않고 교텐은 말을 계속했다. 무언가에 쫓기듯이.

"나를 특별한 아이라고 믿어서야. 감기 걸려도 병원에 데려가지 않고 약도 먹이지 않았어. 나의 '소중한' 몸을 과학으로 오염시키면 안 된다고. 웃기지."

교텐은 낮은 소리로 말했지만, 어딘가 히스테릭한 냄새가 느껴졌다.

"그렇게 '소중한' 몸인데 조금이라도 부모의 뜻을 거스르는 짓을 하면 나를 아프게 했어. 그런 짓을 하면 하느님 목소리가 들리지 않게 된다고."

어떤 식으로 아프게 했는지는 도저히 묻지 못했다. 온갖 방법으로, 라고 교텐의 눈이 얘기하고 있었다.

"주위 어른은 절대 눈치채지 못했지. 아버지도 아무 말도 하지 못했고. 오히려 한패가 되어⋯⋯."

"교텐, 그만 됐어."

"되긴 뭐가 돼. 알고 싶어 한 건 너잖아?"

교텐은 비웃었다. "나는 한 번도 신의 목소리 따위 들은 적 없어. 당연하잖아. 근데 엄마는 그러는 거야. 하루히코는 교주님의 뒤를 이어서 신의 옆으로 갈 거야. 그러기 위해 엄마가 이렇게 노력하고 있는 거야, 라고. 우리 엄마, 머리가 이상하다고 생각하냐?"

뭐라고 대답해야 좋을지 몰라서 다다는 묵묵히 있었다. 교텐은 마음이 좀 진정됐는지 다다가 탁자에 둔 담뱃갑에서 럭키스트라이크를 한 개비 뽑았다. 떨리는 손으로 라이터를 잡고 불을 붙여서 깊이 연기를 들이마셨다.

"이상했더라면 차라리 얼마나 편했을까, 그런 생각 몇 번이나 했다. 엄마는 머리가 이상하니까 어쩔 수 없다, 그렇게 나를 위로할 수 있었더라면 얼마나 편하고 이해하기 쉬웠을까."

연기 너머로 교텐의 눈이 가늘어졌다. 미소 지으려고 하는 것 같기도 하고 아픔을 참는 것 같기도 했다.

"그러나 그렇지 않았어. 엄마는 그저 믿고 있었을 뿐이야. 하느님을, 아이를, 자신의 행동을. 그걸 광기라고 한다면 이 세상은 광기로 넘치는 것이 돼."

다다는 고개를 숙였다. 하루가 마시다 남긴 보리차가 눈에 들어왔다. 얼음이 천천히 녹고 있다. 실내가 덥다는 사실을 그제야 깨달았다. 창으로는 희미한 소음이 흘러 들어왔다. 빨간 풍령이 흔들렸다.

교텐의 과거 한 자락을 알고 한편으로 기가 꺾이기도 했다. 하지만 다다 속의 확신이 지워지지 않은 것도 사실이다.

교텐은 교텐의 부모와는 다르다.

그 확신을 어쩌면 교텐은 비웃을지도 모른다. 너도 마찬가지야. 하느님과 자식과 자신의 행동을 무턱대고 믿은 우리 엄마와 마찬가지란 말이야.

하지만 그렇지 않다는 것을 다다는 알고 있다. 아마 교텐도 알고 있을 터다.

이 세상이 광기로 넘칠 리가 없다. 사랑과 신뢰가 어째선지 때로 사람을 속이기도 하고 타인을 상처 입히는 흉기가 될 때도 있는, 잔혹하고 웃긴 사실이 존재할 뿐이다. 그 사실만으로 사랑과 신뢰 전부를 부정하고, 세상을 조소하고 자기 속에 있는 선과 미를 추구하는 마음을 봉인하는 것은 어리석은 짓이다. 박힌 흉기를 빼내어 한 번 더 자신의 상처를 도려내는 거나 마찬가지다.

다다는 마음먹은 것을 실행에 옮길 때가 왔다는 걸 느꼈다.

"교텐. 오늘 밤 하루하고 둘이서 보내보지 않겠냐."

갑작스러운 제안에 교텐은 놀란 것 같았다. 손가락에서 떨어질 것 같은 담배를 황급히 다시 쥐고 "보내지 않을 게 뻔하잖아"라고 했다.

"그러냐. 하지만 미안. 데이트 약속이 있어."

"설마, 아사코 씨하고?"

"그래."

트럭 열쇠를 꺼내려고 다다는 탁자에 한 손을 짚었다. 눈치 챈 교텐이 담배를 들지 않은 손으로 방해했다. 다다는 다른 손으로 교텐의 왼손을 뿌리쳤다. 교텐이 재빨리 담배를 재떨이에 비벼 끄고 비어 있는 오른손으로 열쇠를 사수하려고 했다.

은색의 작은 금속 위에서 다다와 교텐은 서로의 손을 탁탁 치는 꼴이 되었다. 초등학생 때 여자아이들이 "푸른 하늘 은하수~"하고 노래 부르면서 하는 손뼉치기 같아졌다.

"이제 그만 놓아버려. 무섭다고 눈을 돌리면 네 속의 공포는 언제까지고 그 자리에 있을 거야."

"아는 척하지 마. 각오는 되어 있냐, 다다. 저 애새끼하고 나를 남겨두고 가면 내일 아침 너는 앙앙 울고 있는 멍투성이 애새끼를 구급차에 태워서 가게 될 텐데."

"그러니까 그런 일은 생기지 않을 거라고. 어쨌든 열쇠 내놔."

"싫어. 내가 트럭으로 나갈 거야."

그동안에도 찰싹, 찰싹, 찰싹 손등 치기는 계속되어서 다다는 손등이 저려왔다.

"잠깐만. 휴전하자."

일단 열쇠를 그대로 두고 두 사람은 자기 손을 무릎 위로 내렸다.

다다는 교텐의 오른손 새끼손가락에 남은 흉터를 보았다.

"야, 교텐. 네가 전에 그랬지. '무서워하지 않아도 돼. 원래대로 돌려놓을 순 없어도 회복할 순 있어'라고."

"그랬던가?"

"이번에는 내가 말할게. 무서워하지 않아도 돼. 하루를 봐. 저렇게 작고 우리를 의심할 줄도 모르는 존재를 너는 정말로 멍투성이로 만들 수 있을까?"

이 소동 속에도 하루는 편안한 숨소리를 내고 있다. 큰대자로 자는 모습이 칸막이 커튼 틈으로 보인다.

교텐은 하루를 흘끗 보더니 "할 수 있을 것 같은데"라고 했다.

"그럼 시험해보자. 난 네가 못 할 거라고 생각해."

"그러니까 뭘 근거로."

"사랑받지 못했다 해도 사랑할 수는 있어."

교텐은 다다를 말똥말똥 보았다.

"그런 말 하면 오글거리지 않냐?"

"엄청 오글거려. 그러니까 나는 여기서 나가서 데이트하러 갈 거야."

다다는 열쇠를 잡으려고 했다.

"아저씨 주제에 데이트는, 그것도 충분히 오글거릴걸."

교텐은 바로 저지하려고 했다.

다시 짝짜꿍이 시작됐다.

"데이트를 이유로 아동방임하는 게 말이 되냐?"

"네가 그런 말 할 처지는 아니지. 1년 내내 하루를 내팽개치고 돌아다니면서."

"네가 착한 척하고 멋대로 맡았잖아. 게다가 뭐가 1년 내내야. 아직 애새끼 맡은 지 보름 정도인데 죽는 소리 하는 주제에. 육아하는 세상 사람들한테 사과해."

"씨만 뿌려놓고 끝인 너한테 그런 소리 듣고 싶지 않다고!"

이대로는 끝이 나지 않는다. 무모한 찰싹찰싹 싸움에 지친 다다는 비장의 카드를 꺼내기로 했다. 크게 숨을 들이마신 뒤

고했다.

"그리고 너, 트럭으로 어딜 가겠다는 거야. 음주 운전이야."

허를 찔렸다는 듯이 교텐의 움직임이 멈추었다. 그 틈에 다다는 재빨리 열쇠를 가로챘다.

"치사해."

교텐이 맞은편 소파에서 노려보았다.

"이것이 심모원려(深謀遠慮)라는 거라네, 교텐 군."

간만에 교텐의 허를 찔러서 다다는 의기양양한 미소를 지었다. 콧노래라도 부르고 싶은 기분이다.

평소의 교텐이라면 다다가 술 마시는 데 어울려주지 않는 시점에서 더 경계했을 것이다. 어쨌든 음주욕만은 타의 추종을 불허하는 두 사람이다. 하루가 사무실에 올 때까지는 거의 대화도 없이 제각각 컵을 기울이는 일이 많았다.

"감과 판단력이 둔해진 거 아니냐?"

열쇠를 손가락에 걸고 돌리면서 다다는 교텐을 놀렸다.

"저 애새끼가 내 페이스를 다 흐트려놨네."

교텐은 화가 난 듯이 말했다.

다다는 소파에서 일어나 침대 옆으로 이동했다. 하루가 깨지 않도록 작업복에서 셔츠와 청바지로 갈아입었다.

바닥에 구부리고 앉아 잠시 하루의 자는 얼굴을 바라보았다. 검지로 가볍게 하루의 뺨을 쓰다듬었다. 닿을 듯 말 듯한 정도의 거리에서 살짝. 매끄러운 뺨에 가늘고 보드라운 솜털이 느껴져 다다는 미소 지었다. 하루는 아무것도 모르고 자고 있다.

다다는 무릎에 손을 짚고 일어섰다.

"자, 그럼 교텐. 잘 봐라."

"정말로 데이트냐?"

"그래. 무슨 일 있으면 전화하고."

"나도 걸어서 어디 가버릴까나."

교텐이 소파에서 일어나려고 해서 "그러든가" 하고 다다는 차분하게 응수했다. "그동안 하루한테 무슨 일 있으면 나는 죽을 거니까."

교텐은 다다를 보았다. 다다는 태연하게, 그러나 각오를 단단히 하고 교텐을 마주 보았다. 진 쪽은 교텐이었다. 다다가 진지하다는 것이 전해졌을 터다. 토라진 듯이 소파에 앉아서 타월 이불을 덮었다.

다다는 사무실을 나가서 근처에 임대하고 있는 주차장까지 걸었다.

나 꽤 철면피네. 가루약을 잘못 먹었을 때처럼 쓴맛이 혀뿌리에서 목까지 퍼진다. 과거를 방패로 교텐을 협박하다니.

다다가 아이를 잃은 것을 교텐은 알고 있다. 그런 말을 들으면 교텐은 아무리 싫어도 하루에게 눈을 뗄 수 없다. 하루에게 무슨 일이 생기면 다다가 정말로 목숨을 끊을지도 모른다는 걸 알기 때문이다.

트럭 운전석에 앉은 다다는 안전띠를 매기 전에 담배를 한 개비 피웠다.

하루를 혼자 두고 싶지 않다면 다다야말로 데이트하러 가지 않으면 된다. 아이를 맡겨두고 무책임하게 밤에 어슬렁거리고 다니지 말라고.

그렇게 반론하면 될 뿐인데 교텐은 아무 말도 하지 않았다. 다다에게 빈대 붙어 산다는 부채감이 있을 것이다. 아사코와 데이트를 방해하는 건 옳지 않다고 말없이 물러섰다.

교텐은 다다한테 오지랖이라거나 어수룩하다고 말한다. 소심한 놈이라고 무시할지도 모른다.

하지만 말이다, 교텐. 그거 사실은 내가 할 말이야.

다다는 바보같이 웃으며 차량의 재떨이에 담배를 비벼 껐다. 시동을 걸자, 먼지 냄새와 함께 에어컨이 미지근한 바람을 토했다.

자, 어디로 갈까.

다다는 트럭 핸들을 잡고 아침까지 시간을 보내기 위해 정처 없이 달리기 시작했다.

마호로 시 교외의 구릉지에 시립묘지가 있다. 헤드라이트에만 의지하여 트럭은 구불구불한 언덕길을 천천히 올라갔다.

이윽고 도착한 시립묘지의 문은 닫혀 있었다.

"그야 그렇겠지."

다다는 시동을 건 채 트럭에서 내려 문까지 걸어갔다. 문은 가슴 높이 정도밖에 오지 않았다. 뛰어넘는 건 간단하지만, 그러지는 않고 우두커니 서 있었다.

검은 그림자가 된 나무들이 술렁거린다.

곧 오봉이니 무덤의 풀이라도 뽑으려고 했는데. 다다는 혼자 피식 웃고는 담배에 불을 붙였다. 이런 밤에 풀 뽑기라니 자기가 생각해도 미쳤다.

이곳에 잠들어 있는 사람은 다다의 어린 아들이다.

가끔 다다는 어떻게 제정신으로 지내고 있는지 알 수 없다. 동시에 아픔이, 기억이, 점점 자신의 속으로 묻히고 있다는 것도 느낀다. 시간이란 흙을 덮어씌워서, 예전에 분명히 들었던 비명도 울음소리도 점점 희미하게 멀리서밖에 들리지 않게 되었다.

하지만 그것은 싹을 틔운 적 없는 단단한 씨앗과 비슷해서 지금도 다다의 속에 숨어 있다. 잊고 떠나는 일도 지워지는 일도 없이.

차갑고 단단한 씨가 더, 더 깊이 묻히도록 다다는 필사적으로 땅을 밟아 다졌다. 그 흙 위에서 과거 따위 없었던 것 같은 얼굴을 하고, 누군가를 좋아하게 되어 보란 듯이 과거를 치켜

들고 누군가를 따르게 하려고 한다.

제멋대로다.

"또 올게."

조그맣게 중얼거리고 다다는 문에서 멀어졌다.

언덕을 내려와서 시내 중심가를 향해 마호로 가도로 되돌아왔다. 이럴 때, 어디에도 갈 곳이 없다는 걸 깨닫게 되는군. 다다는 한숨을 쉬었다.

라디오를 켤 기분도 아니어서 차 안은 고요했다. 가도를 달리는 차도 이 시간에는 줄어든다. 편의점이나 주유소 불빛이 얼굴 옆으로 흘러갔다.

교텐은 어쩌고 있을까. 하루가 혹시 밤중에 깨서 보채기라도 한다면…….

구시렁거리긴 하지만, 교텐은 아이 보는 일을 잘 수행할 것이다. 그렇게 믿고 다다는 사무실을 나왔으나, 막상 차를 달리다 보니 불안이 점점 커졌다.

교텐에게 집 보기를 시킨 것은 잘되길 바라서다. 사자가 자기 새끼를 벼랑에서 떨어뜨리듯이, 다다도 굳이 교텐에게 육아를 시키기로 마음먹은 결과였다. 교텐이 내 자식이라 생각하며. 비유여도 소름 끼치지만. 이것으로 하루와 친해진다면, 하고 생각하니 행복한 기분조차 들었다.

그러나 큰 착각이었지 않을까. 교텐뿐만 아니라 하루까지 벼랑에서 떠민 것 같은, 말도 안 되는 폭거를 한 기분이 들었다.

돌아갈까. 마음이 약해진 다다에게 또 다른 문제도 생겼다.

졸리다.

갑자기 맹렬한 수마가 운전 중인 다다를 덮쳤다. 그러고 보니 뜨거운 날씨에 아침부터 오카 씨네 집에서 풀 뽑기를 했다. 풀을 뽑는 동안에도 하루에게 눈을 떼지 못해 마음이 쉴 틈이 없었고, 교텐의 과거 얘기를 듣고 적잖이 충격을 받기도 했다. 피로가 절정에 달했을 만도 하다.

이대로라면 사무실에 돌아가기 전에 졸음운전으로 사고를 일으킬지도 모른다. 일단 갓길이나 어딘가에 트럭을 세우자.

다다는 눈꺼풀이 반쯤 내려온 눈을 필사적으로 두리번거렸다. 키친 마호로 간판이 유난히 반짝거리는 게 보였다.

에라, 모르겠다. 다다는 오늘 두 번째로 키친 마호로 주차장에 트럭을 세웠다.

간신히 흰색 선 안에 차를 넣고 창문을 연 뒤 시동을 껐다.

거기서 힘이 다했다. 의자가 뒤로 젖혀지지도 않는 좁은 운전석에서 다다는 눈 깜빡할 사이에 잠에 떨어졌다.

조금 시원해진 밤바람이 턱끝을 스쳤다. 꿈을 꾸기도 한 것 같지만, 기억나지 않는다.

누군가가 부르는 것 같아서 다다는 몸을 움직였다. 어느새 상반신이 옆으로 쓰러져서 조수석의 카 시트를 베개 삼아 잠들어 있었다. 뒤틀려 있던 허리가 아팠다.

삐걱거리는 움직임으로 몸을 일으킨 다다는 좁은 차 안에서 한껏 기지개를 켰다. 얼마나 잤는지 머리는 개운했다. 뭉친 근육을 풀려고 목에 손을 대던 다다는 거기서 동작을 멈추었다.

운전석 문 밖에 아사코가 서 있었다. 앞치마는 하지 않았지만, 저녁에 일할 때처럼 흰색 셔츠에 검은색 바지 차림 그대로다. 달라진 거라면 머리를 풀고 있다는 것. 윤기 나는 검은 생머리가 아사코의 얼굴 윤곽을 만들고 셔츠 어깨로 내려왔다.

놀란 다다는 핸들에 허벅지를 세게 박았다.

"아야."

"괜찮으세요?"

아사코가 다가와서 열린 창을 들여다보았다.

"네. 어어."

다다는 얼른 머리칼을 가다듬고 자연스럽게 입가를 닦았다. 침을 흘린 자국이라도 있을까 걱정이 돼서다.

"미안해요, 갑자기 말을 걸어서. 곤히 주무시는 것 같은데 슬슬 주차장 닫을 시간이어서……."

나를 부른 것은 가시와기 씨였던가. 다다는 "아뇨, 아닙니다" 하고 고개를 젓고 주위를 둘러보았다. 키친 마호로 간판은 이미 불이 꺼지고 가게 창도 어두워졌다.

"지금 몇 시인가요?"

허둥대며 묻자 "날짜가 막 바뀐 참이에요" 하고 아사코는 다다를 재촉하지도 않고 대답했다.

"죄송합니다. 얼른 빼겠습니다."

다다는 트럭 열쇠를 돌려서 시동을 걸었다. 가게에도 들어가지 않고 주차장에서 쿨쿨 자는 남자를 아사코는 어떻게 생각했을까. 찜통 같은 더위는 조금 누그러졌음에도 다다는 이마에 땀이 축축했다.

"괜찮아요, 천천히 하셔도."

문에 가려 있던 아사코의 손이 다다의 시야에 들어왔다. 아사코는 은색 물통을 들어 보였다.

"괜찮으시면 같이 커피라도 드실래요? 시원해요."

"아니, 그렇지만……."

"저 어차피 집에 서둘러 갈 이유도 없어요. 알잖아요."

아사코는 희미하게 웃었다. 그 얼굴에 자신과 같은 피로가 배어나, 다다는 팔을 뻗어 조수석 문을 열었다. 그리고 재빨리 카 시트를 벗겨서 차 밖으로 나가 짐칸에 실었다. 아사코는 다다가 운전석에 돌아오기를 기다렸다가 앞 유리를 가로질러 조수석에 올라탔다.

"컵도 있답니다."

자리에 앉은 아사코는 갖고 있던 비즈니스백에서 접이식 플라스틱 컵을 꺼냈다. "언제 어디서든 양치질을 할 수 있도록 갖고 다니죠."

다다 씨는 이쪽을, 하고 아사코는 물통 뚜껑을 건넸다. 은색 뚜껑은 서늘한 감촉으로 손바닥에 쏙 들어왔다.

다다는 망설이다가 시원함보다 조용함을 선택하여 다시 시동을 껐다. 아사코가 따라준 아이스커피를 마셨다. 아사코도 옆에서 장난감 같은 컵을 기울였다. 차 안은 좁아서 어깨가 서로 닿을 것 같았다.

두 사람은 어두운 주차장에서 이따금 도로를 달리는 차를 바라보았다.

"다다 씨, 피곤한 것 같아요."

아사코가 말했다. 굳이 밝은 척 꾸민 어조여서 오히려 아사코의 혼이 방금 전까지 어딘가 먼 곳을 부유하고 있었다는 걸 알 수 있었다.

가시와기 씨는 지금 세상 떠난 남편을 생각하고 있다. 다다는 그렇게 추측하고 굳이 밝게 대답했다.

"육아에 익숙하지 않아서 완전히 그로기 상태입니다."

"하루라고 했던가요. 귀엽더군요." 아사코는 조금 쓸쓸한 미소를 지었다. "그래도 종일 지내려면 힘들겠지만."

"악마처럼 보일 때도 있어요."

"지금은 어쩌고 있어요? 설마 혼자 집 지키기?"

"아뇨, 교텐이 있습니다."

그러길 바란다. 다다는 커피를 다 마시고 뚜껑을 닦을 게 뭐 없나 하고 주머니를 뒤졌다. 손수건 한 장 들어 있지 않았다.

"그대로 주셔도 괜찮아요."

아사코는 흔쾌히 뚜껑을 받아 들고 물통을 닫았다.

"다다 씨는 왜 여기에?"

드디어 핵심을 찌르는 질문이 나왔다. 수마가 덮쳐서, 라고 대답하려다 마음을 고쳐먹었다.

"정신을 차리고 보니 와 있더군요."

정확하지 않다. 다다는 생각하다 말을 덧붙였다.

"지금뿐만이 아니라 이 가게에 올 때는 늘 그렇습니다."

아사코는 아무 말 없이 접이식 컵을 납작하게 해서 가방에 넣었다. 다다는 반응이 없어서 낙담했지만, 뭐, 그렇겠지, 하고 이해도 됐다. 기분 나빠하는 모습은 없어서 그것만으로 다행이었다.

"커피 잘 마셨습니다. 댁까지 모셔다드릴게요."

시동을 걸고 천천히 차를 전진시켰다. 주차장을 나왔을 즈음에 일단 세우자 아사코는 말없이 차에서 내려 출입구에 체인을 건 뒤, 다시 조수석에 올라탔다. 아사코가 길에서 택시를 잡거나 하지 않고 돌아와준 것에 다다는 안도했다.

밤이 깊어지는 가운데, 트럭은 마호로 가도에서 벗어나 주택가 쪽, 마쓰가오카마치를 향해 달렸다.

"알고 있었던 것 같아요."

아사코가 작은 소리로 말했다.

주택가 길은 좁고 어두웠다. 모퉁이를 몇 번이나 돌아서 큰 집 앞에 도착했지만, 아사코는 조수석에 앉은 채였다.

저택만 있어서인지 주위는 몹시 고요했다. 시동 소리가 신경 쓰여서 다다는 열쇠를 돌렸다. 헤드라이트도 꺼져서 거의 아무것도 보이지 않았다. 나란히 앉은 아사코의 옆얼굴이 가로등에 비쳐 은은하게 떠올랐다.

다다는 운전석에서 몸을 내밀어 아사코의 입술에 입술을 살짝 대었다. 도망치고 싶으면 도망칠 수 있도록 모든 동작을 되도록 천천히 했지만, 아사코는 움직이지 않았다.

다다는 운전석으로 몸을 돌려 다시 앞을 향했다.

"그만 가보겠습니다" 하고 다다가 말한 것과, "들렀다 가실래요?" 하고 아사코가 말한 것은 거의 동시였다. "네?" 하고 엉겁결에 얼굴을 마주 보았다.

"그냥 가시겠어요?"

"아뇨, 들르겠습니다."

필사적으로 방금 한 말을 철회해서인지 아사코가 웃음을 터뜨렸다. 긴장이 풀리고, 너무 한심한 자신이 어이없어서 다다도 웃었다.

"들어오세요."

아사코가 재촉하여 처음으로 가시와기 저택의 문 안으로 들어갔다. 트럭은 벽에 바싹 붙게 노상주차했다. 다다는 이웃의 눈에 띄어 가시와기 씨의 평판이 나빠질까 봐 걱정했다. 하지만 "밤도 늦었고, 이 일대는 원래 경찰도 노상주차에 별로 신경 쓰지 않으니 괜찮아요"라고 약간 요점이 어긋난 위로로 아사코는 다다의 주저를 일축했다.

정문에서 현관까지는 아담한 정원으로 다양한 나무가 하얀 꽃을 피우고 있었다. 아마 정원사가 다듬었을 것이다. 심부름 센터가 나설 자리가 없을 만큼 꼼꼼하게 손질되어 있다. 무궁화는 알았지만, 공 모양으로 작은 꽃을 피운 나무는 이름이 무엇인지 몰랐다. 아사코에게 물어볼까 하다 그만두었다. 긴장이 도는 뺨으로 현관 열쇠를 열고 있어서였다. 도둑도 이렇게 진지한 얼굴로 열쇠 구멍과 대치하지 않을 것이다.

현관을 들어가니 후키누케(바닥에서 2층까지 훤히 뚫린 공간) 구조로 되어 있었다. 넓다. 현관홀에 다다 심부름집이 반 정도 들어갈 것 같다. 게다가 어두컴컴하다. 아사코가 불을 켜도 복도 끝에 아직 어둠이 배어 있다. 목욕탕에 들러서 옷도 갈아입고 온 것을 누군가에게 감사하면서 다다는 신발을 벗고 집으로 들어갔다. 바닥은 반짝반짝 잘 닦여서 먼지 하나 떨어져 있지 않다.

아사코는 슬리퍼도 신지 않고, 다다에게 권하지도 않고 계단을 올라갔다. 거실이나 주방은 1층에 있는 것 같은데, 하고 의아하게 생각하면서 다다도 아사코 뒤를 따라갔다.

따라간 곳은 2층 침실이었다. 이야기가 너무 빠르다. 다다도 당황하여 침실 문에서 멈춰 섰다. 아사코는 창문 커튼을 내리고 방의 불과 에어컨을 켰다.

침실에는 싱글 침대 두 개가 사이를 두고 나란히 놓여 있었다. 하나는 세상을 떠난 남편의 침대일 것이다. 감색 침대 커버가 덮여 있다. 이불은 그대로 두었는지 커버 너머로도 약간 울룩불룩한 게 보였다.

아사코는 자기 침대에 앉아서 옆 공간을 손바닥으로 가리켰다.

"앉으세요."

다시 재촉하여 다다는 손을 뒤로 해서 침실 문을 닫았다. 거리를 두고 아사코 옆에 앉았다. 아사코의 죽은 남편 침대를 향해 아사코와 나란히 앉은 모양새다. 뭔가 장절해졌다.

"아참, 차도 드리지 않고."

아사코가 벌떡 일어났다. 그러나 침대 사이의 통로는 좁아서 다다의 무릎을 넘지 않으면 침실 문까지 갈 수 없다.

"아뇨, 차는 괜찮으니까."

침착해요, 하고 말하고 싶은 것을 참고 다다는 아사코를 말렸다. "그러세요?" 하고 아사코는 원래대로 침대에 앉았다. 거

리는 좀처럼 좁혀지지 않았다. 두 사람 사이에는 손바닥 세 장
정도의 공간이 있다.

"저기, 역시 신경 쓰이죠?"

아사코가 작은 소리로 말했다. 다다가 맞은편 침대를 바라
보고 있다는 걸 눈치챈 것이다.

"1층 거실에 소파가 있어요. 비교적 크니까 그쪽으로 갈까
요."

제안을 받고 다다는 옆에 앉은 아사코에게 시선을 옮겼다. 고
개 숙인 옆얼굴은 긴장과 혼란 탓인지 화난 것처럼도 보인다.

뜬금없이 귀엽다고 생각했다.

"장소는 별로 문제가 아닙니다." 다다는 말했다. "엄청나게
오랜만이어서 어디서든 잘할 수 있을지 어떨지."

"나여서 안 되는 건 아니죠."

"설마요."

아사코는 뭔가 생각하더니, 다다의 등 뒤로 기어서 침대를
이동하여 바닥으로 내려섰다.

"샤워하고 올게요. 다다 씨는?"

"아뇨, 전 목욕탕 다녀와서. 신경 쓰이면 하겠습니다만."

아사코는 미소 지으며 침실을 나갔다.

"2층에도 세면실이 있으니 손 씻으셔도 돼요."

계단을 내려가는 발소리가 들린다.

혼자 남은 다다는 크게 숨을 토하고 새삼스레 실내를 둘러보았다. 침대 외에는 거의 아무것도 없다. 창가에 심플한 스탠드가 있는 정도로, 가시와기 씨의 영정도 없고 슈트 등의 의류를 걸어놓지도 않았다.

다다는 침실에서 복도로 얼굴을 내밀고 손으로 더듬어서 불을 켰다. 복도에는 문이 몇 개 나란히 있었다. 고요하다. 이렇게 큰 집에 혼자 살면 아침이 올 때까지가 하염없이 길게 느껴지지 않을까.

여긴가 싶은 문을 열었다. 다다는 세면실에서 손과 얼굴을 씻고 입을 헹궜다. 거울에 비친 자신의 얼굴은 예상과 달리 평소와 다름없었다. 눈에 핏발이 서거나 콧구멍이 커지지 않았다. 이렇게 평온해도 괜찮은가 오히려 불안해졌다.

침실로 돌아와서 얼마 후, 샤워를 한 아사코가 돌아왔다. 느닷없이 알몸으로 등장하면 어떡하나 했지만, 아사코는 흰색 티셔츠와 검은 스웨트 바지를 입고 있었다. 잠옷 대신인 듯 조금 낡았다. 다다는 그것조차도 귀여운 틈으로 보이는 자기 눈을 의심했다.

아사코는 침대로 올라가서 다다 바로 옆에 앉았다. 아저씨처럼 목에 타월을 걸고 있다. 머리칼은 젖은 채로다.

"생각했는데요." 아사코가 말했다. "자전거를 타는 거랑 비슷한 게 아닐까요. 자전거는 한번 타는 법을 익히면 아무리 오래 타지 않아도 바로 쉽사리 타는 법이 생각나잖아요."

아사코가 다다의 마음을 가볍게 해주려는 건 안다. 알지만 아사코는 자전거가 아니다. 사람이다. 그것도 다다가 좋아하는 사람이다. 그래서 실패하고 싶지 않고 상처 입히고 싶지 않아서 신중해지는 것이다.

다다는 아사코에게 살며시 손을 뻗었다. 목의 타월을 벗겨서 아사코의 머리칼을 가볍게 닦아주었다. 아사코도 몸의 힘을 빼고 다다에게 몸을 맡겼다. 앉아 있는 아사코를 뒤에서 안는 자세로 다다는 타월을 움직였다.

"가시와기 씨. 꽤 오래 전 얘기지만, 나한테는 가족이 있었어요. 아기였던 아들은 죽고 아내와는 헤어졌지만."

다다의 팔 속에서 아사코의 머리가 희미하게 움직였다. 끄덕이는 것 같기도 하고 다다의 얼굴을 돌아보려는 것 같기도 한 움직임이었다.

"무슨 일이 있었는지, 아니, 내가 무엇을 하고 무엇을 하지 않았는지, 당신에게 말하지 않는 것은 정정당당하지 않다고 생각합니다. 그러나…… 잘 말하지 못하겠어요."

"지금까지 누군가한테 말한 적 있으세요?"

"교텐에게는, 어쩌다가."

"그럼 괜찮아요."

타월 아래에서 이번에는 아사코가 또렷하게 끄덕였다.

"애써 나한테 얘기할 필요는 없어요. 교텐 씨는 다다 씨 얘기를 듣고 다다 씨와 여전히 친구로 있잖아요. 그것만으로 충분해요."

교텐은 내 친구가 아닙니다만. 다다는 그렇게 말하고 싶었지만, 기쁘기도 했다.

나는 누군가에게 이런 식으로 말을 듣고 싶었다.

아사코의 말은 다다의 마음 저 밑바닥에 있는 차가운 돌을 깨고 교텐까지 구원할 힘이 담겨 있었다. 다다는 그녀의 말을 교텐에게도 들려주고 싶다고 생각했다.

나는 교텐과 2년 이상이나 같이 살았다. 오늘 밤, 하루를 교텐에게 맡기기까지 했다. 내가 얼마나 너를 믿고 있는지 그것으로 증명하고 싶다. 너는 절대 폭력의 늪에 빠지지 않을 거란 걸 누군가가 부정한다 해도 나만은 알고 있다.

아사코 본인은 자신이 한 말의 위력을 전혀 깨닫지 못하는 듯했다. 가느다란 목덜미를 드러내고 얌전하게 앉아 있다. 다다는 천천히 아사코를 껴안았다. 두 사람분의 고동이 서로의 몸 속에서 울린다.

"다다 씨. 나는 죽은 남편을 잊을 수 없을 거예요." 아사코는 중얼거렸다. "그 사람을 정말로 좋아했어요. 하지만 배신당했다는 마음도 어딘가에 있어서, 미워하는 건지 화난 건지 슬픈 건지 마구 뒤섞인 이 감정도 평생 안고 가겠지요."

나도요, 하고 다다는 소리 내지 않고 대답했다. 나도 잃은 가족에게 같은 생각을 안고 있어요. 그리고 진흙처럼 퇴적된 마음속에서 또 누군가를 사랑하는 마음이 싹트고 있다는 사실에 놀라고 있기도 합니다.

"나는 살고 싶어요." 아사코가 말했다. "남편과의 기억도 미움도 전부 안고 다시 한번."

사랑하고 싶다.

그 생각만큼은 몇 번을 상처 입어도 매몰되는 일도 생채기 나는 일도 없이 혼에 새겨져, 생명 활동을 계속하는 한 사람을 움직이게 한다. 서로 바라보는 눈, 꼭 잡은 손과 손, 말을 속삭이기 위해 있는 입술. 이해하고 싶다, 갖고 싶다, 사랑하고 싶다는 마음은 숨을 쉬거나 음식을 먹는 것과 마찬가지로 본능적으로 입력되는 거라고 생각한다.

"어떠세요, 괜찮을 것 같아요?"

그렇게 물어서 다다는 아사코의 살로 미끄러지던 손을 멈추었다. 알몸으로 침대에 누워 있는데 무드도 뭐도 없다.

"아마도. 요령을 떠올리고 있습니다."

"그럼 천천히." 아사코는 장난스럽게 웃고, 여름 이불 속으로 들어갔다. "나도 되도록 협력할게요."

다다도 엉겁결에 웃었다. 웃는 바람에 마음이 편해졌다. 그후로는 옆 침대를 신경 쓰는 일 없이 행위에 몰두했다.

처음에는 조금 위화감이 있었다. 서로의 몸에 밴 사소한 습관과 엇갈린 타이밍에서 오는 것이리라. 다다는 힘으로 누르지 않고 양팔을 시트에 짚고 자신의 몸을 지탱하며 잠시 기다리기로 했다. 다다의 밑에서 아사코가 천천히 눈을 떴다. 방의 불을 끄고 있어도 아사코의 눈은 촉촉하게 빛났고, 다다를 똑바로 올려다보았다.

부드러운 팔이 다다의 목을 감고 부드럽게 끌어당겼다. 따뜻하게 안겨서 다다는 조그맣게 숨을 토했다. 위화감은 이제 어디에도 없다. 처음부터 이런 형상이었던 것처럼 두 사람은 살이란 살을 서로 포개고 움직였다.

너무 오랜만이어서 기억이 정확하지 않지만, 이렇게 지치는 것이었던가. 다다는 침대에서 몸을 일으켜 호흡을 가다듬었다. 뜨거운 햇볕 아래 풀 뽑기하는 것보다, 얼어붙을 듯한 날에 유리창 닦기를 하는 것보다 피로도가 높다. 그러나 충족감은 깨끗해진 정원이나 창을 바라볼 때에 비할 바가 아니었다.

아사코가 주방에서 페트병 물을 들고 왔다. 아사코의 다리도 휘청거렸다.

"나이 탓일까요."

아사코는 중얼거리면서 다다의 옆으로 돌아와 여름 이불을 배까지 끌어올리고 앉았다. 그러게요, 라고도, 내가 너무 긴장한 탓일지도 모르겠네요, 라고도 대답하기 그렇다. 다다는 페트병 물을 마셨다. 질문에는 질문으로 대답하기로 한다.

"언제부터 알았어요?"

"뭘요?"

"내 마음을."

"그건 뭐, 다 알죠." 아사코는 좀 곤란한 듯이 웃었다. "그러니까, 비교적 처음부터."

"그럼 응하기로 마음먹은 것은 어째서?"

"질문만 하고. 뭔지 모르게 좋다고 생각해서, 라고 대답하면 될까요?"

다다는 자신할 수 없어서 묵묵히 명확한 대답을 기다렸다. 할 것 다 하고 이제 와서 새삼스럽게, 하고 아사코는 생각한 것 같았지만, 결국은 웃으며 고개를 갸웃거렸다.

"그러게요. 굳이 말하자면 다다 씨 앞에서 통곡해서일까요."

"네?"

"남편의 유품 정리를 부탁했을 때, 나 엉엉 울었잖아요."

"네."

아이처럼 슬픔을 터뜨리는 아사코를 보고 다다는 사랑에 빠진 것이다.

"자존심만 높은 내가 그렇게 울다니 저도 놀랐어요. 다다 씨 앞에서는 내숭이고 뭐고 없어지는 것 같아요."

그때는 교텐도 있었을 텐데, 아사코가 지금 다다만 보고 생글생글 웃어서 그걸로 된 걸로 하기로 했다.

다다와 아사코는 다시 침대에 누워 서로의 체온을 느끼면서 잠이 들었다.

"내숭 떠는 걸 잊고 내가 점점 뻔뻔해지면 어쩔 거예요?"

아사코가 물었다. 뻔뻔스러움의 화신이라면 교텐이다.

"익숙해서 괜찮습니다."

다다는 꾸벅꾸벅 졸면서 대답했다.

잠이 깬 것은 다다의 턱끝에 아사코가 입을 맞추어서다. 가늘게 눈을 뜨니 침실 커튼 틈으로 아침 해가 들어오고 있었다.

아사코는 입술로 다박나룻이 난 다다의 턱을 부드럽게 더듬고 있었지만, 다다가 깬 것을 알고 쑥스러운 듯이 베개로 머리를 돌렸다.

"굿모닝."

두 사람은 동시에 말했다. 하지만 침대에서 나올 마음이 들지 않아 한동안 여름 이불 속에서 뒹굴거렸다. 다다가 아사코의 머리칼을 쓰다듬자 아사코는 기분 좋은 듯이 눈을 감았다.

즐겁고 행복한 꿈을 꾸는 것처럼.

속마음이 입을 뚫고 나올 때는 흔히 있지만, 코를 뚫고 나온 노래가 자제가 되지 않는 것은 처음이었다. "흥흥흥흥, 흐흐흥" 하는 소리가 엷은 구름 같은 선율이 되어 끊임없이 흘러나와서 난감했다.

다다는 아침 햇살 속에 자작 콧노래와 함께 사무실로 돌아왔다. 계단을 다 올라와서야 간신히 멈춰 섰다. 뺨을 만져보고 벙글거리고 있지 않는지 확인한 뒤 "흥흥흥흥"을 헛기침으로 지울 만큼의 이성은 남아 있었다.

평소 모드로 태세를 가다듬고 "다녀왔다" 하고 다다는 사무실 문을 열었다.

하필 이럴 때 교텐은 일찍도 일어났다. 그것도 놀랍게 부엌 가스 불 앞에서 프라이팬을 흔들고 있었다. 어째선지 오른쪽 무릎을 구부리고 발바닥으로 뒤차기를 하는 자세다. 그 발꿈치는 교텐의 뒤에 선 하루의 배에 닿아 있다.

다다는 깜짝 놀랐다. 교텐이 하루에게 뒷발차기 하는 순간을 목격한 줄 알았다. 그러나 그렇지 않다는 걸 바로 알았다. 하루가 간지럽다는 듯이 웃고 있었기 때문이다. 교텐은 불에 가까이 오려는 하루를 발로 막고 있는 것 같았다. 하루는 놀이의 일종으로 해석하고 교텐의 발바닥에 도전하고 있었다.

교텐이 일찍 일어났다. 교텐이 요리를 한다. 교텐이 하루와 사이좋게 지낸다. 예상 밖의 사건이 겹쳐져 다다는 움직임을 멈추었다. 다다가 온 걸 안 교텐이 프라이팬을 한 손으로 뒤집었다.

"남한테 애 맡기고 태평스럽게 아침에 귀가……."

거기서 말은 끊겼다. 교텐은 드물게 놀라움을 노골적으로 드러내며 들고 있던 프라이팬을 다다에게로 향했다. 이것이 야구방망이라면 홈런 예고 그 자체인 포즈다.

"너, 했구나."

다다는 어떻게 알았냐, 라고 할 뻔했지만 꾹 참고 간신히 태연한 척했다.

"무슨 소리야. 천박한 소리 하지 마."

"아우우."

교텐은 일부러 새된 소리를 내며 하루를 내려다보았다.

"어머, 부인, 아주 웃기네요, 이 남자."

그 어조는 뭐냐. 아직 입구에 선 채인 다다는 약간 두통을 느끼고 관자놀이를 주물렀다. 조금 전까지의 상쾌함도 행복감도 희미한 구름처럼 날아가버리고 기분은 벌써 엉망이 됐다.

부인이라고 불린 하루는 아는지 모르는지 "왜에?" 하고 천진난만하게 다다와 교텐을 번갈아 보았다.

"첫 데이트에서 바로 해버렸대요. 파렴치한이네."

"하루 앞에서 그런 천박한 표현 쓰지 말라고."

사실은 데이트 약속조차 없었는데 했지, 라고는 차마 말할 수 없다. 다다는 사무실 문을 닫고 씩씩거리며 안으로 들어갔다. 교텐은 프라이팬을 가스레인지에 올리고 하루의 눈을 두 손으로 막았다.

"보면 안 돼요. 저 아저씨, 성기 그 자체라는 얼굴 하고 있으
니까."

그런 얼굴이 어떤 얼굴이냐고 끼어드는 것도 한심하고 하
루가 '성기'란 말을 배우면 큰일이기도 하여 다다는 교텐을 무
시하고 소파에 앉았다. '동네 소문 내기 대장 놀이'에도 질렸는
지, 교텐은 가스 불을 끈 뒤 프라이팬을 들고 다다에게로 왔다.

"탔어."

가장자리가 누렇게 된 달걀프라이 두 개가 프라이팬 가장자
리에 눌어붙었다.

"뭐 하는 거야. 식용유는 넣었어?"

"한복판에. 근데 달걀을 다른 데다 깼네."

할 수 없이 다다가 부엌에 서서 탄 부분을 긁어내기로 했다.
하루의 달걀프라이는 새로 만들었다. 탄 달걀프라이 두 개는
다다와 교텐이 해치울 수밖에 없다.

다다는 세 장의 식빵에 각각 달걀프라이를 올려서 소파로
돌아왔다. 자기 몫의 식빵은 달걀프라이째 입에 넣고 날랐다.

"우아."

양손에 든 식빵을 교텐과 하루에게 건넸다. 곰곰이와 함께
교텐 옆에 앉아 있던 하루는 "잘 먹겠습니다" 하고 예의 바르게
말하고 달걀프라이를 올린 식빵을 먹기 시작했다. 교텐은 자
기가 만든 달걀프라이를 먹으며 "몸에 나쁠 것 같아, 이거. 혀

가 마비될 정도로 써" 하고 논평했다.

"됐으니 닥치고 먹어."

세 사람은 한동안 식사에 집중했다. 가끔 누군가가 부엌에 가서 냉장고에서 우유나 보리차를 가져왔다. 하루는 다다 심부름집에 온 이후, 자기 일은 되도록 자기가 하기로 마음먹은 것 같다. 상대가 센스 없는 남자 둘이라 기다려봐야 바라는 것을 가져다주지 않는다는 걸 깨달았을 것이다. 지금도 우유 팩을 안고 왔다.

"아, 미처 생각하지 못했네. 미안."

다다는 얼른 부엌으로 하루의 컵을 가지러 갔다. 소파로 돌아와서 우유를 따르고 탁자 너머로 하루에게 건넸다. 그 참에 자기 컵도 가져와서 보리차를 마셨다. 교텐은 불평과 달리 식빵과 탄 달걀프라이를 깨끗하게 먹어 치우고 혼자만 보리차를 마셨다.

하루는 아침을 먹고 나자 소파에서 동그랗게 웅크렸다. 열이라도 나는 건가 하고 다다는 당황했지만, 그냥 졸린 것 같았다. 잠든 하루의 입에 칫솔을 넣고 양치질하는 흉내만 낸 뒤, 타월 이불을 덮어주었다. 그사이 교텐은 하루 옆에 몸을 젖히고 앉았다.

"그래서?"

다다는 맞은편 소파로 돌아와서 한숨 돌린 뒤 교텐에게 물었다.

"집은 잘 봤냐?"

기다렸다는 듯이 교텐이 몸을 앞으로 내민다.

"이 사람 말이야" 하고 자는 하루를 턱으로 가리켰다. "밤중에 갑자기 일어나서 내 배 위에서 트램펄린을 하는 거야. 야행성 생물? 아니면 몽유병이라도 있는 거야?"

"아냐, 평소에는 아침까지 푹 자는데."

어수선한 분위기를 느끼고 일어난 것일까. 내 부재가 하루에게 그렇게 영향을 미칠 줄이야. 다다는 그리 싫지 않은 기분이었다.

"내가 금강역사상 못잖은 복근을 키우지 않았더라면 지금쯤 납작해진 채 소파에서 싸늘하게 식어 있었을 거야."

교텐은 자연스럽게 몸 자랑을 했다.

"벌떡 일어나서 이 사람의 발을 잡고 말이야. 그다음 일어난 참극에 관해서는 너의 상상에 맡길게."

"사이좋게 아침까지 놀았겠지."

"그건 어젯밤 네 얘기겠지."

교텐은 흐흥 코웃음 쳤다. "허리케인급으로 이 사람을 쌩쌩 돌려서 창문으로 던졌어. 근데 거기서 끝나지 않는 게 나잖아. 바로 계단을 뛰어 내려가서 도로에 쓰러진 이 사람을 이번에는 창문을 향해 걷어찼지. 다시 계단을 뛰어 올라와서 여기서

뻔은 이 사람을 피투성이가 될 때까지 때려눕히고 난 뒤에야 간신히 아침까지 편하게 잤지."

다다는 쌔근쌔근 소리 내어 자는 하루를 흘끗 보았다.

"상처 하나 없는데."

"튼튼한 거겠지."

나기코와 같은 말을 하는 게 신기하다. 다다는 "뭐, 하루도 너도 무사해서 다행이다"라고만 했다.

교텐은 약간 졸린 듯했다. 그러나 어딘지 기쁜 것 같기도 했다. 분명 싫어하면서도 교텐 나름대로 비위를 맞추고 적당히 놀아주기도 하며 아침까지 하루를 상대해주었을 것이다. 하루와의 집 지키기를 무사히 해낸 것으로 교텐은 자기 자신에게 자신감과 신뢰를 되찾은 것 같았다. 평소 교텐의 민폐 페이스로 돌아온 점은 다다도 난처했지만.

아이에게 무턱대고 폭력을 휘두르는 놈과는 달라, 하고 교텐이 자기를 확인한 것만으로 일단은 잘됐다고 하자. 하루는 아직 한 달 더 다다 심부름집에 있어야 한다. 그동안에 교텐과 하루의 교류는 더 깊어질 터다.

계획이 성공한 것을 몰래 기뻐하고 있는데, 교텐이 조심스럽게 물었다.

"저기. 나, 나가는 편이 좋아?"

"왜?"

"아사코 씨하고 했잖아. 앞으로는 여기가 두 사람의 보금자리가 되는 거 아냐?"

어마어마한 저택이 있는 가시와기 씨가 이렇게 작고 지저분한 사무실에 올 리가 없잖아. 그렇게 말하려다 그만두었다. 오늘 아침만큼은 현실을 직시하고 싶지 않은 마음이었다.

"했다느니 사랑의 보금자리라느니 그런 표현은 삼가주길." 다다는 엄중하게 항의했다. "가시와기 씨와는 그런 관계 아냐."

"그럼 깔끔한 어른의 관계, 즉 섹스 파트너라는 말?"

"바보 같은 소리 하지 마. 나는 진지하게……."

거기까지 말하다 교텐의 함정에 걸려들었다는 사실을 깨달았다. 다다는 입을 다물었다. 교텐은 "축하한다, 다다" 하고 히죽거리며 말했다.

"축하의 의미로 찰밥을 지어야겠네."

"아까부터 너 무슨 캐릭터야? 그리고 찰밥은 무슨 찰밥이야. 달걀프라이도 태우는 놈이."

교텐은 당황한 다다가 다그쳐 묻는 것을 여유롭게 끄덕이며 받아주었다.

"지금은 '보건실 여자 선생님'."

다다 심부름집에 하루의 작은 숨소리만 울렸다. 다다와 교텐은 각각의 생각에 잠긴 채 마주 앉아 있었다.

"내가 또 누군가를 좋아하게 되다니, 나도 놀랐어." 다다가 말했다. "아내와 아들을 행복하게 해주지 못한 주제에 뻔뻔하다고도 생각해."

"난 그렇게 생각하지 않아." 교텐이 조용히 말했다. "잘됐네, 다다."

바깥 거리에 사람들이 활동을 시작하는 기척이 났다.

오전에 유리창 닦기 의뢰가 들어와 있다. 다다는 잠든 하루를 안고 교텐과 함께 사무실을 나왔다.

5.

게임센터 스콜피온 2층에는 무슨 속을 품었는지 모를 남자 둘이 진을 치고 앉아서 겉으로는 평온하게 대면하고 있었다.

"곤란하네요. 도저히 조장님을 연결해줄 수 없다는 말입니까?"

호시를 찾아온 남자가 말했다. 마르고 얼핏 인텔리풍이지만 작업복을 입고 있다. 가슴에는 'HHFA 사와무라'라고 이름이 새겨져 있다.

"힘들게 오셨는데 죄송합니다, 사와무라 씨." 호시는 상냥하게 대답했다. "오카야마파 분들은 요즘 바빠서 사와무라 씨를 만날 수 없다고 합니다. 이 건에 관해서는 제가 대응하기로 일임 받았습니다."

"아시는 대로 저희 단체는 지금 존망의 위기에 처해 있습니다. 기껏 수확 철을 맞은 채소도 소비자에게 제대로 배송하지 못하는 상태입니다. 어떻게 판로 좀 확보해주실 수 없을까요?"

"몇 번이나 말씀드렸지만, 그쪽과 거래할 수 없다는 것이 조직이 내린 결론입니다. 무농약, 유기농 하고 떠들고 계셨지만 그렇지 않은 걸 알고 나서는 도저히 말입니다……."

호시는 거드름을 부리며 커피를 마셨다. 이번에는 진하지도 연하지도 않은 맛이었지만, 묘하게 미지근하다. 응접 탁자까지 가져왔을 뿐인데 어째서지. 호시는 벽 쪽에 선 가나이를 노려보았다. 가나이는 호시의 시선이 무슨 의미인지 알아차리지 못해 어쩔 줄 몰라 했다.

"야쿠자는 신용 장사입니다."

커피가 미지근한 원인을 찾는 건 포기하고 호시는 얘기를 계속했다.

"어중간한 물건을 취급하면 손가락이 날아가요. 자칫하면 산에 묻힌단 말이죠. 미안하지만, HHFA와의 얘기는 없었던 걸로 하겠습니다."

"다 알고 있습니다, 호시 씨. 시민 단체에 미끼를 던진 건 당신이잖아요."

사와무라는 미소를 지우지 않고 말했다. 호시는 커피 잔을 받침에 내려놓고 소파 등받이에 유유히 몸을 기댔다. 냉방이 센 탓인지 서늘한 공기가 흘렀다.

"사와무라 씨. 당신은 내가 트집 잡고 늘어져도 잠자코 있을 상대라고 생각하는 건가?"

호시는 조용히 공갈을 쳤다. 그러나 사와무라도 지지 않았다.

"우리 밭에 시끄러운 개를 몇 번이나 풀어놓은 것도 당신이죠."

"무슨 소린가요."

"야마시로초와 미네기시초 밭이요." 사와무라는 점점 미소가 짙어졌다. "덕분에 반가운 얼굴을 볼 수 있었습니다만."

우리 녀석들은 실수를 하지 않았을 텐데. 호시는 잠시 생각하다 '심-부-름-센-터' 하고 속으로 소리를 질렀다. 미네기시초 밭에서 HHFA를 발견했다는 말은 들었지만, 야마시로초는 뭐야. 시키지도 않았는데 촐랑촐랑 다닌 건가.

그건 그렇고 반가운 얼굴은 누굴 얘기하는 거야.

"옛날 지인이라도?"

시치미를 떼면서 넌지시 떠보는 호시를 무시하고 사와무라는 노래하듯이 말했다.

"당신은 밭에서 썩어가는 채소들의 비명이 들리지 않습니까? 저희 단체는 지금까지 땀 흘리며 노동을 해왔어요. 여기서 '예스'라는 말을 듣지 못하면 저는 더 이상 저희 구성원의 분노를 억누를 자신이 없습니다."

"토마토 폭탄이나 가지 수리검을 만들어."

같이 어울려줄 수가 없네. 호시는 앉은 채 벽 쪽으로 돌아보았다.

"가나이, 가신단다."

가나이는 호시의 보디가드를 자처하고 있다. 거구가 소리도 없이 다가와서 사와무라를 억지로 일으켜 세웠다. 사와무라는 가나이의 손을 뿌리치고 직접 일어섰다.

"유감이군요. 몸에 나쁜 것을 많이 파는 당신이 극히 미량의 농약을 그렇게까지 신경 쓰다니."

사와무라는 천천히 문 앞까지 걸어갔다.

"그런 건 우리가 재배한 채소의 영양가로 충분히 정화할 수 있을 텐데. 소인배는 소인배답게 장수나 신경 쓰세요. 병에 걸려 쓰러져서 울고불고 매달려도 당신들한테는 우리 채소를 팔지 않을 겁니다."

가나이가 돌진하기 전에 문은 닫히고 사와무라는 사무실을 나갔다.

"내버려둬."

호시는 씩씩거리는 가나이를 달래고 목을 우두둑 소리 나게 돌렸다.

"썩은 채소의 비명이 들리는 놈은 역시 말하는 게 다르네."

"어째 좀 이상한 놈입니다."

그때까지 책상을 향해 있던 쓰쓰이가 맙소사, 라고 하듯이 기지개를 켰다.

"저 인간 뇌가 이 더위에 썩은 거 아닌가."

"썩은 게 아니라 종교에 빠져 있는 거야."

컴퓨터 너머에서 이토도 대화에 참여했다.

"호시 씨, HHFA의 뒤를 파냈습니다. 저 녀석들 전에 마호로에서 그럭저럭 신도 좀 있던 신흥 종교 단체의 잔당인 모양이에요. 10년쯤 전에 교주를 자칭하던 남자가 늙어 죽고 교단은 공중분해된 것 같습니다만."

"뭐라고 하는 교단이야?"

"천국의 소리 교단. 통칭 '소리 듣기교'라고도 했다는군요. 나이로 보아 아마 사와무라는 부모가 소리 듣기교에 빠져 있어서 그 영향에서 벗어나지 못한 채 지금에 이르렀겠지요."

"10년 전에 공중분해됐다면 자신의 의지로 교단에 들어갔다고 생각할 수 있지 않을까."

"그런 건 없습니다. 소리 듣기교는 후반에 신도 확보에 그리 열심이지 않았어요. 오히려 가족 단위로 입회한 아이들을 '소리 듣기 신도'로 키우는 쪽에 열심이었던 것 같습니다."

"소리 듣기 신도?"

쓰쓰이는 비웃었지만, 호시는 여전히 진지한 표정으로 팔짱을 켰다.

"종교 관련이라면 좀 골치 아픈데."

"왜 그렇습니까?"

쓰쓰이는 납득이 가지 않는 것 같았다.

"지금은 채소를 썩게 내버려두는 놈들인데요."

"쓰쓰이. 너는 나를 믿지."

호시가 말했다.

"물론입니다."

"거봐. 너하고 저 녀석의 차이가 뭐냐? '믿는다'는 마음은 누구나 갖고 있어. 그래서 다루기 힘들고 골치 아픈 거야."

사랑이나 꿈이나 희망과 마찬가지로, 그것은 아름다운 것으로 누구의 가슴에나 싹트지만 시커먼 것으로 쉽게 변하기도 한다.

호시의 설명을 듣고도 쓰쓰이는 딱히 와닿지 않는 것 같았다. 가나이는 애초에 믿고 어쩌고 하는 데는 흥미가 없는 듯, 다시 벽 쪽에 가서 똑바로 서 있다. 눈만은 호시의 동향을 열심히 좇고 있다. 그야말로 호시를 향한 신앙에 가까운 신뢰를 몸으로 보이고 있지만, 본인에게 그런 자각은 없는 것 같다.

쓰쓰이와 가나이가 얘기 상대가 되지 않는 것은 늘 있는 일이어서 호시는 유일한 두뇌파인 이토를 향해 말했다.

"그 소리 듣기교인가 뭔가 지금은 실체가 없는 거지?"

"네. 교단은 해산했고 HHFA가 종교 법인으로 등록된 사실도 없습니다. 어디까지나 채소를 생산·판매를 하는 단체로 활동하고 있습니다."

다만, 하고 이토는 덧붙였다. HHFA의 활동에 참가하는 사람의 리스트를 내밀었다.

"보시는 것처럼 HHFA의 취지에 찬동하여 가족 단위로 채소재배에 참가하는 사례가 많습니다. 사와무라를 비롯한 HHFA 간부 몇 명은 어릴 때 소리 듣기교에 출입했었고요. 거기서 보고들은 신도 모집 노하우를 HHFA 활동에도 응용했겠죠."

"마호로 시민이 대부분이겠군." 호시는 리스트를 들고 보았다. "마호로에서 평범하게 살면 그렇게 채소가 부족한 식생활에 빠질까?"

"식생활 교육에 열혈인 부모가 많아서요." 이토는 씁쓸하게 웃었다. "부모가 바른 식생활 교육에 열심이다. HHFA는 그 점에 착안해서 장사를 한다고 할 수 있습니다. 그러나 불만도 종종 나오는 것 같더군요."

"어떤?"

"부모가 HHFA 활동에 빠진 나머지, 아이에게 지나치게 밭일을 시켜서 아이들이 휘청거린다고요. 시내 초중학교 교육위원회에 신고가 들어온 것 같습니다."

"오호라."

295

호시는 리스트를 책상에 던지고 다시 팔짱을 꼈다.

"한동안 HHFA를 감시하는 편이 좋을 것 같네. 자금에 쫓겨서 이상한 행동을 할지도 몰라."

"심부름센터에는 조심하라고 말해주지 않아도 될까요?"

쓰쓰이가 머뭇머뭇 제안했다.

"채소 놈들은 밭을 망보고 있었다는 걸 알아차린 것 같고. 심부름센터에 관해서도 이미 조사하지 않았을까요."

오오, 쓰쓰이가 사태의 이면을 읽고 있다. 세상의 부모들은 자식이 처음으로 "엄마"라고 했을 때 이런 감동을 느끼는 것 같던데. 쓰쓰이의 성장이 기뻐서 호시는 고개를 끄덕거렸다. 하지만 "필요 없어" 하고 제안은 일축했다.

"심부름센터는 내버려둬도 괜찮아. 골치 아픈 일에 말려드는 것이 직업인 사람들이니까."

오봉 연휴도 가까워지면서 마호로 대로에 오가는 사람 수가 조금 줄어들었다. 더위에 지쳐 헥헥거리며 집에 틀어박혀 있거나, 이른 여름휴가를 떠났거나 둘 중 하나다.

사무실에 있어도 에어컨이 없고, 그렇다고 놀러 갈 돈도 시간도 없는 다다는 한여름에도 연일 일만 했다. 오늘은 마쓰가오카 마치에 있는 호화 저택의 정원에서 조각상을 닦는 일이다.

며칠 전에 정원의 조각상을 깨끗하게 닦아달라고 처음 의뢰하는 고객의 전화가 왔다. 그때는 지장보살 같은 불상인가 생각했지만, 실제로 가보니 대리석으로 만든 하얀 나부상이었다. 그것도 등신대 이상의 조각상이 정원에 열 개 가까이 있었다.

정원은 넓고 푸릇푸릇한 잔디로 덮여 있고, 원형 수영장까지 있었다. 집은 서양식으로 발코니가 있고, 그것을 지탱하는 기둥 가운데 부분은 우아한 곡선이었다.

"파르테논 신전?"

집을 본 교텐이 고개를 갸웃거렸다.

이 집 주인은 유명한 조각가로, 미대에서 학생들을 가르치기도 하는 것 같다. 그러나 주인 가족은 이탈리아로 여행을 가서 부재중이었다. 의뢰인의 정보는 집을 보는 입주 가사 도우미에게 들었다.

노년의 가사 도우미는 다다와 교텐을 수상한 듯이 보았지만, 하루에게 시선이 멈추더니 갑자기 표정이 풀어졌다.

"수영장에 들어가도 괜찮다고 주인어른이 말씀하셨습니다. 그런데 그런 건 얼른 치워주세요."

다다가 가지고 온 솔이 끔찍한 독충이나 되는 듯이 단호하게 지적했다.

"주인어른의 소중한 작품입니다. 아가씨의 보드라운 살을 쓰다듬듯이 스펀지로 부드럽게 닦아야 합니다."

가사 도우미는 집 안에서 부엌용 스펀지를 가져와 다다에게 떠안겼다.

"작업이 끝나면 불러주세요. 수도와 호스는 정원에 있는 걸 사용해주시고."

그렇게 말하고 창인지 문인지 모를 유리 벽 출입구로 신발을 신고 그대로 들어갔다. 스펀지를 떠안은 채 정원에 남겨진 다다는 마음을 가다듬고 나부상 옆에 사다리를 설치했다. 교텐이 정원 수도꼭지에서 호스를 끌고 와 다다에게 건넸다.

"잘됐네, 다다. 부드러운 살을 쓰다듬는 거 연습해야 할 판이잖아."

성희롱 발언은 그만하길 바란다.

"어이, 물이 나오지 않잖아. 수도꼭지 틀었냐?"

"아, 깜박했네."

다다는 하루를 향해 "저기 있는 수도꼭지 좀 틀어줄래?" 하고 부탁했다. 하루는 잔디를 달려가서 시키는 대로 했다. 교텐보다 네 살짜리 하루가 훨씬 도움이 된다. 다다의 손에서 호스가 샤워기처럼 물을 뿜으며 무지개를 만들었다.

"하루, 수영장에서 놀아도 돼."

다다는 스펀지로 조각상의 가슴을 닦으면서 말했다.

"교텐, 빠지지 않도록 잘 봐줘."

그런데 등 뒤에서 첨벙하고 물소리가 나서 돌아보니 교텐이 수영장에서 놀고 있다. 어느새 하루는 내팽개쳐놓고 팬티 바람으로 참치처럼 원형 수영장을 돌고 있다.

요즘 교텐도 겨우 하루한테 익숙해져서 잠시 동안이라면 아이를 잘 볼 줄 알았더니. 다다는 한숨을 쉬었다. 사다리 옆에 서 있던 하루는 다다와 교텐을 번갈아 보다가 "나, 여기 있을래" 하고 말했다. "수영 못하니까 괜찮아."

이렇게 어린 아이가 배려를 하다니. 다다는 만감이 교차하여 하늘을 올려다보았다. 나부의 코를 아래에서 올려다보는 자세가 됐다. 콧구멍이 없다.

"하루. 교텐이 벗은 옷 수영장에 던져버리렴."

"그래도 괜찮아?"

"괜찮아. 마침 빨래할 때가 됐거든."

하루는 수영장으로 달려가서 교텐이 벗어놓은 셔츠와 바지를 물에 빠뜨렸다.

"야, 이 애새끼가, 뭐 하는 거야! 똘똘 말아서 묻어버릴 거다!"

"하루한테 거친 말 쓰지 마."

"공처럼 말아서 영원히 물속에 잠기게 하겠습니다."

교텐이 고쳐 말했다. 교텐이 하루의 존재에 익숙해졌듯이 하루도 교텐의 욕에 익숙해졌다. 까르륵까르륵 웃으면서 다다에게로 돌아왔다.

"있잖아, 교텐 옷 다 젖어버렸어."

의기양양하다.

"옳지, 잘했어. 좀 도와주겠니?"

다다는 하루에게 천을 건네고 조각상의 발 쪽을 닦아달라고
했다. 교텐은 젖은 옷을 짜서 수영장 가에 늘어놓고 질리지도
않고 수영을 계속했다.

오후 3시에는 모든 나부상이 반짝반짝 깨끗해졌다. 다다는
청소 도구를 트럭에 싣고 조각상이 있는 저택을 떠났다. 젖은
옷을 걸친 교텐은 온몸에서 갓파(일본의 전설 속에 나오는 물에 사
는 요괴)처럼 물이 뚝뚝 흘렀다.

"아사코 씨네 집도 이 근처였지. 역시 악취미를 가진 집인
가?"

"아니. 조각상도 수영장도 없었어." 다다는 대답했다. "얼른
짐칸으로 가."

"이렇게 비 맞은 생쥐 꼴로 바람 맞으면 감기 걸려."

"농땡이 치고 수영한 네가 나쁘지."

조수석에 하루를, 짐칸에 교텐을 태우고 다다는 역 앞으로
돌아왔다. 빨간 신호등에 걸려서 사거리에 서 있는데, 마호로
대로를 걸어가는 인파 속에서 다무라 유라가 눈에 띄었다. 다
다는 전에 유라 엄마의 의뢰로 학원 픽업을 맡은 적이 있다. 그
때는 어린 느낌이 들던 유라였는데 지금은 초등학교 6학년이
됐다. 한동안 못 본 사이에 키가 훌쩍 컸다.

"유라 도련님!"

운전석 창을 열고 몸을 내밀어 불렀다. 유라도 다다를 발견하고 손을 흔들었다. 그대로 지나가는가 싶었더니 횡단보도를 건너 멈춰 서서 다다 쪽을 보고 있다.

다다는 신호가 바뀌자 사거리를 지나서 노상주차를 했다. 운전석에서 내려 조수석으로 돌아가 하루를 카 시트에서 안아내렸다. 그 틈에 교텐이 짐칸에서 뛰어내려 출랑거리는 걸음으로 유라에게 달려갔다.

"유라 도련님, 오랜만이네. 건강해 보이는걸."

"아저씨도요."

유라는 교텐을 위에서 아래까지 훑어보고 말했다.

"왜 그렇게 폭삭 젖었어요?"

"요즘 다다네 집에 악마가 살고 있거든. 그 녀석 짓이야."

누가 악마인데, 하고 다다는 생각하면서 유라에게 다가가 하루를 소개했다. 유라는 작은 여자아이를 어떻게 대해야 좋을지 모르겠는 듯 "흠"이라고만 했다. 하루는 다다의 작업복 주머니를 붙잡고 쑥스러운 듯이 유라를 보고 있다.

"유라 도련님, 오늘도 학원이야?"

유라가 멘 가방을 보고 다다가 물었다.

"여름방학 특강에 다녀오는 길이에요. 6학년 여름방학은 승패가 판가름 나는 결전의 시기래요. 매일 긴장을 풀 수가 없어요."

중학교 입시를 보는 유라는 공부로 바쁜 나날을 보내는 것 같다. 어딘가 결의에 찬 유라를 보고 나보다 훨씬 바쁜 것 같군, 하고 다다는 쓴웃음을 지었다.

"그래서?" 교텐이 물었다. "네가 굳이 여기 멈춰 선 이유는? 우리한테 무슨 볼일이 있는 거 아냐?"

"맞아요." 유라는 고개를 약간 돌려 자기 등 뒤를 가리켰다. "얘, 제 친구예요."

그때 처음으로 다다는 유라 뒤에 있는 초등학생 남자아이를 인식했다. 아니, 아까부터 존재는 알았지만, 유라와는 미묘하게 떨어져 서 있고 얌전해 보여서 유라의 친구라고는 생각하지 못했다.

"뭐야, 유라 도련님 등 뒤에 붙은 유령인 줄 알았네."

교텐이 예의 없게 말했다.

"마쓰바라 유야입니다."

등 뒤 유령이란 표현에도 굴하지 않고 유야는 가느다란 목소리로 이름을 말했다. 목깃이 늘어진 티셔츠와 반바지. 무릎에는 말라서 갈라진 상처가 있다. 초등학생인데 어딘지 모르게 지친 분위기다.

"유야는요, 요즘 고민이 있대요." 인사만 하고 입을 다문 유야 때문에 답답했는지 유라가 말을 보탰다. "그래서 다다 아저씨한테 상담하고 싶었어요."

"고민이라니?"

다다는 약간 허리를 구부리고 유야의 얼굴을 들여다보았다. 유라가 옆에서 손을 내밀어 유야의 손을 가볍게 잡고 다다 쪽으로 보여주었다.

"이거 봐요."

유야의 손에는 베인 자국이나 긁힌 자국이 있었다.

"억지로 농사일을 시키는 데다 학원에도 가야 해서 유야는 힘들어 죽으려고 해요."

농사일이란 말을 듣고 다다는 물론 제일 먼저 HHFA를 떠올렸다. 좀 더 자세히 사정을 알고 싶었다. 모처럼 유라가 의지해왔기도 하여, 유야를 그냥 둘 수 없었다. 초등학생한테 수고비를 받을 수는 없지만, 변변찮은 심부름센터여도 얘기를 들어줄 정도는 된다.

"주스라도 마실까?"

다다는 유라와 유야에게 제의했다.

"커피의 전당 아폴론이라는 좀 재미있는 커피숍이 있거든. 내가 사줄게."

유라와 유야는 흥미 있는 듯했지만, "에이" 하고 이의를 제기한 것은 교텐이었다.

"난 싫어. 옷이 젖어서 가게 의자에 못 앉아."

"신문지라도 깔면 되잖아. 짐칸에 쌓여 있는데."

"젖은 옷 입고 주스 마시면 배탈 나."

"그럼 너만 돌아가." 다다는 한숨을 쉬었다. "잘됐네. 트럭 운전해서 주차장에 넣어줘."

"난 전진만 있는 남자야." 교텐은 그럴듯하게 말했다. "우회전도 후진도 못 하는데, 괜찮아?"

괜찮을 리 없다.

"미안하지만 같이 사무실까지 와주겠니? 주스 줄게" 하고 다다는 다시 유라와 유야에게 말했다.

초등학생 두 사람은 얌전하게 받아들였지만, 교텐이 찬물을 부었다.

"다다, 슬픈 소식이 있어. 오늘 아침에 사무실 변기가 막혔어. 유라 도련님네하고 주스 마시는 것보다 변기 막힌 것부터 뚫지 않으면 초저녁에 우리는 방광염에 걸릴 거야."

"왜 막힌 걸 바로 말하지 않았어?"

"너, 이 사람 돌보느라 바빠 보여서 그랬지."

교텐은 하루를 가리켰다. 화장실 소리를 들어서인지, 하루가 "오줌 마려워" 하고 작은 소리로 말했다. 유라와 유야의 눈이 있어서 평소보다 얌전하게 행동하는 것 같다.

"알겠다." 다다는 결론을 내렸다. "교텐, 세 사람을 아폴론으로 데리고 가. 아폴론에서 하루를 화장실에 데려가고, 유라 도

런님과 유야가 마시고 싶은 음료 주문할 것. 알겠지?"

"에이." 교텐은 진심으로 내키지 않는 모습이다. "너는 뭐 할 건데?"

"트럭 두고 오는 길에 사무실에 들러서 변기 막힌 것 뚫어야지. 그리고 너 갈아입을 옷 가지고 바로 아폴론에 갈게."

"그동안 나는 애들 보면서 우두커니 서 있어야 되는 거야? 커피숍에서? 애들은 앉아서 주스 마시고 있는데? 이상하잖아, 그런 거."

"넌 언제나 이상하니까 신경 쓰지 마."

다다는 떨떠름해하는 교텐에게 아이들을 맡기고 혼자 트럭에 올라탔다.

사무실 화장실은 막히지 않았다. 변기 뚫는 도구(다다 심부름집에서는 '갓퐁'이라고 부른다)를 들고 변기로 향한 다다는 맥이 풀렸다. 정말로 뭐냐, 교텐 녀석. 거짓말을 해서까지 유야의 이야기를 듣고 싶지 않았던 건가.

다다는 교텐의 옷을 종이 가방에 넣고 아폴론으로 향했다.

유라와 유야는 탁자에 앉아서 가게 장식을 흥미롭게 둘러보고 있었다. 하루는 맞은편 의자에 앉아서 탁자에 놓인 하마 재떨이 입에 손가락을 찔러 넣어보고 있다. 교텐은 하루 옆에 서 있었다. 그것도 굳이 탁자와 의자 사이에. 더 자연스럽게 벽 쪽에 서 있어도 될 것을. 선생님 질문에 대답하지 못해서 서 있는 공부 못하는 학생 같다.

당연히 교텐은 주위 손님들의 시선을 온몸에 받고 있었지만, 유라와 유야는 교텐을 신경 쓰지 않기로 한 것 같다. 자기들 앞에 서 있는 남자를 무시하고 "저쪽 벽에 사슴 머리 걸려 있어" "굉장해. 정글 같아" 하면서 즐겁게 얘기하고 있었다. 하루는 하마 재떨이에서 손을 빼고 교텐의 허벅지를 물었다.

"으아, 아작아작."

"네, 네. 알았으니까 주스 마셔."

오, 교텐이 정상적으로 하루를 상대하고 있다. 아니, 아이들이 넓은 마음으로 교텐을 받아주고 있다고 하는 편이 좋을 것 같다. 그들에게만 교텐을 봐달라고 맡길 수는 없다. 손님들의 시선 속에 다다는 용기 내어 탁자로 다가가서 교텐에게 종이 가방을 건넸다.

"고마워."

하더니 교텐은 옷을 갈아입으러 아폴론의 화장실로 사라졌다. 거짓말을 들킨 건 알고 있을 텐데 미안해하거나 민망해하는 기색 하나 없이 한쪽 뺨으로 살짝 웃을 뿐이었다.

다다는 직원에게 커피를 추가 주문하고 빈 의자에 앉았다. 4인석 탁자여서 하루를 안아 무릎에 앉혔다. 하루는 하마 재떨이에 질렸는지 다다의 무릎에서 몸을 내밀고 오렌지주스를 마시기 시작했다. 유라와 유야도 가게 관찰을 끝내고 레몬스카시와 오렌지주스로 목을 축였다.

마른 옷으로 갈아입은 교텐이 돌아와서 좀 전까지 하루가 앉아 있던 의자에 앉았다. 겨우 차분하게 얘기를 들을 태세가 됐다.

"그래서?" 다다가 말을 꺼냈다. "농사일을 시키다니, 대체 누가?"

"부모죠. 당연하잖아요."

유야에게 물었지만 대답한 것은 유라였다. 유야 본인은 부끄러운 듯이 고개를 숙이고 있다. 물론 농사일이 부끄러운 건 아니고 부모에게 강요당하는 것, 그걸 거부하지 못하는 것이 부끄럽고 고통스러운 거라고 온몸으로 얘기하고 있다. 섬세하고 착한 아이라고 다다는 느꼈다.

"피곤해서 하기 싫다고 말하라고 했지만." 유라도 친구가 걱정이 되어 어쩔 줄 모르는 것 같다. "유야는 소심한 데가 있어서요."

"엄마는 나를 위해서 그러는 거니까요." 유야는 다다를 향해 변론했다. "채소는 건강에 좋고 해님 아래에서 일을 하면 건강해진대요."

"일리 있네."

다다는 유야를 상처 입히고 싶지 않아서 끄덕였다.

307

"근데 고기도 먹고 싶잖아."

유라가 반론하자 교텐이 유야에게 물었다.

"고기, 전혀 먹지 않아?"

"네. 급식에 나와도 고기는 남기라고 엄마가 그래서."

"맙소사."

교텐이 놀랐다.

"우연이네. 나도 다다한테 고기 먹고 싶다고 해도 한 번도 고 깃집에 데려가준 적이 없는데. 너무하지? 일을 시키려면 고기 정도는 먹게 해달라고 불평 한마디 해도 괜찮아."

왜 내가 너를 고깃집에 데려가야 하는 거냐. 고깃값만큼의 일을 한 적이 없다고, 너는. 다다는 서너 마디 더 보태고 싶었지 만 꾹 참았다. 교텐을 상대하면 얘기가 진전이 없다.

유야도 그렇게 생각했는지 "가끔은 먹고 싶어요"라고 대답 하는 데 그쳤다. 하지만 농사일에 관해서는 생각하는 게 많은 듯, 바위를 깨는 물처럼 말이 넘쳐흘렀다.

"가지 꼭지에는 가시가 있어요. 수확할 때 좀 따가워요. 3개 월에 한 번, 오사나이초 본부에서 숙박 수련회에 참가해야 하 는 것도 싫고……."

다다는 넌지시 흉터투성이인 유야의 손으로 시선을 옮겼다. 아직 가느다란 손목. 햇볕에 그을렸지만, 피부는 어딘가 푸석 푸석해 보였다.

"유야가 일하는 곳은 혹시 HHFA의 밭?"

"어떻게 아세요?" 유야는 조금 놀란 것 같았지만, 이내 어둡게 웃었다. "하긴 알겠죠. 남쪽 출구 로터리에 있는 이상한 단체니까."

"유야가 제일 싫어하는 것은 남쪽 출구 로터리에서 선전 활동을 하는 거래요."

유라가 보충 설명을 했다. 유야가 끄덕였다.

"홍보는 중요한 작업이라고 어른들은 말하지만, 저는 로터리에 서 있고 싶지 않아요. 근데 엄마는 채소가 얼마나 좋은지 모두에게 알려야만 한다고……. 친구들도 다 봐서 학교에서나 학원에서나 놀림만 당해요. 말을 걸어주는 사람은 유라뿐이에요."

"다다 아저씨. 어떻게 안 될까요?"

유라는 진지한 표정이다. 다다는 난감했다.

"어떻게라고 해도……."

"이번에 또 남쪽 출구 로터리에서 홍보를 해야 돼요." 유야가 매달리듯이 호소했다. "아직 날짜는 정해지지 않은 것 같지만, 그날이 오면 학교나 학원 선생님인 척하고 저 좀 불러내주시지 않겠어요? 그러면 엄마도 포기할 거예요."

"나를 선생님이라고 믿어줄까."

다다는 수염이 덥수룩하게 난 턱을 쓰다듬으면서 말했다.

유야는 다다를 바라보더니 "전화를 걸어주면 돼요"라고 했다.

잠시 침묵하던 교텐이 물었다.

"너희 아빠는 뭐라고 하시냐?"

"가끔 전화해서 '엄마가 시키는 대로 채소 잘 먹어라' 그래요. 단신 부임 중이어서 잘 모르고 있어요."

문득 걱정이 되어 다다가 물었다.

"유야. HHFA는 지금도 채소를 많이 수확하고 있니?"

"네, 최근에는 별로 팔리지 않는 것 같지만요. 밭에 오는 아이가 어른들이 몰래 채소를 버리는 걸 봤다고 했어요."

"그렇지만 너희 집에서도 HHFA 채소로 요리하지 않니?"

"네, 물론이죠."

어째서 그런 걸 묻는 거예요? 하고 유야는 고개를 갸웃거렸다. 인체에 악영향을 줄 만큼 대량의 농약을 사용한 것도 아닐 것이다. 다다는 망설인 끝에 "채소는 잘 씻어 먹는 게 좋다고 엄마한테 전해"라고만 했다.

하루는 다다의 무릎에 앉은 채 꾸벅꾸벅 졸았다. 이마가 탁자에 격돌할 뻔해서 다다는 황급히 하루의 이마를 안았다.

"다다가 선생님인 척해도 소용없을 거라 생각해." 교텐이 매정한 어조로 유야에게 말했다. "아빠한테 사정을 이야기하고 도와달라고 하는 편이 빨라."

"어째서요?" 유라가 불만스럽게 반항했다. "연기하는 건 교

310

텐 아저씨라도 괜찮아요. 교텐 아저씨, 그런 연기 잘하잖아요?"

"쓸데없다니까."

교텐은 차갑게 거절했다.

"부모는 자식을 얼마든지 마음대로 다룰 수 있어. 부모가 이렇다고 정하면 선생님이 아무리 불러내도 의미 없어. 설령 진짜 선생님이라도 말이야."

유야는 또 고개를 숙였다. 하루를 안으면서 다다는 한 손으로 작업복 주머니에서 명함을 꺼냈다.

"잘 될지 어떨지 모르겠지만, 날짜 정해지면 연락 주렴."

유야는 익숙한 손놀림으로 소중하게 명함을 받아 들었다. 교텐이 비난의 눈길을 보낸다. 오지랖이라고 말하고 싶을 것이다. 자기도 그렇게 생각한다. 그러나 다다는 풀이 죽은 유야를 도저히 내버려둘 수 없었다. 유야의 이야기를 들으니 교텐의 어린 시절이 연상되어서다. "너를 위해서야"라고 하면서 아이를 상처 입히고, 무언가를 강요하는 부모. 지금 유야가 다다에게 구원 신호를 보내고 있다. 무시할 수 없다.

"미안하지만, 슬슬 가볼까."

다다가 계산서를 집으며 말하자 유라와 유야는 졸린 하루를 보고 순순히 끄덕였다.

계산을 마친 다다에게 두 사람은 "잘 먹었습니다" 하고 예의 바르게 인사했다. 예의를 모르는 교텐은 바로 아폴론을 나가서 마호로 대로를 휘적휘적 걸어갔다.

아이들과 헤어지고 다다는 교텐을 쫓아갔다. 진동에 잠을 깬 하루가 칭얼대며 몸을 비틀었다. 교텐을 추월한 다음 하루를 내려주었다. 하루는 다다와 손을 잡고 조금 길어진 그림자를 밟으면서 걸었다. 교텐은 젖은 옷이 든 종이 가방을 한 손에 들고 뒤에서 천천히 따라왔다.

"기껏 성가신 일을 떨쳐주었더니, 왜 지가 직접 덤벼드는 거야" 하고 교텐이 중얼거렸다.

"천성이라고 할 수밖에 없네."

"나쁜 천성이야, 그거."

교텐은 진심으로 어이없어했다.

"선생님 흉내 낼 줄 아냐? 어차피 '유, 유야의 성적이 떨, 떨어져서, 저기……' 이러면서 더듬거리겠지."

다다는 길에 뻗은 자신들의 그림자를 바라보았다. 하루가 빈손을 내밀어 뭔가를 더듬듯이 가볍게 흔드는 것을 보고 교텐이 마지못해서라는 듯이 손가락 끝만 잡아주는 것을 그림자를 통해 바라보았다.

유야에게 사무실로 전화가 온 것은 오봉 전날 밤이었다.

"내일이에요." 유야는 작은 소리로 말했다. 자기 방에서 휴대전화로 거는 것 같다. "아까 엄마가 '내일은 중요한 날이야'라고 그랬어요."

"오봉이라는 의미 아닐까."

다다는 추리해보았지만, 유야는 물러나지 않았다.

"저희 집은 오봉에 여행이나 성묘 같은 건 가지 않아요. 아빠가 오봉 때 돌아오지 않아서요. 엄마는 '단신 부임 간 곳에서 바람피우고 있겠지'라 그래요."

유야네 집은 굉장히 심각한 상황 같은데 과연 유야는 의미를 알고 말하는 걸까. 다다는 수화기를 들지 않은 쪽 손으로 미간을 문질렀다.

다다는 오봉이면 시립묘지에 간다. 올해도 그럴 생각이었다. 아기 때 죽은 아들이 잠들어 있어서다.

그러나 의뢰는 꼭 맡는 것이 다다 심부름집이다. 전화를 한 사람이 비록 초등학생이라 해도.

"너를 몇 시까지 집에서 데리고 나오면 남쪽 출구 로터리에 가지 않을 수 있어?"

"음……." 유야는 우물거렸다. "새벽 5시?"

아무리 그래도 그렇게 이른 시간부터 불러내는 교사가 있을 리 없다. 다다의 마음을 알아차렸는지, "너무 일찍이죠" 하고 유야가 난감한 듯이 말했다.

"그렇지만 내일은 아침부터 밭일이 있어서 엄마도 같이 가요. 작업이 끝나면 점심때 전에는 다들 남쪽 출구 로터리로 이동할 거예요."

"맙소사."

다다는 관자놀이를 긁적거렸다. 성묘와는 별도로 내일은 오전에 의뢰가 한 건 들어와 있다. 마호로 시민병원에 입원 중인 소네다 할머니의 병문안이다. 할머니의 아들 부부는 오봉 때면 죄책감을 느끼는 경향이 있는 것 같다. 할머니 빼고 가족 여행을 가기 때문이다.

교텐은 하루를 허벅지에 앉히고 바닥에 누워서 일과인 윗몸 일으키기를 하고 있다가, "뭔데, 뭔데?" 하고 얘기에 끼어들었다. 다다는 수화기를 손으로 가리고 간략하고 빠르게 내용을 전했다. 교텐은 흠흠 하고 귀를 기울이더니 "그런 건 간단하지. 밭으로 데리러 가면 돼" 하고 단언했다.

누가 가나. 나도 너도 아무리 물구나무서기를 해도 선생님으로는 보이지 않는데.

다다는 인재 부족을 한탄했지만, 달리 방법도 없어서 일단 밭의 위치를 물었다.

"내일 작업은 야마시로초 밭이에요."

"그거 버스 정류장 근처에 있는 밭이니?"

"네."

하필 오카 씨네 집 바로 앞이다. 오카도 요중 버스 고발을 포기했는지 늘 의뢰하던 눈속임 운전 감시를 올해 오봉에는 하지 않았다. 하지만 오카 씨네 집에 가까이 가는 일은 뭔지 모르게 불길한 예감이 든다.

"알겠다." 다다는 유야에게 말했다. "작전을 짜서 오전 중에 어떻게든 밭으로 데리러 갈게. 하지만 너무 기대는 하지 마."

변변찮은 작전밖에 실행하지 못할 것 같은 예감이 든다. 다다의 말에도 아랑곳하지 않고 유야는 "기다릴게요" 하고 기대에 찬 목소리로 말했다.

"고맙습니다, 다다 아저씨."

전화를 끊은 다다는 환풍기 아래에서 럭키스트라이크를 피우며 세 개의 컵에 얼음을 넣었다. 두 개에는 위스키를 나머지 하나에는 보리차를 따른다.

"교텐, 작전 회의다."

교텐은 하루를 등에 태우고 엎드려 뻗치기로 이행했다.

"무거워, 이 사람."

"무겁지 않아. 교텐이 약해."

하루는 가볍게 바닥으로 내려서서 소파에 앉았다. 곰곰이를 팔에 안고 다다가 건넨 보리차를 점잖게 마신다. 컵을 흔들어 얼음 소리가 나게 한다. 어쩐지 술을 즐기는 기분에 잠긴 것 같다.

하루에게 약하다는 말을 들어서인지 교텐은 평소보다 횟수를 늘릴 셈인 것 같다. 바보냐, 하고 생각하면서 다다도 하루 옆에 앉아 교텐이 성이 풀리기를 기다렸다.

"그래서?"

겨우 팔굽혀펴기를 마친 교텐이 맞은편 소파에 앉았다. 땀도 닦지 않고 바로 위스키를 마신다.

"어떤 방법으로 등 뒤 유령 구출 작전을 할 거야?"

"등 뒤 유령이라고 하지 마. 상처받기 쉬운 나이니까."

"괜찮아, 괜찮아. 그렇게 말하자면 나는 지박령이니까." 교텐은 몸을 뒤로 젖히며 말했다. "다다 심부름집에 빙의해 있지."

부탁이니 성불해줘. 다다는 한숨 대신에 위스키를 비웠다.

"유야는 내일 오전 중에 오카 씨네 집 앞 밭에서 작업을 한대. 끌어낼 역할은 네게 맡긴다."

"왜 나야? 선생님 같은 옷 하나도 없다고."

"난 좀 볼일이 있어."

"데이트냐?"

"오봉 아침부터 누가 데이트하냐."

다다는 낮게 말했다. 아사코와는 그 후 한 번도 만나지 않았다. 서로 일이 바쁜 것도 있지만, 전화조차 못하는 것은 다다에게 용기가 없어서다. 어쩌면 아사코는 다다와 지속적인 교제를 바라지 않는 게 아닐까. 그날 하룻밤은 우발적인 일로 뭔가 좋은 운동이 됐다, 스트레스가 해소됐다, 그런 식으로 생각하지 않을까.

316

아사코가 그런 사람이라 생각하지 않지만, 다다는 도저히 자신감을 가질 수 없어서 결론을 미루느라 사랑하는 사람의 목소리도 듣지 못하는 악순환에 빠졌다.

"어쨌든 밭에 가." 한껏 위엄을 잡고 다다는 명령했다. "옷이라면 내 걸 빌려줄 테니까."

"너 슈트 있냐?"

"검은색이라면."

"그거 장례식용이잖아. 그런 걸 입고 등 뒤 유령을 데리러 가면 난리가 날걸. '오봉의 기적! 마호로와 저승이 이어졌다' 하면서 텔레비전 리포터가 올 거야."

"안 와."

"에이."

"슈트가 아니라 흰색 셔츠에 적당한 바지면 돼. 됐으니까 가. 아, 하루도 같이."

"싫어. 나는 다다 씨랑 갈 거야."

추이를 지켜보던 하루가 말했다. 어린 마음에도 교텐과 함께 행동하는 것은 위험하다고 느끼는 바가 있을 것이다.

"미안해, 하루. 볼일 끝나면 바로 갈 테니까. 오전 중에만 교텐을 잘 지켜봐줘."

다다가 타이르자 하루는 마지못한 모습으로 끄덕였다. 교텐도 강경하게 반론하지는 않고 작전을 받아들였다. 다다가 성묘하러 간다는 걸 알아차린 것이리라.

교텐은 남한테 흥미가 없는 듯하면서 실은 뭐든 다 꿰고 있다. 다다는 씁쓸하게 웃었다. 그렇다, 나는 하루를 시립묘지에 데리고 가고 싶지 않다. 그 작은 비석 앞에서 하루와 웃고 떠들 수 없다.

한 해에 한 번, 다다는 아들과 둘만의 시간을 보낸다.

하루를 재운 뒤, 바로 다음 날 준비를 해놓고 다다도 침대에 누웠다. 하지만 좀처럼 잠이 오지 않았다. 해마다 여름이면 그렇다. 사무실에 에어컨이 없을 뿐만 아니라, 기억이 다다를 괴롭힌다. 올해는 하루가 있어서 매일이 분주한 탓인지 예년보다 나은 편이다. 그래도 내일은 성묘를 간다고 생각하니 잠이 멀어진다.

교텐은 목욕탕에 가서 아직 오지 않았다. 다다는 하루에게 한참 부채질을 해주다가, 그만두고 결국 휴대전화를 들었다. 하루가 깊이 잠들었는지 확인하고 사무실을 나왔다.

건물 계단을 다 내려가서 아사코의 휴대전화로 전화를 걸어보았다. 대기음은 두 번 만에 끊겼다.

"안녕하세요" 하고 다다가 말했다. "아직 안 잤어요?"

"막 집에 돌아온 참이에요."

아사코의 목소리가 약간 긴장한 듯했다. 다다가 무슨 말을 할지 겁나는 것처럼. 다다는 그제야 무서워한 것은 자기뿐만

이 아니었다는 걸 깨달았다.

"내일 아들 성묘하러 다녀올게요." 말이 없는 아사코를 그냥 두고 다다는 계속했다. "이런 말 해도 되는지 모르겠지만, 다녀 와서 가시와기 씨를 만나고 싶어요."

"나도 내일 남편 1주기예요."

"밤에도 괜찮아요. 얼굴만 보고 바로 돌아올게요."

"남편이 떠난 지 얼마 되지 않았는데 바로 딴마음을 먹다니, 하고 실망한 줄 알았어요. 연락도 없고 가게에도 오지 않아서."

아사코의 남편이 죽은 것은 작년이지만, 그전부터 부부는 별거했다. 별다른 이유도 없이 남편이 집을 나가서 아사코는 깊은 상처를 받았다. 다다는 그런 사정을 알고 있으면서, 또 아 사코를 불안하게 만들었다.

나는 언제나 소중한 사람에게 게으르네. 다다는 뒤늦게나마 마음을 담아 말했다.

"보고 싶어요. 줄곧 보고 싶었지만, 저기…… 다 큰 어른이 보고 싶다, 보고 싶다, 하는 것도 웃긴 것 같고 괜한 배려랄까, 부끄러움 때문에."

아사코가 그제야 미소 짓는 기척이 손바닥 안의 기계로 전 해졌다.

"내일 밤, 기다리고 있을게요. 잘 자요."

"잘 자요."

다다는 통화를 끊고 헤벌쭉해지는 것을 간신히 참았다.

"내가 더 부끄럽다."

등 뒤에서 누가 말을 걸어온 것은 그때였다. 돌아보니 목욕탕에서 돌아온 교텐이 서 있었다.

"잘 자요, 잘 자요! 이별은 이렇게도 달콤한 슬픔이어서 아침까지 잘 자라고 속삭이고 싶어." 교텐이 노래하듯이 말하고 공손하게 손으로 휴대전화를 가리켰다. "사양하지 말고 아침까지 하세요."

"벌써 끊었어!"

"캬캬캬캬."

다다의 항의에 움쩍도 하지 않고 교텐은 웃으며 고개를 저었다. 젖은 머리칼에서 미지근한 물방울이 흩어진다.

"닭아. 개냐, 네가."

"캬캬캬캬."

교텐 뒤를 이어 다다는 사무실로 계단을 올라갔다.

6.

다음 날 아침, 다다는 트럭을 몰고 시립묘지로 향했다. 5시까지는 아니었지만, 상당히 일찍 사무실을 나왔다. 헤어진 아내와 마주치는 건 서로에게 좋지 않아서다.

오봉이라 그런지 묘지 앞 꽃집이 벌써 문을 열었다. 늘 빈손으로 묘지를 찾는 다다도 오늘은 왠지 마음이 동해서 작은 꽃다발과 향을 샀다.

묘지 입구에서 나무통으로 물을 떠서 완만한 언덕을 올라갔다. 벌써 성묘하러 온 사람들이 여기저기 눈에 띄었다. 오늘도 더울 모양이다. 매미가 울어대고 아침 해가 덤불 위로 내리쬔다.

비석에 물을 조금 끼얹고 다다는 주변의 풀을 뽑았다. 그리고 꽃다발을 양쪽으로 나누어 꽂았다. 향에 불을 붙일 만한 걸 들고 오지 않아서 라이터로 붙이다가 손을 델 뻔했다.

이따가 이곳에 올 전처가 꽃과 향을 보고 어떤 기분이 들까. 다다의 흔적을 불쾌해할까, 잊지 않은 사람이 자기 말고 또 있다는 사실에 위안을 받을까.

부담을 느끼지 않았으면 좋겠다고 생각하던 다다는 그런 자신에게 조금 놀랐다. 줄곧 자신과 같거나 그 이상으로 괴로워했으면 좋겠다고 바랐는데.

오랜만에 '달콤한 슬픔'을 맛본 덕에 이제 누군가의 마음을 헤아릴 아량이 생긴 건가. 행복 나눔이라도 실천하듯이. 제멋대로야, 하고 다다는 자신의 마음이 변한 걸 비웃었다.

나는 살고 싶어요.

아사코의 말이 떠올랐다. 그렇다. 이기심도 괴로움도 기억도 모두 안고, 그래도 나는 살고 싶다.

다다는 작은 비석 앞에서 한참을 쭈그리고 앉아 있었다. 살고 싶다고 바라지도 못할 만큼 어렸지만, 살아 있음을 더없이 간절하게 몸으로 보여주었던 아들 앞에서. 다다는 늘 그랬듯이 도저히 합장을 할 수가 없다. 아들이 살아 있을 때와 다름없이 그저 바라보기만 했다. 지금 눈앞에 있는 것은 그냥 돌일 뿐인데.

"오늘 아침에는 좀 웃겼어."

어느새 다다는 비석을 향해 말을 걸고 있었다. 처음 있는 일이었다. 자기도 놀랐지만 말은 멈추지 않았다. 그야말로 살아 있는 사람을 대하듯 말을 걸었다.

"교텐이 다림질한 바지를 입었거든. 청바지가 아니라 신사복 바지 말이야. 내 바지를 빌려줬어. 흰색 셔츠도."

다다가 다려주었다. 사무실 구석에서 먼지를 뒤집어쓰고 있던 다리미를 꺼내고, 다리미판이 없어서 탁자에 수건을 깔았다.

"머리를 다듬는다고 다듬었는데 아무리 봐도 이상했어. 전혀 선생님으로는 안 보였지. 뭐 같았냐면……."

사기꾼 같았다. 아이들을 가르치고 이끄는 사람과는 정반대로 수상하기 짝이 없어 보이는 분장이 됐다. 교텐은 신발이 이상해서라고 주장했지만, 운동화를 구두로 바꾼다고 한들 별다른 효과는 없을 것 같았다. 우선 다다한테 멀쩡한 구두가 없으니 어쩔 수 없다. 한 켤레 있는 가죽 구두를 선반에서 내려보니 곰팡이가 피어서 엉망이었다.

"그래서 교텐은 완전히 수상한 차림으로 나가게 됐어."

교텐이 단장하는 것을 보고 하루도 경쟁심을 불태웠다. 나기코와 올 때 입었던 나들이옷을 입겠다며 고집부렸다. 심지어 곰곰이도 데려갈 거라고 했다.

다다는 하루의 머리를 빗기고 꽃이 달린 핀을 앞머리에 꽂아주었다. 익숙하지 않아서 시간은 걸렸지만, 하루는 예쁘게 꾸며서 만족스러운 모습이었다. 그러는 동안 교텐은 바지에 주름이 가지 않도록 장승처럼 서 있었다. 달걀프라이를 얹은 식빵도 서서 먹었다.

"그렇게 먹으면 안 돼."

하루의 지적도 못 들은 척했다.

저 둘이서만 외출하고, 유야의 의뢰까지 수행해야 하는데 과연 가능할까.

다다는 몹시 불안했다. 소네다 할머니의 병문안을 마치면 곧바로 야마시로초의 밭으로 가자.

"또 올게."

다다는 신록이 우거진 묘지를 빠져나와 트럭을 몰고 언덕을 내려왔다. 차창을 닫고 에어컨을 켜도 매미 소리가 요란스럽게 쫓아왔다.

나중에 마쓰바라 유야에게 듣자 하니, 교텐은 그날 아침 9시 반에 밭에 도착했다고 한다.

야마시로초 2가 버스 정류장에 내린 교텐은 뒤따라 버스 계단에서 폴짝 뛰어내리는 하루를 잡아주지도 않고 보고만 있었다.

교텐과 하루는 밭 앞 도로에 나란히 섰다. 버스가 떠났다. 두 사람을 발견한 건 버스 정류장 쪽으로 신경을 곤두세우고 있던 유야뿐이었다.

완전 곤란한 거 아냐, 하고 유야는 생각했다. 교텐과 하루가 주변 풍경과 따로 놀았기 때문이다. 두 사람은 밭과 야마시로초, 좀 더 말하자면 일상이나 현실에서 완전히 동떨어진 존재로 보였다.

물론 교텐과 하루는 상식적인 옷차림을 하고 있다. '잘 차려입고 고향에 내려온 아빠와 딸'로 보려면 볼 수도 있다. 하지만 배어 나오는 어색함은 부인할 수 없었다.

머리를 다듬고 흰색 셔츠를 입은 교텐은 학원이나 학교 선생이라기보다는 언변으로 노인들에게 오리털 이불이나 상아 인감을 팔아먹고, 결혼을 미끼로 중년에 접어든 여성의 저금을 갈취하는 그런 인물 같았다.

원피스를 입은 하루는 앞머리에 머리핀을 꽂고 새초롬하게 웃고 있었다. 어린아이가 유야의 사정을 이해하고 예쁜 꼬마 아가씨를 연출하는 것 같아서 그 미소가 왠지 섬뜩했다. 얼마 전 TV에서 본 갱 영화에 이런 여자가 나왔지. 보스 옆에서 수상한 미소를 짓고 있지만, 눈은 웃지 않고 있던 여자. 유야는 하루가 들고 있는 토끼 인형까지 입가가 피로 물든 듯한 착각이 들었다.

다다 아저씨는 왜 안 왔을까. 두 사람에게서 시선을 거두고 유야는 몰래 한숨을 내쉬었다. 그리고 주위 어른들이 알아채지 못하도록 다시 가지에 물을 주었다.

큰 양동이에 물을 길어 와서 자루바가지로 뿌리에 꼼꼼히 물을 주었다. 긴 호스만 있으면 간단한 일인데 HHFA에서는 아이들에게 사용을 허락하지 않았다. "노동의 어려움을 아는 건 좋은 일이야" 하고 엄마도 말했다. 녹초가 될 때까지 일을 시키고, 학원이나 학교에서 좋은 성적을 받지 못하면 혼이 나고, 친구들한테는 무시를 당한다. 좋은 일이라곤 없다. 수확한 채소가 상당히 비싼 값으로 판매되지만 아르바이트 수당이나 용돈도 주지 않는다. 아무래도 이 조직은 수상한 게 맞다.

유야가 로봇처럼 정확히 자루바가지를 움직이면서 다시 길쪽을 쳐다봤다. 교텐과 하루가 아직도 서 있다. 유야와 눈이 마주치자 교텐이 큰 소리로 부른다.

"어, 유야 맞네!"

유야의 엄마를 포함해서 밭에 있던 어른 다섯 명과 아이 두 명이 의심스러운 눈초리로 돌아봤다. 순간적으로 유야는 눈을 내리깔았지만, 교텐이 더 큰 소리로 "여기야, 유야!" 하고 불러 대는 바람에 어쩔 수 없이 고개를 들었다.

교텐이 도로에서 유야를 향해 커다랗게 손을 흔들었다. 치약 광고나 미국 홈쇼핑 방송 같은 싱그러운 미소다.

헉, 티가 너무 나.

자루바가지를 놓칠 뻔한 유야가 얼른 바가지를 양동이에 넣었다. 밭에서 알게 된 초등학생 남자아이가 "……누구야?" 하고 유야에게 속삭였다.

누구라는 설정으로 왔을까. 대답이 궁해진 유야는 "어, 그게" 하고 얼버무렸다.

교텐은 약간의 경계와 곤혹스러운 분위기 따윈 아랑곳없이 밭으로 들어왔다. 하루도 뒤따라왔다.

"유야, 좋은 아침! 오늘 날씨가 화창하구나."

"하아……."

유야는 쿨하게 구는 교텐의 모습이 오글거려 견딜 수 없었다. 커피숍에서 만나 의뢰할 때에는 뚱딴지같은 소리를 하거나 심기 불편한 늙은 고양이처럼 외면하더니. 이 사람 이중인격자가 아닐까.

"유야, 누구시니?"

유야의 엄마가 다가와서 미심쩍은 눈초리로 교텐을 쳐다봤다. 안절부절못하는 유야는 아랑곳하지 않고 교텐은 연신 플라스틱 같은 미소를 지으며 "세가와라고 합니다" 하고 말했다.

"학원에서 수학을 담당하고 있습니다."

그런 거였군. 설정을 이해한 유야가 허둥지둥 덧붙였다.

"응, 요세이 학원의 세가와 선생님이셔. 유라도 배우는데, 무지하게 잘 가르쳐주신다고 그랬어."

"고맙다." 교텐이 매너 있게 대꾸했다. "굉장한 밭이구나. 아침부터 일손을 돕다니 착하네. 그래도 이제 슬슬 학원에 가야지. 특강 시간에 늦겠다."

"저기……." 유야 엄마가 끼어들었다. "특강이라니요?"

"오늘 학원에 특강이 있습니다." 교텐이 다시 유야 엄마 쪽을 보며 당당하게 말했다. "어? 유야, 어머니께 말씀드리지 않았구나? 그럼 안 되지."

"하지만" 하고 유야 엄마가 말꼬리를 물고 늘어졌다. "오늘은 이거 끝나고 또 일이 있어요. 죄송한데 유야는 결석으로……."

"안 됩니다. 어머니." 교텐이 진지한 표정을 지으며 유야 엄마를 정면으로 응시했다. "초등학교 6학년 여름방학은 승패를 판가름하는 결전의 시기입니다. 순간의 선택이 평생을 좌우하죠. 손 놓고 있다가는 금세 뒤처집니다. 유야는 머리가 좋아서

327

그렇게 두기는 아까운 인재입니다."

거짓말을 술술 잘도 한다. 유야가 어이없는 표정으로 교텐을 올려다보았다. 교텐이 유야의 팔을 가볍게 잡으며 "자, 선생님하고 같이 학원에 가자" 하고는 도로를 향해 걸었다.

"무슨 그런, 지금 간다고요? 곤란해요." 유야 엄마가 바짝 뒤따라왔다. "아무것도 준비가 안 돼 있고, 선생님도 따님이."

"난 하루야" 하고 천진스럽게 하루가 이름을 말했다. "난 교텐 딸이 아……."

"그만." 교텐이 낮은 목소리로 하루를 제지하더니 곧바로 얼굴에 미소를 띠며 유야 엄마에게 변명했다. "저희 집에서는 '아빠'나 '아버지'라 하지 않고 이름을 부르게 해서요."

세가와 교텐이라니, 무슨 이름이 그러냐. 꼭 점술가 같다. 유야는 갑자기 현기증이 났다. 애당초 냉정하게 생각해보면 학원 선생이 이곳에 등장할 이유가 없다. 우연히 유야랑 맞닥뜨렸다는 설정인지, 일부러 유야를 데리러 왔다는 설정인지 불투명한 채로 교텐은 계속 강행했다.

"아이 엄마가 오봉이어서 친정에 갔습니다. 딸이 혼자 놔두고 갔다고 어제부터 심통이 났네요. 아, 저희 학원은 어린이집이 있어서 아이와 함께 출근해도 괜찮습니다. 유야가 준비가 안 된 게 걱정이시라면 필기구와 교재를 모두 빌려주겠습니다. 유야는 그렇게까지 하고 싶게 만드는 인재입니다!"

유야 엄마를 비롯한 다른 어른들까지 교텐의 기세에 눌려 있는 사이, 핵심을 비껴간 설명을 반복하면서 교텐은 유야를 질질 끌고 밭을 걸어 마침내 도로까지 나왔다.

도로를 낀 맞은편에는 거목이 있는 넓은 정원의 큰 집이 있고, 집 앞에는 버스 정류장이 있다. 거기서 버스를 타면 마호로역에 갈 수 있다. 엄마와 밭에서도 벗어나고, 오늘 있을 남쪽 출구 로터리 홍보 활동도 피할 수 있다.

얼른 건너서 버스 정류장으로 가야 해. 눈앞에 있는 도로가 유야에게는 큰 강처럼 느껴졌다.

그때, 그 큰 집에서 노인들 무리가 나왔다. 남녀 합해서 십여 명은 될 것 같았다. 잘 닦아놓은 듯이 빛나는 대머리 노인을 필두로, 여행용 가방과 쇼핑백을 든 노인들이 버스 정류장에 줄을 섰다.

"헉" 하고 교텐이 작은 소리를 냈다. 도로 건너편에 교텐이 있다는 사실을 알아챈 대머리 노인도 불쾌한 표정을 지었다. 둘이 아는 사이인 모양이다. 유야가 교텐과 노인을 번갈아 보는 사이에 버스가 완만한 커브를 돌며 정차했다.

승객은 타고 있지 않았다. 차량 앞면에 붙은 행선지 표시판은 '요코하마 중앙교통'으로 되어 있고, 요금이 선불인지 후불인지를 나타내는 작은 창에는 '대절'이라고 쓰여 있다. 차체의 모양과 색상과 무늬는 평소 우리 동네를 달리는 노선버스와 다를 바 없다.

버스가 건너편 버스 정류장에서 멈춰 섰다. 차체에 가려 보이지 않지만, 노인들이 승차하는 것 같다.

"유야."

등 뒤에서 부르는 엄마의 목소리에 유야의 몸이 파르르 떨렸다. 이대로라면 밭 작업과 남쪽 출구 로터리 홍보 활동에 끌려간다.

"뛰어" 하고 교텐이 말하며 하루를 토끼 인형째 잽싸게 안아 올리더니 앞장서서 달리기 시작했다.

"타요~!"

큰 소리로 외치면서 도로를 건너갔다. 순식간에 유야도 갈등에서 벗어났다.

"엄마. 나 아무래도 특강 들으러 가야겠어. 승패가 판가름 나는 결전이니까."

말이 끝나자마자 유야는 교텐의 뒤를 쫓아 도로를 건넜다. 버스 앞쪽을 돌아 차문 앞에 섰다.

"유야!"

엄마가 앙칼진 목소리로 불렀지만, 유야는 뒤돌아보지 않았다.

차문 앞에서는 교텐이 버스 기사와 승강이를 벌이고 있었다.

"손님, 이 버스는 대절입니다."

"괜찮아요, 괜찮아. 안녕, 영감."

교텐이 운전석 바로 뒤에 앉은 대머리 노인에게 스스럼없이 한 손을 들어 인사했다.

"네놈이 왜 이 차를 타!"

"긴급사태거든요. 자, 자, 어서 출발!"

차 안에 흩어져 앉은 노인들이 놀란 얼굴로 교텐을 쳐다봤다. 시선을 무시한 채 한 손으로 유야를 계단 위로 끌어올린 교텐은 기사와 대머리 노인을 재촉했다.

좀처럼 출발하지 않는 버스 때문에 초조해진 뒤차가 경적을 울렸다.

"에잇, 할 수 없지"하고 대머리 노인이 말했다. "출발이다."

문이 닫히고 버스가 천천히 달리기 시작했다. 손잡이를 잡고 유야가 창문 밖을 내다보았다. 엄마가 화를 내며 밭으로 돌아가는 게 보인다. 다른 어른들도, 밭 친구도 도대체 뭐지, 하는 표정으로 버스를 쳐다보고 있다. 유야가 조그맣게 손을 흔들었다. 속이 후련했다.

교텐은 안고 있던 하루를 노약자석에 앉혔다. 버스 중간쯤에 있는 3인석 의자다.

"등 뒤 유령도 앉지 그래."

유야는 처음에는 자신에게 하는 말인 줄 모르고 서 있었다. 교텐이 등을 툭 쳐서 그제야 등 뒤 유령이 자신이었다는 걸 알아차렸다. 그런 이상한 별명으로 불리는 게 화가 났지만, 무사히 밭을 빠져나와 긴장이 풀렸는지 순순히 하루 옆에 앉았다.

교텐은 유야와 하루 앞에 서서 상반신을 돌리고 대머리 노인에게 말했다.

"그래서? 영감, 어디 가는 건데요? 버스 대절해서 노인들 데리고 극락 투어라도 가시게?"

"좀 전까지 그런 기분이었는데 지금은 지옥행 버스다. 네놈 같은 역병신이 올라타서."

노인이 화가 난 얼굴로 대꾸했다.

"어이쿠, 불편하시겠네."

교텐은 끄떡도 하지 않고 코웃음 쳤다. 조금 전까지의 가식적인 미소와는 딴판으로 여유가 흐르는 표정이다.

뒷좌석에 앉아 있던 노인이 흔들리는 버스에 몸을 맡기면서 다가왔다.

"어쩔 텐가, 오카 영감" 하고 대머리 노인에게 말을 건다. "예정에 없던 승객이잖아."

"할 수 없지. 벼르고 별러 세운 계획인데 실행에 옮기자고."

"그렇긴 하지만 꼬맹이도 있는데……."

"하야시 영감, 설마 여기까지 와서 겁먹은 건 아닐 테지?"

"무슨 소리 하는 건가. 자네 아는 사람 같아 걱정이 돼서 그러는 게야."

대머리 오카와 불안정하게 서 있는 하야시가 언쟁을 시작했다. 유야는 어찌할 바를 몰라 마음을 졸였다. 벼르고 벼른 단체 여행을 방해할 생각은 없었다. 어디 적당한 데서 내려주면 그걸로 충분하다. 유야가 애원하듯 교텐을 올려다봤지만, 교텐은 흥미진진한 표정으로 노인들의 언쟁을 구경하고 있을 뿐이었다.

뒷좌석에 앉아 있던 백발 할머니까지 일어나 천천히 다가왔다. 유야는 얼른 엉덩이를 옆으로 옮기고 노약자석에 할머니가 앉을 공간을 만들었다.

할머니는 유야 옆에 앉아 "과자 좀 먹어" 하고 티슈 뭉치를 내밀었다. "사이좋게 먹어."

유야와 하루를 남매라고 생각한 모양이다. 하루가 몹시 궁금한 표정으로 유야의 손을 들여다봤다. 하는 수 없이 유야는 티슈를 조심스럽게 펼쳤다. 안에서 흰 라쿠간(곡물 가루와 물엿, 설탕 등을 섞어 만든 건과자)이 모습을 드러냈다.

"이거 과자야?" 하루가 라쿠간을 집어 들고 고개를 갸웃거렸다. "예쁘다."

"그래, 아주 달단다."

할머니가 기분 좋은 듯 싱글벙글 웃었다. "잘 먹겠습니다" 하고 인사를 한 후에 하루가 라쿠간을 입에 넣었다.

"진짜 달아."

유야는 별로 내키지 않았다. 눅눅해 보이는 데다 단 걸 그다지 좋아하지도 않는다. 하지만 기대에 찬 눈으로 지켜보는 할머니 때문에 용기를 내어 한 개만 먹었다.

라쿠간이 입안의 수분을 흡수하더니 혀에 달라붙었다. 달지만 살짝 장롱 냄새 같은 게 났다. 왜 노인들이 주는 것에선 장롱 냄새가 날까. 유야는 오랫동안 만나지 못한 할머니, 할아버지와 세뱃돈 봉투의 냄새를 떠올렸다.

"맛있어요. 고맙습니다."

라쿠간이 입에서 녹아 없어지길 기다렸다가 유야가 말했다. 할머니가 "더 먹어라" 하고 말했지만 아무쪼록 사양하고 싶다. 유야는 라쿠간을 티슈로 조심스럽게 도로 말았다.

"곰곰이야."

하루가 무릎에 앉힌 토끼 인형을 라쿠간 할머니에게 소개했다. 할머니는 곰곰이의 손을 살며시 잡으며 "반갑다" 하고 인사를 했다. 별난 이름이라고 생각하면서 유야는 두 사람을 바라보았다. 물론 곰곰이에게 말을 걸거나 하지는 않았다. 다 큰 남자는 인형 놀이 따위 하지 않는다.

진짜 어른 남자인 교텐으로 말할 것 같으면, 노약자석 앞 손잡이에 매달려 바람에 펄럭이는 빨래처럼 몸을 흔들고 있다. 어수선한 데다가 시야까지 가려서 거슬려 죽을 것 같다. 빈자리도 있는데 어디 좀 앉지. 그런 생각을 하면서도 말하지는 못했다. 어쨌든 나를 밭에서 빼내준 건 교텐이고, 노인들뿐인 기묘한 버스를 타고 있어 불안한 이유도 있었다. 아무튼 지금 교텐의 심기를 건드려 좋을 건 없다.

"미안한데 말이죠" 하고 교텐이 언쟁 중인 오카와 하야시를 가로막았다. "다다 사무실에 가고 싶은데 우리를 마호로 역 앞에서 좀 내려주면 안 될까요?"

"안 돼."

오카가 교텐의 요구를 단번에 거절했다. 마침 빨간 신호등에 걸려 멈춰 있을 때, 보다 못한 버스 기사가 제안을 했다.

"저기, 여러분. 마호로 인터체인지에서 고속도로를 탈 예정이신 거죠? 어차피 역 앞을 지나가니까 세 분을 거기서 내려드리면 되는데……."

버스 기사는 사십대 중반쯤 되는 선해 보이는 남자였다. 운전대에 〈웃는 얼굴로 안전 운전에 힘쓰겠습니다 나카노 슈지〉라고 쓴 플레이트가 걸려 있다.

"거봐요. 나카노 씨도 이렇게 말해주는데."

교텐이 다시 말을 꺼냈지만, "안 돼" 하고 오카가 어째선지 반대했다. "나카노 씨, 이놈한테 일러둘 게 있으니 아무 데나 버스 좀 세워주게."

"그건 무리입니다, 손님."

나카노는 교텐과 오카가 마치 전부터 아는 사이인 것처럼 자신의 이름을 불러대는 게 어이가 없어 고개를 절레절레 흔들었다.

"자가용도 아니고, 길가 아무 데나 세울 수 없습니다."

"하는 수 없군. 그럼 달리면서 하지."

신호가 파란색으로 바뀌자, 버스는 마호로 가도를 달렸다. 오카는 하야시를 자신의 뒷좌석에 앉히고, 자신은 선 채로 교텐을 향해 엄숙하게 말했다.

"우리는 큰 목적을 가지고 행동하고 있다."

"목적이라니요?"

"설명하지. 그전에, 나카노 씨."

"무슨 일입니까?"

나카노가 기어를 1단으로 놓고 매끄럽게 브레이크를 밟으며 백미러 너머로 시선을 힐끗 보냈다.

"이 버스에는 무선 통신이나 GDP 같은 거 달려 있나?"

GPS겠지, 하고 유야는 짐작했고, 나카노도 그렇게 판단한 듯 담담하게 대답했다.

"없습니다. 한때 사내에서도 그런 얘기가 나온 적도 있지만, 휴대전화가 보급됐잖습니까. 도로 상황 파악은 휴대전화로 운행 센터에 연락을 취하면 된다고 결론이 났죠. 뭐, 택시가 아니어서 운행 센터라고 해도 마호로에 있는 평범한 영업소 사무실입니다만."

"그 말을 들으니 안심이 되는군." 오카가 대머리를 쓰다듬으며 뭔가 엉큼한 표정을 지었다.

"심부름센터 조수, 잘 들어. 우리의 목적지는 요코하마 역 앞에 있는 요코하마 중앙교통 본사다!"

"엥?" 교텐이 의심스러운 눈초리로 물었다. "왜요?"

"잠깐만요!" 놀라서 목소리를 높인 것은 나카노였다. "저는 여러분이 하코네에 가신다고 들었습니다만."

"하코네에서 즐기고 있을 때가 아니란 말이다!" 갑자기 흥분한 듯 오카의 목소리가 갈라졌다. "그건 당연히 카마플라주지!"

카무플라주(위장)일 거라고 유야는 또 짐작했다. 아무래도 사태가 심상치 않은 것 같아서 옆에 앉은 라쿠간 할머니의 표정을 보니, 흥분한 오카에게는 신경도 쓰지 않고 하루와 곰곰이를 가지고 놀고 있다. 하야시도, 뒷자리의 다른 노인들도 "흠흠" 하는 분위기로 동요가 없다. 그 분위기가 더 불안을 부채질했다. 손바닥에 땀이 배어 휴지로 싸놓은 라쿠간이 점점 더 눅눅해지는 것 같았다.

"이거 참 난감하네요." 나카노가 모자를 벗고 소매 끝으로 이마를 닦았다. "행선지를 변경하는 거라면 그거야말로 영업소에 연락해야 하는데."

"물어보지 않아도 알 것 같지만." 교텐이 손잡이를 잡고 빙그

르르 몸을 돌려 오카의 얼굴을 보았다. "뭐 하러 요코하마 본사에 가는데요?"

"감차 운행에 대한 항의다! 회사의 횡포를 용서하지 않겠다!"

짝짝짝, 하고 차에 탄 노인들의 박수 소리가 여기저기서 들렸다.

"감차 운행요? 저희 회사는 그런 거 안 합니다." 반론하던 나카노가 오카를 자극해서 좋을 게 없다는 생각을 했는지 곧바로 이렇게 말했다. "아무튼 하코네인지 요코하마인지 결정해주십시오. 저는 잠자코 있겠습니다. 운전 중에 잡담은 금지라서요."

"그게 낫겠네." 오카가 제법 그럴싸하게 다시 말했다. "나카노 씨한테 해를 입히고 싶지 않네. 휴대전화를 넣어두는 게 신상에 좋을 걸세."

교텐이 고개를 갸우뚱하며 물었다.

"혹시 이거 버스 투어가 아니라 버스 납치?"

"이제야 알았군."

오카는 웃으면서 무릎 사이에 끼우고 있던 쇼핑백 안에 든 침대보 같은 천을 꺼냈다.

"항의의 깃발과 플래카드를 만들어 왔지. 우리는 단호하게 정의 실현을 요구한다. 목적지는 요코하마다!"

우우, 하고 자리에 앉은 노인들이 힘없이 주먹을 들어 올렸다.

"오봉 연휴라 본사에는 아무도 없을 겁니다……."

나카노가 눈치를 보면서 말하자, "당신은 잠자코 있겠다고 하지 않았나?" 하고 오카가 말을 딱 잘라버렸고 나카노는 재빨리 입을 다물었다.

교텐은 나카노가 보내는 애원의 눈빛을 모른 체할 수가 없어서 설득 배턴을 이어받았다.

"영감 부인한테는 이번 궐기에 대해 말했어요?"

"그걸 말이라고 해? 마누라는 꽉 막혀서 듣자마자 설교를 늘어놓을 게 뻔하지."

"그렇겠죠." 교텐이 한숨을 쉬었다. "나이에 걸맞지 않은 행동은 그만하죠? 버스가 안 오면 다음 차를 타면 되잖아요."

후에 전말을 전해 들은 다다는 "교텐이 그런 상식적인 발언을 할 줄이야" 하고 놀랐지만, 교텐이 얼마나 괴짜인지 아직 잘 모르는 유야는 그저 지당한 말이라고만 생각했다. 버스 납치라니 불순하기 그지없다. 이런 소동에 휘말려서 이제 어떻게 해야 하지. 어떻게든 교텐이 사태를 해결해주기만 기대하며, 기도하는 마음으로 추이를 지켜보는 수밖에 없었다.

"나잇값 하느라 참고 참다가 드디어 실행으로 옮기게 된 거란 말이다." 오카가 당당하고 단호하게 말했다. "이 나이가 되면 붙잡혀도 무서울 게 없어. 사형선고를 받은들 집행도 하기 전에 저승사자가 데리러 올 테고."

운전석에 있는 나카노가 위축되어 보이는 건 신변의 위험을 느꼈다기보다 오카의 이성이 얼마나 버틸지 불안했기 때문인 것 같았다. 물론 오카는 정신이 말짱했다.

"버스 회사가 감차 운행을 하는 탓에 병원에 갈 수단을 잃은 우리는 불편하단 말이야. 약을 타지 못해 몸 상태가 악화되는 것을 지켜보고만 있을지, 아니면 행동으로 옮겼다가 잡혀서 운 나쁘게 사형 판결을 받을지, 네놈이라면 어느 쪽을 택하겠냐."

아무리 봐도 어디가 아파 보이지는 않는다. 유야는 내심 왜 그런 극단적인 선택을 해야 하는지 궁금했다. 오카에게 질문을 받은 교텐도 같은 마음이었던 것 같다.

"으아" 하고 얼굴을 찡그린다. "나라면 집에서 잠이나 자겠네. 어차피 머잖아 죽을 날이 올 텐데 그때까지 맘 편히 사는 게 낫지."

"그렇게 이상이 낮으니까 네놈이 출세도 못 하고 조수나 하고 있는 게야."

오카가 단단히 화가 났다. 교텐이 실실 웃으면서 그런 오카는 무시하고 나카노에게 부탁했다.

"저기, 우리 좀 어디 적당한 데서 내려줘요."

"이 사람들 틈에 저 혼자 놔두고 가시려는 겁니까? 못 내려드립니다. 부탁이니까 같이 있어주세요."

혼란과 곤혹과 불안이 뒤엉켜 나카노까지 말도 안 되는 소리를 한다. 눈물이 맺혔는데도 운전에 전념하고 있는 모습이 역시 프로다.

"돌아버리겠네." 교텐이 유야와 하루를 내려다봤다. "방법이 없으니 그냥 뛰어내릴까?"

말도 안 되는 소리 말라는 듯 유야가 고개를 흔들었다. 느린 속도로 달리고는 있지만, 아직 하루는 유아다. 신호를 받고 멈춘 틈에 수동으로 문을 열려고 해도, 노인 일당이 차 안에 흩어져 앉아 날카롭게 유야 쪽 동향을 살피고 있다. 과자를 먹거나 보온병의 차를 마시면서이긴 하지만.

참으로 긴박감이라곤 없다. 역시 좀 더 사태를 지켜보는 게 좋겠다. 그러다 노인들도 요코하마에서 항의를 하는 것보다 하코네에서 여행을 즐기는 게 낫겠다고 생각을 바꿀지도 모른다. HHFA 홍보 활동에서 빠진 유야에게 오늘 하루는 한가했다.

오카와 하야시가 지금 당장 플래카드를 버스 차체에다 설치하는 게 낫지 않겠냐며 논의를 했다. 교텐은 두 개의 손잡이에 양쪽 손목을 걸치고 책형이라도 받는 것처럼 고개를 떨군 채 큰 한숨을 내쉬었다.

"등 뒤 유령, 휴대전화 있나?"

그 무렵 다다는 마호로 시민병원의 흡연 구역에 있었다.

시민병원의 면회 시간은 평일은 오후 1시부터, 휴일은 오전 11시부터로 정해져 있다. 이건 어디까지나 표면상의 방침이고, 실제로는 정해진 시간 말고도 몰래 입원 병동에 들어가 면회할 수 있다. 특히 다다는 소네다 할머니 덕분에 안면을 튼 간호사가 많았다. 사정을 알고 있는 그들은 일하는 짬짬이 병원에 들르는 다다를 못 본 척해주었다.

그런데 오늘은 할머니와 같은 병실을 쓰는 환자의 혈압이 올라가는 바람에, 때마침 의사가 병실에 와 있었다. 수액이다 뭐다 어수선할 때 외부인인 데다 면회 시간조차 무시한 다다가 얼굴을 들이밀 수는 없는 노릇이었다. 30분 정도면 괜찮아질 거라고 눈치 있게 귀띔을 해준 간호사 스자키 덕분에 다다는 담배를 피우면서 시간을 때우기로 했다.

흡연 구역은 병원 뒷문을 나오면 바로 있다. 코앞은 주차장으로, 내원자의 차량 지붕이 햇빛을 반사하고 있다. 오전인 데도 내리쬐는 뙤약볕에 아스팔트가 녹아버릴 것 같았다.

기다리는 동안 할머니가 좋아하는 카스텔라나 사 올까. 다다는 차가운 캔 커피를 다 마시고 나서 멍하니 생각에 빠졌다. 으레 하루 전날에 준비해놓는 선물을 하필이면 오늘 깜박했다. 병원으로 오는 도중에 마호로 가도에 있는 제과점에 들러봤지만, 시간이 이른지 오봉이라 쉬는 건지 폐점한 건지 셔터가 내려져 있었다.

하는 수 없이 빈손으로 오긴 했지만, 단 걸 좋아하는 할머니가 실망할 생각을 하니 마음이 짠했다. 역 앞까지 가서 백화점 문이 열리기를 기다릴까, 아니면 병원 매점에서 대충 아무거나 사 갈까……

쓰레기통에 빈 캔을 버린 후 정수리에 뙤약볕 고문을 당하면서 다다는 두 개비째 담배에 불을 붙였다. 기온이 너무 높으니 무언가를 판단하는 게 귀찮았다. 재떨이 주변에는 환자복을 입은 할아버지와 다리에 깁스를 한 젊은이가 모여서 무료한 듯 연기를 내뱉고 있다.

교텐이 유야를 무사히 밭에서 데리고 나왔을까. 성공했으면 지금쯤 사무실에 돌아와 있겠다고 생각한 바로 그때, 다다의 휴대전화가 울렸다. 유야의 전화번호가 액정 화면에 떴다.

"네, 다다입니다."

"나야, 나" 하는 교텐의 목소리가 들렸다. 차림새뿐만 아니라 전화 거는 폼까지 사기꾼 같다. 다다가 미간을 누르며 "그래, 지금 어디야?" 하고 물었다.

"일은 순조롭게 해결됐냐?"

"등 뒤 유령은 데리고 나왔는데, 올라탄 버스가 납치됐지 뭐야."

너무 가벼운 교텐의 말투 때문에 말의 의미가 뇌를 그냥 지나쳤다. 몇 초쯤 지나서야 반응했다.

"뭐라고!"

목소리가 컸는지 주위 사람들의 시선이 집중됐다. 흡연 구역에서 뙤약볕 아래 주차장으로 발걸음을 옮겼다.

"버스 납치라니, 그렇게 큰일이 생겼으면 나한테 연락할 게 아니라 경찰에 신고부터 해야지. 벌써 당했냐? 범인은 어떤 놈이야?"

놀란 다다가 연거푸 질문하자, 교텐이 큭큭거리면서 웃었다.

"보통은 '진짜야?' 하고 물어보는 게 먼저 아니냐?"

"뭐야, 농담이었냐?"

"아냐, 진짜야. 버스 납치라고 해야 되나, 데모대 시위에 휘말렸다고 해야 되나."

"야, 교텐. 좀 작게 말해. 상황 괜찮은 거야? 범인한테 들키면……."

전화 너머에서 "짝짝 짝 짝" 하고 박자도 맞지 않는 승리의 박수 소리가 새어 나왔다.

"뭐 하냐? 도대체." 다다는 얼떨결에 귀에서 뗀 휴대전화를 물끄러미 바라보다가 다시 불렀다. "여보세요?"

교텐과 버스 납치범 사이에 무슨 말이 오가는 것 같더니, "여보세요?" 하고 교텐이 다다와 통화를 재개했다.

"미치겠다. 영감이 플래카드를 설치하라네. 잠시 봐줘야 하니까 나중에 다시 전화할게."

"야, 야, 야, 잠깐만." 다다가 당장 전화를 끊으려는 교텐을 허둥지둥 가로막으며 물었다. "영감이 누군데."

"거 있잖아. 대머리, 야마시로초."

"오카 씨 말이냐!"

"어. 영감이 요중 본사에 항의하러 간다면서 노인들이랑 버스를 대절해서 들고일어났어."

다다는 교텐의 설명을 듣고도 도무지 이해할 수가 없었다. 아니, 정확히 말하면 이해를 못 한 채로 무시하고 싶었다. 하지만 그럴 수도 없는 노릇이었다.

"경찰에 신고해."

다다도 이번에는 무책임하게 내뱉었다.

"해도 되지만 말이야" 하고 교텐이 가벼운 어조로 받아넘겼다. "얼마 있지도 않은 고객이 잡히면 너 곤란하지 않겠냐?"

뙤약볕 때문인지 정신적인 피로 때문인지 다다의 관자놀이가 지끈거렸다.

오카네 집 다다미방에서 열린 비밀 회동. 무언가 비밀스러운 결의를 하며 희번덕거리던 오카의 눈. 그때 좀 더 이야기를 들어둘 걸 그랬다고 후회했지만, 떠난 버스는 돌아오지 않는다.

"알았어." 결국 체념한 다다가 한숨을 내쉬며 말했다. "지금 어디 있냐?"

버스 납치 노인들과 유야 일행을 태운 대절 버스가 마호로역 쪽을 향해 쉬지 않고 마호로 가도를 달리고 있었다.

다다와의 통화가 끝난 교텐에게 오카는 기다렸다는 듯이 쇼핑백에서 천을 끄집어내 떠안겼다.

"자, 이걸 차량에 매달아주게."

교텐은 유야에게 휴대전화를 돌려주고 나서 천에 쓰인 글자를 읽었다. 유야도 바지 주머니에 휴대전화를 집어넣고는 천 끝을 잡고 펼치는 것을 도왔다.

"다, 겠, 않……?"

"〈요코하마 중앙교통의 횡포를 용서하지 않겠다!〉라고!"

"맞네. 반대쪽 글자부터 보여서 그랬어요."

교텐이 천을 끌고 차 안을 이동했다. 신부의 기다란 면사포를 들어 올리듯 들고 유야도 교텐을 따라 움직였다.

오카가 자리를 내줘서 교텐은 운전석 바로 뒷좌석에다 한쪽 무릎을 올렸다. 그러고는 창문을 열고 차량 밖으로 얼굴을 내밀었다.

"잠깐 차 좀 세우면 안 돼요? 밖에서 설치하는 게 편할 텐데."

오카는 교텐의 제안을 받아들이지 않았다.

"우리에게는 전진만이 있을 뿐이다."

교텐은 하는 수 없이 유야에게 지시를 내렸다.

"자, 등 뒤 유령은 중간쯤에 있는 창문에서 대기해. 그래, 그

래, 그쯤에. 간다!"

교텐이 앞 창문으로 오카가 만든 플래카드를 힘차게 밀어냈다. 폭이 좁고 기다란 천이 바람에 펄럭이며 고이노보리처럼 차체를 따라 나부낀다.

"등 뒤 유령, 그쪽 가장자리를 잡는 거야!"

그런 무지막지한 주문을. 천 끝이 마치 펄떡펄떡 날뛰는 활어처럼 요동쳤다. 유야는 망연자실했다. 달리는 버스 창문으로 몸을 내미는 행위는 지금까지 한 번도 해본 적이 없다. 엄마와 선생님한테 위험하니까 그러면 안 된다는 말을 쭉 들어왔다.

하지만 이 버스에 탄 어른들은 어떤가. 교텐은 "얼른, 얼른" 하면서 재촉한다. 오카를 비롯한 노인들은 버스 중앙에 모여서 교텐과 유야의 뒤를 반원 모양으로 둘러싸고 "젊은데 힘이 약하네" "이봐, 꼬마도 심부름센터 조수를 빨랑빨랑 도와야지" 하면서 아무 말 대잔치다.

펄럭이는 플래카드는 공기를 잔뜩 품고 있어 상당히 무거웠다. 살벌한 표정으로 천 끝을 붙들고 있는 교텐이 상반신을 창밖으로 내밀고 필사적으로 버텼다. 오다코(가로 11미터, 세로 15미터, 무게 800킬로그램의 커다란 연)를 날릴 때나 참치 외바늘 낚시를 할 때와 맞먹는 집중력이다. 천성적으로 마음이 약한 유야는 사람들의 시선에 떠밀려, 저도 모르게 창밖으로 양손을 뻗어 펄럭이는 천 끝을 잡아버렸다.

347

천의 무게가 팔에 묵직하게 전해졌다. 맞은편 차량에 탄 사람이 무슨 일인가 싶어 버스를 올려다보다가 눈 깜짝할 사이에 지나갔다.

"잘했어, 그대로 잡고 있어."

교텐이 차 안으로 머리를 집어넣고, 천 끝에 달린 끈을 창문 손잡이에 동여맸다. 작은 스테이플러같이 생긴 손잡이였다. 그리고 유야 쪽으로 다가와 아까처럼 끈으로 고정시켰다.

버스는 차체 오른쪽에 '요코하마 중앙교통의 횡포를 용서하지 않겠다! 감차 운행 반대!'라고 쓰인 플래카드가 걸렸다. 플래카드의 끝자락이 고정되지 않아서 거센 바람에 날리는 천은 글자를 제대로 읽을 수가 없었다.

노인들은 다닥다닥 창문에 매달려서 만족스러운 듯 플래카드를 내려다봤다. 교텐과 하루도 합류해서 창밖으로 얼굴을 내밀었다.

"위험해."

유야가 하루의 원피스 등 쪽을 잡고 가볍게 끌어당겼다. 하루는 기쁜 얼굴로 유야를 올려다보며 "멋지다" 하고 말했다.

"운동회 같아."

운동회? 맞네, 듣고 보니 그런 것 같다. 유야는 노인들 틈에서 펄럭이는 플래카드를 내려다보았다. 오카가 마음먹고 공들여 썼다는 글씨는 어설픈 인쇄체 느낌이었는데, 그게 더 무시무시한 협박장 같은 분위기를 자아냈다.

운전사 나카노가 버스에 단 플래카드를 사이드미러로 확인하고는 고개를 절레절레 흔들었다.

"위험하니까 자리에 앉아주십시오."

유야와 하루는 노약자석으로, 다른 노인들도 제자리로 돌아갔다. 교텐이 유야와 하루 앞에 있는 손잡이를 잡았다. 라쿠간 할머니는 플래카드 달기 소동 중에도 태연하게 노약자석에 앉아만 있었다.

"그럼, 우리의 주장도 명확해졌으니까." 오카가 버스 뒤쪽을 향해 몸을 돌리며 말했다. "당당히 요코하마로 가자!"

"아니야, 오카 영감. 좀 기다려봐."

그렇게 말한 사람은 뒤쪽 2인석에 앉아 있던 남자였다. 숱이 많은 백발에 아주 신사적인 분위기를 풍겼다. 유야는 오카 씨하고는 잘 안 맞아 보이는 그 사람이 계획을 말려줬으면 좋겠다고 생각했다.

"요코하마 본사에 가봤자 헛걸음치는 거 아닌가."

"이제 와서 무슨 소리야, 야마모토 영감."

흥분하는 오카를 손바닥으로 저지하면서 야마모토라는 남자가 말했다.

"좀 들어보게나. 나카노 기사 말로는 오봉 연휴에 본사에 사람이 없다잖아."

349

핸들을 돌리면서 나카노가 격하게 고개를 끄덕여 보였다. 야마모토가 발언을 계속했다.

"도로 사정 포함해서 마호로 일은 역시 마호로에 있는 요중 영업소가 가장 잘 알고 있을 걸세."

"그게요, 영업소도 오봉 연휴입니다."

나카노가 조심스럽게 말했다.

"그래도 누군가는 있겠지. 승차 근무는 교대제일 텐데."

오카가 운전석 뒤쪽에 있는 투명 보드 너머로 말을 걸자, 나카노는 거북이처럼 목을 움츠리며 다시 운전에 전념했다.

"문제는 말일세." 야마모토가 목소리를 한층 더 높여 말했다. "요중 영업소와 마호로 시민병원이 도대체 어디에 있느냐는 말이지. 요코하마 시? 아니야. 도쿄도 마호로 시에 있다고. 영업소와 병원을 관할하는 건 마호로 시란 말이지! 오래도록 주민세를 납부해온 우리들이 당당히 항의하러 가야 할 곳은 마호로 시청이란 말이야!"

"시청이야말로 오봉 연휴 아닌가?"

교텐이 의문을 제시했지만, "그럴 때는 '담당 직원은 지금 당장 시청으로 오라. 그러지 않으면 버스에 탄 노인들을 한 명씩 죽이겠다' 이렇게 말하면 되네."

야마모토는 겉보기와 달리 과격했다. 자신도 '노인'에 포함되는 연령이라는 사실을 모르는 걸까. 역시 오카 씨 친구라는 생각에 유야는 실망했다.

차 안에서는 "맞네, 시청이네" "일리 있는 말이네" 하는 분위기로 흘렀다. 유야는 속으로 '버스 운행을 관할하는 건 시청이 아니라 국토교통부일 테고, 시민병원에는 이미 민간 운영 회사가 들어가 있어요' 하고 반론했지만, 섣불리 간섭할 분위기가 아니어서 당연히 잠자코 있었다.

버스는 마침 마호로 가도에 있는 키친 마호로 모퉁이를 돌고 있었다. 여기에서 역 앞까지는 편도 이차선의 넓은 도로가 나온다.

"어떻게 할 건가?" 오카가 차 안을 둘러봤다. "요코하마에 있는 요중 본사인가, 마호로 시청인가, 어느 쪽으로 가는 게 효과적일지 다수결로 정하고 싶은데."

"저는 시청이 좋아요."

맨 뒷자리 긴 좌석에 앉아 있던 노부인이 말했다. 아직 다수결 진행도 하기 전인데 멋대로 손을 들었다. 백발을 경단 모양으로 묶어 올린 몸집이 작은 여성이다.

"아, 하나무라입니다. 잘 부탁합니다."

노부인이 발언을 하다 말고 느닷없이 이름을 말했다. 얼떨결에 유야도 가볍게 목례를 했지만, 오카를 비롯한 노인들은 이미 알고 있다는 표정이었다. 이웃 주민들끼리 합심해서 궐기하는 모양인데 아는 게 당연하겠지.

"어째서 시청이 좋은지 생각을 말해봐요."

오카의 재촉에 하나무라가 볼에 살짝 손을 댔다.

"글쎄요. 굳이 말하자면 가까워서? 오늘은 날씨가 좋잖아요. 빨래를 널어두고 나왔는데 요코하마까지 갔다가 저녁에 돌아오면 기껏 널어놓은 빨래가 눅눅해질 것 같아요."

차 안은 "그런 이유로?" "빨래가 눅눅해지면 싫긴 하지" 하는 분위기다. 버스 납치를 하기 전에 빨래를 널었구나……. 유야가 어이없음 반 경외감 반의 심정으로 하나무라를 쳐다봤다. 하나무라는 "어떤가요?" 하면서 상냥하게 고개를 옆으로 기울였다.

"그럼 요중 본사인지 마호로 시청인지 결정을……."

오카가 다시 말하려는 찰나, 등 뒤에서 경적 소리가 들렸다. 나카노가 사이드미러로 시선을 옮기자, 다른 사람들도 일제히 돌아봤다.

흰색 트럭이 버스를 맹추격하고 있었다.

"다다다!"

손잡이에 매달려 있던 교텐이 생기를 되찾고 플래카드가 설치된 창문 쪽으로 뛰어갔다. 열린 창문으로 상반신을 내밀고 "살려줘!" 하면서 손을 흔들었다.

트럭이 버스 옆에 바짝 붙어 나란히 달리기 시작했다. 조수석 창문이 닫혀 있어서 내부가 보이지는 않았지만 분명히 다다 심부름집 트럭이었다.

유야의 바지 주머니에서 휴대전화가 울렸다.

"여보세요?"

"유야? 심부름센터 다다야."

"다다 아저씨, 지금 옆에서 달리는 거 맞죠?"

"그래. 교텐이 뭐라는지 몰라서 말이다. 지금 어떤 상황인 거야? 해를 입은 사람은 없고?"

"그건 없어요." 유야가 교텐 옆에 서서 창 너머 트럭을 보며 다시 말했다. "정신적 피해는 크지만요."

이럴 거라면 남쪽 출구 로터리에서 홍보 활동을 하는 게 나았다. 유야는 정체를 알 수 없는 버스에 올라탄 걸 후회했다.

"하루는 어쩌고 있어?"

다다의 질문에 유야가 노약자석을 봤다. 하루는 곰곰이를 안고 할머니와 함께 라쿠간을 먹고 있었다. 대단하다.

"얌전하게 있어요."

얌전하게 있지 않은 건 오카다. 대화를 엿듣고 눈치를 챘는지, 앉은 채 차 밖으로 머리만 내밀고는 "심부름센터! 방해하지 마, 걸리적거려! 저리 가!" 하면서 트럭을 위협했다.

"트럭 짐칸으로 뛰어내리는 수밖에 방법이 없겠다."

교텐이 진지한 표정으로 유야에게 제안했다.

"말도 안 돼요. 할리우드 영화가 아니란 말이에요."

"뭐야, 그럼 이대로 회사나 시청에 쳐들어가는 거야? 그게
더 싫다. 영화도 아닌데."

"유야?"

휴대전화 너머로 다다가 불렀다. 어른들에게 이리저리 휘둘
린 유야는 정신이 쏙 빠졌다.

"괜찮아?"

"네, 뭐." 유야가 대답했다. "쳐들어갈 장소를 시청으로 할지
요중 본사로 할지 지금 막 다수결로 정하려던 참이었어요."

"둘 다 그만두라고 오카 씨한테 전해줘."

말해서 들었으면 이렇게 됐겠나. 그러다가 다다의 트럭이
오른쪽 차선으로 들어서는 바람에 직진하던 버스와 행선지가
갈라지고 말았다.

"다다 아저씨!"

소리치는 유야의 손에서 오카가 휴대전화를 낚아챘다.

"좋아, 결정했다."

오카는 작위적인 목소리로 말했다.

"행선지는 마호로 시청이다! 들었나, 심부름센터."

유야가 휴대전화에 귀를 가까이 대자, "들었습니다" 하는 다
다의 목소리가 새어 나왔다. "또 연락하겠습니다."

그 말을 끝으로 통화는 끊겼다. 트럭은 모퉁이를 돌아 모습
을 감췄다. 되돌아와서 버스를 추격해주리란 건 알지만, 유야

354

는 어째서인지 마음이 놓이지 않았다. 오카로부터 돌려받은 휴대전화를 소중히 주머니에 집어넣었다. 이제 상식적인 외부 세계와의 유일한 접점은 이 작은 기계뿐이다.

"시청에 가는 건가?"

하야시가 오카에게 물었다. 오카는 씨익, 음흉하게 웃었다.

"이렇게 말해두면 심부름센터는 머리를 굴려서 요코하마로 갈 거란 말이야. 하지만 우리는 허를 찌르고 시청으로 가는 거지."

"거 너무 복잡하네."

하야시가 오카의 전략에 고개를 갸웃거렸다.

"어느 쪽이야." 교텐도 동의하기 힘든 것 같았다. "다다는 단순해서 시청이라고 하면 그걸 순진하게 믿을 것 같은데."

오카 씨한테 무슨 조언을 하냐고요. 유야가 황급히 교텐을 향해 잠자코 있으라는 눈짓을 보냈다. 유야의 의중을 전혀 파악하지 못한 교텐이 "응? 뭐라고? 지금 화장실은 힘들겠는데?" 하고 엉뚱한 말을 했다.

오카는 판단에 자신이 없어진 모양이었다.

"자, 이번에야말로 다수결로 정하자고" 하고 차 안 동지들에게 제안했다. "가까운 마호로 시청이 좋은지, 당초 예정대로 요 중 본사가 좋은지. 1분 줄 테니 다들 잘 생각해보게."

"죄송합니다만, 저는 기권하겠습니다." 사적 대화 금지라는 규율을 깨고 나카노가 또다시 끼어들었다. "선택지에 하코네가 없지 않습니까. 곤란합니다."

나카노 씨는 애초에 다수결에 참가할 자격이 없지 않나? 유야는 초췌해진 얼굴로 노약자석으로 돌아와 등받이에 깊숙이 몸을 기댔다. 어쩐 일인지 하루가 안절부절못하며 곰곰이의 귀를 만지작거렸다.

나카노의 발언은 무시된 채 차에 탄 노인들의 모색이 시작됐다. 1분쯤 지났을 무렵 오카가 위엄 있는 말투로 운을 뗐다.

"마호로 시청이 좋다고 생각하는 사람은 손 들어보시오."

오카, 야마모토, 하나무라를 비롯한 노인의 과반수에 해당하는 일곱 명이 손을 들었다. 유야는 안심했다. 고속도로를 타버리면 방법이 없지만, 행선지가 마호로 시청이면 결국 버스에서 내릴 찬스가 있을 것이다.

하지만 오카는 무슨 심산인지 계속해서 "자, 요코하마 본사가 좋다고 생각하는 사람" 하고 물었다. 손을 든 사람은 하야시와 라쿠간 할머니 말고도 세 명의 노인. 그리고 교텐과 교텐을 따라 다수결에 참가한 하루였다.

"흐음. 7대7인가……."

오카가 생각에 잠겨 있는 동안 유야가 마음속으로 '잠깐만!' 하고 외쳤다. 어째서 교텐하고 하루가 천연덕스럽게 손을 드는 것인가. 차에 탄 노인들도 그것을 기정사실화하고 있고, 한

술 더 떠 나에게로 시선이 모이는 건 왜인가.

설마 내 결단에 모든 걸 맡긴다는 의미……? 요코하마인지 마호로인지, 내가 의사를 표명한 쪽이 행선지가 돼버리는 거라고?

"교텐 아저씨." 더 이상 견디지 못한 유야가 작은 소리로 항의했다. "왜 손을 들었어요?"

아니나 다를까, 교텐은 유야의 의중을 전혀 파악하지 못했다.

"왜라니, 이건 절대로 요코하마지" 하고 태연하게 대답했다. "다다는 머리 굴리고 이런 거 못 하니까 시청으로 갈 게 틀림없어. 내기해도 좋다고!"

당신, 도대체 누구 편이야? 악에 받친 유야가 손을 들고 말했다.

"마호로 시청이 좋아요. 시청으로 가요!"

그쪽이 다다가 와줄 확률이 높을 것 같았고, 별로 가본 적이 없는 요코하마보다는 그래도 나을 것 같았다.

"정했다. 우리의 행선지는 마호로 시청이다!"

오카가 목소리를 높여 선언하자, 노인들 모두가 "그럼, 그렇게 하지" 하는 분위기로 수긍했다.

"에이, 요코하마가 좋은데."

교텐은 투덜거리면서도 강하게 반론하지는 않고 창밖을 바라봤다. 마호로 중심가의 빌딩들이 눈앞에 보이기 시작했다.

유야는 괜히 가슴이 두근거리고 뺨이 뜨거워졌다. 학교에서도 학원에서도 큰 소리로 발언을 해본 적이 없다. 뭔지 모를 쾌감이 느껴졌다. 어른들에게 자신의 의견이 반영되는 건 처음하는 경험이었다. 다분히 몰상식한, '어른'이라 해도 되는지 모르겠는 어른들이긴 하지만 그래도 기뻤다. 동시에 자신의 발언으로 뭔가가 결정된다는 것이 두렵기도 했다. 이로써 나도 버스 납치단의 한패로 취급받게 되나.

"자, 시청으로 가주게."

오카는 운전석에 설치된 칸막이 보드를 흔들면서 나카노를 재촉했다.

"여름 하코네 참 좋은데 말이죠. 시원하고 경치도 좋고."

나카노는 원래 목적지에 대한 미련을 은근슬쩍 드러내면서 핸들을 꺾었다. 보행자 천국인 데다 일방통행이 많은 마호로 번화가는 도로도 좁아서 대형 버스는 진입할 수가 없다. 역에서 걸어 10분 정도 거리에 있는 마호로 시청에, 중심지를 우회하는 방법으로 버스를 몰 생각인 것 같았다.

하루는 야무지게 다수결에 참가하고 나서 또다시 곰곰이의 귀를 묶었다 풀었다 하더니 절박한 표정으로 말했다.

"나, 쉬하고 싶어."

처음에 교텐은 안 들리는 척했다. 하지만 하루가 몇 번이나 "쉬, 쉬" 하고 말하니까 더 이상 내버려둘 수가 없었나 보다.

"지금 바로? 쌀 거 같아?" 교텐이 귀찮다는 듯이 대꾸했다. "아까 화장실 이야기를 해서 그러나. 이 사람은 화장실 얘기만 하면 바로 쉬가 하고 싶어지는 모양이야."

교텐은 노약자석 앞에 웅크리고 앉아 "답이 없네" 하고 유야에게 말을 걸었다. 그런 말을 들으면 이쪽이 더 난감하다. 유야는 당황스러운 데다 금방이라도 울음을 터뜨릴 것 같은 하루가 걱정이 돼서 옆에 앉은 라쿠간 할머니에게 눈으로 도움을 청했다.

할머니는 교텐과 달리 유야의 마음을 바로 읽어냈다.

"이런, 이런, 괜찮아."

상반신을 일으켜 하루의 어깨를 다정하게 어루만지더니 "시청에 가기 전에 어디서 좀 쉬지요" 하고 제안했다.

"버스 탄 지 아직 30분도 안 지났지만요."

교텐이 마지못한 모습으로 할머니 의견에 동의했다.

어린아이가 떼를 쓰거나 느닷없이 자기주장을 하는 것은 당연한 일이다. HHFA 밭에서는 어린아이들도 같이 일하기 때문에 유야는 잘 알고 있다. 하루는 말귀를 잘 알아듣는 편이었다. 그런데도 하루를 대하는 교텐의 태도는 매정하기 짝이 없다. 아빠라면서요. 유야는 그런 교텐이 못마땅했지만 잠자코 있기로 했다. 아까 행선지를 최종 결정하느라 진이 빠진 탓도 있고, 하루를 두둔하는 게 쑥스럽기도 했고, '어쩌면 우리 엄마가 과잉보호를 한 것일 뿐, 보통 부모들은 이런 걸지도 몰라' 하는 갈등도 있었다.

"아이하고 노인은 화장실이 잦지." 일찌감치 휴식을 취하기로 오카도 동의했다. "잠시 행선지 변경. 기사 양반, 화장실 있는 데로 차를 돌리게."

"네, 네." 나카노는 한숨과 동시에 고개를 끄덕였다. "손님이 원하시는 곳이라면 어디든 갑니다. 여러분의 믿음직한 다리, 요코하마 중앙교통이니까요."

그 무렵 다다는 교텐의 추측대로 오카의 말을 믿고 마호로 시청으로 가려고 했다. 우회전을 하느라 버스와 길이 갈라지자마자, 문을 연 제과점을 발견하고 갓길에 트럭을 세우는 바람에 계획이 빗나갔다.

버스 납치범은 오카로 판명됐다. 이웃 주민들끼리 서로 부추긴 건지 비밀 회동 때보다 참가자가 늘어난 듯하지만, 아직 범행 단계는 아닌 것 같고 하루와 유야도 당장 위험해 보이진 않았다. 인정하기는 싫지만 동물적인 위기 대처 능력을 갖춘 교텐도 옆에 있다.

그렇다면 버스는 일단 교텐에게 맡겨놓고, 나는 면회에 가져갈 카스텔라를 사야 하지 않을까. 운전석에서 잠시 생각에 빠진 다다가 드디어 결론을 내렸다. 그래, 카스텔라를 사서 소네다 할머니 문병을 먼저 가자.

여느 때 같으면 무슨 일이 있더라도 버스를 추격했을 텐데, 내게도 마음의 여유가 생겼다는 건가. 아니, 단순히 여러모로 느슨해진 것일 수도 있다.

'뭐, 됐어' '어떻게든 될 거야' 하는 마인드로 매사를 대처하려는 경향이 있다.

다다는 트럭에서 내려 입구는 넓지만 어두컴컴한 제과점에 들어가서 진열장을 들여다보았다. 차가워 보이는 화과자, 양갱, 딸기 조각 케이크, 몽블랑 케이크 등 동서양을 막론한 다양한 종류의 과자가 진열되어 있었다. 젊은 사람들은 좋아할 것 같지 않은 큼직하고 투박스러운 옛날식 과자였지만, 세련된 맛에 관심이 없는 다다는 개의치 않았다. 종이 상자에 든 카스텔라를 발견하고 "다행이다, 다행이다" 하면서 빵을 샀다. 수제는 아니고 업자에게 납품받은 것 같았지만, 그 가게에서 만든 빵인지 아닌지는 다다에게 전혀 관심 없는 사항이었다. 다다는 포장도 종이 가방도 사양하고, 카스텔라를 상자째 소중히 안고 트럭으로 돌아왔다.

다다는 역이나 시청과는 반대 방향인 마호로 시민병원을 향해 마호로 가도를 되돌아갔다. 길 건너편에 새로 지은 병동 창문이 하얗게 햇살을 반사하는 게 보였다.

병원 주차장으로 막 진입했을 때 휴대전화가 울렸다. 유야인 줄 알고 셔츠 앞주머니에서 휴대전화를 꺼내 든 다다가 화면에 뜬 이름을 보고 미간을 찌푸렸다.

"네, 다다 심부름집."

"지금 어디야?"

호시가 늘 하던 대로 인사도 없이 말을 꺼냈다.

"시민병원입니다만."

"당장 사무실로 돌아오는 편이 좋을 거야."

"왜요?"

다다는 방해가 되지 않도록 주차장 구석에 트럭을 대고 미간을 문질렀다.

"얘기할 게 있다."

"오늘은 바쁜데요."

"내가 너한테 할 말이 있다고 했다."

호시의 목소리에 초조함이 배어났다.

"같은 말 두 번 하게 하지 마. 여기까지 와줬는데 얼른 와서 차 정도는 대접하라고."

"음, 하지만…… 또 갈 데가 있어서요."

호시의 한숨 소리에 이어 가느다란 목소리가 들렸다.

"다다 아저씨, 살려줘요……."

유라의 목소리였다.

다다가 쯧, 하고 혀를 차면서 "유라 도련님 손끝 하나라도 건

362

드리기만 해봐. 절대 용서 못 해. 어이!" 하고 고함을 질렀지만,
호시는 아무 대답도 없이 전화를 끊어버렸다.

호시가 어째서 유라와 함께 다다의 사무실에 와 있는지 의
문이었지만, 지금은 호시가 시키는 대로 하는 수밖에 없었다.
다다는 액셀을 밟아 서둘러 병원 주차장을 빠져나왔다. 카스
텔라 상자가 조수석에서 흔들렸다.

소네다 할머니의 면회까지 여정이 먼 것 같다.

다무라 유라는 처음 방문한 다다 심부름집 사무실에서 몸을
움츠리고 앉아 있었다. 맞은편 소파에는 귀에 피어싱을 잔뜩
한 젊은 남자가 자기 집 안방처럼 편하게 앉아 있었다.

"나 알아?"

통화를 끝내고 휴대전화를 만지작거리며 남자가 물었다.

"몰라요."

"나는 널 알지." 남자의 입가에서 차가운 미소가 흘렀다. "사
탕을 다 팔지 못한 나쁜 녀석이지."

그제야 유라도 남자가 누구인지 알아챘다. 마호로에서 마
약을 파는 조직의, 아마도 우두머리일 것이다. 다다에게 들은
적이 있다. 이름이 호시라고 했던 것 같다. 유라는 예전에 호
시의 똘마니에게 이용당해 5천 엔을 받고 마약 전달책 노릇을
도왔다. 그러다 점점 겁이 나서 다다에게 도움을 요청했었다.

일이 어째서 이렇게 됐을까. 유라는 손바닥에 땀이 흥건한 채로 슬쩍 실내를 둘러봤다. 몹시 힘이 세 보이는 남자가 입구에 서서 유라와 눈이 마주칠 때마다 쏘아보았다. 아무래도 도망치긴 글렀다.

유라의 부모님은 오봉인 오늘도 회사에 갔다. 8월 말에 모아서 휴가를 낼 테니까 그때 여행이라도 가자. 어차피 지금은 어딜 가든 제일 복잡한 시기거든. 그렇게 말하고는 유라에게 점심값 500엔을 주고 외출했다. 8월 말이 되면 "급한 일이 들어왔어"라고 말할 게 분명하다. 정해진 패턴이다.

부모님과 지내는 여름방학은 오래전에 포기한 유라여서 딱히 실망도 하지 않았다. 학원 자습실에서 공부할 마음으로 집을 나왔다가 역까지 와서 마음이 바뀌었다. 유야가 어떻게 됐는지 걱정이 되어 다다 심부름집을 찾아가보기로 한 것이다. 전에 받은 명함은 지하철 정기권 케이스 안에 잘 넣어뒀다. 부적 같아 보여 창피한 마음에 비밀로 하고 있지만. 언젠가 정기권 케이스를 잃어버린 적이 있는데, 다다가 파출소에 연락해주어 무사히 돌아왔다.

유라는 명함 주소를 보고 다다 심부름집 사무실을 찾아냈다. 사무실은 역 앞의 오래된 상가 건물 2층에 있었다. 유라는 무심코 계단 수를 세면서 올라가다가 계단이 열세 개여서 괜히 불길한 마음이 들었다. 거기서 되돌아왔으면 좋았을 텐데 조심조심 문을 연 것이 실수였다.

실내에 있던 사람은 다다가 아니라, 호시와 엄청 힘이 세 보이는 남자였다.

물론 유라는 그 자리에서 바로 '뒤로돌아'를 했지만, 힘센 남자에게 목덜미를 잡히고 말았다. 그렇게 유라는 강제로 소파에 앉혀진 채, 호시와 마주 앉아 있는 어색함을 견디며 지금에 이르렀다.

"그렇게 겁먹지 마"하고 호시가 말했다. 쉰 목소리에서 조용한 박력이 느껴져 더욱 섬뜩했다.

"그깟 5천 엔, 이제 와서 돌려달라는 말 안 해. 용돈이라 생각하라고. 알았지?"

"네."

"용돈 주는 사람한테는 너도 마음을 좀 터놓고 싶어지겠지."

이번에는 순순히 "네"라고 대답하기가 어려웠다. 유라는 이미 땀으로 범벅이 된 손바닥 때문에 애를 먹으며 침묵으로 일관했다.

호시는 긴장과 불안으로 금방이라도 지릴 것 같은 유라를 보면서 가소롭다는 듯 콧방귀를 뀌었다.

"전자레인지로 해동시켜야겠는데."

갑자기 조각상처럼 입구에 서 있던 힘센 남자가 움직였다. 멋대로 칸막이 커튼을 젖히더니 살림 공간에 놓인 냉장고 안을 점검했다.

"가나이." 호시가 소파에 앉은 채 힘센 남자를 불렀다. "그냥 한번 물어보는 건데, 뭘 찾는 거지?"

"달걀밖에 없습니다" 하고 가나이라는 힘센 남자가 대답했다. "달걀을 전자레인지에 넣고 돌리면 폭발한다고 들은 적이 있는데 어떻게 할까요?"

"어떻게도 하지 마라. 앉아."

호시가 주먹을 쥐고 손가락 관절로 관자놀이를 문질렀다. 투박한 반지를 끼고 있어서 굉장히 아플 것 같았다. 하지만 호시는 세게 누르며 문질렀다. 고통 말고는 짜증을 가라앉힐 방법이 없다는 듯이.

가나이가 조용히 유라 옆에 앉았다. 무게 때문에 자리가 기울어 고꾸라질 뻔한 유라를 가나이가 받쳐주었다. 생각보다 괜찮은 사람인 것 같다고 생각하면서 유라는 조그맣게 고맙다고 인사를 했다. 학원에서 줄기차게 주장하는 '승패를 가르는 결전'에서는 절대로 승리하지 못할 인재로 보이지만.

"늦네, 심부름센터."

호시는 전화하고 5분도 지나지 않았는데 휴대전화로 시간을 확인했다. 혼잣말 같아서 유라와 가나이는 잠자코 있었다. 말을 걸 만한 상대가 이 공간에는 없다고 판단했는지도 모르겠다. 몹시 어색한 침묵이 2분 정도 이어졌다. '다다 아저씨, 부탁이에요. 얼른 와요' 하고 유라는 마음속으로 312번쯤 빌었다.

"이봐, 꼬마."

호시가 다시 대화를 시도하려는 것 같았다. 무릎에 팔을 올리고 몸을 앞으로 구부리면서 말했다.

"HHFA라고 아나? 채소를 키워 파는 단체다."

유라는 무슨 함정이 있는 게 아닐까 생각했다. 타이밍이 너무 좋았다. 하지만 거짓말을 해봤자 나중에 골치 아플 것 같아서 "알아요" 하고 대답했다. "친구가 있어서요."

"오호." 호시의 눈이 불순한 빛을 띠었다. "그 친구는 지금 어디 있어?"

"나도 유야를 만나러 여기에 온 거예요."

호시가 또다시 원을 그리며 관자놀이를 누르기 시작해서, 유라는 황급히 말을 덧붙였다.

"유야는 제 친구인데요. 남쪽 출구 로터리에 서는 걸 질색했어요. 그래서 다다 아저씨한테 의뢰를 한 거예요. 밭에서 유야를 데리고 나와달라고."

"심부름센터가 네 친구를 밭에서 데리고 나온다고? 오늘?"

"그럴 거예요. 어젯밤 유야한테 그렇게 전화가 왔었어요."

"봤지?" 하고 호시가 가나이를 향해 흥미롭다는 듯이 말했다. "심부름센터는 가만히 놔둬도 성가신 일에 말려든다니까."

"언제나 호시 씨가 말한 대로 됩니다."

가나이가 존경의 마음을 누를 길 없다는 듯이 고개를 끄덕였다.

호시는 진심 어린 칭찬조차도 흘려버리기로 한 것 같다. 가나이의 발언을 무시하고 유라와 대화를 이어갔다.

"자, 이제 곧 다다와 함께 네 친구도 이곳에 올 거야. 그럼 말해주렴. '부모가 무슨 말을 하든 HHFA 하고는 거리를 두는 게 좋다'라고 말이야."

"……왜요?"

"순수하게 채소만 만들어 파는 단체가 아니거든."

그 순간, 정신없이 계단을 올라오는 발소리가 들렸다. 가나이가 소파에서 일어나 경계 태세를 취했다. 사무실 문이 열리고 다다가 뛰어들었다.

"유라 도련님, 무사한 거야!"

"다다 아저씨!"

유라가 기뻐서 펄쩍 뛰며 가나이를 멀리 돌아서 다다에게 달려갔다.

"어이, 내가 무슨 악당이냐." 호시가 웃으면서 소파 등받이에 우아하게 몸을 맡겼다. "꼬마한테 해를 입히진 않아."

"그렇다면 다행입니다만." 다다가 조심스럽게 유라를 등 뒤로 감싸고 호시와 맞섰다. "어떻게 들어왔습니까?"

"문이 열려 있었다니까."

유라는 교텐 이 자식, 하면서 다다가 이를 가는 소리를 들었다.

"용건이 뭡니까?"

"심부름센터, 꼬마 친구는 어쩌고 온 거야. 데리고 오는 거 아니었어?"

그건 유라도 궁금하던 참이었다. 다다의 옆얼굴을 올려다봤다. 다다는 조금 난감한 듯이 말했다.

"교텐이 데리러 갔는데 예측 못 할 사태가 벌어지는 바람에 도착이 조금 늦을 겁니다."

"예측 못 할 사태라는 게 뭐야?"

"뭐 이런저런" 하고 다다가 우물거렸다. "유야한테 무슨 용무라도 있나요?"

"딱히. 네 파트너랑 있으면 그걸로 됐어. 일단은 안전할 테니까."

호시가 소파에서 일어나 다다 앞으로 천천히 다가왔다.

"오늘 남쪽 출구 로터리에서 HHFA 놈들이 대규모 집회를 벌인다는 정보가 들어왔어."

"홍보 활동을 한다는 것 같더군요."

"평소보다 훨씬 대대적으로 하는 모양이야. 그래서 의뢰한다. 집회를 방해해라."

다다가 노골적으로 놀란 표정을 드러내며 "왜요? 어떻게요?" 하고 말했다.

"비디오방 선전 피켓 같은 것을 들고 서 있는 사람들한테도 동참하라고 했다. 너도 남쪽 출구 로터리에 가서 아무 피켓이나 들고 서 있으라고. HHFA 놈들이 오더라도 장소를 내주지 말란 말이야."

"바쁩니다. 사양하겠습니다." 다다가 딱 잘라 말했다. "무엇보다 남쪽 출구 로터리에서 집회나 선전은 원래 금지돼 있잖습니까. 피켓 들고 HHFA 하고 말썽을 일으키면 평소에는 눈 감아주던 경찰도 움직일 거라고요. 연행되긴 싫습니다."

힘내요, 다다 아저씨. 유라가 마음속으로 응원했다. 호시의 느긋한 태도를 어떻게든 허물어뜨리고 싶었다.

"심부름센터. 너 요즘 키친 마호로 여사장하고 잘 지낸다지?"

다다가 희미하게 몸을 떨었다. 호시는 여전히 쉰 목소리로 눈에 보이지 않는 펀치를 연달아 날렸다.

"그렇게 큰 집에 여자 혼자 살면 여러모로 뒤숭숭한 일이 생기겠지."

유라는 호시가 무슨 말을 하는지 알 수 없었지만 다다가 불리한 입장에 놓였다는 건 알 수 있었다.

"야비하게."

다다가 몸속 노폐물을 다 끌어내는 듯한 목소리로 말했다.

"나는 야비한 악당이야. 알고 있잖아, 심부름센터."

호시가 웃었다. 너무나 유쾌한 듯이. 다다가 남쪽 출구 로터리에 가는 것으로 결정이 난 순간이었다.

유라가 한숨을 내쉬었다. 다다는 내키지 않는 결정에 무척 침울해 보였다. 위로하는 차원에서라도 내가 함께 가줘야 하나? 유야하고는 언제쯤 만날 수 있는 걸까?

초등학교 6학년 여름방학은 승패를 가르는 결전이라는데, 오늘 유라는 자습실에 가긴 그른 것 같다.

오카가 인솔하는 버스 납치단, 아니, '요중의 횡포를 용서하지 않겠다 모임'은 화장실에 들르기 위해 버스에서 내려 쉬고 있었다.

'마호로 자연의 숲 공원'은 JR 마호로 역에서 걸어서 15분 거리에 있었다. 두 개의 언덕은 짙은 녹음에 둘러싸여 있고, 계곡에는 냇물이 흘렀다. 부지 안에는 시립미술관이 있고, 대형 버스가 몇 대나 정차할 수 있는 주차장도 완비되어 있었다.

그 주차장 연석에 앉아 유야와 교텐과 하루는 페트병에 든 녹차를 마셨다. 유야는 휴대전화, 교텐은 버스 요금, 하루는 곰곰이밖에 갖고 있지 않아, 야마모토가 안쓰러운 마음에 사주었다.

노인들이 교대로 주차장에 있는 공중화장실에 들어갔다. 볼일을 마친 사람들은 양팔을 휘두르며 독창적인 체조를 하거나, 손수건을 깔고 앉아 과자를 먹으면서 제각기 휴식을 취했다. 운전사 나카노는 오카가 휴대전화를 압수해 간 탓에 불만스러운 얼굴로 버스 주위를 배회했다. 가끔 멈춰 서서 플래카드의 주름을 편다. 납득이 안 가는 천 조각이긴 하지만, 버스 일부가 된 이상 조금이라도 볼품이 나길 바라는 마음에서였을 것이다.

주차장은 녹음과 매미 소리에 둘러싸여 있었다. 나무 저편에 물레방아 모양의 조형물이 보였다. 은색의 거대한 홈통 두 개가 회전하여 십자가처럼 됐다가 포개지기도 하면서 계곡의 물을 길어 올리는 장치였다.

교텐은 유야 옆에서 뻐끔뻐끔 담배를 피우고 있었다. 바람이 부는 방향으로 유야와 하루 앞쪽에 앉아 있기는 했지만, 그것도 어쩌면 우연일 수 있겠다. 주위에 담배를 피우는 어른이 없었던 유야는 그 모습을 흥미롭게 바라보았다.

흰 연기는 영혼처럼 교텐의 입에서 하늘로 올라갔다. 담배 끝은 도깨비불처럼 오렌지색 열기를 머금고 있었다.

유야는 문득 이것도 식물로 만든 거라는 생각을 했다. 엄마와 HHFA 사람들은 지금쯤 뭐 하고 있을까. 벌써 남쪽 출구 로터리로 이동했을까.

"이 틈에 뛰어서 도망갈까요?"

유야가 교텐에게 제안했다.

"더워서 싫다."

교텐이 담뱃불을 끄고 조금 망설이다가 담뱃갑과 포장 필름 사이에 꽁초를 쑤셔 넣었다.

"도망가서 어디 갈 건데?"

"다다 아저씨도 걱정할 테니 사무실로 가거나."

"다다라." 교텐이 한숨을 쉬었다. "우리, 다다한테 버림받은 거 같은데."

"왜요?"

"봐, 전화도 안 오잖아. 나한테 애를 떠맡기고는 시청에서 멍청하게 기다리고 있거나, 이때다 하고 다른 일을 하거나 둘 중 하나겠지."

하루가 걱정스러운 듯이 물었다.

"다다 씨, 우리가 필요 없대?"

눈물이 조금 맺혀 있었다. 얼른 유야가 "그럴 리 없어요" 하고 교텐에게 말했다. "전화해볼까요?"

"됐어, 내버려둬."

교텐이 차갑게 내뱉었다. 내버려두라는 건 다다 아저씨? 하루? 유야는 갑자기 겁이 덜컥 나서 교텐의 눈치를 살폈다. 교텐은 유야의 시선이 느껴졌는지 평소와는 다르게 변명하듯 덧붙였다.

"다다가 있다고 상황이 나아질 것도 아니니까."

매미 소리만이 울린다. 아스팔트에 아지랑이가 피어올라 노인들의 움직임이 유난히 느려 보인다. 하루가 입술을 깨물고는 곰곰이에게 시선을 떨어뜨리고 있더니, 잠시 후 입을 열었다.

"교텐은 내가 싫어?"

"좋지도 싫지도 않아."

"저기요!" 유야가 참지 못하고 교텐에게 덤벼들었다. "그런 식으로 말하는 게 어디 있어요?"

"왜?"

"이 아이의 아빠면서."

"이상한 소리 하지 마라." 교텐이 곁눈질로 유야를 흘끗 보더니 엷은 웃음을 흘렸다. "이 사람 부모는 따로 있어. 여름 동안만 다다가 맡은 거라고."

정말? 유야는 교텐과 하루를 번갈아 봤다. 쏙 빼닮은 것 같은데 정말 혈연관계가 아니라고?

떨어져 있는 부모가 생각났는지 하루가 소리 죽여 울었다. 유야는 당황해서 어쩔 줄 몰라 하며 일단 하루의 등을 토닥거려주었다. 조금 진정이 됐는지 하루가 곰곰이 귀로 눈물을 닦았다.

"등 뒤 유령은 말이야." 교텐이 두 개비째 담배를 물었다. "아직도 부모를 믿냐?"

"무슨 말이에요?"

"억지로 일을 시켜서 이상하다고 생각하잖아. 근데 내가 이 사람한테 쌀쌀맞다고 '부모답지 않다'고 말하네."

나는 왠지 화가 났을 뿐이다. 유야는 그렇게 생각했지만, 잘 표현할 수가 없어서 잠자코 있었다. 교텐이 사정없이 유야의 마음을 헤집고 들어왔다.

"사실은 이곳을 탈출해서 다다 사무실이 아니라 남쪽 출구 로터리 상황을 보러 가고 싶은 거 아냐?"

갑자기 분노와 슬픔이 치밀어 올랐다. 급소를 건드려서다. 유야는 남쪽 출구 로터리에 가고 싶었다. 유야가 홍보 활동에 참가하지 않는 바람에 주위 사람들이 엄마를 어떻게 생각할지 걱정이었고, 엄마가 자기를 어떻게 생각할지도 걱정이었다. 엄마의 기대를 저버리고 실망시키는 것이 두려웠다. 엄마를 좋아하니까. 엄마에게 사랑받고 싶으니까.

아니다, 유야는 이건 좀 말이 안 된다고 생각했다. 엄마는 지금도 나를 사랑하고 있다. 언제나 내 건강을 염려해주고, 밭에서 일하라는 것도 성적이 떨어지지 말라는 것도 모두 나를 위해서다. 알고 있다. 하지만 그런 게 아니라……. 유야는 적합한 말을 찾기 위해 마음속을 더듬었다.

나는 엄마의 평범한 사랑을 원한다. 그런데 평범하다는 게 뭘까.

"그래요."

유야는 교텐이 마음속을 낱낱이 들여다보고 있는 것 같아서 약이 올랐지만 수긍했다.

"남쪽 출구 로터리에 가지 않을래요? HHFA는 싫지만, 그렇지만……. 이대로 밭에 못 가게 되면 내가 있을 자리는 아무 데도 없어져요. 학교에서도 섞이지 못하고 엄마도 내게 실망할 테고."

"나도 예전에 비슷한 생각을 했지." 교텐이 입술을 모아 천천히 담배 연기를 뱉었다. "괴로워서, 내가 있을 곳이 없어서 어째야 좋을지 몰랐어. 근데 다 어떻게든 돼."

"어떤 식으로 어떻게든 했어요?"

유야가 매달리는 마음으로 몸을 내밀었다. 도와준 어른이 있었던 걸까. 부모가 잘못을 깨닫고 "지금까지 미안했다. 내일부터는 밭, 홍보 활동, 모두 안 가도 된다" 하고 말해주는 날이 오는 걸까.

"흐음. 딱히 한 건 없어." 교텐이 손가락 사이의 피우다 만 담배에 시선을 떨어뜨리며 대답했다. "체념했으니까. 체념하는 사이에 어른이 됐고, 집을 나와 스스로 벌어 생활하게 됐고, 결과는 만사 오케이."

유야는 실망했다. 어른이 될 때까지라니, 앞으로 몇 년이나 걸릴 텐데. 영원에 가까울 만큼 긴 세월처럼 느껴졌다. 더욱이 교텐 아저씨는 전혀 오케이로 보이지 않았다. 심부름집 다다 아저씨와 같이 사는 것 같은데 만날 때마다 애만 보고 있고, 애 보는 일마저 대충이다. 이런 걸 스스로 벌어 생활하는 어른이라고 할 수 있을까?

유야가 실망했다는 걸 알아차렸는지 교텐이 가볍게 웃으며 담배를 피웠다.

"중요한 건 말이야, 제정신으로 있는 거야. 이상하다고 생각하면 끌려가지 말고 너무 기대하지도 말고, 늘 자기의 정신 상태를 의심해보는 거야."

"정신 상태?"

"그래. 옳다고 느끼는 걸 한다. 하지만 옳다고 느끼는 자신이 정말 옳은지 의심한다."

교텐이 하는 말은 무슨 소린지 모르겠다. 옳다고 생각하는 것을 한 결과가 버스에다 신나게 플래카드를 다는 일이란 말인가, 라고도 생각했다. 하지만 유야는 왠지 이해가 되는 것 같아 무릎을 감싸 안고 하늘을 올려다보았다.

나뭇잎 사이로 눈부신 여름 햇살이 떨어졌다. 나란히 앉은 유야와 교텐과 하루의 옷과 피부 위에 검은 잎 그림자가 일렁이다가 빛에 녹아 사라지고, 또다시 빛 속에서 떠올랐다.

"교텐 아저씨 부모님은 어떤 분이었어요?" 유야가 작은 소리로 물었다. "밭에서 나처럼 강제로 일 시키고 그랬어요?"

그래, 하고 말해주길 바랐다. 유야는 오래전부터 쭉 창피했다. 다른 집 부모들과 자신의 부모가 다른 것 같아서. 다르다는 걸 어렴풋이 알고 있으면서도 기대하고 바라게 되는 자신을 멈출 수가 없어서.

"그런 건 없었는데."

교텐이 바로 대답했다. 그야 그렇겠지. 유야는 입술을 꽉 깨물었다. 농가도 아니면서 죽도록 밭일을 시키는 부모는 흔하지 않다. 하물며 모든 게 수작업인 데다 철저히 무농약을 고집하며 역 앞에서 홍보 활동까지 시키다니 역시 좀 이상하다. 그런 부모를 가진 마음을 이해하기란 쉽지 않을 것이다.

부모의 취미가 살인이라거나, 그렇게까지 극단적이진 않더라도 부모가 매일 폭력을 휘두르는 상황이었다면 어땠을까 하는 생각을 유야는 종종 했다. 정말로 고통스럽긴 하겠지만 "그건 말도 안 돼" "큰일이네" "한시라도 빨리 도망치는 게 좋아" 하고 이해라도 해줄 테니까. 하지만 "밭일을 시킨다"라고 하면 별로 반응이 없다. 오히려 자식에게 여러 가지 체험을 시키는 좋은 부모로 생각하는 경우가 많다. HHFA라는 단체에 병적으로 빠져 있다는 사실도, 덮어씌워놓은 명주솜이 땀인지 뭔지도 모를 액체로 축축해지면서 점점 무겁고 차가워지는 것처럼 괴로워서 숨도 쉴 수 없을 것 같다는 사실도 주위에 잘 전달되지 않는다. 곧바로 알아채고 "우리 둘 다 힘들구나" 하고 말해준 사람은 지금까지 유라뿐이었다.

그런가, 하고 유야는 생각했다. 내가 무엇을 원하는지 잠시라도 좋으니 엄마가 물어봐주길 바랐다. 엄마가 좋다고 생각하는 일을 자꾸 시키니 나는 힘들고 고통스럽기만 했다. 그러지 말고 내가 바라는 게 무엇인지 엄마가 알아주었으면 했다.

상대가 원하는 것이 무엇인지 상상하고, 묻고, 이해하고, 응하려는 것. 평범한 사랑은 그런 게 아닐까. 유야는 자신의 속에서 소용돌이치고 있던 생각을 이제야 명확히 파악했다.

교텐은 한동안 아무 말도 없었다. 꽤 짧아진 담배에서 옅고 흰 연기가 흘렀다. 사라지지 않는 기억처럼, 삼켜서 체내에 쌓인 말처럼, 흘러넘쳐 어디론가 흘러간다. 유야는 처음으로 교텐의 오른쪽 새끼손가락에 난 상처를 보았다. 반지처럼 흰 선이 손가락 아래쪽을 빙 돌아 있다.

하루는 곰곰이의 코를 누르며 혼자서 뭐라 중얼거리다가, 놓여 있던 페트병을 갑자기 양손으로 들더니 목을 뒤로 젖히고는 꿀꺽꿀꺽 녹차를 마셨다. 곁눈질로 지켜보던 유야가 하루의 아저씨 같은 모습에 조그맣게 웃음을 터뜨렸다.

"우리 부모는 말이야." 이윽고 교텐이 조용한 목소리로 말했다. "나를 신의 아이라고 믿었어."

"네?"

귀하게 여겼다는 말인가? 유야는 그렇게 생각했지만, 교텐의 우울한 눈이 '노'라고 말했다.

"그렇게 믿는 엄마만의 별난 습관이 있었어."

"예를 들면요?"

"반찬은 내가 아버지보다 한 종류 더 많았지. 아버지도 딱히 불평은 하지 않았어. 엄마 음식이 짰으니까. 밥을 먹기 전에는 나를 향해서인지 내 뒤에 있는 제단을 향해서인지는 모르겠지만 한바탕 주문 같은 걸 외웠어."

기묘한 습관임에는 틀림없다. 유야는 웃어야 할지 동정해야 할지 판단이 서지 않아 난감했다.

"학교에서 반이 바뀔 때마다 엄마는 교주한테 가서 '신이 주신 아들에게 어울리는 친구를 가르쳐주십시오' 하면서 명단을 보여줬어. 교주 영감은 대충 찍었겠지. 나는 당연히 아무하고도 친하게 지내지 않았어. 설령 그 아이하고 정말 잘 맞았더라도 엄마가 시키는 대로 하는 게 싫었고, 거스르면 거스르는 대로 엄마의 주문 외우는 시간이 늘어나는 것도 귀찮아서."

교텐은 마침내 다 피운 담배를 담뱃갑과 필름 사이로 다시 쑤셔 넣었다. 한숨을 쉬고 나서 이야기를 이어갔다.

"게다가 나하고 친해지고 싶어 하는 놈도 없었고. 우리 집이 좀 이상하다는 건 이웃에서 다 알았으니까."

"나랑 똑같다."

유야가 가슴팍으로 무릎을 끌어당기더니 몸을 동그랗게 구부렸다.

"과보호하고도 좀 달랐지."

교텐의 손가락 끝이 가늘게 떨렸다.

"젓가락조차 스스로 들 필요가 없을 정도로 애지중지하다가, 또 금세 모질고 차갑게 내쳤어. 사소한 일로 학대를 하는 거야. 모든 게 엄마 기분대로였지. 나는 신의 아이도 아니고 교주가 되고 싶은 생각도 없는데 말이야. '이건 왕위 계승권 1위의 양육법을 좀 더 과격하게 과잉으로 하는 거네' 하고 곧잘 상상했지."

"학대는 어떤 식으로 했어요?"

"애들한테는 말하지 못할 다양한 방법으로." 교텐이 희미하게 웃었다. "고등학생이 될 무렵에는 밤에도 제대로 자지 못했어. 우리 집인데도. 내 방에 자물쇠를 몇 개나 채워놨지. 안 그러면 엄마가 들어오거든."

무슨 말인지 알겠어? 하고 교텐이 물어서, 유야는 잘 모르겠지만 그냥 고개를 끄덕였다. 아주 끔찍한 곳에서 교텐이 필사적으로 자신을 지키며 살았다는 것만은 알 것 같았다.

"그랬지, 뭐."

교텐이 떨리는 손가락을 들키지 않으려는 듯 또다시 담뱃갑에서 새 담배를 꺼냈다. 이번에는 불을 붙이지 않고 입술 끝에다 물고는 흔들었다.

"나한테 왜 말해줬어요?"

교텐이 자신의 어린 시절 이야기를 누군가에게 할 줄은 몰랐다. 유야는 내가 그렇게 불쌍해 보이는 건가 싶어 수치스럽고 화가 났다.

"왜 했을까." 고개를 갸웃거리던 교텐이 허공을 주시하며 생각에 빠졌다. "등 뒤 유령이 남이라는 이유도 있겠지. 나이 차이도 많이 나고, 의뢰가 끝나면 아마 더 이상 만날 일은 없을 테니까."

그런 말을 들으니 그것도 화가 났다. 왕의 비밀을 봉해서 땅속에 묻어두는 항아리가 된 기분이었다.

"어쩌면 다다의 오지랖 균이 옳았는지도 모르고." 교텐이 말했다. "엄청나게 감염력이 세. 물때처럼, 소리 없는 방귀처럼, 조금만 방심하면 확 퍼지지."

유야는 무시무시함을 표현하려고 몸을 부르르 떠는 교텐을 보고 자기도 모르게 웃었다. 동정도, 항아리로 취급한 것도 아니라는 게 자연스럽게 전해졌다.

교텐은 상대가 나였으니까 말해준 것이다. 비슷한 냄새를 맡은 건지, 내 기분이 조금이라도 가벼워졌으면 해서인지, 단순한 변덕인지는 알 수 없지만.

"결정했어요."

유야가 일어나 바지 엉덩이의 흙을 털고 나서 앉아 있는 교텐과 하루를 향해 돌아섰다.

"역시 남쪽 출구 로터리에 갈래요. 홍보 활동에 참가하려는 게 아니라 엄마가 걱정돼서요. 상황을 보러 갈래요."

"잠깐만."

교텐이 걸어가려는 유야의 손목을 잡아 세웠다. 그 손목에 힘을 주며 "으쌰" 하고 일어났다.

"나도 같이 간다."

"그럼 나도 갈래!"

하루도 폴짝 일어섰다.

"혼자 가도 괜찮아요."

유야가 굳이 사양하는데도 교텐은 들으려 하지 않았다.

"역까지 걷기엔 제법 멀단 말이야. 버스 타고 가자. 더우니까" 하고 주차장 한가운데를 향해 성큼성큼 걸어갔다. 유야는 어리둥절했다. 이 근처에 버스 정류장은 없을 터다.

"버스라면, 설마 저 버스요?"

"물론이지!"

교텐이 플래카드가 달린 대절 버스를 오른팔로 공손하게 가리켰다.

"우리들의 요중 횡포호를 타고 남쪽 출구 로터리로 가자."

싫어요. 그렇게 말하고 싶었지만, 교텐은 어느새 오카 쪽으로 뛰어가고 있었다. 껑충껑충 이상하게 뛰었다.

"영감, 잠깐 상담 좀."

버스 옆에서 무리와 이야기를 나누던 오카가 "뭐야!" 하고 뒤돌아봤다. "이제 곧 출발하려던 참인데. 타!"

"그러게, 그래서 말인데, 행선지를 변경하면 안 될까요?"

"왜!"

어째서 말투가 일일이 시비조일까. 하루를 신경 쓰면서 교텐을 쫓아간 유야는 괜히 험악하고 박력 있게 구는 오카의 모습이 이상해서 견딜 수가 없었다.

"이 아이가 엄마를 만나고 싶다는데요."

교텐이 수심 가득한 표정을 지으며 옆에 서 있는 유야의 어깨에 가볍게 손을 얹었다.

"아버지가 술 마시고 노름하고 계집질하는 남자인데, 빚 담보로 엄마가 밭에서 일을 하고 있는 모양이라네요. 거기, 영감이 빌려준 밭. HHFA."

"뭐라고?" 오카의 대머리가 번뜩였다. "거긴 무농약 재배를 하는 착한 단체인데. 엄마가 돈을 벌려고 자진해서 일하는 거 아니냐?"

마지막은 유야에게 한 질문이었다. 일해도 딱히 돈이 나오는 건 아니지만, 자진해서 하는 건 맞아요. 그렇게 고개를 끄덕이려는 유야의 목덜미를, 교텐이 어깨에 얹고 있던 손으로 잡고 꼼짝 못 하게 했다.

"그런데 말이죠, HHFA 배후에는 야쿠자가 있어요."

처음 듣는 말이다.

"다다가 조사했으니 틀림없어요. 등 뒤 유령도, 유령 엄마도 녹초가 될 때까지 부려 먹는다더라고요."

"아이고, 그랬구나……."

오카가 가엾다는 듯 유야를 쳐다봤다. 등 뒤 유령이라는 단어는 개의치 않고 자기 좋을 대로 이해한 모양이었다. 유야는 여러 의미에서 아니라고 고개를 젓고 싶었지만 여전히 꼼짝도 할 수가 없었다.

"아까 등 뒤 유령만 밭에서 구출해 왔는데 말이죠. 얘네 엄마는 남쪽 출구 로터리에서 강제로 HHFA 홍보 활동을 하고 있어요. 영감도 본 적이 있을 텐데."

"아아. 장대에 깃발 달고 확성기 들고 뭐 하데."

"그거, 그거. 등 뒤 유령이 두고 온 엄마가 걱정이래요. 남쪽 출구 로터리 상황을 잠시 보고 나서 시청으로 가도 되잖아요?"

"그런 거라면 뭐" 하고 오카가 행선지 변경을 승낙했다. "어차피 버스는 하루 종일 대절했으니까."

오카 옆에 있던 하야시와 야마모토도 "그럼, 그럼" 하며 고개를 끄덕였다.

귀가 잘 안 들리는 사람도 있어서 주차장에 흩어져 있던 노인을 모두 불러 모으기까지 시간이 좀 걸렸다. 나카노가 운전석에 앉아 에어컨을 틀었다.

"또 행선지가 바뀌어서 이번에는 남쪽 입구 로터리라고요."

"그래, 부탁하네."

교텐이 서둘러 버스에 올라타더니 노약자석 앞 손잡이에 매달렸다. 불어오는 시원한 바람을 얼굴에 맞으며 기분 좋은 듯 눈을 가늘게 떴다. 아침에는 말끔했던 머리가 어느새 헝클어져 이리저리 뻗쳐 있다.

유야와 하루도 노약자석에 앉았다. 라쿠간 할머니도 함께였다. 할머니가 계단을 올라갈 때 유야가 슬쩍 할머니의 엉덩이를 받쳐주었다.

창 너머로 주차장에 있는 오카의 점호 소리가 들렸다.

"전원 왔나."

"잠시만 기다리게, 하나무라 씨가 전화 중이야."

"미안해요. 빨래가 얼마나 말랐나 물어보느라. 우리 며느리가 세심하질 못해서."

유야는 차라리 역까지 걸어가는 게 빨랐겠다고 생각했다. 문득 무게가 느껴져 옆을 보니 하루가 어깨에 기대 잠들어 있었다. 자고 싶을 때 잔다. 자유롭다.

라쿠간 할머니가 가방에서 얇은 카디건을 꺼내 하루에게 덮어주었다. 라쿠간에서 나는 냄새와 비슷한 장롱 냄새가 났다.

다다는 유라와 함께 가나이라는 힘센 남자에게 끌려가듯이 남쪽 출구 로터리로 향했다.

다다 심부름집 계단을 다 내려와서, 호시는 "그럼, 부탁한다"라는 말만 남기고 마호로 대로의 혼잡함 속으로 사라졌다.

"어디 가요! 잠깐만, 호시 씨!"

다다가 불렀지만, 호시는 오른손만 가볍게 흔들 뿐 걸음을 멈추지 않았다. 남겨진 다다는 가나이에게 투덜거렸다.

"당신네 보스가 피켓 들면 되잖아. 이 땡볕 아래, 사람을 뭐로 보냐고."

가나이가 어깨를 으쓱해 보이며 말했다.

"호시 씨는 바빠."

"바쁜 건 나도 마찬가지야."

그럼에도 다다는 가나이의 팔에 붙잡힌 채 끌려갈 수밖에 없었다. 유라의 발걸음은 무거워 보였고 표정은 이미 체념한 듯했다.

남쪽 출구 로터리는 JR 마호로 역 앞에 있다. 원형 광장에서도 하코큐 마호로 역과 연결된 통로가 있고, 주위를 둘러싼 상업 시설에도 광장으로 나가는 출입구가 있다. 그래서 남쪽 출구 로터리는 늘 쇼핑객들과 출퇴근, 등하교 하는 사람들로 붐빈다.

광장 중앙에는 철책으로 둘러싸인 거대한 조형물이 있다. 일그러진 물방울 모양을 한 금속 링으로 예전에는 회전목마처럼 천천히 돌았다. 당연하지만, 사람이 탈 수 있는 구조는 아니다. 타는 건 비둘기였다. 남쪽 출구 로터리에 모인 비둘기들은 이 거대한 조형물이 마음에 드는지 매끈매끈한 금속에 용케도 앉아 링과 함께 동그라미를 그리며 돌았다.

그러다 시청 직원인지 누군지가 "딱히 돌릴 필요 없지 않나?" 하고 판단한 모양이다. 조형물은 회전을 멈추고 우두커니 서 있게 됐다. 하지만 지금도 조형물에는 비둘기들이 옹기종기 모이고 역 앞 만남의 장소로 사람들이 애용한다.

다다와 유라는 가나이에게 이끌려 남쪽 출구 로터리까지 오게 됐다. 햇빛을 차단하는 게 아무것도 없는 광장은 오늘도 사람들로 북적거렸다. 은빛으로 반짝이는 중앙 조형물에는 여전히 비둘기가 앉아 있다.

조형물 철책 옆에 선 남자가 가나이를 발견하고는 가볍게 손을 흔들었다. 예전에 커피의 전당 아폴론에서 만난 적 있는 이토라는 남자가 분명하다.

"오랜만입니다" 하고 이토가 말했다.

"이쪽은 피켓 들 아저씨들."

이토 옆에는 노숙자나 다름없는 차림의 중년 남자 둘이 서 있었다. 두 사람 다 한 손에는 비디오방, 다른 한 손에는 술집 피켓을 들고 있었다. 약간 겁을 먹은 유라가 다다의 등 뒤로 숨었지만, 다다는 그들 중 한 사람이 낯익었다. 예전에 교텐이 피켓 드는 법을 전수받고, 비둘기에게 모이를 주면서 대화도 나눈 남자다.

다다가 가볍게 인사를 건네자, 피켓 든 남자도 고개를 끄덕였다.

"호시 씨가 소집하기에 일단 갖고 있는 피켓을 들고 오긴 했는데, 이거면 되는 건가?"

남자들은 손에 든 피켓 중에서 비디오방 쪽을 각각 다다와 가나이에게 건넸다.

"충분합니다."

이토가 그렇게 말하면서 모두를 향해 통보했다.

"이제 곧 HHFA가 올 겁니다. 여러분의 역할은 근무 중이라는 이유를 대고, 그들에게 장소를 내주지 않는 겁니다. 남쪽 출구 로터리에서 집회가 열리지 않게 해주십시오."

"오케이."

피켓을 든 두 남자가 대답과 함께 조형물 건너편 쪽으로 차례차례 돌아갔다. 다다와 가나이는 철책 앞에 서서 비디오방 피켓을 들었다. 유라가 다다 옆에서 창피한 듯 딴 쪽을 보았다. 이토는 가나이와 대화를 나누며 광장 상황을 살피고 있었다.

"아아, 이런 모습 친구한테 들키면 끝장이라고요." 유라가 다다를 흘끗 올려다보면서 한숨을 쉬었다. "비디오방이 뭐야…… 이럴 거면 차라리 HHFA 활동에 참가하는 게 낫겠네."

다다도 맞는 말이라 생각해서 "유라 도련님, 집에 가도 돼"라고 했다.

"유야한테는 유라 도련님이 걱정한다고 전해줄 테니까."

"됐어요."

유라는 어른 같은 표정으로 건방지게 고개를 저었다.

"다다 아저씨를 혼자 두면 점점 사태가 악화될 것 같아요. 제가 붙어 있어야 해요."

다다는 초등학생한테까지 걱정을 시키는 자신이 몹시 한심했지만, 감사의 뜻으로 피켓을 들지 않은 쪽 손으로 유라의 머리를 쓰다듬었다. 유라가 부루퉁한 얼굴로 "뭐야, 하지 마요" 하면서 다다의 손을 피했다.

"맞다, 유야한테 전화해보면 되겠다."

다다와 조금 떨어져 선 유라가 바지 주머니에서 휴대전화를 꺼냈다.

"지금 어디 있는지 물어볼게요."

버스가 납치되어 정신이 없을 텐데 전화를 거는 게 맞나? 다다는 조금 망설이다가, 지금쯤이면 벌써 시청에 도착했을 테고, 교텐의 동향 정도는 파악해둬야겠다 싶어서 유라가 하자는 대로 놔두기로 했다.

다다는 전화 통화를 하는 유라를 시야에 넣으면서, 아까부터 궁금했던 걸 이토에게 물었다.

"뭐 때문에 HHFA 집회를 방해해야 하는 거죠?"

"남쪽 출구 로터리가 오카야마파 세력권이니까요." 이토가 웃는 얼굴로 대답했다.

"양해 같은 건 구하지도 않고서 영리 목적으로 활동하는 패거리들은 제거해야 체면이 서요. 조직의 지시입니다."

"하지만 지금까지 묵인하고 있다가 왜 이제서야?"

"다다 씨 덕분에 HHFA가 채소의 품질을 속여온 걸 알게 됐죠. 그래서 오카야마파가 화난 겁니다. 야쿠자 세계에서는 총이든 약이든 불량품을 속이고 거래하는 건 엄청난 배신 행위니까요."

"HHFA는 야쿠자도 아니고, 거래하는 물건도 약이 아니라 채소 아닙니까."

"그게 그러니까, 하마터면 두목의 손녀가 건강을 해칠 뻔했거든요."

다다는 이해가 안 됐다. HHFA가 '무농약' '유기농 재배'를 슬로건으로 내걸면서 농약과 화학비료를 몰래 사용하기는 했어도, 인체에 악영향을 미치는 양이나 그런 유의 농약을 사용했을 리는 없다.

"피해라는 게 도대체 어떤 겁니까? HHFA 채소가 그렇게까지 위험한 것이었나요?"

"그런 게 아니라, 급식 문제랄까……."

"급식?"

"시시한 사정이죠."

이토가 웃으며 얘기를 끝냈다.

시간이 어느새 12시를 훌쩍 넘었다. 다다는 이른 아침부터 움직인 탓에 배가 고팠고, 해가 내리쬐는 데다 목이 말라서 쓰러질 것만 같았다. 묵묵히 서 있는 가나이의 그림자에 들어가려고 위치를 조금 이동했다. 문득 하루가 괜찮은지 걱정이 됐다. 교텐에게 수분 섭취와 점심을 먹일 정도의 센스가 있으면 좋으련만 별로 기대가 되지 않는다.

"호시 씨는 뭘 하고 있죠?"

다다가 짜증을 억누르고 또다시 이토에게 물었다.

"혼자만 어디론가 가버렸는데, 당신들은 땡볕 아래 서 있고 불만 같은 거 없어요?"

"자외선 차단제를 발랐습니다."

이토는 초연해 보였다. 가나이는 자외선 차단제 같은 호사스러운 건 바르지 않는지 이미 어깨가 삶은 새우 색깔로 변했다. 그런데도 호시를 향해서가 아니라 호시를 비난한 다다에게 분노가 이는지 이쪽을 노려봤다. 들고 있는 피켓으로 머리를 박살 낼 것만 같았다.

참으로 충직한 부하들이네. 다다는 한숨이 나왔다.

"호시 씨가 그래 봬도 이런저런 고생이 많습니다." 이토가 말했다. "오늘은 어머니한테 불려 간 것 같습니다. 오봉이니까 같이 성묘 가자고요. 그래서 시립묘지에 간 겁니다."

순간 다다는 성묘라는 말의 의미를 상실할 뻔했다. 호시가 조상을 섬기고 어머니 말씀을 잘 듣는 스타일이라고는 도저히 상상이 되지 않아서다.

"피어싱을 무기처럼 장착한 모습으로 성묘를 한다고요?"

"참 신기한 게 호시 씨 부모님은 아들을 착실한 사람이라고 철석같이 믿고 있어요." 이토가 웃음을 억지로 참으며 말했다. "호시 씨도 어머니한테는 사근사근하니까요."

무심코 사근사근한 호시를 떠올리고 다다가 몸서리를 쳤다.

"좀 서늘해지네요."

"그거 잘됐군요."

둘의 대화를 잠자코 듣고만 있던 가나이가 다다와 이토의 대화에 끼어들었다.

"호시 씨는 어머니를 소중히 여기는 마음을 들키기 싫어하지."

"응, 확실히 그런 면이 있어" 하고 이토도 동의했다.

"좀 귀여워."

가나이가 그 말을 남기고 다시 비디오방 피켓을 든 조각상으로 돌아갔다. 다다는 호시를 귀엽게 평가하는 가나이의 감성도 이해되지 않고, 무뚝뚝함 자체인 가나이가 "귀엽다"라는 단어를 입에 올린 사실도 받아들일 수 없어서 기함을 하며 몸을 젖혔다.

"너 그런 말 한 거 호시 씨가 알면 혼쭐난다."

이토가 재미있다는 듯 가나이의 팔을 쿡쿡 찔렀다. 어찌 됐든 호시의 부하들은 호시를 흠모하고 서로 사이가 좋은 것 같다. 다다는 가까스로 충격에서 벗어나 젖혔던 몸을 바로 폈다.

"이번 일로 호시 씨가 움직인 건 오카야마파의 명령 때문만은 아닙니다." 이토가 조용히 덧붙였다. "마호로에서 시작된 소리 듣기교라는 신흥 종교가 있는데, HHFA 간부 중에 신도였던 자가 있어요. 지금은 해체됐지만, 도가 넘는 예의범절을 강요하는 데다 포교 활동에 아이들을 강제로 동원하기도 해서 약간의 문제가 있었던 단체라고 합니다."

다다의 뇌리에 교텐의 모습이 스쳤다. 교텐의 부모님이 몸담고 있던 종교 단체가 혹시 소리 듣기교가 아니었을까.

교텐이 HHFA 소속인 사와무라를 어디선가 본 적이 있는 것 같다고 했다. 의외로 그것은 사실인지도 몰랐다. 소리 듣기교인지 뭔지의 모임에서 어린 시절의 교텐이 사와무라를 본 적이 있다면?

오늘 교텐과 개별 행동을 하길 잘했다. 다다는 교텐이 이곳에 없는 게 정말 다행이라고 생각했다. HHFA가 남쪽 출구 로터리에서 치를 예정인 대규모 집회에 사와무라가 참가할 가능성이 높다.

종교에 빠져 있던 어머니. 그 사실에 아무 말도 하지 못했던 아버지. 교텐은 언급하기를 꺼렸지만, 부모님과 지낸 어린 시절이 행복했다고 말하긴 어려울 것이다. 교텐과 사와무라가 정말로 얼굴을 마주친 적이 있는지는 모르지만, 만나지 않고 넘길 수만 있다면 그게 가장 좋을 것 같다.

"그런 이유도 있어서" 하고 이토는 설명을 계속했다. "호시 씨는 이 기회에 HHFA 세력을 제거하려고 합니다. 아이들을 억압하는 부모를 질색하거든요."

아하, 호시도 부모 문제로 고생하는 걸까, 하고 멋대로 추측했다.

"HHFA가 왔다!"

폭력배같이 생긴 남자가 큰 소리로 말하면서 광장에 모습을 드러냈다. 이토가 남자를 향해 고개를 끄덕이더니 다다에게 간단히 소개했다.

"쓰쓰이라는 우리 멤버입니다."

쓰쓰이 뒤로 HHFA 깃발이 보였다. 남쪽 출구 로터리를 향해 한 무리가 접근하는 모양이었다.

누가 다다의 셔츠 자락을 당겨서 뒤돌아보니 통화를 끝낸 유라가 난감한 듯이 올려다보고 있다.

"지금 유야랑 통화했는데, 남쪽 출구 로터리로 오고 있는 중이래요. 교텐 아저씨하고 하루였나? 그 애도 같이 벌써 근처까지 왔대요."

왜 오는 거야! 다다는 관자놀이를 문질렀다. 유라가 고개를 갸웃거렸다.

"버스 납치범도 같이 온다 그러고, 무슨 소린지 모를 얘기를 하던데."

"버스 납치범이라는 건 쉽게 말해서 동네 노인들이야."

'화를 자초하는 교텐'이라는 말이 뇌리에 맴돌고 있어서 지금은 그 이상 대답할 여력이 없었다.

HHFA 멤버가 쓰쓰이를 밀쳐 내며 광장 구석으로 모였다. 다다가 쓱 훑어본 바로는 사와무라는 없는 것 같았다. 남쪽 출구 로터리에 교텐이라는 태풍이 접근하고 있는 지금, 그 사실이 작은 구원이었다. 다다는 몰래 안도의 한숨을 내쉬었다.

열풍에 깃발이 펄럭였다. HHFA 멤버가 들고 있는 커다란 구식 카세트 라디오에서 단조로운 목소리가 반복해서 흘러나왔다.

"집밥을 먹으면 가족이 건강해지고 모두 웃는 얼굴이 됩니다. HHFA, 가정과 건강식품협회입니다."

마호로 자연의 숲 공원을 출발한 '요중의 횡포를 용서하지 않겠다'호는 버스 전용 차선에서 마호로 대로로 접어든 갓길에 정차했다. 50미터 정도 전방에 남쪽 출구 로터리가 보였다. 늘 그렇듯 많은 사람들이 오가고 있었다.

"차라리 저기서 우리 주장을 호소하는 건 어떤가."

오카는 북적대는 사람들을 보고 기분이 고조되었는지 그렇게 제안했다.

"그거 좋네. 오봉 연휴인 시청보다 훨씬 효과적일 게야."

야마모토가 진지한 표정으로 동의하자, "애초에 왜 그런 생각을 못 하냔 말이야. 나이를 먹으면 머리가 딸려서 안 된다니까"라며 하야시가 누구에게랄 것도 없이 싫은 소리를 했다.

"3시까지는 집에 갈 수 있으려나?"

하나무라는 여전히 빨래를 걱정하고 있는 것 같았다.

동지의 동의를 얻은 오카는 또 종이 가방에서 천을 끄집어냈다. 하야시가 내미는 낚싯대를 받아 늘리더니 끝에다 천을 묶었다. 보아하니 깃발까지 직접 만들어 온 모양이었다.

오카는 낚싯대를 들고 버스에서 내렸다. 낚싯대 끝에 매달린 천이 바람에 펄럭였다. 깃발에는 '시간표 준수!'라고 큰 글씨로 쓰여 있었다.

"모두 따르라! 남쪽 출구 로터리에서 우리의 분노와 슬픔을 사람들에게 알린다!"

차에 탄 노인들도 어떤 이는 민첩하게, 어떤 이는 관절통으로 몸을 사리면서 행동으로 옮겼다. 줄줄이 버스에서 내려 차량에 설치된 플래카드를 뗐다. 플래카드를 들고 옆으로 나란히 서서 행진할 생각인 것 같았다.

하루와 라쿠간 할머니도 유야의 도움을 받아 밖으로 나왔다. 냉방이 잘된 차내와는 달리 후덥지근한 공기가 몸을 휘감았다. 하루는 걸치고 있던 카디건을 어설프게 접어 할머니에게 돌려주었다. 맨 마지막에 내린 교텐이 밖으로 얼굴만 내밀고 탑승구에 서서 오카에게 물었다.

"나카노 씨는 어떻게 해요?"

"당연히 같이 가야지."

"싫습니다!" 운전사 나카노가 항의하듯 목소리를 높였다. "저는 요코하마 중앙교통 사원이라서 그런 시위에 가담할 수 없습니다."

안타깝게도 나카노의 주장은 받아들여지지 않았다. 오카가 턱을 까딱하자 교텐이 운전석 보호 바를 젖히고 강제로 나카노를 끌어내렸다.

이 중에서 분노와 슬픔이 가장 큰 사람은 나카노일 것이다. 유야는 기세등등한 노인들과 기운이 다 빠진 나카노를 비교하며 한숨을 쉬었다.

"모자를 벗으면 요중 운전사라는 건 안 들켜."

교텐이 무책임하게 장담하면서 나카노의 머리에서 모자를 벗겨 아무도 없는 버스 안으로 던졌다.

이렇게 해서 '요중의 횡포를 용서하지 않겠다 모임' 행진이 시작됐다. 노인들이 플래카드를 전면에 내세우고 느릿느릿 걸어갔다. 유야 바로 옆에 선 오카는 낚싯대에 매단 깃발을 위아래로 흔들며 소리쳤다.

"감차 운행 반대! 요코하마 중앙교통은 노인을 방치하지 말고 시간표 준수를 약속하라!"

지나가던 행인이 무슨 일인가 하고 쳐다봤다. 유야가 몸을 움츠렸다. 하루는 노인들의 고양된 분위기를 느낀 듯, 라쿠간 할머니의 손을 잡고 서툴게 폴짝폴짝 뛰면서 앞으로 나아갔다. 교텐은 셔츠 앞섶을 쥐고 바람을 펄럭거리면서 다른 한 손으로는 담배에 불을 붙였다. 상식을 벗어난 시위에 참가하면서도 곤혹감이나 수치심 없이 평소와 다름없는 모습이었다.

당당하게 목청을 높이며 오카가 이끄는 일행이 드디어 남쪽 출구 로터리에 도착했다. HHFA 깃발이 서 있는 게 보였다.

엄마네는 벌써 홍보 활동을 시작했구나. 유야가 침을 꿀꺽 삼켰다. 학원에 가야 할 내가 의문의 노인들과 함께 광장에 나타나면 깜짝 놀라서 화를 낼 것이다. 들키지 않도록 해야 한다. 유야는 교텐 뒤에 몸을 숨기고 주위의 상황을 살폈다.

남쪽 출구 로터리에서는 예상 밖의 광경이 펼쳐지고 있었다. 비디오방과 술집 피켓을 든 남자 몇 명이 광장 중앙에 설치된 철책 앞에 서서 HHFA 멤버가 자리를 비켜달라고 부탁하는

데도 완강히 뿌리치고 있었다.

철책에 둘러싸인 거대한 조형물이 남쪽 출구 로터리에서 일어난 충돌을 유유히 내려다보고 있었다. 조형물에 앉은 비둘기들은 불온한 공기를 감지하고 겁먹은 것처럼 날개를 파닥거렸다.

어찌 된 일인지 피켓을 든 남자 중에 다다도 있었다. 다다는 HHFA 멤버들이 몸을 들이밀어서 곤혹스러운 기색이었다. 열 명 남짓한 성인 멤버들이 차분하지만 반박할 수 없는 어조로 "건강을 위한 활동입니다" "채소의 좋은 점을 알리고 싶다고요" 하면서 들이대니 당연히 상대하기 힘들었을 것이다. 멤버가 들고 있는 카세트 라디오에서 HHFA 슬로건이 단조롭게 흘러나오는 것도 섬뜩했다.

유야는 멤버들 속에서 엄마의 모습을 발견했다. 작업복을 입은 채로 밭에서 남쪽 출구 로터리까지 온 모양이었다. 집에서 온 멤버는 검소하지만 단정한 모습이었다. HHFA는 이미지 상승효과를 노려, 홍보 활동 복장을 '열심히 일하는 인상을 주거나 화려하지 않은 옷을 착용할 것'으로 정해놓고 있다.

부모가 데리고 온 아이들도 몇 명 있었다. 밭에서 유야와 함께 일했던 초등학생도 있었다. 아이들은 불편한 듯 멀찍이서 구경하고 있었다. 유야 엄마가 그중 한 명을 다다 앞으로 끌어냈다.

"봐요. 아이들도 이렇게 더운데 활동에 참가하잖아요."

"나도 일이어서요"하고 다다가 좋게 대답했다. 유야는 더 이상 참을 수가 없어 고개를 숙였다. 엄마 아들은 나인데, 남의 집 아이를 구실로 장소를 양보해달라니. 슬프고 창피해서 죽을 것만 같았다.

다다 말고도 체격이 다부진 남자가 피켓을 들고 서 있었다. 쿡쿡 찔러도 꿈쩍도 하지 않고 표정도 변하지 않았다. 또 한 사람, 몹시 다혈질로 보이는 남자도 있었다. 그 사람은 HHFA 멤버를 향해 짐승처럼 이빨을 드러냈다. "저리 가"하고 주먹을 치켜드는 걸 다다가 황급히 말렸다.

"활기찬 분위기로군." 시위를 이끄는 오카가 남쪽 출구 로터리를 둘러보며 말했다. "우리도 질 수 없다. 가자!"

'요중의 횡포를 용서하지 않겠다 모임'은 깃발을 흔들고 플래카드를 내걸며 다다와 HHFA 멤버들이 있는 광장 중앙으로 돌진했다.

다다도 교텐처럼 오카를 아는 것 같았다. 오카와 오카에게 끌려오듯 걷고 있는 유야를 발견하자 너무 익은 매실장아찌를 먹은 표정이 됐다. HHFA 멤버들은 밀어닥친 노인 집단을 보고 "뭡니까, 당신들은"하며 주춤거렸다. 노인들이 "감차 운행 반대!"하고 큰 소리로 슬로건을 제창했다. 오카는 "채소는 솎아내도 버스는 솎아내지 마라!"하고 즉석에서 만든 문구를 외쳤다.

자리 차지하기 삼파전이 시작됐고, 사태는 점점 더 혼선을 거듭했다.

남쪽 출구 로터리를 오가던 행인들도 소란을 눈치챘는지 걸음을 멈추는 사람이 생겼다. 피켓 든 사람과 채소를 판매하는 단체와 의문의 노인 집단이라는 기묘한 삼파전을 멀찌감치 떨어져서 구경했다.

교텐은 넌지시 유야와 하루를 데리고 광장 구석으로 갔다.

"뭐가 어떻게 돼서 다다가 여기에 있는 거지?"

중얼거리던 교텐이 마련된 재떨이에 담배꽁초를 던져 넣었다.

"시청과 남쪽 출구 로터리를 헷갈리다니, 너구리가 둔갑한 게 아닌 이상 불가능한 일인데 말이야."

시야가 조금 트이니 피켓을 든 남자들이 원형 철책을 따라 일정한 간격으로 서 있는 게 보였다. 부스스한 머리의 피켓을 든 중년 남자가 교텐을 알아보고는 웃으며 손을 흔들었다. 교텐도 가볍게 손을 들어 중년 남자에게 인사했다.

아이만 보는 줄 알았는데 교텐 아저씨 의외로 발이 넓구나. 놀라서 보고 있던 유야는 불현듯 무언가를 감지했다. 피켓을 든 남자들은 우연히 거기에 서 있는 게 아니었다. HHFA 홍보 활동을 방해하려고 누군가가 배치해둔 것이다.

불안과 두려움이 엄습해 왔다. 유야의 엄마도 열심히 참가

하고 유야 자신도 밭일에 동원되고 있는 그 단체를 탐탁지 않게 생각하는 사람들이 분명히 있었다. 엄마가 오늘 홍보 일을 단념하고 순순히 돌아가면 좋을 텐데.

유야는 생각에 잠겨 있다가 누가 부르는 소리에 고개를 들었다. 유라가 손을 흔들며 소동 현장을 빙 둘러서 뛰어오고 있었다.

기쁜 마음에 유야도 손을 흔들었다. 유라의 뒤에서 안경 낀 남자도 걸어왔다. 남자는 남쪽 출구 로터리 현장을 돌아다니며 그 틈을 이용해 구경꾼들에게 재빨리 전단을 나눠주고 있었다.

"버스 납치라고 해서 걱정했잖아."

유라가 상기된 볼을 하고 말했다. 어떻게 설명해야 할지 망설이던 유야는 그 정체가 민폐 노인이라고 말하는 것도 이상해서 "응, 괜찮아"라고만 대답했다. "너는 어떻게 여기에 왔어?"

이번에는 유라가 난감한 표정을 지으며 등 뒤로 시선을 보냈다. 안경 낀 남자가 다가와 교텐 쪽을 보며 이름을 말했다.

"전에 만난 적 있죠? 이토입니다."

교텐이 고개를 까딱하며 물었다.

"이 소동은 사탕 장사의 음모?"

이토는 미소만 지을 뿐 대답은 하지 않고, 지나가는 사람에

403

게 전단을 건넸다. 유야가 힐끗 들여다보니 HHFA를 비난하는 내용이 쓰여 있었다.

농약으로부터 아이들의 건강과 급식을 지키자!

HHFA 채소는 안심할 수도 없고 안전하지도 않습니다. 우리 시민 단체가 독자적으로 조사한 바에 따르면, HHFA가 경작하는 밭의 약 80퍼센트가 농약을 사용하는 것으로 확인되었습니다.

유야는 사실인지 아닌지 궁금했다. HHFA 아이들 사이에서는 "밭에서 화학비료가 든 봉지를 발견했어" "한밤중에 간부가 농약을 뿌린대" 하는 그럴듯한 소문이 나돌고 있었다. 그게 사실이라면 더 적극적으로 농약을 살포해주길 바랐다. 그러면 잡초 뽑는 일도 벌레 잡는 일도 하지 않을 수 있는데.

전단 돌리는 일이 끝나자, 이번에는 이토가 교텐에게 물었다.

"저 노인들은 뭐 하는 사람들인가요?"

"소풍 온 노인들이니 신경 안 써도 돼."

"타이밍 좋게 HHFA를 방해해주네요." 이토가 광장 중앙을 바라보았다. "예상했던 것보다 경찰이 더 빨리 올 것 같은데요. 도망갈 타이밍을 차질 없이 부탁드립니다."

"오면 어때, 우리는 상관도 없는걸. 그냥 보고 있기만 하는 건데."

교텐이 그렇게 말하고 다시 담배를 피웠다.

순간, 갑자기 구경꾼들 사이에서 환호성이라고도 비명이라고도 할 수 없는 함성이 터져 나왔다.

HHFA의 젊은 남자가 드디어 실력 행사에 나섰다. 다다한테서 피켓을 낚아채더니 자신의 무릎에 내리쳐 둘로 박살 냈다. 주위에 있던 HHFA 멤버들이 조심스럽게 손뼉을 쳤고, 다다가 소리를 지르며 항의했다.

"뭐 하는 겁니까, 빌린 건데!"

싸움을 좋아할 것 같은 남자가 다다 대신 피켓을 부숴버린 남자의 멱살을 옆에서 잡았다.

"안 돼, 쓰쓰이! 가나이, 막아!" 하고 이토가 소리쳤다. 쓰쓰이라는 남자가 상대의 멱살을 잡은 채 멈칫했다. 그 순간을 놓치지 않고 체격이 다부진 피켓을 든 남자가, 쓰쓰이의 뒷덜미를 잡고 HHFA의 젊은 남자에게서 떼어냈다.

이렇게 소동이 진정되는가 했더니 일촉즉발의 분위기는 조금도 가라앉지 않았다. 이번에는 오카가 노인 무리에게 신호를 보내자, 일제히 다다 무리와 HHFA 사이로 비집고 들어온 것이다.

"채소도 비디오도 다 필요 없다! 우리 말을 들어라!"

"버스가 제시간에 오지 않는다!"

남쪽 출구 로터리에 모인 구경꾼들은 "뭐야, 싸움 났어?" "더

해라" 하면서 눈살을 찌푸리기도 하고 무책임하게 부추기기도 했다. 이토가 나눠준 전단을 열심히 읽는 사람도 있었다. 유야는 유라와 붙어 서서 불안한 마음으로 사태의 추이를 지켜봤다.

쓰쓰이에게 덤빈 이들 중 하나였던 유야의 엄마가 노인들에 의해 밀려났다. 다다를 발견한 오카는 강제로 깃발을 들게 하려 했고 다다는 필사적으로 거부했다. 그런 다다에게 HHFA 멤버가 다리후리기를 시도했다.

나잇살이나 먹은 어른들이 후려치고 밀치고 하면서 뒤죽박죽 난투극이 벌어졌다.

"다다 아저씨, 뒤에, 뒤에!"

"쳐버려요!"

유야와 유라는 점점 흥분해서 손뼉을 치며 응원을 보냈다.

"뭐야, 뭐야. 안 보여!"

하루는 곰곰이를 끌어안고 구경꾼들 뒤에서 구경하겠다고 폴짝폴짝 뛰었다.

매미 소리. 버스 전용 도로를 달리는 차들의 배기가스 냄새. 여름 하늘에는 흰 구름이 뭉게뭉게 피어올랐다. 비둘기가 햇살을 받으며 지상의 소동을 어이없는 표정으로 바라보고 있었다. 유야는 괜히 즐거워서 유라와 마주 보고 웃었다.

"쓰쓰이, 가나이! 임무는 끝났다. 철수하자!"

이토가 재촉하는데도 쓰쓰이와 가나이는 난투극의 소용돌

이에 휘말려 들리지 않는 것 같았다.

교텐은 다다가 HHFA 멤버와 노인들에게 들볶이는 걸 히죽거리며 바라보다가 "앗, 낭패" 하고 얼른 쭈그리고 앉았다.

"왜 그래요, 빈혈?"

유야는 걱정이 되어 교텐을 도와주려고 손을 내밀었다. 유야도 아침 조회 시간에 어지러워서 핑 돌 때가 종종 있다.

"아냐, 아냐."

교텐은 쭈그리고 앉은 채 유야의 손을 잡고 위아래로 흔들다 놓았다. 옆에서 보면 두 사람은 열렬히 악수하는 사람 같다.

"등 뒤 유령, 저 남자 알아?"

교텐이 가리키는 쪽을 돌아보았다. 마침 HHFA 작업복을 입은 새로운 남자가 남쪽 출구 로터리로 뛰어오는 참이었다.

"가끔 밭에서 같이 작업하는 사람이에요." 유야는 기억을 더듬었다. "아마 간부인 사와무라 씨라고 했던 것 같아요."

"아, 맞아. 사와무라 씨." 교텐은 팔만 쭉 빼고 담배를 재떨이에 버렸다. "역시 어딘가에서 본 것 같아. 인상이 밋밋한 놈이어서 잘 기억나진 않지만."

"사와무라 씨를 본 적이 있다 치고, 왜 그게 나쁜 거예요?"

"뭐랄까, 사와무라 씨 얼굴을 보면 가물가물하는 게 있어."

"그거 빈혈 아니에요?"

어이없음과 걱정이 뒤섞인 마음으로 유야가 지적했다.

"에이, 그런가. 빈혈에 걸린 적이 없어서 빈혈이란 걸 느낀 적이 없는데."

교텐은 듣기만 해도 뇌가 혼란스러워지는 말을 한다.

그럭저럭하는 사이, 사와무라가 소동의 중앙으로 뛰어들어서 HHFA 멤버에게 뭔가 타일렀다. 경찰이 오니까 이 자리에서 철수하라고 설득하는 것 같다.

사태가 수습되는 모양새여서 이토도 총총걸음으로 광장 중앙으로 향했다. 쓰쓰이와 가나이를 데리고 한시라도 빨리 튀어야 하기 때문이리라.

피켓을 든 사람들, HHFA, 노인 집단은 서로 노려보며 서서히 거리를 두었다.

그러나 몸속에서 아직도 싸움의 열기가 부글거리고 있었던 것 같다. 이토에게 어깨를 잡힌 쓰쓰이가 HHFA 멤버에게 뭐라고 말했다. HHFA 측도 물론 잠자코 있지 않았다. 또 삼자는 서로 뒤엉키고 고성이 날아다녔다. 이토와 사와무라가 달래려고 해도 손을 쓸 수가 없었다.

라쿠간 할머니가 넘어져서 바닥에 쓰러졌다. 도와주고 싶었지만, HHFA의 젊은 남자가 옴짝달싹 못 하는 다다를 철책에 밀어붙이고 있는 것이 보였다. 다다가 들고 있던 피켓을 부러뜨린 남자다.

"다다 씨!"

하루가 소리치며 광장 중앙을 향해 달려갔다. 유야도 엉겁결에 몸을 움직였다. 하루를 쫓아서 달려갔다. 유라도 따라왔다.

"애새끼들, 돌아와!"

교텐이 거친 목소리로 불렀지만, 멈추지 않았다. 엄마한테 들키면 큰일인데, 하는 두려운 마음도 잊고 하루를 쫓아온 유야는 라쿠간 할머니 옆에서 무릎을 꿇었다.

"괜찮으세요?"

할머니에게 어깨를 빌려주어 간신히 일으켜 세웠다. 유라는 할머니 가방을 주워서 팔을 잡고 몸을 부축해주었다.

"난리도 아니네."

할머니는 고개를 가로젓더니 유야를 올려다보며 난감하다는 듯이 웃었다.

"발을 삔 것 같아."

하루는 옆에서 오로지 다다 쪽만 보고 있었다. 주위에서는 옥신각신하는 정도가 아니라 서로 패는 싸움이 시작되어서 다다에게 가까이 갈래도 갈 수가 없다.

"다다 씨, 다다 씨!"

하루가 울음을 터뜨릴 것 같은 얼굴로 필사적으로 불렀다. 곰곰이를 꼭 껴안고 있다.

"하루, 위험하니까 물러나." 때리려고 덤벼드는 HHFA의 젊은 남자를 다다가 간신히 피했다. "아저씨는 괜찮으니까."

구경꾼들이 저마다 "경찰이다!" 하고 소리쳤다. 누군가가 신고해서 파출소에서 경찰이 달려온 것이다. 무척 길게 느껴졌지만, 옥신각신하던 판이 커져서 난투 상태가 된 뒤 5분밖에 지나지 않았다.

전원이 움직임을 멈추고 순식간에 각자의 행동으로 옮겼다.

이토, 쓰쓰이, 가나이는 남쪽 출구 로터리에서 도망치려고 달렸고, 피켓을 든 중년 남자는 아무 일도 없었던 것처럼 술집 피켓을 고쳐 들었다.

노인들은 광장 중앙에서 벗어나 아무 상관 없는 통행인을 가장했다. 오카는 물론 제일 먼저 남쪽 출구 로터리 끝까지 도망쳤다.

HHFA 멤버도 아이를 안고 달리는 사람도 있고 경찰에게 사정을 설명하려고 멈추는 사람도 있어서 통솔이 제대로 되지 않았다. 아까 다다를 철책에 밀어붙이고 때리려고 하던 젊은 남자는 또 "다다 씨!" 하고 부르는 쪽으로 향했다.

"시끄러워, 계집애야! 너도 이 아저씨하고 노인네들이랑 한패냐!"

젊은 남자는 흙으로 더러워진 작업복을 입고 있었다. 열심히 밭일을 한 증거다. 그런데도 홍보 활동을 방해받고 HHFA뿐만 아니라 자기 자신까지 부정당한 기분이 들었을 것이다. 엄청나게 화가 난 모습이었지만, 아무리 그래도 심상찮다고 느낀 것은 허리춤에 찬 작은 낫을 빼든 것이다.

잘 갈린 낫은 여름빛을 반사했다.

"오오키!" 하고 사와무라가 젊은 남자 등 뒤에서 신중하게 불렀다.

"그런 걸 꺼내서 어쩌려는 거야. 얼른 넣어."

오오키는 대꾸하지 않고 획 하고 낫을 한 번 휘둘렀다.

"우리는 필사적으로 하고 있는데 이놈이고 저놈이고 전부 수상하게 보기만 하잖아요!"

눈에 핏발이 섰다. 좀 전의 소동 탓에 오오키는 흥분 상태인 것 같다. 사람들이 뒷걸음질 쳐서 오오키 주위에 빈 원이 생겼다. 유야는 유라와 협력해 라쿠간 할머니를 질질 끌 듯이 하여 오오키에게서 거리를 두었다. 하루는 놀랐는지 오오키 앞에서 그대로 멈춰 섰다.

유야는 할머니를 유라에게 맡기고 하루를 데려오려고 했다. 오오키가 낫을 마구 휘둘렀다. 그 바로 아래 하루가 있다.

늦었다! 하루를 향해 손을 뻗친 채, 엉겁결에 눈을 감았다.

뺨에 비릿한 비말이 튀었다. 오오키의 낫이 하루의 정수리를 내리친 게 틀림없다. 유야는 비명을 참았다. 눈을 뜰 용기가 나지 않았다. 현기증이 날 것 같았다.

"교텐!"

다다의 비명이 들렸다. 유야는 머뭇머뭇 눈을 떴다.

처음에 시야에 들어온 것은 바닥에 뒹구는 곰곰이였다. 멍청한 곰곰이의 얼굴에 빨간 피가 점점이 튀었다.

시선을 천천히 위로 옮겼다.

하루를 등으로 감싸고 교텐이 서 있었다. 몸을 약간 앞으로 구부리고 고통을 참는 듯한 표정이다. 흰색 셔츠의 배 언저리가 피로 젖어 있다. 베인 걸까. 유야는 비틀비틀 교텐에게 다가갔다.

교텐이 왼손으로 오른손을 감싸듯이 잡고 있는 것이 보였다. 피는 오른손 새끼손가락에서 뚝뚝 떨어지고 있었다. 정확히 말하면 새끼손가락이 있던 자리에서.

무언가에 빨려들 듯이 유야는 다시 지면으로 시선을 보냈다. 하얀 유충 같은 것이 있다. 빨간 눈을 한 벌레. 아니, 아니다. 그건 피가 묻은 교텐의 새끼손가락이다.

시야가 갑자기 어두워졌다.

"유야!"

유라가 소리치며 팔을 잡았지만, 끝내 빈혈을 일으킨 유야는 털썩 그 자리에 주저앉았다.

처음부터 상황을 지켜보고 있던 다다는 그래도 눈앞의 광경을 믿을 수 없어서 순간 멍해졌다.

교텐의 오른손 새끼손가락이 허공을 날았다.

"교텐!"

다다가 반쯤 무의식으로 외친 것과 하루가 "아악"인지 "꺅"인지 모를 비명을 지른 것은 거의 동시였다.

실처럼 가늘고 애절한 비명 소리를 듣고서야 가까스로 다다의 몸이 움직였다. 다다는 노인들과 HHFA 멤버를 밀어젖히고 교텐과 하루가 있는 쪽으로 달려갔다. 가자마자 다다가 가장 먼저 한 일은 하루를 안아주는 것도 교텐을 부축하는 것도 아니었다. 땅에서 교텐의 새끼손가락을 줍는 일이었다. 손가락에는 아직도 희미하게 온기가 남아 있었지만, 잘렸을 때의 모양 그대로 이미 굳어 있었다.

"구급차!"

새끼손가락을 집어 든 다다가 사람들을 향해 고함을 질렀다.

"그리고 얼음 좀! 빨리!"

남쪽 출구 로터리에 있던 사람들이 일제히 움직였다. 사와무라를 비롯한 HHFA 멤버와 파출소에서 온 경찰 두 명이 오오키에게 달려들어 꼼짝 못 하도록 뒤에서 제압했다. 오오키는 피가 묻은 낫을 든 채, 더 이상 날뛰지 않고 순순히 말을 들었다.

다다는 알 리가 없었지만, 운전사 나카노는 애초에 소동에 휘말리지 않기 위해 남쪽 출구 로터리 가장자리에 서서 추이를 지켜보고 있었다. 그 사실이 뜻밖의 효력을 발휘했다. 광장 근처 쇼핑몰 입구에서 가장 가까운 위치에 서 있던 나카노가 얼음을 달라고 부르짖는 소리에 바로 반찬 파는 가게로 뛰어 들어간 것이다.

유라가 쓰러진 유야를 낑낑대며 바로 눕혔다. 유야와 유라의 도움을 받았던 할머니가 다리를 끌면서 하루에게로 다가가 "괜찮아" 하고 어깨를 안았다. 한 손으로 가방을 뒤지더니 얇은 카디건을 꺼냈다.

"이걸로 지혈하세요."

고맙다는 말도 잊고 카디건을 받아 든 다다는 교텐 옆에 무릎을 꿇고 앉았다. 교텐은 바닥에 엉덩이를 대고 주저앉아 있었다. 이마가 땀으로 흥건했다.

"엄청 아파" 하고 교텐이 말했다.

"당연하지."

다다는 주워 든 새끼손가락을 어디에 둬야 할지 몰라 일단 자신의 앞주머니에 넣었다. 달궈진 지면보다는 나을 것 같았다. 그런 후에 피투성이가 된 교텐의 손을 살며시 잡았다. 오른손을 단단히 감싸 쥐고 있는 교텐의 왼손을, 손가락 하나하나 떼어내듯이 폈다. 드디어 드러난 교텐의 오른손은 피로 범벅이 되어 뭐가 뭔지 분간이 안 갔다. 피부가 차가웠다. 피가 부족해졌는지 교텐은 떨고 있었다.

다다는 새끼손가락이 잘린 부위로 추정되는 곳에 카디건을 갖다 대고 어떻게든 피가 멈추도록 눌렀다.

"이렇게 아팠던가." 교텐이 이를 달달 떨며 중얼거렸다. "잊어버렸어. 전에 새끼손가락이 날아갔던 건 벌써 20년도 전의 일이라."

"같은 손가락이 두 번이나 절단된 놈도 흔치 않지." 다다가 교텐의 관심을 딴 데로 돌리려고 일부러 밝은 투로 말했다. "아무리 하루를 지킨다고 해도 어떻게 칼날 앞을 가로막고 서냐고."

"생각하지 마, 느껴" 하고 교텐이 말했다. 다다가 비상사태임에도 불구하고 갑자기 웃음을 터뜨렸다.

"누구 흉내 내고 있냐?"

"누구의 흉내도 아니야. 그냥 내 솔직한 심정이지. 순간적으로 몸이 움직였다고."

사와무라가 다가왔다. 오오키는 완전히 정신을 차렸는지, 수갑을 차고 고개를 숙인 채 제자리에 서 있었다. 다다가 교텐의 어깨를 받치고 사와무라를 올려다보았다.

"저희 멤버가 폭력을 휘두른 걸 사과드립니다."

사와무라가 담담한 어조로 말했다. 사과를 했다고 교텐의 새끼손가락이 자라나는 건 아니다. 다다는 잠자코 있었다. 이미 다다가 사와무라의 존재를 인식하고 있었던 것처럼, 사와무라 또한 이쪽 신상을 파악하고 있다는 것이 그의 흔들림 없는 시선에서 감지되었다.

다다가 아무 대답도 하지 않자, "오랜만이네요" 하고 사와무라가 다소 상황에 맞지 않는 발언을 했다. 다다는 눈살을 찌푸리며 시치미를 뗐다.

"우리가 만난 적이 있나요?"

"심부름센터 주인, 당신한테 말한 게 아닙니다." 사와무라가 미소를 지으며 교텐을 쳐다보았다. "신의 아들에게 인사를 한 겁니다."

순간적으로 교텐의 어깨가 심하게 떨리는 게 다다의 손바닥에 느껴졌다. 교텐은 빈혈로 창백한 얼굴을 한 채 사와무라를 올려다보았다.

"나를 기억합니까?"

"기억 안 나."

교텐이 차갑게 말했다.

"그렇겠지요."

사와무라의 입꼬리가 올라갔다.

"당신은 늘 사람들 중심에 있었으니까. 어른들한테는 신의 아들이라고 귀한 대접을 받고 교주님한테는 총애를 받았으니, 당신 눈에 다른 아이들이 조금도 들어오지 않았겠죠."

"당신뿐만이 아니야. 눈에 들어오는 게 아무것도 없었다고." 교텐이 약하게 숨을 뱉었다. "눈을 감고 지내려 했으니까."

"나는 쭉 당신을 만나고 싶었습니다. 성인이 된 신의 아들을 말입니다."

사와무라가 피투성이가 된 교텐을 냉정한 관찰자의 시선으로 내려다보았다.

"바깥세상은 살아가기 힘들지 않나요?"

"그럴지도. 하지만 눈을 뜨고 있을 수 있으니 이게 낫지. 다치지 않아도 되고."

아니, 크게 다쳤잖아. 다다는 그렇게 생각했지만 물론 잠자코 있었다. 교텐의 어깨를 잡은 손에 슬며시 힘을 주었다. 만류하듯이. 자신의 열을 나눠주기라도 하듯이.

"사와무라 씨" 하고 교텐이 불렀다. 점점 출혈이 심해져서인지 신음에 가까운 목소리를 냈다. "거기 참 빌어먹을 장소였잖아. 뭐, 당신하고 옛날 얘기를 하자는 건 아니야. 나는 이제 다 잊었어. 잊기로 했어. 마호로에 와서 다다에게로 기어 들어간 그날 밤 이후 그렇게 정했지."

"유감이군요."

"미안해." 교텐이 조금 웃었다. "당신은 채소를 팔아. 나는 다다를 따라 건강하지 못한 생활을 할 테니까."

너, 우리 집에 기어 들어오기 전부터 술 담배에 절은 생활이었잖아. 왜 내가 '신의 아들을 타락시킨 악마의 앞잡이' 취급을 받아야 하냐고. 다다는 그렇게 생각했지만 이번에도 물론 잠자코 있었다.

사와무라가 동정인지 납득인지 알 수 없는 표정을 지으며, 괴로운 듯 숨을 몰아쉬는 교텐을 쳐다보았다. 이윽고 아무런 말도 없이 등을 돌리고는 HHFA 멤버 쪽으로 돌아갔다.

결국 교텐은 바로 앉아 있기가 힘들었는지 다다에게 상반신을 기울였다. 다다가 교텐을 감싸 안았다. 카디건은 계속해서 피를 흡수했다. 교텐은 고통으로 의식이 몽롱해졌는지 불러도 반응을 하지 않았다. 희미하게 호흡만 할 뿐이었다.

어깨로 교텐의 이마를 받치고, 다다는 하늘을 올려다보았다. 흰 구름이 흘러갔다.

경찰차와 구급차 사이렌의 이중주가 주위에 울려 퍼졌다. 요중 제복을 입은 남자가 달려와 플라스틱 컵에 담긴 얼음을 건네주었다. 다다는 교텐을 안은 채 셔츠 앞주머니에서 찾은 새끼손가락을 꺼내 들었다. 잠시 망설이다가 '에라 모르겠다' 하고 컵에 담긴 얼음 사이로 새끼손가락을 집어넣었다.

신기하게도 징그럽다는 생각이 들지 않았다. 교텐 몸의 일부를 어떻게든 제자리에 붙여놔야 했다. 그것밖에 생각이 나지 않았다.

경찰차를 타고 지원사격 온 경찰들에 의해 오오키가 연행되었다. 사와무라가 지나가는 택시를 잡아타고 오오키를 태운 경찰차를 뒤쫓아 가기 위해 역 앞에서 출발했다. 갈 곳을 잃은

HHFA의 다른 멤버는 광장에 남아 있는 자도 있고 황급히 자리를 떠난 자도 있는 것 같았다.

유야가 의식을 되찾은 모양이었다. 유야의 엄마도 이제야 아들이 있었다는 걸 알았는지 유라와 함께 유야를 그늘로 데리고 갔다.

이토, 쓰쓰이, 가나이가 빌딩 그림자 밑에서 교텐의 모습을 살피고 있었다. 다다가 "걱정 말아요" 하면서 손을 흔들자, 이토가 고맙다는 듯이 고개를 끄덕이며 쓰쓰이와 가나이를 데리고 서둘러 떠났다.

"무슨 일입니까?"

급하게 도착한 구급 대원의 질문에 다다가 새끼손가락이 담긴 컵을 들어 보였다.

"조금 전 연행된 남자한테 낫으로 새끼손가락을 잘렸습니다. 이 안에 들어 있습니다."

요중 소속의 남자는 창백한 얼굴을 하고서도 의리 있게 다다 옆에 머물러주었다. 다다가 목소리를 낮추고 남자에게 물었다.

"오카 씨한테 버스 납치당한 기사님이시죠?"

"본의 아니게요" 하고 남자가 대답했다.

"이제 괜찮으니까 할머니를 부탁드리겠습니다. 오카 씨한테도 아무 일 없었던 것처럼 남쪽 출구 로터리를 뜨라고 전해주십시오."

"알겠습니다. 제가 책임지고 노인들을 버스로 태워다 드리겠습니다."

요중 운전사가 약간 자랑스러운 듯이 말을 덧붙였다.

"여러분의 듬직한 다리, 요코하마 중앙교통이니까요."

운전사는 발목을 접질린 할머니를 부축해서 남쪽 출구 로터리를 가로질러 갔다. 광장 끝에 있던 오카 일행도 두 사람과 보조를 맞춰 갓길에 세운 버스로 향했다. 오카가 걱정스러운 표정으로 다다와 교텐 쪽을 자꾸만 돌아보며 남쪽 출구 로터리를 빠져나갔다.

경찰이 다다가 있는 곳으로 오더니 땅바닥에 흩어진 핏자국을 확인했다. 다다는 경찰이 어떤 질문을 해도 "나는 여기서 피켓을 들고 있었을 뿐이고, 교텐도 우연히 같은 자리에 있었던 겁니다" 하고 대답했다. 경찰이 교텐에게 내막을 알아내려 했지만, 완전히 기절한 탓에 불가능했다.

응급처치를 끝낸 구급 대원은 새끼손가락이 담긴 컵과 교텐을 들것에 실어 옮겼다.

"마호로 시민병원으로 수송하겠습니다. 같이 가시겠습니까?"

구급 대원이 묻자 다다가 "제 차로 바로 뒤따라가겠습니다" 하고 대답했다. "아이들도 있고, 저 녀석이 갈아입을 옷도 갖고 와야 해서요."

갑자기 병원이 바뀔지도 모르는 일이었다. 만일을 위해 구급 대원에게 휴대전화 번호를 알려주었다. 경찰도 다다의 연락처를 알고 싶어 했다. 경찰에게는 알리고 싶지 않았지만, 어쩔 수 없이 면허증을 제시했다. 교텐의 부상에 경찰이 개입한 것은 이번이 처음이 아니었다. 다다는 이미 체념의 경지였다.

사이렌을 울리며 구급차가 떠나고 나자, 남쪽 출구 로터리에는 평소와 다름없는 사람들의 흐름이 되돌아왔다.

다다가 곰곰이를 주워 들고는 하루 앞에 무릎을 굽히고 앉았다.

"무서운 일 겪게 해서 미안해."

하루가 잔뜩 찡그린 얼굴로 다다를 껴안았다. 다다는 곰곰이를 쥔 손으로 하루의 등을 세게 끌어안았다.

"미안하다, 하루야."

다다가 다시 한번 사과하며 피가 묻지 않은 손가락으로 하루의 눈물을 닦아주었다.

"교텐이 피가 많이 났어."

"지금부터 병원에 갈 거야. 하루도 같이 가줄래?"

"갈 거야."

하루가 눈물과 콧물이 흐르는 채로 씩씩하게 고개를 끄덕였다.

다다는 하루와 손을 잡고 사무실 쪽으로 걸어갔다. 하루는 피가 묻은 다다의 손을 거침없이 잡았다.

두 사람의 손바닥 사이에서 말라붙은 교텐의 피가 까슬까슬
했다.

7.

갈아입을 옷을 종이 가방에 담고, 하루를 트럭의 조수석 카
시트에 앉힌 뒤 다다는 시민병원으로 향했다. 소네다 할머니
를 위해서 산 카스텔라와 곰곰이를 안고 하루는 진지한 표정
으로 앞을 보고 있었다.

입원 수속을 마쳤는데도 교텐은 아직 수술 중이었다. 다다
는 불안한 마음으로 복도 의자에 앉아 하루와 함께 수술실 문
이 열리기를 기다렸다.

"교텐은 하루 싫어하지?"

하루가 불쑥 던진 말에 다다는 놀라서 물었다.

"왜 그렇게 생각해?"

"모르겠어……."

설명하기가 어려운지 하루는 우물거렸다.

"싫어한다면 하루를 구해주지 않아."

"교텐이 하루를 구해준 거야?"

"그럼, 아까 구해줬잖아."

"못 봤어. 무서워서 눈을 감아버렸어."

"나는 봤어. 교텐은 1초도 망설이지 않고 하루 앞으로 뛰어들었는걸."

그리고 오오키 앞을 가로막은 손에서 새끼손가락이 공중을 날았다.

"왜 교텐이 하루를 구해준 거야?"

넌 교텐의 딸이니까. 그렇게 말할 것 같아서 다다는 얼른 입을 다물었다. 딸이니까, 라는 건 교텐에게 아무 이유도 되지 않았을 것 같다.

생각하지 마, 느껴.

다다는 "교텐은 그런 사람이야" 하고 대답했다.

평소에는 빈둥거리기만 하고 타인의 감정에 무심한 척한다. 하지만 본심은 그렇지 않다. 아무 말 없이 관찰하고, 때로는 대담한 언동을 하고, 위기에 처한 사람을 보면 절대로 그냥 내버려두지 못한다. 자신의 안전은 뒤로하고 무슨 일이 있을 때는 누군가를 지켜준다.

교텐 하루히코는 그런 남자다.

"교텐 손가락, 붙어?"

곰곰이 머리에 코끝을 파묻고 하루가 작은 소리로 물었다.

"붙을 거야." 다다는 다독이듯 하루의 어깨를 끌어안았다.

"전에도 붙었거든. 이번에도 붙을 거야."

"전에도 손가락이 잘렸어?"

"응. 고등학교 때. 손가락이 쓱 날아갔지."

"정말?"

"그때의 경험으로 오늘은 잘린 손가락을 바로 얼음에 담가뒀거든. 분명히 붙을 거야."

어린 여자아이를 상대로 꽤나 잔혹한 묘사를 하는구나 싶었지만, 하루는 흥미로운 듯이 고개를 끄덕였다.

"정말 괜찮은 거지?"

그렇게 묻더니 다다에게 몸을 기댄다. 하루의 체온을 느끼며 다다는 불현듯 깨달았다.

위로받고 있는 사람은 오히려 나다.

교텐이 갈아입을 옷은 챙겨 왔는데 정작 자기 옷을 갈아입는 건 깜박했다. 다다의 셔츠에 묻은 교텐의 피가 변색되어 검은 얼룩으로 남았다. 다다는 떨리는 손을 모았다. 평소 신을 믿지 않지만, 기도라도 하지 않고는 견딜 수 없었다.

수술은 생각보다 오래 걸렸다.

다다는 너무 배가 고파서 이제 기도고 걱정이고 모두 한계에 달했다. 하루와 함께 마호로 시민병원의 맨 꼭대기 층에 있는 식당으로 갔다.

식권을 사서 다다는 카레라이스 곱빼기를, 하루는 닭고기

계란덮밥을 먹었다. 식당은 삼면이 유리로 되어 있어 전망이 좋았다. 하늘은 옅은 오렌지빛으로 물들고, 단자와산(山) 줄기가 검게 떠올랐다. 헤드라이트를 켠 미니카 크기의 자동차가 저 멀리 도로를 달리고 있다.

30분도 안 되어 저녁 식사를 마치고 수술실 앞으로 돌아왔다. 아무리 기다려도 교텐은 나오지 않았다.

예전에 배를 찔렸을 때에 비하면 그나마 경상일 거라고 생각했지만, 설마 내가 카레를 먹는 동안에 과다출혈로……. 다다는 끔찍한 상상을 했다. "수혈을 해야 하니 가족 분들의 협력 부탁드립니다" 같은 상황이 드라마에도 자주 나오지 않는가. 이럴 줄 알았으면 밥 좀 참고 대기할 걸 그랬다. 나는 교텐의 가족도 아니고, 그 녀석의 혈액형도 모르지만. 하루라면 교텐과 혈액형이 맞을 가능성이 클 테지만, 어린아이한테 피를 뽑을 수도 없는 노릇이고…….

지나가던 간호사가 "어머!" 하고 말을 걸었다.

"손가락 환자 분이라면 수술 끝나서 병실로 옮겼는데요."

교텐의 손가락은 일단 붙었다고 한다. 그러나 수술로 이어 붙인 혈관이 막힐 수도 있어 오늘 밤은 의사의 엄중한 관찰 아래 있게 되었다. 일주일쯤 입원해 있으면서 혈액이 굳지 않게 하는 수액을 맞아야 한다고 한다.

"같은 손가락을 두 번이나 잘리는 사람은 별로 없어요."

집도의도 기가 막힌다는 표정이었다. 뼈를 약간 깎아내고 신경과 혈관을 매우 조심스럽게 연결한 후, 피부를 당기듯이 봉합했다고 한다.

세심한 수술을 마친 의사는 눈이 피로한 모양이었다. 다다에게 설명하면서 눈두덩을 꾹꾹 눌렀다.

"환자분은 담배를 피우나요?"

"네, 엄청나게요."

"그럼 손가락이 잘 안 붙을 수도 있어요. 혈류가 나빠지니까요."

"마사지든 뭐든 하겠습니다."

다다는 침대에 누워 있는 교텐을 보았다. 부목이며 붕대로 오른손을 고정한 채 잠들어 있었다. 마취가 아직 풀리지 않은 건지 아니면 단지 졸려서 자고 있는 건지도 모르지만 느긋하리만치 평온한 얼굴이다.

"완전히 붙은 게 확인될 때까지는 상처에 손대지 말고 가만히 둬야 합니다." 사십대로 보이는 의사는 이번에는 고개를 휘휘 돌렸다. "병원에서 다 알아서 간호할 거니까 두 분은 이제 돌아가셔도 됩니다."

그렇게 말하고는 간호사에게 무언가를 지시하면서 병실을 나갔다.

다다와 하루는 얼굴을 마주 보았다. 창에 드리워진 커튼 너머로 밤이 다가오고 있었다. 병실에는 침대 여덟 개가 나란히 있다. 교텐이 누워 있는 침대는 복도 쪽이다. 옆 침대에서는 깁스한 다리를 위로 달아맨 젊은 남자가 한가롭게 만화잡지를 읽고 있었다.

"조금만 더 있자."

하루가 말했다. 다다는 고개를 끄덕였다. 가져온 교텐의 옷을 침대 옆 작은 서랍에 넣었다. 하루는 침대에 양팔을 올리고 상반신의 체중을 실었다. 그 자세로 몸을 약간 흔들며 침대의 스프링을 가볍게 흔들었다.

교텐이 눈을 뜰 기미는 없었다. 하루는 재미없다는 듯이 자기 양팔에 뺨을 올렸다. 얼굴을 기울여 교텐의 턱 언저리로 시선을 보냈다.

"콧구멍이 보여!"

"응. 병원이니까 조용히 해야 돼."

"네에."

하루는 교텐의 피로 더러워진 곰곰이에게 "조용히 해야지" 하고 속삭였다.

다다는 하루의 옆에 서서 교텐을 내려다보았다. 어쨌든 수술이 성공해서 다행이다. 안도와 함께 갑자기 피로가 몰려왔다. 뭐 이런 오봉이 다 있냐. 대체 무슨 일이 있었기에 교텐이 그 자리에 나타난 걸까.

"하루, 오늘은 뭐 하며 지냈어?"

"으응. 버스를 탔어. 교텐이랑 등 뒤 유령이랑 같이."

"그러고 나서는?"

"큰 공원에 갔어. 과자 받았어."

하루는 생글생글 웃으며 말했다. 놀랍게도 즐거운 하루였던 모양이다. 그럼 됐지 뭐, 하고 다다는 생각했다.

"교텐이 금방 깨어날 것 같진 않으니까 이제 그만 돌아갈까?"

다다가 묻자 하루는 순순히 고개를 끄덕였다. 곰곰이를 안은 하루와 손을 잡고 다다는 카스텔라를 들고 복도로 나왔다. 트럭으로 병원에 도착했을 때, 정신이 없어서 갈아입을 옷과 같이 들고 와버렸다.

복도를 걸어가기 전에 병실을 한 번 뒤돌아보았다. 교텐은 미동도 하지 않고 잠들어 있다.

"병문안을 가고 싶은 사람이 있거든. 잠깐 들러도 될까?"

"응."

인기척이 없는 로비를 가로질러 내과 입원 병동인 별관으로 향했다.

소네다 할머니는 일찌감치 저녁 식사를 마치고 6인용 병실에서 침대에 바로 앉아 있었다. 등을 구부린 채 졸고 있는 것 같기도 하고 영혼의 세계에서 나는 소리에 귀를 기울이고 있는 것 같기도 했다.

오늘 할머니의 기억은 어떤 상태일까. 심부름센터의 다다로 인식할지, 아들로 착각할지 아니면 사사키 선생이라는 사람인 척해야 할지 전혀 예측할 수가 없다. 다다는 망설인 끝에 "소네다 씨!" 하고 일단 불렀다.

할머니가 얼굴을 들었다. 다른 노인 세 명도 얼굴을 들었다. 나머지 두 명은 소등 전인데도 코를 골며 자고 있었다.

"이런, 사사키 선생님. 저녁에도 회진 도느라 고생이 많으시네."

지친 몸으로 사사키 선생이 되어야 하는 건가. 다다가 약간 난처해하는 모습을 보더니 소네다 할머니가 웃었다.

"장난이야, 장난. 다다 씨잖아."

"그러지 마세요." 다다도 웃으며 할머니의 침대 옆으로 가서 접이식 의자를 끌어당겼다. "심장에 안 좋아요."

할머니에게 카스텔라를 건네고 나서 의자에 앉아 하루를 무릎에 앉혔다. 할머니는 카스텔라를 손에 든 채 하루를 관심 있게 들여다보았다.

"다다 씨 아이인가?"

"아뇨. 아는 사람 아이입니다. 미쓰미네 하루."

다다가 인사를 시키자 하루는 수줍은 듯이 "안녕하세요" 하고 인사했다.

"응, 안녕."

소네다 할머니는 하루에게 깍듯이 고개 숙여 인사했다.

"다다 씨 파트너가 안 보이는구먼."

"그 친구가 좀 다쳐서요. 오늘 밤 여기 입원했어요."

"어쩌다가?"

"손가락을 좀 베였는데 괜찮아요."

다다는 사실을 단순하게 전했다.

"교텐이 하루를 구해줬어" 하고 하루가 말했다. "쓱 날아갔대."

"날아갔다고? 뭐가?"

소네다 할머니가 걱정스러운 듯이 미간을 찡그렸다. "손가락!"이라고 대답하려는 하루에게 간지럼 태우기 공격을 해서 다다는 얼른 말을 막았다. 하루는 다다의 무릎에서 몸을 비틀었다. 웃음이 터지려는 걸 아까 "조용히 해야 돼" 하고 일러준 말을 기억하고 있는지 얼굴이 빨개지면서도 필사적으로 참고 있다.

"무사하다니 다행이네." 할머니는 더는 캐묻지 않고 카스텔라 상자를 흔들었다. "자네 파트너는 나를 기억해주겠다고 했잖아. 나보다 먼저 죽으면 곤란해."

"죽을 것 같진 않아요." 평온한 표정으로 잠들어 있던 교텐을 떠올리며 다다가 말했다. "소네다 씨, 카스텔라는 내일 드세요."

"묵직한 걸 확인하면 행복해지거든." 할머니는 변명을 하며 마지못한 듯이 카스텔라를 침대에 내려놓았다. "예예, 지금은 안 먹겠습니다."

무릎에 앉힌 하루의 몸이 갑자기 뜨거워졌다. 졸린지 다다의 가슴에 얼굴을 기대고 있었다. 하루가 더 편안하게끔 다다는 하루의 자세를 추슬러 다시 안았다. 소네다 할머니는 그런 다다를 보며 주름이 자글자글한 입가를 오물거렸다.

"다다 씨는 좀 큰 것 같네."

"그렇습니까?"

살이 쪘을 리도 없고, 성장기도 옛날에 지났는데 말이다.

"고난과 소동이 사람을 크게 만들지."

할머니는 엄숙하게 '창업 사장의 격언' 같은 말을 했다. 다다는 씁쓸하게 웃었다.

여름 내내 아이를 돌보는 생소한 일을 맡아 하다가, 버스 납치에 마음을 졸이고 불볕더위 속에서 난투극에 말려들었다가, 급기야 빈대인 친구의 새끼손가락이 날아가는 모습까지 목격했다. 이 정도로 잇달아 소동이 덮친다면 확실히 깨달음이 깊어질 만도 하다.

다다는 이미 해탈의 경지에 이르렀다.

교텐이 함께 있는 한 내게 평온한 일상은 찾아오지 않는다.

이미 어쩔 수 없는 일이다. 집에 붙은 귀신에게 "나가 달라"고 아무리 애원해도 소용없는 것과 마찬가지다. 이 귀신은 문득 의식해서 보면 그곳에 있다. 나가고 싶을 땐 나간다. 인간세계의 이치나 도리는 통하지 않는다. 다다로서는 "네 멋대로 하세요" 하며 집을 제공하고 자기는 자기대로 알아서 사는 수밖에 없다고 자포자기한 심정이다.

하필 자기가 이상한 요괴의 마음에 든 거라고 생각하면 체념도 된다. 하루의 등을 토닥거리면서 다다는 살짝 웃음을 지었다.

"다다 씨의 여행은 이제 슬슬 끝날 게야."

소네다 할머니가 조용히 말했다.

"무슨 말씀이세요?" 다다는 약간 심기가 불편해져서 물었다. "제가 죽나요?"

"그게 아냐." 할머니는 고개를 가로저었다. "가고 싶은 곳에 다다랐다는 말이야. 또 언젠가 여행을 시작할 때가 오겠지만, 그때까지는 느긋하게 가까운 곳을 산책이나 하면 돼."

무슨 말인지 잘 모르겠지만, 다다는 고개를 끄덕였다. 따뜻한 하루의 몸을 안고 의자에서 일어났다.

"너무 늦었으니 이제 가보겠습니다. 또 올게요."

"응. 잘 가. 카스텔라 고마워."

소네다 할머니는 정중하게 인사를 하고 정좌한 채로 침대에서 손을 흔들어 배웅해주었다.

마호로 시민병원 주차장에는 차가 거의 빠져나가고 없었다. 다다의 트럭이 가로등 불빛을 하얗게 튕겨내고 있다.

잠든 하루를 카 시트에 앉히고 에어컨 통풍구 방향을 조절했다. 차 안의 온도가 내려가기를 기다리는 동안, 다다는 휴대전화를 들고 가시와기 아사코의 번호를 눌렀다.

신호가 두 번 울리자 아사코가 전화를 받았다.

"다다입니다. 잠깐 통화 괜찮으세요?"

"네. 지금 막 남편의……"라고 말하더니 아사코는 단어를 다시 골랐다. "죽은 남편의 본가에서 막 돌아온 참이에요."

"오늘 밤에 못 가게 됐어요. 미안해요."

"그런가요……."

짧은 침묵이 흘렀다. 다다의 마음이 변한 것일까. 남편이 죽은 후 첫 오봉에 다른 남자를 만난다. 그런 여자를 좋게 생각할 사람은 드물지 않을까. 아사코가 이런저런 상상을 하고 있는 것이 그대로 느껴졌다. 다다는 서둘러 대답하려 했지만, 아사코가 먼저 밝은 목소리로 말했다.

"그럼 아쉽지만 다음에요."

다다에게 부담을 주지 않으려는 것이다. 일이 바쁘고 지쳐 있을지도 모른다고 억지로 자신을 납득시키려 하고 있다. 다

433

다는 불현듯 '여기서 물러나면 안 된다'는 직감이 들었다.

아사코는 강하다. 지금까지도 수많은 불만과 슬픔을 삭이고 감당하면서 직장에서도 가정에서도 완벽하게 자신의 역할을 다해왔다.

하지만 그렇게 완벽하지 않아도 괜찮다. 뭐든지 다 이해하는 것처럼 굴면서 편할 때만 만나는 관계 같은 거, 하지 않아도 된다. 하고 싶지 않다.

"잠깐만이라도 좋아요. 보고 싶어요."

당장에라도 전화를 끊을 것 같은 아사코에게 다다는 진심으로 말했다.

"밤이라 미안하지만 내 사무실로 와줄 수 있어요?"

"네" 하고 아사코는 대답했다. 다다의 기세에 눌려 반사적으로 대답이 튀어나온 것 같다. 그런 자신에게 당혹스러워하며 주저하는 기색이 역력하다.

"교텐이 다쳐서 입원했거든요." 다다는 당황해서 사정을 설명했다. "그래서 오늘 밤은 내가 사무실을 비울 수가 없어요. 하루가 있어서."

"내가 갈게요." 아사코는 딱 부러지게 말하고 나서 걱정스러운 듯이 덧붙였다. "교텐 씨 많이 다쳤나요?"

"생명에는 지장 없습니다. 자세한 건 만나서 얘기할게요."

다다가 사무실 위치를 알려주려고 하자 아사코는 "괜찮아요." 하며 말을 막았다. "저도 마호로 시민이에요. 역 근처라면 주소만으로도 어딘지 짐작이 가요."

그러고 보니 교텐도 재회했을 때 같은 말을 했다. 다다는 그때의 기억이 떠올랐다.

교텐의 손가락은 반드시 붙을 거야. 오늘 밤 두 번째 직감에 저절로 미소가 번졌다.

하루는 조수석에서 새근새근 자고 있다. 이제 곧 아사코와 만날 수 있다. 사무실을 향해 트럭을 몰면서 다다는 자신이 행복을 느끼고 있음을 깨달았다.

다다는 하루를 안고 주차장에서 사무실로 가는 짧은 길을 걸었다. 도중에 편의점에 들러 마실 것을 샀다. 아사코가 뭘 좋아하는지 몰라 페트병에 든 차, 무가당과 저당 캔 커피, 카페오레, 캔 맥주까지 사다 보니 꽤 많아졌다.

아사코가 오기 전에 사무실 청소도 해둬야 한다. 하루와 음료의 무게쯤은 아무렇지도 않은 듯 다다는 빠른 걸음으로 걸어갔다. 기뻐서 한쪽 발로 껑충껑충 뛰고 싶은 걸 자제하려다 약간 발걸음이 꼬였다.

들뜬 발걸음도 사무실이 입주해 있는 주상복합건물 앞에 서 있는 호시와 가나이를 발견할 때까지였다. 계단 옆에서 호시가 팔짱을 끼고 벽에 기대어 있었다. 가나이는 계단 입구를 막

은 자세로 서 있다. 생김새부터가 대조적인 금강역사상 같은
콤비다.

이 건물에는 다다 심부름집 외에도 입주자들이 있다. 이웃
과는 전혀 교류하지 않지만, 정체를 알 수 없는 남녀노소가 빈
번히 드나드는 다다 심부름집을 다른 입주자들이 수상쩍어한
다는 것만은 느껴진다. 그런 차에 이번에는 통행을 방해하는
금강역사상이 나타났다.

평소에는 제멋대로 사무실에 들어오더니 왜 오늘 밤에는 사
람들 눈에 띄게 건물 입구를 막고 서 있는 건가. 다다는 얼굴을
찌푸리고 호시와 가나이에게 다가갔다. 다다를 알아보고는 호
시가 벽에서 몸을 일으켰다.

"여어, 심부름센터! 파트너 손가락은 붙었나?"

"수술은 끝났어요. 낙관하긴 이른 상황이지만 아마 괜찮겠
죠."

"그거 다행이네."

의외로 호시는 인사치레가 아니라 진심으로 안도하는 것 같
았다. 다다는 그것만으로도 정을 느꼈지만, '아냐, 아니지. 이
럴 때 마음 약해지니까 맨날 휘둘리고 이용당하는 거야' 하고
이내 생각을 고쳐먹고는 "호시 씨도 오늘은 바빴던 모양이네
요" 하고 용기 내어 비꼬았다. "어머니하고 간다던 성묘는 무사
히 다녀왔고요?"

"그렇게 삐딱하게 말하지 마." 호시는 쓴웃음을 지었다. "내가 없는 동안에 생각지도 못했던 소동이 일어나서 미안하게 됐다."

호시가 한 손으로 신호를 보내자 가나이가 갈색 봉투를 내밀었다.

"뭡니까, 이게."

다다가 당황하거나 말거나 가나이는 아무 말 없이 봉투를 다다에게 밀어댄다. 끝내 거절하지 못해서 편의점 봉지를 땅에 내려놓고 받아 든 봉투는 상당히 두툼했다. 50만 엔은 족히 들어 있을 것 같았다.

"위로금이다" 하고 호시는 말했다. 호시에게 빚을 지면 성가신 일이 벌어진다. 다다는 서둘러 봉투를 돌려주려고 했지만, 가나이는 주먹을 꽉 쥐고 돌려받을 수 없다는 뜻을 내보였다.

"받아둬."

가타부타 말을 못하게 하는 어조다.

"네 파트너가 그 이상한 버스를 타고 남쪽 출구 로터리까지 가지 않았으면 그런 큰 소동은 벌어지지 않았을 수도 있지만, 어쨌든 받아둬."

묘하게 생색을 낸다. 다다는 지쳐 있었고 버스 사건을 들춰내면 약점을 잡힐 입장인 건 분명해서 이번에는 순순히 위로금을 받아두기로 했다.

다다가 봉투를 바지 주머니에 집어넣는 것을 보고 호시는 만족스러운 듯 고개를 끄덕였다.

"예상대로 HHFA는 이걸로 조용해질 것 같다. 가뜩이나 무농약 재배가 아니라는 의혹이 소문으로 돌고 있었는데 이런 소동까지 났으니 말이야. 이미지가 중요한 장사라 상당한 타격을 입었을 거야."

"교텐의 손가락을 자른 남자는 어떻게 됐나요?"

"마호로 경찰서에 연행됐어. HHFA 간부는 뒤치다꺼리하느라 정신없고. 현행범인 데다 낫을 마구 휘둘렀으니 우선 기소는 면하지 못할 거야. 너랑 파트너한테도 경찰이 상황을 들으러 찾아올 텐데, 우연히 그 자리에 있다가 말려들었다고 해."

"심부름센터를 하는 내가 우연히 피켓 아르바이트를 했다고 하란 말입니까?"

"심부름센터니까 어떤 아르바이트를 해도 문제 될 거 없잖아." 호시가 웃었다. "그 점은 내 이름을 대도 상관없어. 피켓 알바 알선도 우리 사무실이 하는 일인데 의외로 항상 인력이 부족하거든. 그러니 심부름센터에 부탁할 수도 있지."

그렇군. 무슨 말인지 알아듣고 다다는 고개를 끄덕였다. 버스를 납치한 노인들과 교텐의 관계도 지인이 전세 낸 버스를 우연히 타게 되어 남쪽 출구 로터리까지 동승했다고 설명하면 된다.

다다와 호시는 씩 웃음을 주고받았다. 호시와 공범이 되는 건 탐탁지 않지만, 입을 잘 맞췄다는 성취감이 든 것도 사실이었다.

편의점 봉투를 집어 든 다다는 신경 쓰이던 것을 물어봤다.

"HHFA의 모체는 소리 듣기교라는 종교 단체라면서요?"

"왜 갑자기 그런 걸 묻지?"

"교텐의 어머니가 예전에 거기 신자였을지도 모르거든요."

호시는 잠깐 생각에 잠기더니 말했다.

"무얼 믿든 안 믿든 본인의 자유다. 문제는 누군가를 상처 입힐 정도의 신앙을 갖고 있는가 어떤가 하는 거겠지. 네 파트너는 소리 듣기교의 가르침을 누군가에게 강요하나? 이를테면 그 꼬마한테."

호시는 잠들어 있는 하루를 턱으로 가리켰다.

"아뇨." 하고 다다는 대답했다. "교텐만큼 신앙과 거리가 먼 녀석은 없어요. 게다가 누군가에게 뭔가를 강요하는 일 따위는 절대 하지 않습니다."

"그럼 아무 문제 없네."

호시는 어깨를 으쓱했다. "소리 듣기교는 종교 단체로는 이미 활동하고 있지 않아. HHFA 간부 중에 옛 신자가 몇 명 있을 뿐이지. 네 파트너를 위협하는 것은 이제 이 세상에 존재하지 않아."

교텐의 마음속, 괴로운 기억을 제외하면.

"잊기로 했어" 하고 교텐은 사와무라에게 말했지만, 조금은 거짓말일 거란 걸 다다는 알고 있다. 망각하지 못하는 것이 있기 때문에 교텐은 소네다 할머니에게 "기억하고 있겠다"고 말했을 것이다. 다다를 비롯한 주변 사람들은 교텐을 지켜보고 의지가 되어주고 얘기를 들어줄 수는 있지만, 교텐의 마음이나 기억은 어떻게 해줄 수가 없다. 무엇보다 교텐이 지켜보고 의지가 되어주고 얘기를 들어주기를 바라는지 어떤지도 확실하지 않다.

한번 맛본 감정이나 경험을 없앨 수는 없다. 안고 살아갈 뿐이다. 교텐은 그것을 담담히 실천하고 있고, 담담한 실천의 궤적에 만족하고 있지 않을까, 하고 다다는 생각했다. 얼마만큼의 노력과 고통을 요하는 실천인지 떠벌리고 다니는 건 교텐의 취향이 아닐 것이다.

길모퉁이에 검은 택시가 서더니 아사코가 내렸다. 다다를 알아보고 잰걸음으로 사무실이 있는 건물 쪽으로 다가왔다. 인상이 험악한 호시와 가나이도 시야에 들어왔을 텐데 아사코는 멈칫하는 기색도 없다.

호시는 아사코를 흘끗 보더니 "심부름센터, 제법인걸" 하고 다다에게 시선을 돌렸다. "파트너 입원 중에 여자를 끌어들이다니."

끌어들이다니, 듣기 거북하게. 가시와기 씨한테 들러달라고 했을 뿐이야······. 다다가 우물우물 변명하는 사이, 호시는 가나이를 데리고 사라졌다.

"뭐, 사이좋게 지내라. 돈이 부족하면 말하고."

호시는 교텐이 다쳐서 사과할 목적으로 찾아온 모양이었다. 그래서 어울리지 않게 예의를 차리느라 사무실에 멋대로 들어가지 않고 밖에서 기다렸던 것이다.

다다는 고개를 흔들어 기분을 바꾸고 계단 아래에서 아사코를 맞이했다.

"내가 너무 일찍 왔나 봐요." 아사코는 다다 앞에 서자 약간 수줍은 듯이 말했다.

"지금 저 사람들은? 용무가 있었던 것 아니에요?"

"끝났으니까 신경 쓰지 마세요."

다다는 아사코를 안내해 계단을 올라갔다. 사과하러 올 때조차 제멋대로인 호시 때문에 청소할 시간을 빼앗겼지만 어쩔 수 없다.

"사무실이 지저분하지만, 그것도 신경 쓰지 않았으면 좋겠어요."

부엌에서 손을 씻은 아사코는 흥미로운 듯이 사무실 내부를 둘러보았다. 응접 소파에 앉아서 탄력을 확인해보기도 하고,

담배꽁초가 수북하게 쌓인 재떨이도 들여다보고, 서류 파일이 꽂혀 있는 선반, 책상에 펼쳐진 지도를 보기도 했다. 마치 새로운 거처로 옮겨 온 고양이 같다.

응접실과 주거 공간을 나눠놓은 커튼을 열어둔 채로 다다는 하루를 재웠다. 잠옷으로 갈아입히는 김에 젖은 수건으로 살살 몸을 닦아주었다. 하루는 약간 칭얼댔지만, 땀을 닦아주니 개운한 모양이다. 다다의 침대 옆에 펼쳐진 매트리스에 알아서 눕더니 제대로 잠이 들었다. 아사코의 존재는 알아차리지 못했다. 손님이 있다는 걸 알면 하루는 또 한바탕 재잘거리며 신나할 것이다.

얌전히 잠들어서 다행이다. 부엌에서 비닐봉지에 든 물건을 꺼내며 다다는 뒤를 돌아보았다. 아사코가 어느새 매트리스 옆에 쪼그리고 앉아 하루의 잠든 얼굴을 내려다보고 있다.

하루의 옆에는 곰곰이도 잠들어 있었다. 피로 얼룩졌지만 곰곰이는 여전히 사랑스러운 표정이다. 곰곰이에게 질세라 하루도 천진한 얼굴로 꿈의 세계에서 놀고 있다.

아사코는 곰곰이를 하루에게 더 가깝게 살짝 옮겼다. 구부리고 앉은 무릎에 양팔을 올리고, 아사코는 약간 고개를 기울인 채 살며시 미소를 지었다.

"뭐 좀 마시겠어요?"

다다가 부르는 소리에 아사코는 얼굴을 들었다. 좁은 조리대에 쭉 놓여 있는 음료를 보고 "맥주로 할게요"라고 했다. 다다는 캔 맥주 두 개를 들고 침대에 걸터앉았다. 아사코도 일어나 조심스럽게 다다 옆으로 다가왔다.

나란히 앉은 두 사람은 맥주를 마셨다. 발밑에는 하루와 곰곰이가 자고 있다. 도로를 달리는 자동차 소리가 이따금 들려올 뿐, 실내는 매우 고요하다. 고요하고, 행복하다.

"많은 일이 있었나 봐요."

아사코가 작은 목소리로 말했다. 곰곰이에게 묻은 피를 보고 눈치챘을 것이다. 다다는 자신이 알고 있는 선에서 오늘 있었던 일을 들려주었다. 말로 설명하고 보니 참으로 긴 하루였다.

하루와 교텐이 버스 납치에 말려든 것, 남쪽 출구 로터리가 소란스러워지고 교텐의 새끼손가락이 날아간 것. HHFA 세력은 이를 계기로 기세가 꺾일 거라는 것. 아사코는 놀라기도 하고 걱정도 하면서 몇 차례 질문을 하더니 이윽고 상황을 이해한 듯했다.

"교텐 씨 일도 있어서 순수하게 기뻐하지는 못하지만, 어쨌든 사태가 수습된 것 같아서 다행이네요" 하고 말했다. 심각하고 진지한 말투에 다다는 자신도 모르게 웃고 말았다.

"예전부터 궁금했는데요." 하루의 잠든 얼굴을 보면서 아사코는 말을 이었다. "하루를 맡고 있다고 하셨는데, 하루 엄마하고는 친한 사이세요?"

"아닙니다" 하고 다다는 황급히 부정했다.

자세히 설명하기도 전에 "그죠" 하고 아사코가 고개를 끄덕였다.

"이렇게 보니 교텐 씨와 많이 닮은 것 같아요."

뭐라고 말할까 생각한 끝에, "아뇨, 그것도 아닙니다" 하고 다다는 대답했다.

"하루의 부모는 해외에서 일하고 있어서 여름 동안만 맡은 겁니다. 이제 2주 후면 데리러 올 겁니다."

그렇게 말하고 나니 그것이 진실이란 생각이 들었다. 하루의 부모는, 하루를 예뻐하며 키우고 있는 사람은 미쓰미네 나기코와 파트너다.

아사코는 더 묻지 않았다. 다만, 기어 들어가는 목소리로 중얼거렸다.

"솔직히 말하면 조금 질투했어요. 마호로 대로 카페에서 다다 씨랑 함께 있는 걸 보고."

다다는 뛰어오를 듯 기뻤지만, 애써 감정을 누르며 "기쁜데요" 하고 될 수 있는 한 멋진 남자를 연출해서 대답했다.

다다와 아사코는 각각 두 캔째 맥주를 마셨다. 안주도 없지만, 방이 무더운 탓에 맥주가 물처럼 목을 넘어간다.

"술 세요?"

"그렇지도 않습니다. 끝을 몰라서 되도록 집에서는 마시지 않으려고 하지만."

"그걸 세다고 하는 거예요."

두 사람은 작은 목소리로 대수롭지 않은 이야기를 나누었다. 알맹이 있는 이야기를 하는 것도 아니고 서로의 거리를 단번에 좁히는 것도 아닌 이 한때가 왠지 편안했다. 아사코도 똑같이 느끼고 편안해하는 게 느껴졌다.

평온한 시간은 갑자기 사무실 문이 열리면서 깨졌다. 칸막이 커튼을 걷어두고 있어서 침대에서 출입구가 잘 보였다.

문을 열어젖힌 자세 그대로 교텐이 멈춰 서 있다. 나란히 앉아 있던 다다와 아사코는 정면에서 교텐과 마주 보는 모양새가 됐다.

"어머!"

아사코가 소리를 냈고, 다다는 놀라서 벌떡 일어섰다. 교텐이 오이처럼 파란 얼굴을 하고 있어서 틀림없이 병세가 악화돼 유령이 되어 나타난 줄 알았다.

"실례했습니다."

교텐은 예의 바르게 말하고는 조심스럽게 왼손으로 문을 닫았다. 오른손은 병원에서 보았을 때와 똑같이 붕대로 칭칭 감겨 있었다. 교텐의 모습이 문밖으로 사라지고 나서야 겨우, 다다는 지금 본 것이 유령이 아니라는 걸 깨달았다. 유령이라면 일부러 문을 여닫을 필요가 없을 것이다.

"야, 교텐!" 하고 불렀지만, 계단을 내려가는 발소리가 날 뿐이었다. 다다는 "잠깐 실례할게요" 하고 아사코에게 양해를 구한 뒤 황급히 사무실을 뛰쳐나갔다. 당황해서 마시던 캔도 든 채였다.

계단을 뛰어 내려가서 건물 밖으로 나가서야 교텐을 따라잡았다. 교텐은 휘청거리는 걸음으로 대로로 향하고 있었다.

"교텐, 어떻게 된 거야?" 다다는 교텐 앞으로 돌아서서 걸음을 일단 멈추게 했다. "안정을 취하지 않으면 큰일 난다고."

"으음, 그렇긴 한데."

빈혈이 더 심해졌는지 교텐의 얼굴색은 이미 가지 같았다.

"네가 오늘 밤에 사장하고 만날 약속을 한 게 생각나서 말이야. 사무실 볼 사람이 없으면 곤란할 것 같아서."

기특하다고 할까, 중상을 입은 사실에 어울리지 않는 소리를 하고 있지만, 다다는 그보다 더 신경 쓰이는 것이 있었다. 아까는 너무 놀란 탓에 미처 보지 못했는데 교텐의 티셔츠 가슴팍에 '비바♡마호로!'라는 글씨가 큼지막하게 프린트되어 있었다. 심지어 거친 느낌이 나는 붓글씨체로.

"너, 뭐냐 그건?"

다다는 묻지 않을 수 없었다. 교텐은 다다의 시선을 좇아 자신의 가슴팍을 내려다보았다.

"갈아입으라고 네가 갖다줬잖아."

"그랬어? 미안."

평범한 흰색 티셔츠를 가져가려고 했는데, 경황이 없어서 잘못 집어 든 모양이다. 그래도 그렇지, 언제 사무실 선반에 요상한 티셔츠가 섞여 들어간 걸까.

"어디서 파는 옷이냐?"

"전에 콜롬비아인이 줬어."

루루의 패션 감각은 보통 사람은 상상할 수 없는 차원에 있다. 다다는 제대로 확인하지 않고 선반에서 꺼내 온 것을 후회했다.

티셔츠에 묻어 있는 얼룩이 혈흔이든 먹물 자국이든 교텐은 전혀 개의치 않는다.

유치한 문자를 가슴에 달고서 "담배 있어?" 하고 당당한 태도로 물었다.

"있지만 안 돼."

"왜?"

"혈류가 막히면 기껏 붙여놓은 새끼손가락이 다시 떨어진다고 의사가 그랬거든."

무엇보다 빈혈을 일으키고 있지 않은가. 다다는 교텐의 요구를 단호하게 거절했지만, 교텐은 웃으며 받아넘겼다.

"그렇게 걱정된다면 혈류를 좋게 하지."

말이 끝나자마자 교텐은 다다가 들고 있던 캔 맥주를 빼앗아 벌컥벌컥 다 마셔버렸다. 어이없어하는 다다에게 빈 캔을 떠안기더니 붕대 감은 손으로 입 언저리를 닦는다.

"알코올로 혈관을 열었으니까 이제 문제없어. 담배 줘."

다다는 단념하고 럭키스트라이크 담뱃갑을 주머니에서 꺼냈다. 담뱃갑을 한 번 흔들어 교텐에게 내밀었다. 우선 자기 담배에 불을 붙이고 나서 교텐이 입에 문 담배에도 라이터로 불을 붙여주었다.

"아! 맛있다."

교텐은 만족한 듯이 연기를 내뿜었다.

"병원에서 뭐든지 다 해주는 건 좋지만, 담배를 못 피우는 게 제일 고역이야."

"영원히 피울 수 없게 될 뻔했잖아. 투덜대지 마."

남쪽 출구 로터리에 흩뿌려진 교텐의 피를 떠올리며 다다는 말했다.

"택시비 줄 테니까 얼른 병원으로 돌아가."

"사무실 지킬 필요는 없을 것 같고 말이지."

교텐은 히죽히죽 웃었다. 멋쩍어진 다다는 얼른 변명을 했다.

"가시와기 씨한테 잠깐 들러달라고 한 것뿐이야. 하루도 있고 별달리 아무것도……."

"아, 예예."

더 히죽히죽 웃는 교텐의 얼굴은 멍청한 시바견 같았다. 변명해봐야 소용없다는 걸 알고 다다는 입을 다물었다.

두 가닥의 담배 연기가 무더운 밤의 어둠에 녹아들었다. 평온한 기분이 다다의 마음을 가득 채웠다. 교텐도 똑같이 느꼈을지 모른다. 담배를 다 피울 때까지 결국 아무 말 없이 담배 연기가 사라지는 모습만 바라보고 있었다.

이윽고 교텐이 "자, 그럼" 하고 말했다. 다다가 들고 있는 빈 캔에 담배꽁초를 비벼 넣고 마호로 대로 쪽으로 걸어갔다.

"잠깐, 잠깐, 잠깐. 택시비."

다다는 지갑을 꺼내려다 호시에게 받은 돈이 생각났다. 마침 지나가는 택시를 향해 교텐은 우아하게 손을 들고 있다. 다급해진 다다는 바지 주머니에 있던 봉투를 꺼내 통째로 교텐에게 건넸다.

"왓카나이까지 택시로 가라고?"

묵직한 봉투를 손에 들고서 교텐이 고개를 갸웃했다.

"시민병원까지다. 엉뚱한 데 쓰지 마."

택시 뒷좌석에 올라탄 교텐에게 다다는 몸을 구부리고 일렀다. 문이 닫혔다.

"수술비랑 입원비, 거기서 낼 거니까."

다다가 거듭 다짐하자, 교텐이 창을 내렸다.

"잠깐만요." 운전사에게 말하고는 다다에게로 몸을 돌렸다. "뭐라고?"

449

됐다. 어차피 공돈이다. 다 써라.

"내일 문병 갈게"라고만 말했다.

교텐은 미소를 지었다. 해맑은 그 표정에 다다는 불길한 예감이 들었다.

"안 와도 돼."

교텐은 거의 끝까지 내린 창에 왼쪽 팔꿈치를 걸치고 택시 옆에 서 있는 다다를 올려다보았다.

"다다, 여러 가지로 고마웠다."

"뭐야, 뜬금없이."

"네 말대로 하루를 맡길 잘한 거 같아."

교텐이 하루의 이름을 입에 올려서 다다는 방금 들었던 예감도 무산될 만큼 놀랐다.

"이런 말 하는 것도 이상하지만 말이야."

교텐은 말을 이었다.

"막상 일이 생겼을 때 하루를 아프게 하기 위해서가 아니라, 지키기 위해서 몸이 움직였어. 그게 나는······."

행복했어.

아주 작은 목소리였지만 다다의 귀에는 들렸다. 다다는 교텐을 보았다. 교텐은 약간 쑥스러운 듯이 웃고는 창을 닫았다.

"당연하지."

달리기 시작한 택시를 향해 다다는 중얼거렸다. 중얼거림은 점점 커졌다. 혼에서 우러나오는 말이 됐다.

"난 처음부터 알고 있었어. 몇 번이나 말했잖아. 너는 누군가를 상처 입히지 않아. 절대로. 그런 녀석이라는 걸 난 다 알고 있었다니까."

술 취한 젊은이 한 무리가 겁먹은 듯이 다다를 힐끔거리며 지나갔지만, 신경 쓰지 않았다. 빨간 꼬리등이 자동차 행렬에 섞여 강물처럼 넘실거리며 모퉁이를 돌아갔다.

개운한 마음으로 그것을 배웅하고 다다는 웃었다.

다음 날 아침, 하루는 침대에서 자고 있는 아사코를 보더니 "누구야? 손님?" 하며 흥분했다. 소파에서 잔 다다는 몸 여기저기가 쑤시긴 했지만, 상쾌한 기분으로 하루와 아사코에게 줄 달걀프라이를 만들었다.

집으로 돌아가는 아사코와 역 앞에서 헤어지고, 다다는 하루와 함께 마호로 시민병원으로 향했다.

텅 빈 침대를 내려다보며 다다는 한동안 병실에 우두커니 서 있었다.

교텐은 이미 모습을 감춘 뒤였다.

8.

"돈을 준 게 실수였습니다."

다다는 고개를 떨구었다.

"의사가 말려도 듣지 않고, 병원비를 정산하고 나갔다는군요."

"어디로 간 걸까요."

이야기의 전말을 들은 미쓰미네 나기코는 근심 어린 표정으로 한숨을 쉬었다.

"하루 짱도 참, 여전히 다다 씨에게 폐만 끼치고."

교텐이 자취를 감춘 지 2주가 지났다. 8월 말 어느 날 저녁, 나기코는 귀국하자마자 그 길로 다다 심부름집을 찾아왔다. 커다란 캐리어는 나리타 공항에서 택배로 집에 보내고 마침 빈자리가 남은 마호로행 리무진 버스에 올라탔다고 한다. 하루는 아까부터 나기코의 무릎에 앉아 코알라처럼 달라붙어서 떨어지질 않는다.

"그래서 교텐은 여기 없습니다. 하필 이럴 때 죄송해요."

"왜 다다 씨가 사과를 하세요. 오랫동안 하루를 돌봐주셔서 감사합니다."

다다와 나기코는 사무실 응접 소파에 마주 보고 앉았다. 하루의 짐은 이미 상자에 싸놓았다. 어젯밤 다다는 잠든 하루의 숨결을 등 뒤로 들으며 사진 액자와 그림책 그리고 루루와 하이시 덕분에 늘어난 옷가지를 하나하나 상자에 담았다.

나기코가 택배 송장에 집 주소를 기재한 뒤에 다다에게 내밀었다.

"내일 오후에 도착하도록 발송하겠습니다."

다다는 송장을 받아 발밑에 놓인 상자에 붙였다.

"쓸쓸해지겠네."

다다의 섭섭한 마음과는 달리, 오랜만에 엄마를 만난 하루는 기뻐서 어쩔 줄 몰랐다.

"마마는?" 하고 나기코에게 물었다. 다다는 거들떠보지도 않는다.

"마마도 내일모레 돌아온대."

역시 그렇군, 하고 다다는 생각했다. 예상한 대로 하루는 나기코를 '엄마'로, 나기코의 파트너를 '마마'라고 부르는 모양이다. 모레부터는 약간 색다르긴 하지만 사이좋은 3인 가족의 일상이 다시 시작될 것이다.

하루를 사랑스러운 눈길로 바라보던 나기코가 고개를 들었다.

"하루 짱이 돌아오면 알려주시겠어요? 상처가 어떤지도 신경 쓰이고요."

"물론입니다. 꼭 연락드리겠습니다."

다다는 약속했다.

나기코는 장거리 비행으로 피곤할 터다. 언제까지고 하루를 붙잡아둘 수는 없다. 다다는 단호히 소파에서 일어났다.

"역까지 바래다드리고 싶지만, 사무실 아래까지만 가겠습니다." 바닥에서 상자를 들어 올렸다. "근처 편의점의 택배 접수가 오후 6시까지거든요."

물론 거짓말이다. 다음 날 오후에 도착해도 된다면 심야에 맡겨도 상관없다. 하루와의 이별이 슬퍼서 역에서 큰 소리로 울게 되는 사태를 피하기 위해서였다.

나기코는 다다의 마음을 헤아렸는지 "집에 가자" 하고 하루를 재촉했다. 하루는 곰곰이를 안고 앞장서서 사무실 계단을 내려갔다. 다다 심부름집에 오던 날과 같은 원피스에 샌들 차림이다. 머리핀은 오늘 아침 다다가 힘겹게 꽂아주었다. 머리를 빗겨주면서 "오늘 엄마가 데리러 오실 거야" 하고 말하자 하루는 좋아서 폴짝폴짝 뛰었다.

사무실 건물 앞에서 나기코와 하루는 다다를 올려다보았다.

"하루, 다다 아저씨에게 '고맙습니다' 해야지."

"고맙습니다" 하고 하루는 인사했다. 상황을 잘 모르는지 집에 돌아가는 게 너무나도 기쁜지 방실방실 웃고 있다.

"나야말로 고마웠어." 다다는 말했다. "하루와 함께 지내는 동안 정말 즐거웠단다."

그제야 하루는 "으응?" 하는 표정을 지었다.

"다다 씨 하루랑 같이 가는 거잖아."

"아냐, 아저씨 집은 여기인걸."

서서히 사태를 파악한 것 같다. 하루는 울상을 지었다.

"교텐은?"

교텐이 행방을 감춘 뒤 이 질문은 하루에 열다섯 번 정도 들었다. 교텐을 걱정하는 하루에게 다다는 언제나 뭐라고 대답해야 좋을지 몰라, "잠깐 외출했어"라든가 "금방 돌아올 거야" 하고 받아넘기곤 했다.

하지만 오늘은 달랐다. 다다는 문득 하루의 물음에 명확한 대답이 떠올랐다.

"교텐 집도 여기야."

"그럼 교텐도 하루랑 같이 못 가?"

하루는 끝내 닭똥 같은 눈물을 흘렸다. 다다는 몸을 구부려서 상자를 땅에 내려놓고 손바닥으로 하루의 뺨을 닦아주었다.

"하루, 울지 않아도 돼. 언제든지 놀러 오렴. 교텐도 나도 기다리고 있을게."

다다는 다시 상자를 들어 올렸다. 나기코가 다정하게 하루의 손을 잡고 다다에게 가볍게 고개를 숙였다.

나기코와 하루는 하코큐 마호로 역을 향해 걸음을 옮겼다.

"잘 지내라" 하고 다다는 하루의 작은 등에 대고 말했다.

"엄마랑 마마 말 잘 들어야 해."

하루가 뒤돌아보았다. 눈물과 콧물로 범벅이 된 얼굴로, 그래도 하루는 웃고 있었다.

나기코와 손을 잡은 채 곰곰이를 안은 다른 한 손을 배 옆에서 조그맣게 흔들고 있다. 다다에게 보내는 작별 인사다.

다다도 손을 흔들어주었다. 눈시울이 뜨거워져 시야가 흐렸지만, 애써 눈물을 삼켰다. 사무실 앞에서 우는 것은 역에서 우는 것보다 곤란하다는 데 생각이 미친 것이다.

"저기 심부름센터 남자 말이야, 부인이랑 딸이 집을 나갔나 봐. 어째 변변찮아 보이더라니" 하고 동네에 소문이라도 나면 큰일이다.

나기코와 하루는 신호등 있는 횡단보도를 건너 혼잡한 인파 속으로 사라졌다.

내일부터 9월인데 해가 진 뒤에도 더위는 여전히 혹독했다. 다다는 땀을 닦는 척하며 작업복 소매로 눈언저리와 코를 문질렀다. 두어 번 헛기침을 하고 마음을 추슬렀다.

편의점에서 택배를 보내고 사무실 계단을 올라왔다. 문을 열자 무심코 한숨이 새어 나왔다. 하루의 옷과 장난감이 사라진 방은 너무나 썰렁한 공간으로 보였다.

겨우 익숙해진 간단 요리도 만들 기분이 나지 않아서 다다는 소파에 앉아 위스키를 마셨다. 맞은편 소파에는 교텐이 사용하던 면 담요가 개켜져 있다. 교텐이 동전을 모으던 과자 깡

통도 소파 밑에 그대로 있다.

아마도 아사코와 나의 관계를 배려해준 것일 테다. 다다는 컵 속의 갈색 액체를 흔들었다. 대체 어디를 헤매고 다니는 걸까. 새끼손가락이 썩어서 다시 떨어져도 난 모른다고.

혼자가 되고 보니 사무실은 넓고도 조용했다. 교텐이 오기 전에 나는 어떻게 시간을 보냈지. 기억을 더듬어보았지만, 생각이 나질 않았다. 주인이 돌아오기를 기다리는 개처럼 비참한 심정이었다.

일상이 돌아왔다. 교텐이 굴러 들어오기 전, 다다의 일상이.

오랜만에 하는 1인 생활은 처음에는 생각보다 쾌적했다. 방이 어질러지는 일도 없고 머리를 깎아라, 목욕탕에 갔다 왔냐 잔소리할 일도 없다. 자기 리듬대로 자기 일만 생각하면 되는 생활에 다다의 스트레스는 대폭 줄었다.

대신에 말할 일도 급격히 줄었다. 하루 종일 입 밖에 내는 말이라고는 "안녕하십니까. 다다 심부름집입니다"와 "작업 끝났습니다. 입금은 이쪽으로 부탁드립니다. 감사합니다"뿐인 날도 많아서, 다다는 이로리야의 도시락을 꼭꼭 씹어 먹도록 신경 썼다. 턱과 혀의 근육이 퇴화할 것 같았다.

지금까지도 교텐이 사무실을 나간 적은 있다. 별로 걱정하지 않아도 어느 날 불쑥 돌아오지 않을까. 다다는 그렇게 여겼다.

마음 한편으로 그렇게 되기를 기대하고 있었는지도 모른다.

하지만 늦더위가 썰물처럼 밀려나고, 가을이 점차 깊어가도 교텐은 다다의 앞에 나타나지 않았다. 어디서 뭘 하고 있는지 편지도 전화도 없다.

새끼손가락이 무사히 붙었는지 어쨌는지 정도는 알려줘도 좋으련만. 2년 반이 넘도록 빈대 붙어 살게 해주었는데 너무 매정하지 않은가. 다다는 마침내 화가 났다. 자기만 마음을 졸이고 있고, 교텐은 여전히 어딘가에서 태평스럽게 지내고 있을 걸 생각하니 한층 더 짜증이 밀려왔다.

아사코와는 의외로 순조로웠다. 다다가 아사코의 집에 가기도 하고 아사코가 다다의 사무실에 오기도 한다. 아사코와 사무실에서 만날 때는 언제 문이 열리며 교텐이 나타날지 몰라 처음에는 안절부절못했지만, 시간이 흐르는 동안 익숙해졌다. 교텐은 이제 돌아오지 않을지도 모른다고, 옷감에 물이 스며들 듯이 서서히 받아들이게 됐다.

젖은 옷감은 얼룩처럼 색을 짙게 한다. 그렇게 생각할수록 다다가 침울해한다는 것을 아사코는 민감하게 알아차린 듯했다.

"교텐 씨가 걱정이네요" 하고 다다의 맨어깨를 부드럽게 어루만졌다.

"교텐은 야생동물 같은 생명력이 있으니까 어딘가에서 잘먹고 잘 살고 있을 테죠."

다다가 애써 밝은 말투로 말해도 아사코는 여전히 음울한 표정이다.

"건강한 건 확실하다고 생각하지만……."

대답한 뒤 이불 속에서 뒤척였다.

아사코는 자기 때문에 교텐이 다다 심부름집에서 지내기 불편해서 나간 거라고 미안해하는 것 같다. 다다는 아사코 앞에서 교텐 얘기를 꺼내지 않도록 조심했다. 되도록 수심에 잠기지 않도록 일부러 씩씩한 척도 해보았다. 결과적으로 단순한 까불이 같은 언동을 할 때도 있었지만, 아사코는 "어쩔 수 없죠" 하는 느낌으로 웃어주었다. '애써 아무렇지도 않은 척하고…… 다다 씨, 역시 쓸쓸하구나' 하고 동정받는 기분이 들기도 했지만, 어쨌든 두 사람 사이는 평온하다.

마음에 걸리는 거라면 아사코의 집에 가도 아직 바로 침실로 간다는 점이다. 1층에 있을 법한 거실이나 주방을 본 적이 없다. "요리를 별로 하지 않아 부끄러워서"라고 했다. 그래도 가게에서의 모습과는 정반대로 차를 끓여 아슬아슬하게 받쳐 들고 침실까지 오는 아사코를 보면 '뭐, 어때' 하는 마음이 든다.

사귄 지 아직 몇 개월 되지 않았다. 연애에 빠질 나이도 아니고 동거나 결혼을 염두에 두고 있는 것도 아니다. 평온한 분위기에서 천천히 거리를 좁히면 된다.

아사코의 집도 다다 심부름집만큼이나 늘 조용했다.

"심부름센터, 나야. 야마시로초 오카. 정원 청소 좀 해주게."

한동안 숨어 지냈는지 연락이 없던 오카에게서 오랜만에 의뢰 전화가 온 것은 낙엽의 계절로 접어든 무렵이었다.

바로 트럭을 몰고 찾아가자 오카는 정원에서 빗자루를 들고 기다리고 있었다.

"조수는 어쩌고?"

"남쪽 출구 로터리 소동이 있고 나서 바로 나갔습니다."

"상처는?"

"수술해서 손가락은 붙었는데, 예후가 어떤지는 연락이 없어서 모르겠습니다."

다다의 대답을 듣고 오카는 적잖이 책임을 느끼는 것 같았다.

"뭐, 조수도 어른이야. 자네가 돌봐야 할 이유도 없고 말이지."

헛기침을 하며 허공으로 시선을 돌렸다.

"오늘은 낙엽을 쓸어 모아서 모닥불을 피워줘."

"버스 운행 시각은 적지 않아도 괜찮은가요?"

"비꼬지 말게." 오카는 겸연쩍은 모양이다. "집사람한테 욕 엄청 먹었다고. 요중 항의 활동은 당분간 중지했네."

오카의 얘기를 들어보니, 여름의 그 사건이 있던 날로부터 얼마 지나지 않아 마호로 경찰서에서 형사가 찾아왔다고 한다.

"이름이 뭐였더라. 하야카와라고 했던 것 같은데."

하야사카다. 예전부터 다다를 주시하고 있던 하야사카는 이번 소동 후에도 상황을 듣고 싶다며 사무실로 들이닥쳤다. 호시와 미리 입을 맞춰놓은 대로 설명해서 필요 이상의 추궁은 면하여 현재까지 별일 없다.

오카도 "하코네 여행을 가려고 버스를 빌려서 남쪽 출구 로터리에 들렀다가 소동에 휘말렸다"고 설명했다고 한다. 요중을 비판하는 플래카드에 관해서도 질문을 받았지만, '자신들의 주장을 천에 적었을 뿐이다'라고 했더니 의외로 순순히 물러났다고 한다.

"그보다 형사가 미심쩍어한 것은 채소 단체에 관해서야" 하고 오카는 말했다. "왜 땅을 임대했나, 당신도 활동에 참여하고 있나 하고 끈질기게 물어대는데 '임대하겠다는 사람이 있으면 임대해주는 게 내 일이다' '나는 채소보다 고기를 좋아한다. 그래서 그 많은 밭을 갈아엎어 아파트와 다세대주택을 지은 거다'라고 말해줬지."

하야사카는 단념했는지, 오카와 HHFA 사이에 특별한 관계는 없다고 판단했는지 한 번 찾아온 걸로 끝이었다.

"근데 내가 한 일을 알고 우리 마누라가 노발대발해서 말이지. 버스라는 말만 해도 또 뭔 일 저지른 게 아닌가 하고 눈을 손전등마냥 뜨고 번뜩인다니까."

오카는 가능하면 외출을 삼가고, 부인의 신뢰를 되찾기 위해 매일 착한 할아버지처럼 지내고 있다고 한다.

오카에게 빗자루를 받아 들고 다다는 정원 청소를 시작했다. 낙엽을 쓸 때마다 마른 종이를 뭉치는 소리가 났다.

무심코 도로 반대편, HHFA의 밭 쪽을 보았다. 채소 수확 철이 지나서일까, 시들어서 갈색으로 변한 가지인지 토마토인지 모를 줄기가 온통 널려 있다. 흙은 말랐고 풀이 무성하게 자란 데다 낙엽까지 쌓여 있다. 인기척은 없다.

오카는 어쩐 일로 작업을 도와주었다. 정원의 낙엽을 야트막한 산 모양으로 그러모아놓고 다다의 시선을 따라 뒤를 돌아보았다.

"채소 단체는 여름 이후로 도통 보이지 않네." 오카가 말했다. "매출이 좋지 않다나 뭐라나. 지난달에는 결국 월세도 입금하지 않았더군. 자네 조수한테 상처 입히는 걸 본 데다 형사도 찾아오고 해서, 계약 갱신하지 않고 내보낼까 해."

"그게 좋을지도 모르겠네요" 하고 다다는 무난하게 대답했다.

남쪽 출구 로터리에서 일어난 일이 아니어도 HHFA는 조만간 활동 규모를 축소할 수밖에 없을 것이다. 그들이 재배하는 채소가 무농약이 아니라는 소문이 이미 퍼질 대로 퍼져 있고, HHFA에서 급식용 채소를 매입하는 학교들은 PTA(학부모와 교사로 조직된 교육 모임)를 중심으로 실태를 조사하려는 움직임도 있는 듯하다. 게다가 '가혹한 노동을 강요당했다'며 아동상담소를 찾아온 아이도 있었다고 한다.

　그러한 움직임에 호시가 얼마만큼 관여했는지는 알 수 없다. 다만, HHFA를 무너뜨리기 위해 암암리에 활약하고 있는 것은 분명하다. 다다는 얼마 전, 마호로 대로에서 우연히 호시와 마주쳤다.

　"최근에 조용해졌지?" 하며 만족스러운 듯이 말을 걸어왔다. "내가 마호로에 있는 한, 수상한 단체가 제멋대로 활동하게 두지 않을 거야."

　야쿠자나 호시 패거리보다 더 수상한 단체도 없을 거라고 생각했지만, 다다는 아무 말 하지 않았다. 호시가 말한 대로 HHFA가 남쪽 출구 로터리에서 홍보 활동을 하지 않게 된 건 사실이었다.

　한데 긁어모은 낙엽으로 모닥불을 피우는 동안, 다다는 툇마루에 걸터앉아 오카 씨네 정원을 바라보았다. 오카 씨도 옆에 앉아 불이 옆으로 옮겨 붙지 않도록 감시하고 있다. 오카 씨의 부인이 차와 과자를 내왔다. 부인은 다다와 오카의 등 뒤에 있는 다다미방 한쪽 구석에 앉아서 겨울로 다가가는 정원의 나무들을 보고 있었다.

　직박구리가 날아와서 감나무에 남아 있는 감을 쿡쿡 쪼았다. 날카로운 소리로 울면서 옆집 지붕 너머로 날아갔다.

　"저, 그러니까 말이야. 너무 낙심하지 말게." 오카가 어색하게 위로의 말을 건넸다. "조수는 꼭 돌아올 거야."

낙심한 걸로 보였나. 다다는 잠시 당황했다. 그래도 오카의 말에 희미한 희망을 느끼고 "그럴까요?" 하고 매달리는 심정으로 물었다.

"그렇지. 조수는 달리 갈 데도 없잖아."

고작 모호한 근거와 소극적인 이유밖에 없다니. 다다는 실망했다. 동시에 그래도 좋으니 돌아오면 좋겠다고 바라는 마음은 부정할 수 없다.

작업을 모두 마치고 다다는 들고 간 하코큐 백화점의 종이 가방을 오카에게 맡겼다. 내용물은 카디건 신상품이다. 버스 납치단의 할머니에게 빌렸던 카디건은 교텐의 피로 엉망이 되었다. 다다는 최대한 재질과 디자인이 비슷한 옷을 골랐다. 오카는 종이 가방을 손에 받아 들며 할머니에게 꼭 전해주겠다고 흔쾌히 맡았다.

돌아오는 길에 이로리야에서 도시락을 샀다. 마호로 대로에서 낯익은 얼굴이 스쳐 지나갔다. 날아간 이불을 주워달라고 의뢰했던 쓰야마였다. 그는 다다를 알아보지 못하고 사진에서 본 적 있는 부인과 딸과 함께 웃으며 역 쪽으로 걸어가고 있었다. 다다는 충분한 시간을 두고 나서 넌지시 뒤돌아보았다. 인파 속으로 사라졌을 거라는 예상과 달리 쓰야마 가족은 부동산 사무소 앞에 멈춰 서 있었다. 도쿄에서 일자리를 찾아 가족이 살 집을 구하러 마호로로 돌아온 걸지도 모른다. 다행이다. 다다는 도시락이 든 봉투를 달랑거리며 걸었다.

사무실 건물 앞에 트럭이 서 있었다. 이삿짐 업체 사람으로 보이는 남자가 옷장이며 침대를 짐칸에 싣고 있다. 다다 심부름집이 있는 빌딩 2층의 '건강당'이라는 침술 마사지 가게다. 그다지 잘되는 것 같지 않더니, 결국은 폐점 또는 이전하게 된 걸까. 짐을 끌어내리는 틈새로 다다는 좁은 계단을 올라갔다. 건강당 문이 열려 있어 다다는 처음으로 옆 사무실의 내부를 들여다보았다.

다다 심부름집보다 더 좁다. 하지만 싱크대도 화장실도 가스레인지도 있어서 건강당 주인이 여기서 가게만 운영했던 게 아니라 생활도 했던 흔적이 엿보였다. 플라스틱 컵에 꽂혀 있는 칫솔. 먼지떨이. 오래 쓴 수건.

인사조차 나눈 적이 없고 거의 기척도 느끼지 못했던 이웃이다. 다다 쪽에서도 되도록 거리를 두려고 했다. 예전에 마호로 경찰서의 하야사카 형사에게 호시 패거리가 다다 심부름집에 드나드는 것을 밀고한 사람이 혹시 이 이웃 아닐까, 그렇게 의심했기 때문이다. 하지만 막상 떠난다고 하니 왠지 쓸쓸한 기분이 들었다. 이렇게 낯익은 풍경, 정든 사람들이 차츰차츰 자신의 곁에서 사라진다고 생각하니 빈방에 덩그러니 남은 낡은 수건처럼, 전보다 나아진 것도 이제 와서 달라질 리도 없는 자신의 처지가 덧없이 느껴졌다.

의기소침해진 다다를 예견이라도 한 듯이 때마침 유라와 유야가 사무실을 찾아왔다. 오랜만에 의뢰가 들어오지 않은 일요일이어서 느지막이 일어난 다다는 점심이라도 먹으러 나갈까 하던 참이었다. 유라와 유야는 학원이 낮에 끝나서, 역 앞 서점에 들렀다가 집에 갈 생각이라고 했다.

"그러다가 다다 아저씨 어떻게 지낼까 하고 얘기하다가요, 잠깐 들러봤어요."

유라가 말했다. 유야도 미소를 지으며 고개를 끄덕였다. 초등학생이 염려해준다고 생각하니 멋쩍어서 다다는 세수를 하고 사무실을 나왔다.

유라와 유야는 학원에서 도시락을 먹었다고 한다. 그래서 서점까지 바래다주기로 하고 세 사람은 남쪽 출구 로터리 쪽으로 걸었다.

"요즘 유야의 도시락에 고기 반찬이 있어요."

유라가 다다에게 알려주었다. 왠지 우쭐해하는 모습이 건방지면서 귀엽다.

"그거 잘됐네." 다다는 옆에서 걸어가는 유야를 내려다보았다. "어머니의 심경에 뭔가 변화가 있었나?"

"글쎄요. 그냥 HHFA 활동에 질렸을 뿐인 것 같아요." 유야는 쑥스러워하며 덧붙였다. "하지만 거의 밭에 가지 않으시니 예전보다 엄마랑 대화하는 시간이 늘어났어요. 그건 그거대로 대꾸하는 게 보통 일이 아니지만요."

"뭘 수줍어하고 그래." 유라는 신이 난 모습이다. "공부에 집중할 수 있어 성적도 오르고 고기를 먹으니 얼굴색도 좋아졌으면서."

"여름에는 감사했습니다." 유야가 어른스러운 태도로 고개를 숙였다.

"다다 아저씨랑 친구 분에게 감사 인사를 드리고 싶었는데 어쩐지 가기가 어려웠어요. 게다가 중요한 때에 빈혈이 일어나는 바람에……"

다다는 이미 유야에게도 유라에게도 감사와 사죄의 말을 들었다. 그 소동이 있은 다음 날, 아이들은 차례로 다다에게 전화를 걸어왔다. 두 사람은 남쪽 출구 로터리에서 하루를 구해주지 못하고 그대로 일행과 떨어지게 된 일을 후회하고 있었다. 다다는 하루가 조금도 상처 입지 않았다고 알려주어 두 사람을 안심시키고, 대신 자신이 없던 그곳에서 무슨 일이 일어난 건지 자세하게 들었다. 교텐이 병원에서 빠져나간 사실은 숨기고, 일단 손가락이 붙었다는 소식도 더불어 전해주었다.

"그런 거 신경 쓰지 않아도 괜찮아" 하고 다다는 말했다. "나는 결국 아무 도움도 되지 못했는걸. 하지만 전부 잘 수습된 것

467

같아서 안심이야."

"하루는 잘 지내요? 교텐 아저씨 손가락은 어때요?"

그래서 다다는 하루가 집에 돌아갔다는 것과 교텐이 계속 사무실에 돌아오지 않고 있다는 이야기를 해주었다.

"어디로 갔을까."

"방랑자같이 생겼어."

유라와 유야는 걱정스러운 표정으로 서로 마주 보았다. 유라가 불현듯 "맞다!" 하고 다다를 올려다보았다.

"저, 마호로 역 앞에서 교텐 아저씨 봤어요."

"언제?"

다다는 놀라서 물었다.

"아마 10월에요. 밤에 학원 건물에서 나왔는데 교텐 아저씨가 건널목 부근을 걸어가고 있었어요. 말을 걸려고 했는데 버스가 출발할 것 같아서."

이로써 교텐이 사무실을 나간 뒤에도 적어도 한동안은 마호로에 있었다는 것이 판명됐다. 남쪽 출구 로터리는 평소처럼 사람들이 오가고 그 틈으로 비둘기도 당당하게 걸어가고 있다. 벤치에 앉은 할머니가 비둘기에게 빵 부스러기를 던져주고 있었다.

유야는 교텐의 새끼손가락이 굴러갔던 땅바닥을 바라보며 다다에게 물었다.

"그 버스에 탔던 사람들과 두 번 다시 만날 일 없다고 생각하니 기분이 묘해요."

"왜?" 하고 다다는 물었다.

유야는 잠깐 생각하더니, "즐거웠기 때문일까요?" 하고 웃었다. "하지만 이제 만날 수 없어요. 연락처도 모르고 HHFA 탓에 소동이 커져버려서요."

소동이 난 것은 HHFA 때문만이 아니라 오카가 버스를 납치하고 교텐이 로켓처럼 새끼손가락을 날렸기 때문이기도 하다. 유야가 만나고 싶다면 적어도 오카의 연락처를 알려줄 수는 있다. 그러나 다다는 아무 말 없이 고개를 끄덕일 뿐이었다. 어떤 화학 변화가 일어났는지 확실치는 않지만, 유야의 마음속에서 그 여름의 하루는 찬란한 기억으로 남아 있는 듯하다. 평온을 되찾은 상황에서 오카를 만나면 여름날 추억의 가치가 곤두박질할 염려가 있다.

이상한 사람들한테서는 되도록 아이들을 멀리 떼어놓고 꿈을 지켜주는 것이 어른의 역할이다. 혼자 응, 응 하면서 고개를 끄덕이는 다다를 아랑곳하지 않고 유야가 말을 계속했다.

"물론 하루는 또 놀러올 테고 교텐 아저씨도 돌아올 거라고 믿지만요."

이번에는 유라가 응, 응 고개를 끄덕였다. 아이들까지 신경을 쓰게 만들었다. 다다는 말없이 쓴웃음만 지었다.

"하지만 두 번 다시 못 만나더라도" 하고 유야는 말을 이었다. "저는 꼭 교텐 아저씨를 기억할 거예요. 교텐 아저씨가 한 말, 제게 해준 일, 언제까지나 잊지 않을 거예요."

그 말투는 조용하고 강했다. 다다는 무심코 발을 멈추고 유야를 내려다보았다.

"교텐이 너한테 뭐라고 했는데?"

"옳다고 느끼는 일을 하라고요. 하지만 옳다고 느끼는 자신이 옳은지, 언제나 의심하라고도 말했어요."

여기서 됐어요, 하고 유야가 말하더니 다다에게 손을 흔들었다. 그러고는 유라와 함께 서점이 있는 건물 안으로 사라졌다.

남쪽 출구 로터리의 혼잡한 거리에서 다다는 한참을 멈춰 서 있었다.

나는 너를 가능한 한 기억할 거다. 네가 죽더라도. 내가 죽을 때까지.

유야는 신기하게도 교텐이 소네다 할머니에게 한 말과 똑같은 말을 했다.

야, 교텐. 들었어? 그 아이는 너를 언제까지나 잊지 않을 거래. 너는 아무도 너를 기억해주지 않았으면 좋겠다고 했지. 하지만 그건 무리다. 그 누구의 기억에도 남지 않고 자신의 어두운 기억만 끌어안고서 깊은 연못에 가라앉지는 못한다. 아무리 교텐이 그렇게 하고 싶어 해도.

왜냐하면 교텐은 살아 있고 수많은 사람과 엮여 있기 때문이다. 그 사람들을 떨쳐내고 혼자가 될 수 없을뿐더러, 그렇게 하려는 건 오만이다.

다다는 유야의 말을 교텐에게 전해주고 싶었다.

너는 혼자가 아니야. 아마 나도. 이 도시에서 가족도 친구도 아닌 누군가와 그래도 끈끈하게 이어져 있다. 살아 있는 한. 아니, 분명 죽고 나서도 유라나 유야, 하루의 기억 속에 우리의 모습은 어렴풋이 남을 것이다. 저녁 어둠 속에 떠오르는 그리운 그림자처럼. 마침내 그들이 숨을 거두는 그때, 우리의 기억도 완전히 밤과 하나가 된다.

하지만 유라나 유야, 하루를 기억하는 사람이 그때는 또 존재하겠지. 그렇게 해서 사람은 생명을 끊임없이 이어왔다. 삶과 죽음에 얽힌 기억을 다음 세대에 맡겨왔다.

한 개체의 죽음으로 기쁨과 슬픔과 행복과 괴로움이 전부 무(無)로 돌아가는 것은 아니다. 내 마음속에 죽은 아들의 기억이 지금도 살아 있듯이. 그가 준 큰 기쁨과 행복, 더없는 슬픔과 괴로움은 조금씩 엷어지면서도 내 마음속에서 숨 쉬고 있다. 내가 죽어도, 분명 누군가가 아픔과 기쁨을 끌어안은 나라는 인간을 아련하게나마 기억해주겠지.

죽음조차도 완전히 빼앗아 가지 못하는 무언가를, 모든 생물체는 제각각 끌어안고 있다. 그렇기에 모든 생물은 태어나면 될 수 있는 한 살려고 한다. 교감하려고 한다. 죽음이라는 잔혹함에 대항하기 위해서. 생명은 허무하게 살다 죽어가는 것만은 아니라고 증명하기 위해서.

교텐. 너도 나도 우리 안의 어둠에 잠기는 데는 실패한 것 같다. 유쾌한 기분이 북받쳐 올라와 다다는 웃었다. 그토록 아무하고도 엮이지 않기를, 혼자 있기를 바랐는데. 심부름센터를 하다 보니, 이 도시에서 한결같이 살다 보니 어느새 또 혼자가 아니다.

마호로의 하늘을 올려다보았다. 평소에는 게으른 남쪽 출구 로터리의 비둘기가 광장을 둘러싼 빌딩 저 멀리, 옅은 햇살이 비치는 구름 너머로 날개를 파닥이며 가고 있는 참이었다.

교텐은 여전히 돌아오지 않은 채, 12월 마지막 날을 맞이했다.

다다는 창가에 매달아두었던 빨간 풍령을 떼어서 마른 헝겊으로 꼼꼼하게 먼지를 닦았다. 다다의 손안에서 풍령이 살짝 소리를 냈다. 어디에 둘지 잠시 생각하다가 침대 밑에서 전기밥솥을 끄집어냈다. 양말 다섯 짝이 충전재가 되어주겠지.

루루와 하이시가 찾아온 것은 저녁 무렵이었다. 새해맞이를 준비할 마음도 들지 않아 소파에 누워서 위스키를 마시던 다다는 얼른 몸을 일으켰다.

"아유, 안 돼요, 심부름센터 아저씨. 자, 자, 정신 차리고."

"메밀국수(일본에서는 '도시코시 소바'라고 하여 한 해를 보내고 새해를 맞이하며 메밀국수를 먹는 풍습이 있다)랑 설음식이랑 떡국도 가져왔어요."

루루도 하이시도 짐이 잔뜩이다. 사무실로 들이닥치자마자 루루는 탁자 위를 재빠르게 정돈하고 하이시는 가져온 큰 냄비에 물을 끓이기 시작했다. 루루와 하이시가 기르는 치와와 하나는 흥분해서 실내를 뛰어다니다가 교텐이 쓰던 면 담요를 소파에서 질질 끌어 내려서 킁킁 냄새를 맡았다.

다다가 멍하니 있는 동안에 하이시는 메밀국수를 삶고 떡국을 데웠다. 두 사람은 그릇까지 가지고 왔다. 루루가 설음식이 담긴 플라스틱 용기를 탁자에 비좁게 펼쳐놓았다. 나마스도 듬뿍 담겨 있었다.

메밀국수와 설음식이 함께 차려진 탁자를 바라보며 다다가 물었다.

"또 너무 많이 만들었어요?"

"그렇다니까요오" 하고 루루는 난처하다는 듯이 몸을 비비 꼬았다.

"뭔가를 썰지 않고는 못 배기는 몸이 됐어요오."

"하나는 나마스를 먹지 못하고 말이죠" 하고 하이시는 천연덕스러운 어조로 말했지만, 혼자 지내는 자신을 걱정해서 와줬다는 걸 다다는 잘 알고 있다.

셋이서 탁자에 둘러앉아 음식과 술로 배를 채웠다.

"심부름센터 아저씨 심정을 알겠어요오." 루루는 한숨을 쉬었다. "하루를 못 만나게 된 뒤로 나 왠지 의욕이 없어졌어요오."

"다다 씨도 쓸쓸하죠?"

하이시가 조심스럽게 물었다.

"아뇨. 따뜻해지면 또 놀러 오기로 했고."

다다는 아무렇지 않은 척했다. 얼른 확인시키는 것도 잊지 않았다.

"진짜로 하루는 숨겨놓은 자식이 아니라고요."

"그건 알지만요오……."

루루가 하이시와 눈빛을 나누더니 큰마음 먹은 듯이 말을 꺼냈다.

"친구한테는 아무 연락 없어요오?"

"없어요."

"무슨 일일까요오. 이렇게 기운이 없는 심부름센터 아저씨를 그냥 내버려두다니 친구가 뭐 그래요오."

내가 왜 기운이 없어. 약간 취기가 돌기 시작한 다다는 무심코 말실수를 했다.

"내가 지금 사귀는 사람이 있어서 교텐이 배려해주었을 겁니다."

이런 화제를 루루와 하이시가 놓칠 리가 없다.

"어느새! 어떤 사람이에요?"

"너무해요오. 심부름센터 아저씨도 차암! 결혼은 꼭 나랑 해 줄 거라고 생각했는데에!" 하고 몸을 앞으로 내밀었다. 다다는 그 기세에 당황하며, "그런 약속, 한 번도 한 적 없어요" 하고 말 했지만 루루는 뾰로통해졌다.

"약속하진 않았지마안. 그건 뭐랄까, 이심전심 그런 거잖아 요오."

무서운 이심전심도 다 있다.

두 사람이 다그치는 바람에 다다는 아사코 얘기를 털어놓았 다. 오늘도 사무실에 오라고 했지만 "미안해요. 볼일이 있어서" 하며 석연치 않은 태도로 거절한 일까지도.

가시와기 씨는 연말연시는 본가에 가서 지낼지도 모른다. 그렇게 생각하며 이해하려고 했지만, 어쩌면 죽은 남편의 본 가에 갈지도 모른다고 생각하니 속 좁은 질투로 가슴이 시큰 거렸다. 그런 일도 있고 해서 저녁부터 술을 마시고 있었던 것 이다.

"어머나, 미인에다 사장님이라면 심부름센터 아저씨를 가지 고 노는 거 아녜요오?"

"루루도 참, 그런 말 하는 거 아냐."

"가지고 노는 걸까요."

"다다 씨도 금세 진지해지기는."

질투에 사로잡힌 다다와 루루에게 하이시는 술을 권했다.

"두 사람 다 그러지 말아요. 기왕 이렇게 된 거 실컷 마시자고요!"

밤이 깊도록 술자리는 이어지고 마침내 날짜가 바뀌어 새해가 되려고 할 때쯤 별안간 사무실 밖이 소란스러워졌다. 계단을 오르내리는 사람의 목소리와 무언가가 벽에 부딪히는 소리가 들렸다.

"무슨 일일까아?"

루루가 술에 취해 흐릿해진 눈으로 문 쪽을 보았다.

"이사 오는 건가." 다다가 고개를 갸웃했다. "옆 사무실이 비어 있거든요."

"이런 한밤중에, 게다가 새해가 시작되기 전날에 이사하는 사람이 어디 있어요."

아직은 그래도 이성이 남아 있던 하이시가 다다의 말을 일축했다.

사무실 문이 벌컥 열리더니, "옆 사무실에 이사 온 사람입니다" 하고 교텐이 들어온 것은 바로 그때였다.

"자, 이거. 이사 인사 메밀국수!"

루루와 하이시가 놀라서 교텐을 바라보았다. 다다는 놀란 나머지 소파에서 일어나지도 못했지만, 간신히 "국수는 벌써 먹었어" 하고 말했다.

"또 먹으면 되지. 해피 뉴 이어!"

교텐은 국수 포장과 미니 가도마쓰(새해에 조상신을 맞이한다는 뜻으로 문 앞에 세우는 대나무 장식)를 탁자에 내려놓았다. 오른손 새끼손가락에는 흉터가 생생하게 남아 있었지만, 제대로 붙은 모양이다. 가느다랗고 빨간 선이 손가락 아래쪽을 빙 둘러 있다.

"간당간당하지만, 아직 해는 지나지 않았어."

놀라서 일어서지도 못한 채로 교텐을 올려다보며 다다는 말했다.

"새해가 되기 전에 가도마쓰를 세워두면 재수 없어."

"괜찮아" 하고 교텐은 웃었다. "네 나쁜 운은 내가 전부 쫓아줄 테니까."

교텐의 웃는 얼굴을 보니 걱정이나 하게 만드는 녀석이라고 한 대 치고 싶기도 하고 잘 돌아왔다고 안아주고 싶기도 하고, 묘한 기분이었다. 교텐에게 해주고 싶은 말도 많았다. 하지만 다다는 어느 쪽 행동도 하지 않았다. 여전히 넋이 나간 듯 소파에 앉아 "너 지금까지 어디에 있었던 거냐?" 하고 물었다.

"저희 집에요."

출입구에서 여자의 목소리가 들렸다. 위아래로 운동복을 입은 아사코가 서 있었다. 그 뒤에 호시를 필두로 이토, 쓰쓰이,

477

가나이가 웃으며 있다.

"교텐 씨는 저희 집 거실 한쪽에서 지냈어요. 다다 씨, 전혀 눈치 못 챘어요?"

전혀 눈치채지 못했다. 충격적인 사실에 다다는 괜히 입을 벌렸다 다물었다 할 뿐이었다.

"정말 미안해요." 아사코는 깊이 머리를 숙였다. "몇 번이나 말하려고 했는데, 그때마다 말하지 말아달라고 교텐 씨가 부탁해서."

아사코의 말을 들어보니 남쪽 출구 로터리에서 소동이 일어난 다음 날, 오른손에 붕대를 칭칭 감은 교텐이 파랗게 질린 얼굴로 불쑥 집으로 찾아왔다고 한다. 그날까지 추석 연휴였던 아사코는 대낮에 생각지도 않았던 방문자가 찾아와서 깜짝 놀랐다. 일단 집 안으로 들이고 현관에 앉게 했다. 빈혈 탓인지 교텐이 당장이라도 쓰러질 것 같았기 때문이다.

교텐은 아사코에게 당분간 이곳에서 지내게 해달라고 간청했다. 입원 기간이 길어져서 다다에게 비용 부담을 안겨주기 싫다고, 잘잘 공간만 주면 방해되지 않게 얌전히 지내겠다고.

아사코는 입원비라면 대신 내주겠다고 제안했지만 "언제 갚을 수 있을지 모른다"고 교텐은 완강히 거부했다.

"될 수 있으면 빚은 지고 싶지 않아요" 하고 교텐은 말했다고 한다.

"다다의 사무실에서 독립할 자금을 빨리 모아야 하니까요. 아사코 씨도 제가 언제까지나 다다한테 얹혀살면 놀러 오기 불편하잖아요."

"그런……." 에둘러 교제 사실을 언급하자 아사코는 왠지 부끄러워졌다. "다른 데서 만나면 되는걸요."

"아뇨. 남의 연애를 방해하면 안 되죠."

교텐은 신발을 벗고 재빨리 복도를 지나 거실을 살펴보았다. 커다란 가죽 소파에 시선이 멎더니 걸터앉아 탄력성을 확인해 보았다.

"아, 혹시 그쪽 면으로 걱정하는 거예요? 걱정 안 해도 돼요. 나, 정말 그 누구에게도 해를 끼치지 않는 사람이니까요."

어이없어하는 아사코를 아랑곳하지 않고 교텐은 혼자 이야기를 이어갔다.

"뭣하면 절단해도 좋아요! 냉동고에 넣어뒀다가 나중에 병원 가서 붙여달라고 하면 되니까요. 어차피 새끼손가락이나 비슷하니까 안심해요."

교텐이 진지한 얼굴로 바지 지퍼에 손을 갖다 대서 "됐어요, 됐어요" 하고 아사코는 황급히 교텐을 말렸다.

"알겠으니까 상처가 나을 때까지 여기서 지내세요."

아사코가 경위를 다 설명했는데도 다다 심부름집은 한동안 침묵으로 덮였다.

이윽고 루루와 하이시가 동시에 "말도 안 돼!" 하고 소리쳤다.

"여전히 무모하고 엉뚱한 사람이라니까아."

루루는 곤혹스러운 웃음을 지어보였다.

"왜 우리 집으로 오지 않았어요오?"

"거기 가면 다다에게 금방 들킬 거 아냐" 하고 교텐은 태연히 대답했다. 하이시의 비난은 아사코에게로 향했다.

"사장이라면서 당신도 너무 물러터진 거 아녜요? 그래 가지고 경영은 괜찮아요?"

"나름대로." 아사코는 민망한 듯이 대답했다. "교텐 씨 템포에 좀 익숙하질 못해서……."

"어쨌든 말이야" 하고 교텐이 하이시와 아사코 사이에 끼어들었다. "달리 갈 데가 없었어. 하지만 아사코 씨하고는 아무 일도 없으니까."

있으면 안 되지. 너, 나와 가시와기 씨 사이를 배려한 거 아니었어? 배려한 결과 가시와기 씨 집으로 굴러 들어가다니, 새삼 말하지만 대체 어떻게 생겨먹은 사고 회로냐. 그렇게 말해주고 싶었지만, 다다는 여전히 금붕어처럼 입만 뻐끔뻐끔하고 있었다.

"그렇게 해서 아사코 씨 집에서 신세를 지게 됐는데."

이번에는 교텐이 가시와기의 집에서 어떤 생활을 했는지 말했다.

"아사코 씨는 일 때문에 거의 집에 없으니까, 너무 심심해서 가끔 청소하고 병원에도 다녀오고 어딘가 혼자 밥 먹으러 가는 정도밖에 내가 할 일이 없더라고. 시간이 남아돌아서 낮에는 아사코 씨네 근처에 있는 대저택에 몰래 숨어 들어가 정원에서 대리석 조각상인 척하고 서 있기도 하고."

다다의 정신력은 아직 소리를 지를 수 있을 정도로 회복되지 않아서 '거짓말쟁이'라고 속으로 욕할 뿐이었다.

"앞으로 어떻게 할까 생각하고 있던 차에 옆 사무실이 비었다고 사탕 장사가 알려주더라고."

교텐은 말을 이었다.

"탐정 사무소라도 여는 게 어때? 하고 권해서 이사까지 도움을 받게 된 거지."

다다의 성대가 겨우 기능을 되찾았다.

"그럼 너 개업 자금은?"

"사무실 임대가 보증금이 꽤 들더라고. 너한테 받은 50만 엔에서 남은 돈이 있었지만, 그거로는 부족해서 사탕 장사한테 약간 도움을 받았지."

"뭐라고!" 다다는 간신히 소파에서 일어날 수 있었다. "입원비를 그렇게 걱정해놓고 왜 50만 엔을 엉뚱한 데다 써버린 거야!"

입구에 있는 호시가 들을까 조심하면서 다다는 작은 소리로 계속 교텐을 추궁했다.

"애초에 야쿠자한테 돈을 받아서 탐정을 한다고? 무슨 일을 시킬 줄 알고!"

"자꾸 여러 번 말하게 할래? 심부름센터. 나는 야쿠자가 아냐. 자금을 회수할 수 있다고 생각해서 투자한 것뿐이다."

그때까지 잠자코 있던 호시가 귀 밝게도 알아듣고 말했다.

"당신 사업도 이제 더 키워도 좋을 때라고 생각했어. 파트너는 일단 다다 심부름집의 지점, 탐정 파트야."

누구 마음대로……. 다다는 어깨에 힘이 빠졌지만, 다음 순간 웃음이 터져 나왔다. 탐정 사무실을 차린다고 해도 그렇게 일이 들어올 리가 없다. 교텐은 자신의 월세나 간신히 벌 정도만 일할 게 뻔하다. 결국 다다가 앞으로도 골치 아픈 짐을 계속 떠맡아야 한다는 얘기다.

"뭐, 어떻게든 될 거라니까."

미래에 대한 불안과 두려움을 요만큼도 느끼지 못하고, 교텐은 태평하기 이를 데 없는 말투로 말했다. 다다는 마침내 소리 내어 웃었다. 소파에 앉아 있는 루루와 하이시. 탁자 옆에 서 있는 교텐. 사무실 입구에 모여 있는 아사코, 호시와 그 부하들 모두 갑자기 웃음을 터뜨린 다다를 걱정스러운 듯이, 그러나 약간 웃는 표정으로 쳐다보고 있다.

어쩔 수 없다. 성가신 일을 떠안고 사람들의 생활 속에서 살아가는 것이 심부름센터다.

다다는 교텐의 어깨를 가볍게 치고, 입구 쪽을 향해 말했다.

"가시와기 씨, 호시 씨랑 모두 들어오세요. 새해와 교텐의 출발을 축하하면서 건배하죠."

인구 밀도가 높아진 사무실에서 치와와 하나가 즐거운지 폴짝폴짝 뛰어다녔다. 큰 냄비에 다시 물이 끓고 나무젓가락과 종이 접시가 모두의 앞에 놓였다. 술병이 손에서 손으로 건네졌다.

마호로 시 곳곳에서 제야의 종소리가 울렸다. 별이 반짝이는 겨울 밤하늘을 한층 더 맑게 하려는 듯이.

"어서 와, 교텐."

"응. 다녀왔어."

다다 심부름집은 시끌벅적한 웃음소리와 함께 또다시 새로운 한 해를 맞이했다.

산타와 루돌프는 환상의 짝꿍

12월은 1년 중에서 심부름센터가 가장 바쁜 달이다.

도쿄 남서부 마호로 시에 있는 다다 심부름집도 청소, 창문 닦기 등 여기저기서 의뢰가 날아드는 덕분에 성업 중이다. 다다 게이스케는 자신의 애마인 소형 트럭에다 민폐 식객 교텐 하루히코를 태우고 매일같이 시내를 돌아다녔다.

기름때가 눌어붙은 환풍기를 닦고, 창고에 쌓인 종이 박스를 수거하고, 정원에 떨어진 낙엽을 긁어모으고, 12월과는 관계없지만 개(불테리어)를 산책시키는 일도 대행했다. 눈이 핑 핑 돌 정도로 바쁘다는 표현은 이럴 때 쓰는 말이다.

다다가 의뢰받은 일을 죽기 살기로 해치우는 동안, 교텐은 담배를 피우면서 환풍기가 광택을 되찾는 과정을 구경이나 하고, 잡지 더미에서 〈주간 모닝〉을 빼내 읽다가 "와! 시마 고사

쿠하고 오마치 구미코 결혼했네! 대박!"이라고 하고 있다. 낙엽으로 꽉 찬 쓰레기봉투를 베개 삼아 남의 집에서 낮잠을 자고, 자기 맘대로 불테리어한테 어육 소시지를 주면서 "아야, 아야. 그건 내 손가락이라니까" 하며 잔소리했다. 즉, 평소처럼 아무런 도움도 되지 않고 한없이 농땡이만 쳤다.

다다는 이미 교텐에게 그 어떤 기대나 희망도 품지 않기로 마음먹었다. 아예 교텐을 무시해버리려고 애썼다. 물론 '어째서 나만 개미처럼 빨빨거리며 일해야 하는 거야' 하고 마음이 요동치는 순간도 있다. 하지만 그 순간 교텐에게 "일해!" 하고 설교를 시작하면 지는 것이다. 교텐은 지금까지 다다의 요구를 들어준 적이 단 한 번도 없다. 대답만 "응" 하고 끝내 움직이지 않는 교텐을 보면서 짜증만 쌓일 게 뻔하다.

교텐의 존재는 하늘에서 내려온 재앙 혹은 악마가 보낸 최악의 빈대로 숙연히 받아들여 다다의 극기심을 기르는 거름으로 써야 한다.

짜증 내거나 화내지 않고, 잔잔하고 너른 바다 같은 품으로 교텐의 온갖 언동을 용납할 수 있는 날이 오기는 할까. 그러기 위해서는 송장처럼 아무런 감각이 없거나 존경받는 고승처럼 세속을 초월해야 하는데, 아무래도 그건 좀 어려울 것 같다. 하지만 그 경지를 목표로 하고 되도록 마음의 평온을 유지하려고 노력한다. 종종 심부름센터 주인인 자신이 왜 도 닦는 흉내

를 내야 하는지 씁쓸할 때도 있지만, 그럴 때마다 '무심해지자'
하면서 끊임없이 주문을 외운다. 안하무인인 교텐을 대적할
방법은 '무(無)'밖에 없다.

일에 쫓겨 정신이 없을 때는 넋 놓고 있는 교텐이 시야에 들
어와도 딱히 거슬리지 않는다. 다다도 그 정도의 정신 수양은
쌓았다. 하지만 이 무슨 악마의 장난이란 말인가. 안타깝게도
다다 심부름집에는 하필 12월 24일에 의뢰가 한 건도 들어오
지 않았다. 그리하여 다다는 아침부터 교텐의 면상을 마주한
채 사무실 소파에서 세월아 네월아 시간만 죽이고 있었다. 이
윽고 잠이 깬 교텐이 탁자 맞은편 소파에서 담요를 뒤집어쓰
고는 늘어지게 기지개를 켜며 하품을 했다.

"좋은 아침."

"응, 곧 점심때지만."

다다는 아침 겸 점심을 컵라면으로 때우고 다 먹은 용기를
탁자에 올려놓았다.

"추워."

교텐은 담요에 턱을 파묻은 채 몸을 웅크렸다.

"실내인데도 입김이 허옇잖아. 난로 틀자."

"전기세도 기름값도 낭비는 안 돼."

"얼어 죽을 것 같은데 낭비는 아니지."

교텐이 주머니에서 구겨진 담뱃갑을 꺼냈다. 말보로 멘솔에

불을 붙인 뒤 훅 하고 담배 연기를 뱉었다. 하얀 입김으로 실온이 낮다는 사실을 잊고 싶은 것 같았다.

"오늘 일정은?"

"보면 알잖아. 아무것도 없어."

"절망적이네" 하고 교텐이 말했다. "대목인데 왜 이렇게 궁상을 떨어야 하는데? 오늘은 즐거운 크리스마스이브인데? 너, 사장한테 데이트 신청은 안 하냐?"

"잠깐, 우리가 늘 빈궁문답가(고대 일본 시인 야마노우에 오쿠라의 시로, 가난한 사람과 어려운 사람이 서로 묻고 답하는 노래이다) 상태인 건 맞지만, 마지막 말은 상관없잖아."

"데이트 신청 안 해?"

교텐이 싱글거리며 말했다.

"데이트 신청을 왜 해?" 다다가 시선을 돌리며 말했다. "가시와기 씨하고는 그런 사이 아니야."

"흐응."

교텐은 기관차처럼 천장을 향해 입으로 동그란 연기를 연속 발사했다.

교텐이 말하는 사장이란 키친 마호로 그룹의 사장인 가시와기 아사코를 두고 하는 말이다. 얼마 전에 남편의 유품 정리를 의뢰받은 적이 있다.

물론 다다가 아사코한테 아무런 마음이 없다고 한다면 거짓말이다. 하지만 둘 다 어엿한 성인이다. 상처로 기억되는 과거가 서너 가지는 있다. 그래서 다다는 희미하게 싹트는 연정에 뚜껑을 덮었다. 굳이 아사코와 거리를 좁히려는 생각은 하지 않는다. 애초에 아사코는 이 지역 외식 체인점 사장인 데다 무진장 바쁘다. 난방비 가지고 벌벌 떠는 심부름센터 다다가 자신을 흠모하고 있다는 걸 알면 당혹스러워 할 게 뻔하다. 다다에게는 그런 열등감이 조금 있었다.

그런데 교텐이라는 놈은 그런 복잡미묘한 남자의 마음을 조금도 헤아려주지 않는다. 야릇한 낌새만 느껴지면 중학생처럼 "2천 엔 주면 두 시간 동안 사무실 비워주지" "You, 고백해버려!" 하고 유치하게 구는데 정말이지 짜증 난다. 그럴 때마다 "두 시간이 아니라 그냥 영원히 나가버려" "넌 어느 사무실 사장이냐?" 싶은 생각에 다다는 오장육부가 뒤집히는 기분이다. '무'를 위한 수행의 길은 까마득하다.

다다가 교텐을 쏘아보자, 교텐은 못 본 척하고 재떨이에 담배를 비벼 껐다.

바로 그때 노크도 없이 사무실 문이 열리며 루루와 하이시가 쳐들어왔다.

"다행이다아. 심부름센터 아저씨들 다 있었네."

"부탁이 있어요."

한마디씩 하며 들어오는 루루와 하이시는 마호로 역 뒷골목에서 일하는 유흥업 종사자다. 하이시의 모습은 젊은 여성의 상식적인 범주를 넘지 않지만, 루루는 여전히 남국의 새처럼 옷차림이 요란하다.

루루와 하이시는 무리하게 다다를 사이에 끼우고 소파에 앉았다.

하이시가 팔을 문지르며 말했다.

"사무실이 춥네."

"돈이 없대."

도롱이벌레처럼 담요를 둘둘 감은 교텐이 말했다.

"그러니까 의뢰라면 받지."

누구 마음대로. 다다가 입 모양으로 교텐을 향해 경고했다. 루루와 하이시의 의뢰는 후쿠부쿠로(새해에 여러 가지 물건을 넣고 봉하여 싸게 파는 주머니로, 러키 박스와 비슷하다) 같은 것이다. 주머니를 열어보고 "뭐야, 이거. 필요 없어요" 할 수도 없는 노릇이라 덥석 맡아서는 안 된다.

"살았다. 자기들은 당연히 맡아줄 줄 알았지이."

루루는 교텐을 향해 웃으면서 다다의 팔에다 가슴을 꾹꾹 눌렀다. 여자 가슴이라고 다 좋은 건 아니었네, 하면서 다다는 '무'를 넘어 해탈의 경지로 가슴 공격을 물리쳤다.

"아니, 일단 얘기를 들어보고……. 이번 달은 바빠서 내일 이후로는 예약이 대부분 차 있습니다."

"괜찮아요, 오늘이니까." 하이시가 사정없이 퇴로를 막았다. "사실은 놀이방에서 크리스마스 파티가 있거든요."

"나는 패스." 교텐이 빛의 속도로 말했다. "조무래기들은 나랑 안 맞아."

네가 맡아버렸잖아. 다다가 교텐을 향해 입 모양으로 따졌다.

"그런 말 하기 없기." 루루가 몸을 꼬면서 말했다. "두 사람이 필요하단 말이에요오. 산타 역하고 루돌프 역."

"근데 웬 놀이방입니까? 자식이 있었어요?"

"사실은 말이죠."

다다의 질문을 받고 하이시가 설명한 바에 따르면 이런 사정이 있었다.

루루와 하이시의 동료 중에 세데스라는 사람이 있다(사장의 작명 센스가 거슬렸지만, 잠자코 있었다). 세데스는 생후 8개월 된 아들을 놀이방에 맡기고 생업에 매달려 있다.

역 뒤편 아파트에 있는 놀이방은 미취학 아동을 24시간 돌봐준다. 사설이지만 보육교사 모두 열심인 데다 좋은 사람들이어서, 세데스를 비롯한 일하는 부모들이 안심하고 아이를 맡겼다.

오늘은 크리스마스이브. 놀이방에서는 간식 시간에 맞춰 크리스마스 파티를 열 예정이다. 그런데 난처한 일이 생겼다. 놀이방 원아의 아빠 중 한 사람이 산타 역을 맡을 예정이었는데,

친척의 부고로 참석하지 못하게 된 것이다. 공교롭게도 루돌프 역을 맡은 다른 엄마까지 독감에 걸려 고열로 앓아누웠다.

그렇다고 대역을 쓰자니 교사 인원이 모자란다. 산타 역과 루돌프 역에 인원을 충당하면 아이들을 세심하게 보살피기 힘들어진다. 다른 부모 중에도 당일에 쉴 수 있는 사람이 아무도 없어 이대로라면 산타 할아버지도 루돌프도 오지 않는 크리스마스 파티가 될 거라고 한다.

"세데스도 우리도 오늘은 오후 일찍 출근해야 하거든요오."

"크리스마스는 대목이니까" 하고 루루와 하이시가 안타까운 듯이 말했다.

"독감이 유행인가 보군요."

동정심이 발동한 다다의 마음이 의뢰를 받아들이는 쪽으로 기울었을 때, 교텐이 단호하게 말했다.

"나는 절대로 안 갈 거니까."

"왜 그래? 쉬운 일이잖아."

아까와는 딴판으로 다다가 설득하고 있다.

"산타든 루돌프든 네가 하고 싶은 거 고르게 해줄게."

"싫어. 조무래기들이 울어대는 데 가면 설사한단 말이야."

"네 배는 어째야 탈이 나냐? 유통기한이 한 달이나 지난 양갱을 먹고도 쌩쌩하더니."

"은박지로 포장된 양갱은 유통기한이 지나도 별 상관 없어."

"그런 근거 없는 잡소리는 됐고."

고군분투 중인 다다에게 루루와 하이시가 가세하려고 끼어들었다.

"사례는 놀이방에서 받았다고 세데스가 주길래 가져왔어요오."

"아이들은 상대할 필요 없어요. 산타하고 루돌프잖아요. 그냥 담담하게 걸어 나가서 과자 나눠주고 바로 퇴장하면 돼요."

교텐의 마음이 조금 움직인 듯했다. 이때다, 하고 다다가 쐐기를 박았다.

"임시 수입이 생기면 난로도 틀 수 있을 텐데."

"좋아. 영감이든 짐승이든 감쪽같이 변신해주지." 교텐이 담요를 걷어내고 비장하게 소파에서 일어났다. "이 한 몸 필사적인 각오로 던지겠다. 조무래기들 앞에……!"

도대체 그런 각오가 왜 필요한 거야. 다다가 한숨을 내쉬며 루루와 하이시를 번갈아 보았다.

"근데 산타하고 루돌프 의상은요? 놀이방에 있어요?"

"그게 말이죠오." 하고 루루가 말하기 난처한 듯 머뭇거렸다. "오늘 점심때 사려고 했는데 그게 아직 준비가 안 된 모양이에요오."

"자, 이거요." 하이시가 주머니에서 접힌 만 엔짜리 지폐를 꺼내며 말했다. "세데스한테 받은 돈이에요. 경비 포함해서."

이럴 줄 알았다. 다다가 미간을 누르며, 아까부터 비장하게
서 있는 교텐에게 하이시가 준 만 엔을 내밀었다.

"교텐. 돈키호테(일본의 유명 할인 매장) 가서 산타하고 루돌프
옷 좀 사 와."

"에이."

다다는 작은 소리로 덧붙였다.

"2천 엔 한도 내에서 사지 않으면 난로는 시간제로 틀 테니
까 알아서 해."

"에에이."

준비를 마친 다다와 교텐은 사무실을 나와 루루네가 가르쳐
준 놀이방으로 향했다. 근처라서 트럭은 몰지 않고 걸어가기
로 했다. 하지만 다다는 곧바로 후회했다.

의상을 들고 다니기 귀찮아서 다다는 산타클로스, 교텐은
루돌프로 미리 분장을 했다. 어쨌거나 오늘은 크리스마스다.
원래 같으면 분장을 해도 사람들 눈에 잘 띄지 않았을 것이다.
실제로 남쪽 출구 로터리에 전단을 돌리는 산타가 두 명 정도
있었다.

그러게, 평범한 분장이었으면 좋았을 텐데. 다다는 자신의
얼굴이 흰 수염에 가려진 것을 신에게 감사했다.

교텐이 다다의 지시대로 할인 매장에서 산타클로스 의상을

사 왔다.

"산타 노인네 옷은 제법 있더라고." 전리품을 탁자에 펼치며 교텐이 말했다. "그런데 짐승이 문제야. 예산에 맞추려니까 쓸 만한 게 없어."

"……그래서? 이게 도대체 뭐야."

탁자를 뚫어져라 보면서 다다가 물었다.

"진짜 사슴 목. 굉장하지."

교텐이 사슴 박제를 손에 들고 보란 듯이 머리에 걸쳤다. 근사한 뿔이 달린 수사슴 머리다.

"어디서 가져왔냐고! 금방 사냥이라도 다녀온 거냐, 너?"

"그럴 리가. 아폴론에서 빌려 왔지."

'커피의 전당 아폴론'은 마호로 대로에 있는 카페다. 서양 갑옷이나 가짜 스테인드글라스, 정체불명의 장식품, 관엽식물 등으로 무질서하게 꾸민 내부는 로코코인지 열대우림인지 알 수 없는 카오스 상태. 그리고 보니 벽에 사슴 머리 박제도 있었던 것 같다.

"교텐. 산타의 썰매를 끄는 건 사슴이 아니라 루돌프야."

"그게 그거지. 조무래기들은 그런 거 신경 안 써."

교텐이 사무실 구석에서 흰색 작업용 헬멧과 천을 꺼내 왔다. 먼지를 털어내고 헬멧 꼭대기에 사슴 머리를 달려는 것이다. 접착테이프와 끈으로 붙이며 콧노래까지 흥얼거린다.

"너무 불안정해 보이는데……."

"괜찮아, 괜찮아. 얼굴이 보이면 안 되니까 천도 붙이고."

교텐이 헬멧 가장자리에다 접착테이프로 흰 천을 빙 둘러가며 또 붙였다.

"다 됐다."

그렇게 해서 놀이방을 향하는 산타 다다 뒤에는 현재, 사슴 괴물이 휘청거리며 뒤따르고 있다. 길 가던 사람들의 시선을 한 몸에 받으며.

쳐다보는 게 당연하지. 다다는 교텐의 뒷모습을 슬쩍 훔쳐보았다.

사슴 머리를 얹은 헬멧을 쓰니 교텐의 키가 2미터가 넘었다. 좌우에 달려 있는 뿔은 어깨너비보다 넓다. 걸어가는 흉기다. 방금도 지나가던 젊은 남자가 "으악!" 하고 몸을 젖히다 뿔에 걸릴 뻔한 것을 간발의 차로 모면했다.

헬멧에서 가슴팍까지 내려온 천 때문에 교텐은 앞이 보이지 않으니, 양손을 뻗어 좀비처럼 부자연스럽게 걸었다. 천과 헬멧이 하얀 탓에 마치 '정수리에 사슴 머리가 달린 거대한 괴물'처럼 보인다.

"저게 뭐야!"

"대박!"

여고생 무리가 킥킥거리며 멀리서 교텐을 구경했다. 다다

495

는 전력 질주로 그 자리를 뜨고 싶었다. 하지만 흔들리는 사슴 머리를 얹고 좀비처럼 불안정하게 걷는 교텐을 인정머리 없이 나 몰라라 할 수만은 없는 노릇이었다. 하는 수 없이 발길을 돌려 교텐 옆에 섰다.

"야, 교텐. 도착할 때까지 헬멧을 벗으면 되잖아."

"에이, 자꾸 썼다 벗었다 하면 사슴이 떨어질 것 같으니까 그렇지. 그냥 살살 걸어갈게. 난 상관 말고 먼저 가."

"거긴 역 뒤쪽이 아니라 버스터미널이야." 전혀 엉뚱한 곳으로 가려는 교텐의 팔을 잡아끌었다. "너 아예 안 보이냐?"

"응. 빛이 있구나 하는 정도만 알겠어."

"천에다 구멍을 뚫었어야지."

다다가 교텐의 팔을 잡은 채 JR 마호로 역 구내를 가로질러 역 뒤편으로 향했다.

"고마워, 친절한 산타 씨."

"시끄러. 지금 계단 내려가잖아."

"어둠 속을 헤매는 자를 인도하는 빛은 어째서 동서양을 막론하고 빨간 걸까."

"엥?"

"봐, 루돌프의 빨간 코나 술집의 빨간 등이나."

"……알게 뭐야."

마호로 역 뒷골목으로 가면 러브호텔 거리가 나온다. 루루와 하이시가 손님을 맞는 유흥가의 차양도 나란히 있다. 영업 중이지만 아직은 대낮이라 사람들의 통행이 적다. 그런데 차양 아래의 대기용 의자에 루루와 하이시의 모습이 보이지 않았다. 안에서 일하는 모양이다. 다다는 교텐을 유도하여 유흥가 앞을 지나갔다.

루루와 하이시가 알려준 주소에는 폭이 좁은 7층짜리 건물이 있었다. 다목적 빌딩과 아파트의 중간 정도 분위기로, 진주색 타일 외벽이 뱀 비늘처럼 겨울빛을 튕겨내고 있었다.

세 명이 타면 꽉 차는 엘리베이터로 5층까지 올라갔다. 한 층에 두 집밖에 없는지 엘리베이터에서 내리자 바로 문이 나왔고, 문에는 '해님 놀이방'이라는 파스텔 톤의 간판이 붙어 있었다.

인터폰을 누르고 잠시 기다리는데 뜬금없이 복도 안쪽에서 문이 열렸다. 아무래도 '해님 놀이방'은 5층에 있는 두 집의 벽을 뚫어 양쪽 모두 사용하고 있는 것 같다.

"다다 심부름집 분들?"

얼굴을 내민 사람은 온화해 보이는 초로의 여성이었다.

"처음 뵙겠습니다. 다다라고 합니다."

다다가 빨간 삼각 모자를 벗으며 인사했다.

"원장 후쿠무라라고 합니다. 갑자기 부탁을 드려 죄송합니다."

497

복도를 나와 걸어오던 후쿠무라가 사슴 괴물을 보고 멈칫했다.

"저…… 이 분은 루돌프?"

"네, 틀림없는 루돌프입니다"하고 교텐이 천 너머로 강조했다. "거듭되는 루돌프 동족 간의 전투로 가늘고 뾰족하게 뿔이 닳았지만, 루돌프 세계에서는 최강의 전사로 명성이 높은 루돌프 교텐입니다."

루돌프, 루돌프, 어지간히 해라. 다다가 팔꿈치로 교텐의 옆구리를 찌르면서 후쿠무라를 향해 웃어 보였다.

"진행하는 법을 잘 모르는데 어떻게 하면 됩니까?"

"이걸 주시면 돼요." 안고 있던 커다란 흰색 꾸러미를 내밀며 후쿠무라가 말했다. "안에 풍선하고 과자가 들어 있어요. 저희가 맡은 아이들이 영아를 포함해서 여덟 명이니까 모두에게 한 개씩 나눠주시면 됩니다."

"언제 들어가면 되죠?"

"이쪽으로"하고 후쿠무라가 간판이 달린 문을 가리켰다. "안쪽에서 열어드릴 테니까 그때 들어오세요."

"알겠습니다."

후쿠무라가 복도 안쪽 문을 통해 다시 들어갔다. 문을 닫기 전에 다다에게 장난기 가득한 눈짓을 보낸다. 다다는 고개를 끄덕이고 모자를 고쳐 썼다. 그러고는 바로 앞에 있는 문 너머로 실내 분위기를 살폈다.

"산타 할아버지와 루돌프가 도착했어요."

후쿠무라의 목소리가 희미하게 들리더니 징글벨 노래가 들렸다. 아이들과 교사가 노래를 부르는 것 같다. 기대에 가득 찬 신나는 목소리다.

다다는 흰색 꾸러미를 짊어지고 나갈 준비를 했다.

"교텐, 간다."

"오케이."

문이 열리고 후쿠무라가 손짓을 했다. 박수가 터져 나왔다. 신발 벗는 곳이 없는 것으로 보아 카펫이 깔려 있지 않은 바닥에서는 신발을 신고 다녀도 되는 것 같다. 다다는 검은색 산타 부츠를 신은 채 실내로 들어갔다.

후쿠무라를 포함한 교사 세 명과 여덟 명의 아이들이 다다를 반겨주었다. 아이들 여덟 명 중 두 명은 아기라 산타클로스가 뭔지도 모른다. 교사에게 안겨서 눈을 동그랗게 뜨고 다다를 쳐다본다. 다른 아이들은 좀 컸다고 다들 웃고 있다. 흥분해서 점프를 하는 아이도 있고, "산타 할아버지다!" 하고 소리를 지르는 아이도 있다.

수염으로 얼굴 대부분을 가리고 있긴 하지만, 다다도 열심히 인자한 미소를 지으며 아이들에게 손을 흔들었다. 박수 소리가 더욱 커졌다.

그 순간, 다다의 뒤에서 쿵 하는 둔탁한 소리가 났다. 황급히

499

뒤를 보니 교텐이(정확히 말하면 교텐의 머리에 얹은 사슴 머리가) 문틀 상단부에 세게 부딪힌 모양이다. 튀어나온 뿔이 걸려서 실내로 들어오지 못하고 버둥거렸다.

"교텐, 뿔, 뿔!"

다다는 목소리를 낮춰 알려줬다.

"자세를 낮추고 몸을 옆으로 돌려서 들어와."

다다가 시키는 대로 교텐은 박수 소리가 사라진 실내를 게걸음으로 등장했다. 문틀에 부딪힌 탓에 사슴 머리가 헬멧째 기울어져 있다. 균형을 잡기가 어려운지 교텐의 상반신이 사슴 머리와 함께 커다랗게 흔들렸다.

"무서워……" 하고 다섯 살쯤 된 여자아이가 작게 말했다. 옆에 앉아 있던 세 살 남아(추정)도 겁이 났는지 젊은 교사 쪽으로 달려갔다. 교사가 안고 있던 아기는 세상이 끝난 것처럼 울어댔다.

다다는 저 아이가 세데스 씨의 아이일지도 모르겠다고 생각했다. 그러는 사이에 아이들이 연달아 울음을 터뜨리면서 사슴 괴물에 대한 공포는 순식간에 퍼져 나갔다. "무서워" "무서워요" 하는 대합창은 깨진 종소리처럼 울려 퍼졌다.

교텐이 헬멧째 사슴 머리 위치를 바로잡으려고 늘어진 천을 걷어 올렸다. 꾸러미를 바닥에 내려놓고 다다는 망연자실한 얼굴로 말했다.

"야⋯⋯ 너 때문이잖아. 이 혼란을 어떻게 좀 해보란 말이야."

아기가 얼굴이 새빨개지도록 악을 쓰며 울고, 아이들은 자지러질 듯한 상태로 교사에게 매달려 있다. 사태를 짐작한 교텐이 커튼을 치듯이 천을 다시 얼굴 앞으로 늘어뜨렸다.

"못 하겠다. 조무래기들이 너무 많아. 울고 있잖아. 나는 지금 열반에 들었어."

"무슨 소릴 지껄이는 거야."

그 뒤로 교텐은 사슴 괴물 모습으로 선 채, 다다의 부름에도 일절 응하지 않았다.

아, 미치겠네. 허둥대고만 있는 다다와는 달리, 후쿠무라를 비롯한 교사들은 역시 베테랑이다.

"에구구, 그렇게 울 일이 아냐."

"산타 할아버지랑 사슴⋯⋯ 루돌프잖아. 하나도 안 무서운 걸. 괜찮아."

"자, 여러분. 산타 할아버지가 선물을 가지고 오셨어요."

후쿠무라의 말에 다다는 냉정을 되찾았다. 그렇지, 나에게는 과자라는 든든한 무기가 있지.

"자, 착한 어린이들." 다다가 목청을 높였다. "선물을 나눠줄 테니까 한 줄로 서세요."

울거나 콧물을 흘리느라 아무도 다다의 말을 듣지 않는다.

다다는 직접 돌아다니면서 선물을 나눠줘야겠다는 생각에 검은 부츠를 벗고 카펫 위로 올라갔다. 이내 아이들이 뒷걸음질 쳤지만, 다다가 꾸러미에서 꺼낸 풍선과 과자 선물을 보더니 서서히 울음을 그쳤다.

직접 꺼내놓고도 다다는 풍선을 보자마자 탄성을 지를 뻔했다. 소시지처럼 가느다란 색색의 풍선을 꼬아서 귀여운 곰과 토끼 모양을 만들어놓았다. 이렇게 예쁜 풍선이라니. 교사들 작품이겠지. 과자 포장 역시 투명한 봉지 입구를 분홍색 리본으로 묶어 금방울까지 달았다.

맨 처음에 "무서워" 하고 말하던 여자아이가 용기를 냈는지 다가왔다. 다다가 무릎을 굽히고 앉아 "자" 하고 과자를 건넸다.

"풍선은 어떤 게 좋아?"

"토끼!"

여자아이가 과자와 풍선을 조심스럽게 받아 들고는 "고맙습니다, 산타 할아버지" 하고 인사했다. 금방 울다가 금방 웃는다. 꼭 날씨가 변덕을 부리는 것 같다.

나머지 아이들도 앞다투어 다다의 주변으로 모여들더니 과자와 원하는 풍선을 받아 갔다. 교사의 품에 안긴 두 명의 아기도 이내 풍선을 쪽쪽 빨았다. 힘들지는 않을까 다다는 조금 불안했다.

"자, 우리 다 함께 '고요한 밤 거룩한 밤'을 불러볼까요?"

그렇게 말하면서 후쿠무라가 작은 오르간으로 연주를 시작하자, 아이들과 교사들이 소리를 맞춰 노래를 불렀다.

돌아갈 타이밍을 놓친 다다는 텅 빈 흰색 꾸러미를 손에 들고는 부츠를 신고 다시 교텐 옆으로 섰다. 아이들이 우리에게 노래를 바치는 듯한 모양새다. 쑥스럽고 어색했지만 다다는 곧 맑은 목소리에 귀를 기울였다.

말구유에서 잠든 구세주 예수님. 뇌리에 떠오르는 그 정경이 어느새 아기 침대에서 새근새근 잠자는 자신의 아이의 얼굴로 바뀌었다. 죽고 만, 다다의 아들.

떠올리고 싶지 않다. 고통스러워서. 괴로움에 숨을 쉴 수가 없어서. 서둘러 상념을 떨쳐내려는 다다의 정수리에 날카로운 통증이 덮쳤다. 놀라서 옆을 보니 교텐이 리듬에 맞춰 몸을 좌우로 천천히 흔들고 있다. 교텐이 몸을 기울이면 사슴 머리도 함께 기울어 뿔이 다다의 바로 눈앞으로 돌진했다. 한 발짝 물러난 다다는 '어쩐지. 방금 머리를 친 게 이 녀석 뿔이었군' 하고 사태를 파악했다. 진짜 민폐덩어리다.

과자를 나눠주고 바로 나가면 된다고 하이시가 말했지만, 다다와 교텐은 노래가 끝나고도 아이들의 질문 공세 탓에 빠져나오지 못했다.

"산타 할아버지는 어디에 살아요?"

남자아이가 콧물을 흘리며 호기심 가득한 눈으로 물었다.

"핀란드라는 나라란다" 하고 다다가 대답했다. 아니다, 노르웨이였나? 아이에게 틀린 지식을 심어준 건 아닌지 조금 불안하다.

"거긴 어떤 곳이에요?"

이번에는 제일 먼저 울던 여자아이가 물었다.

"추워" 하고 대답한 건 다다가 아니었다. 실내에 있는 모든 눈이 일제히 교텐을 향했다. 사슴 괴물은 직립 부동자세다. 늘 어뜨린 천 너머로 교텐이 어떤 표정을 짓고 있는지 전혀 알 수가 없었다.

"저기…… 루돌프 맞죠?"

아기를 안은 교사 한 명이 더 이상 참을 수 없다는 듯 질문을 던졌다.

"그럼요." 천 너머로 대답이 돌아왔다. "이 할아버지를 태운 썰매를 끌고 아득히 먼 핀란드에서 왔지. 엄청 피곤해."

"야, 교텐." 다다가 작은 목소리로 주의를 줬지만, "왜?" 하고 교텐이 고개를 갸우뚱하는 바람에 또다시 뿔이 다다의 정수리를 찔러서 어이없이 물러날 수밖에 없었다. 머리를 문지르는 다다는 아랑곳없이 아이들과 루돌프의 질의응답이 이어졌다.

"썰매? 썰매는 어디 있어요?"

"핀란드하고 마호로는 달과 지구만큼 멀거든. 여기에 도착하자마자 망가져서 버렸어. 트럭을 타고 돌아갈 거야."

504

"산타 할아버지하고 루돌프는 친해요?"

"누가 그래?"

"책에서 그랬어요. 같이 산다고. 아니에요?"

"맞는데, 사이는 그냥 그래. 노력하긴 하는데 그게 맨날 같이 있으면 권태기 같은 게 오거든."

"애들한테 쓸데없는 거 가르치지 마라."

다다의 항의 따위 들은 체 만 체, 교텐은 "다른 질문 있나?" 하고 아이들에게 묻는다.

"루돌프도 산타 할아버지한테 선물 달라고 했어요?"

제일 먼저 울던 여자아이가 다시 물었다. 순수하고 영리해 보이는 눈을 가졌다.

"아니" 하고 교텐이 말했다. "이 할아버지는 내가 달라고 하지 않아도 갖고 싶은 거 전부 주거든. 잠잘 곳, 먹을 것 전부 다. 누군가랑 이야기하고 싶을 때 말동무도 되어주고. 엄청 재미없는 얘기지만."

너 정말 어디로든 좀 꺼져버려. 다다는 잠시 '무'가 되는 수행을 보류하고, 배은망덕한 사슴에게 달려들 뻔했다. 그 순간, "루돌프는 행복하겠다" 하고 여자아이가 기쁜 듯이 말했다. 사슴 머리가 잠시 멈칫하더니 앞뒤로 크게 움직였다.

"응, 그런대로."

달려들려다 멈추고 다다는 생각했다. 교텐은 지금 어떤 표정을 짓고 있을까.

징글벨 노랫소리를 뒤로하고 다다와 교텐은 놀이방을 나왔다. 아이들을 패닉 상태에 빠뜨리는 해프닝은 벌어졌지만, 어찌어찌 의뢰를 완료했다.

"정말 힘들었다."

복도에서 후쿠무라에게 흰 꾸러미를 돌려준 다다는 아파트를 나오자마자 빨간 삼각 모자를 벗었다.

"애들 싫다더니 제법 말 많이 하더라."

"노인네 보좌하는 게 짐승의 역할이니까."

이윽고 교텐도 사슴 머리가 달린 헬멧을 벗었다.

"천 덕분에 조무래기들이 안 보여서 망정이지. '지금 나한테 말을 거는 것들은 유성에서 온 물체 X다' 하면서 필사적으로 최면을 걸었다고."

"그런 물체보다 차라리 아이들이 낫지 않냐?"

모자를 산타 옷 주머니에 욱여넣은 다다와 사슴 머리 헬멧을 겨드랑이에 낀 교텐은 역 뒷길을 나란히 걸었다. 어느새 어둠이 내려 유흥가 건물 창에 불이 들어와 있다. 낮에는 모르고 지나갔는데, 창에 빨간 셀로판지가 붙어 있고 창틀에는 모조 담쟁이덩굴이 늘어져 있다. 크리스마스 분위기를 내고 싶었을 테지만, 새어 나온 빛이 노면을 빨갛게 물들여서 참사가 일어난 여관 같다.

"루루하고 하이시한테 보고하고 싶었는데 안 보이네."

"바쁘겠지. 크리스마스이브인데."

어떤 장사든 성업 중이라는 것은 바람직한 일이다. 다다는 그렇게 생각하기로 했다.

"우리도 내일부터 31일까지 바쁜 거 알지?"

"조금만 한가했으면 좋겠다."

"맨날 한가해빠진 주제에 무슨 소리야. 제대로 일 안 할 거면 이번엔 진짜 내쫓아버린다."

"네, 네."

다다와 교텐은 계단을 올라가 역구내를 가로질러 남쪽 출구 교차로로 나왔다. 순간 차가운 빌딩 바람이 불어쳤다.

"으아, 춥다. 다다, 모자 좀 줘."

"사슴 헬멧 있잖아."

"싫어, 튄단 말이야."

실컷 튀어놓고 이제 와서 뭐라는 거냐. 어이없어하는 다다는 아랑곳하지 않고, 교텐이 다다의 주머니에서 멋대로 산타 모자를 빼내더니 한 손으로 푹 눌러 썼다.

많은 인파가 남쪽 출구 교차로를 오간다. 크리스마스이브에 외식하러 나가는 가족, 약속 장소에서 만나자마자 활짝 웃는 젊은 커플, 반찬거리가 든 마트 봉투를 한 손에 들고 백화점

크리스마스트리를 올려다보는 노인. 모두가 조금은 쓸쓸한 듯 충만해 보였다.

"아아아아" 하고 돌연 교텐이 신음 소리를 냈다.

"왜 그래?"

"배 아파. 조무래기들 만났더니 스트레스 때문에 결국 설사 네."

"스트레스라고? 웃기고 있네."

"아, 도저히 못 참겠다. 사무실까지 뛰어가야겠어."

교텐은 사슴 머리 헬멧을 다다에게 떠맡기고, 북적이는 사람들 틈을 요리조리 빠져나가더니 전속력으로 달려갔다. 다다는 할 말을 잃은 채 멀어져가는 빨간 삼각 모자를 멍하니 바라보고만 있었다.

어둠 속을 헤매는 자를 인도하는 빛은 어째서 동서양을 막론하고 빨간 걸까.

교텐, 그건 피가 붉은색이기 때문이야. 살아 있는 자의 몸을 타고 흐르며 맥박을 뛰게 하고 힘과 열정에 불을 지피는 원천이기 때문이지.

우리는 어둠을 빠져나와 각자가 바라는 행복을 향해 가고 있는 것일까.

그런 거라면 좋겠다. 그랬으면 좋겠다.

뭐, 우리를 인도하는 건 어차피 비린내 나는 핏빛이지만.

다다는 슬며시 웃으며, 안고 있는 사슴 머리로 쏟아지는 시선을 견디면서 교텐의 뒤를 따라갔다.

일찌감치 뜬 별이 저물어가는 하늘에 금색 바늘 같은 빛을 뿌리고 있었다.

마호로 역 광시곡

1판 1쇄 발행 2021년 12월 10일

지은이·미우라 시온
옮긴이·권남희
펴낸이·주연선

(주)은행나무
04035 서울특별시 마포구 양화로11길 54
전화·02)3143-0651~3 ┃ 팩스·02)3143-0654
신고번호·제 1997—000168호(1997. 12. 12)
www.ehbook.co.kr
ehbook@ehbook.co.kr

ISBN 979-11-6737-111-9 (04830)
ISBN 979-11-6737-108-9 (04830) 세트

• 이 책의 판권은 지은이와 은행나무에 있습니다. 이 책 내용의 일부 또는 전부를 재사용하려면 반드시 양측의 서면 동의를 받아야 합니다.

• 잘못된 책은 구입처에서 바꿔드립니다.